— As colmeias se recusam a admitir a emissão da sentença de morte, e o DAS ainda não decidiu como comprovar de uma vez por todas que os vampiros estão tentando — ele deu uma tossidinha — matar o seu bebê. E, consequentemente, a senhora.

— E as joaninhas mecânicas assassinas de Monsieur Trouvé?
— Não pudemos ligá-las ao agente dos vampiros na Europa.
— E a molheira que explodiu?
— Não restaram provas irrefutáveis.
— O Poodle da Mongólia que lançava chamas?
— Nenhuma relação com qualquer traficante conhecido.
— A comida envenenada no dirigível, que o sr. Tunstell consumiu no meu lugar?
— Bom, considerando a contaminação dos voos em geral nesses alimentos, pode ter sido mera coincidência. — O professor Lyall tirou os óculos e pôs-se a limpar as lentes com um lenço branco impecável.
— Ora, professor Lyall, está brincando? Não é do seu feitio.
O Beta de cabelos cor de areia lançou um olhar severo para Lady Maccon.
— Eu estou explorando novas facetas de minha personalidade.
— Então, pode parar.
— Sim, milady.

GAIL CARRIGER
Coração?
Um romance sobre vampiros, lobisomens e bules de chá

O PROTETORADO DA SOMBRINHA — 4

Tradução
Flávia Carneiro Anderson

Rio de Janeiro, 2016
1ª Edição

Copyright © 2011 *by* Tofa Borregaard
Publicado mediante contrato com Little, Brown and Company, Nova York.

TÍTULO ORIGINAL
Heartless

ADAPTAÇÃO DE CAPA
Diana Cordeiro

FOTO DE CAPA
Pixie Vision Productions

FOTO DA AUTORA
Vanessa Applegate

Foto da modelo gentilmente cedida por
DONNA RICCI, CLOCKWORK COUTURE

DIAGRAMAÇÃO
editoriârte

Impresso no Brasil
Printed in Brazil
2016

CIP-BRASIL. CATALOGAÇÃO NA FONTE
SINDICATO NACIONAL DOS EDITORES DE LIVROS, RJ

C312c

Carriger, Gail
 Coração? / Gail Carriger; tradução de Flávia Carneiro Anderson. – 1. ed. – Rio de Janeiro: Valentina, 2016.
 320p.; 23 cm. (O protetorado da sombrinha; 4)

 Tradução de: Heartless
 Sequência de: Inocência?
 ISBN 978-85-65859-91-2

 1. Ficção fantástica inglesa. I. Anderson, Flávia Carneiro. II. Título. III. Série.

16-30748
CDD: 813
CDU: 821.111-3

Todos os livros da Editora Valentina estão em conformidade com
o novo Acordo Ortográfico da Língua Portuguesa.

Todos os direitos desta edição reservados à
EDITORA VALENTINA
Rua Santa Clara 50/1107 – Copacabana
Rio de Janeiro – 22041-012
Tel/Fax: (21) 3208-8777
www.editoravalentina.com.br

Agradecimentos

Às vezes as necessidades básicas não são algo que se pode pesquisar. Sou grata aos que, deliberadamente ou não, me ajudaram na minha loucura: a minha mãe, pelo azevinho; a Willow, pelos encontros; a Rachel, mentora de minhas digressões emocionais; a Erin, rainha das vírgulas; a Iz, da continuidade; e a Phrannish, pela amizade protetora!

Coração?

Prólogo

P de Preternatural

Adendo ao Registro, Elemento P-464-AT, Alexia Tarabotti
 Arquivista: Sr. Phinkerlington, escriturário júnior, especialista em transmissão etereográfica, segunda classe
 Elemento P-464-AT está prenhe, pai desconhecido. Saiu de Londres. Foi afastado do Conselho Paralelo. Cargo de muhjah disponível.

Adendo ao Adendo ao Registro, Elemento P-464-AT, Alexia Tarabotti
 Arquivista: Sr. Haverbink, agente de campo, especialista em munições e reconhecimento, primeira classe
 Gravidez de elemento P-464-AT confirmada como fruto de união com elemento L-57790-CM, lobisomem. Gestação devidamente confirmada por cientistas de boa reputação e templários italianos (programa de reprodução de preternaturais suspenso em torno de 1805). (Atenção, por favor: templários são classificados como ameaça grave à Comunidade Britânica; não obstante, sua pesquisa nesse âmbito é considerada impecável.) Elemento P-464-AT reempossado no cargo de muhjah.

Adendo ao Adendo ao Adendo ao Registro, Elemento P-464-AT, Alexia Tarabotti

Arquivista: Professor Lyall, agente de campo, primeiro-secretário (vulgo Elemento L-56889-RL)

Uivadores foram consultados sobre progênie. O filho provavelmente será usurpador de almas (vulgo caçador de peles ou esfolador). Ao que se sabe, registros de templários indicaram a capacidade de essa criança ser a um só tempo mortal e imortal. O potentado, Lorde Akeldama (vulgo Elemento V-322-XA), concorda. O Elemento P-464-AT informou acreditar que "aquele homem terrível disse algo assim como... uma criatura que pode caminhar e rastejar, e que monta na alma como os cavaleiros montam nos seus corcéis". (Atenção, por favor: suspeito "homem terrível" é referência a preceptor florentino dos cavaleiros templários.)

Único exemplo anterior documentado de usurpadora de almas foi Al-Zabba (vulgo Zenóbia, Rainha de Palmira, elemento sem numeração). Ao que tudo indica parente do Elemento V-322-XA, Akeldama. (Ele não revela detalhes — sabe como são os vampiros.) Zenóbia provavelmente foi fruto da união entre uma rainha vampiro e um preternatural (elementos desconhecidos). É, portanto, impossível saber se suas capacidades serão comparáveis às do progênito vindouro do Elemento P-464-AT, pois a criança resulta da união de uma preternatural e um lobisomem Alfa. Em ambos os casos, o tipo de manifestação é desconhecido.

Sugere-se nova classificação para dito progênito: M de metanatural.

Adendo Adicional para Consideração: é evidente que os vampiros desejam eliminar o progênito, à custa do Elemento P-464-AT. Este arquivista acredita ser do interesse da Comunidade Britânica fazer o possível para que essa criança nasça, ao menos em nome do interesse científico. Após consultar o Elemento V-322-XA, Akeldama, creio que encontramos uma solução para a negatividade vampiresca.

Capítulo 1

Em que Lady Maccon Anda como uma Pata-Choca

— Cinco meses! Faz cinco meses que os senhores, *cavalheiros*, se é que ouso chamá-los assim, vêm mantendo em segredo esse seu esqueminha e só agora decidem me contar! — Lady Maccon não gostava de ser surpreendida por declarações de intenção. Olhou furiosa para os homens à sua frente. Uns marmanjos, vários séculos mais velhos do que ela e, ainda assim, pareciam garotinhos envergonhados.

Os três cavalheiros, apesar de exibirem a mesma expressão contrita, eram tão diferentes quanto homens distintos e de boa posição social podem ser. O primeiro, grandalhão e um tanto deselegante, exibia um paletó de confecção impecável, que se ajustava com certa relutância aos ombros enormes, como que ciente de ter sido vestido a contragosto. Os outros dois tinham uma relação bem mais amistosa com seus trajes, embora, no caso do primeiro, a roupa fosse questão de fineza e, no do segundo, de expressão artística, quase declamatória.

Lady Maccon não parecia assustadora o bastante para inspirar constrangimento em qualquer cavalheiro, elegante ou não. Perigosamente próxima do parto, já quase aos oito meses de gravidez, tinha a aparência distinta de um ganso recheado com joanetes.

— Nós não queríamos que se preocupasse demais — arriscou o marido, cuja voz estava áspera, na tentativa de apaziguar os ânimos. Os olhos

castanho-amarelados do Conde de Woolsey fixavam-se no chão, e os cabelos pareciam estar úmidos.

— Ah, e por acaso as constantes ameaças de morte dos vampiros são tranquilizadoras para uma mulher no meu estado? — A preternatural não toleraria aquilo. Seu tom de voz estava tão estridente que perturbou a gata de Lorde Akeldama, uma criatura normalmente fleumática. O felino malhado e rechonchudo abriu um dos olhos amarelados e bocejou.

— Mas não é a solução mais *perfeita*, minha querida *flor de lilás*? — perguntou Lorde Akeldama, afagando a gatinha e levando-a a relaxar de novo, ronronando. O constrangimento do vampiro era o mais artificial dos três. Havia um brilho em seus belos olhos, embora fitassem o chão. Era o brilho de quem está prestes a conseguir o que quer.

— Como assim, perder a custódia do meu próprio filho? Ora bolas, eu posso não ter alma e não ser lá muito maternal, como sou a primeira a admitir, mas não sou insensível. Francamente, Conall, como pôde concordar com isso? Sem nem me consultar!

— Esposa, por acaso se esqueceu do fato de que toda a alcateia tem atuado como guarda-costas nos últimos cinco meses? É exaustivo, minha querida.

Lady Maccon amava o marido. E apreciava, sobretudo, a forma como ele caminhava a passos largos, sem camisa, durante seus arroubos; no entanto, percebeu que não gostava dele naquele momento — o tolo. De súbito, sentiu fome, o que muito a aborreceu, já que a distraiu de sua irritação.

— Ah, sim, e como acha que eu me sinto como objeto dessa supervisão constante? Mas, Conall, *adoção*! — Ela se levantou e começou a andar de um lado para outro. Ou, para sermos mais específicos, a rebolar como uma pata-choca exacerbada. Desta vez, nem reparou na beleza opulenta da sala de estar do vampiro. *Eu não deveria ter concordado com esta reunião aqui*, pensou. *Sempre acontece alguma coisa desagradável na sala de estar de Lorde Akeldama.*

— A rainha acha que é um bom plano. — O professor Lyall intrometeu-se na discussão. Seu arrependimento provavelmente era o mais sincero, pois ele não gostava de confrontos. E devia ser o verdadeiro responsável por aquela conspiração, a menos que Lady Maccon estivesse profundamente equivocada na avaliação de sua personalidade.

— Que bom para a bendita rainha. De jeito nenhum, eu me recuso.

— Alexia, minha querida, seja razoável. — Lorde Maccon tentava persuadi-la. Não levava muito jeito para a coisa, pois a persuasão não se encaixava direito num homem daquele tamanho e com aquelas tendências mensais.

— Razoável? Quero mais é que a razão vá para o quinto dos infernos!

Lorde Akeldama tentou uma nova tática.

— Eu já converti o quarto ao lado do meu em um aposento infantil adorável, minha *sementinha de romã*.

Lady Maccon ficou simplesmente atônita ao ouvir aquilo. Interrompeu o acesso de raiva e o rebolado de pata-choca para fitar o vampiro, surpresa.

— O seu segundo closet? Não é possível.

— O próprio. Está vendo como eu estou levando isso a sério, minha queridíssima *pétala*? Realoquei *roupas* por você.

— Pelo meu filho, quer dizer. — Mas ela estava impressionada, apesar da irritação.

Lady Maccon olhou para o professor Lyall em busca de ajuda, tentando desesperadamente se acalmar e se comportar da forma mais prática possível.

— E isso vai dar um basta aos ataques?

O Beta anuiu, ajustando com um dedo os óculos, que ali estavam por pura encenação — ele não precisava usá-los —, dando-lhe algo atrás do qual se esconder. E no qual remexer.

— Acho que sim. Eu não consegui, claro, consultar as rainhas diretamente. As colmeias se recusam a admitir a emissão da sentença de morte, e o DAS ainda não decidiu como comprovar de uma vez por todas que os vampiros estão tentando — ele deu uma tossidinha — matar o seu bebê. E, consequentemente, a senhora.

Lady Maccon sabia que o Departamento de Arquivos Sobrenaturais tinha sua atuação limitada pela burocracia e a conduta social adequada. Ou seja, por ser o órgão responsável pela fiscalização do comportamento dos elementos sobrenaturais e preternaturais da Inglaterra, tinha de demonstrar sempre que obedecia às suas próprias leis, inclusive às que garantiam às alcateias e às colmeias certo nível de autonomia e autogoverno.

— E as joaninhas mecânicas assassinas de Monsieur Trouvé?
— Não pudemos ligá-las ao agente dos vampiros na Europa.
— E a molheira que explodiu?
— Não restaram provas irrefutáveis.
— O Poodle da Mongólia que lançava chamas?
— Nenhuma relação com qualquer traficante conhecido.
— A comida envenenada no dirigível, que o sr. Tunstell consumiu no meu lugar?
— Bom, considerando a contaminação dos voos em geral nesses alimentos, pode ter sido mera coincidência. — O professor Lyall tirou os óculos e pôs-se a limpar as lentes com um lenço branco impecável.
— Ora, professor Lyall, está brincando? Não é do seu feitio.
O Beta de cabelos cor de areia lançou um olhar obstinado para Lady Maccon.
— Eu estou explorando novas facetas de minha personalidade.
— Melhor parar.
— Sim, milady.
Lady Maccon se empertigou o máximo que a barrigona lhe permitia e olhou de cima para o professor Lyall, que estava sentado com as pernas elegantemente cruzadas.
— Explique para mim como chegou a essa solução. E, considerando que não propôs esse esquema às colmeias, como pode ter certeza de que dará um basta nessa irritante mania, que parecem ter adquirido, de tentar me matar?
O professor Lyall lançou um olhar desamparado aos seus coconspiradores. Lorde Maccon esparramou-se com um largo sorriso no canapé de veludo dourado, levando-o a ranger em protesto. Nem Lorde Akeldama nem seus zangões tinham o porte daquele lobisomem. O canapé parecia esmagado pela experiência. Algo que tinha em comum com boa parte dos móveis.
O brilho nos olhos de Lorde Akeldama continuou ali, e ele não se pronunciou.
Percebendo que havia sido abandonado, o professor Lyall respirou fundo.
— Como soube que a ideia foi minha?

A preternatural cruzou os braços sobre o busto volumoso.

— Meu caro senhor, dê-me *algum* crédito!

O Beta recolocou os óculos.

— Bom, nós sabemos que, embora os vampiros receiem o que seu filho pode vir a ser, são inteligentes o bastante para saber que, se educado com as devidas precauções, até mesmo o maior predador nato saberá se comportar civilizadamente. A senhora, por exemplo.

Lady Maccon arqueou a sobrancelha.

O marido soltou um bufo irônico.

O professor Lyall não se deixou intimidar.

— A senhora pode ser um tanto extravagante, mas sempre *age* com educação.

— Sem dúvida — acrescentou o vampiro, erguendo a longa taça e tomando um gole do borbulhante Trago Rosé.

A preternatural inclinou a cabeça.

— Tomarei isso como um elogio.

O Beta prosseguiu, corajoso:

— Faz parte da natureza vampiresca acreditar que todo vampiro, e peço desculpas pelo insulto, milorde, até mesmo Lorde Akeldama, incutirá o código ético correto numa criança. Um pai vampiro asseguraria que o filho se mantivesse longe da corrupção dos americanos, templários e outros grupos igualmente antissobrenaturais. E, claro, dos senhores, Lorde e Lady Maccon. Em suma, todas as colmeias sentirão estar no controle e, por conseguinte, as ameaças de morte vão cessar.

Lady Maccon fitou Lorde Akeldama.

— Concorda com esse prognóstico?

O vampiro anuiu.

— Concordo, *queridíssima calêndula*.

O conde começava a parecer menos aborrecido e mais pensativo.

Professor Lyall continuou:

— Lorde Akeldama pareceu ser a melhor solução.

Lorde Maccon franziu o nariz ao escutar aquilo e deu uma bufada de desdém.

O professor Lyall, Lorde Akeldama e Lady Maccon fingiram não ouvir.

— Ele é mais poderoso do que qualquer outro errante da região. Conta com uma quantidade considerável de zangões. Mora no centro de Londres e, como potentado, desfruta da autoridade conferida pela Rainha Vitória. Poucos ousariam se intrometer em sua vida doméstica.

O vampiro deu um tapinha brincalhão nas costas do Beta.

— Dolly, como você é lisonjeiro.

O professor Lyall ignorou-o.

— E, além disso, ele é seu amigo.

Lorde Akeldama olhou para o teto, como se considerasse novas trocas de carícias para os querubins ali pintados.

— Eu também já insinuei que, por causa de certo incidente abominável, neste inverno, as colmeias têm uma dívida de honra para comigo. O meu predecessor potentado pode ter pretendido tomar as rédeas da situação em suas mãos brancas como o lírio, mas *isso não muda o fato* de que as colmeias deveriam ter controlado as atividades que ele exercia a serviço delas. Sua iniciativa de raptar o *meu zangãozinho* foi *totalmente* deplorável, e eles estão bastante conscientes desse *pequeno* detalhe. Eu tenho uma dívida de sangue e pretendo mordê-los de volta com este acordo.

Lady Maccon olhou para o amigo. Sua postura e atitude continuavam tão relaxadas e frívolas quanto antes, mas a rigidez ao redor da boca sugeria que estava sendo sincero.

— É uma declaração bem séria, vindo de sua parte, milorde.

O vampiro sorriu, mostrando as presas.

— Então trate de aproveitá-la, meu *bolinho recheado*. Provavelmente não vai ocorrer de novo.

A preternatural mordiscou o lábio inferior e foi se sentar em uma das cadeiras mais retas de Lorde Akeldama. Achava complicado, àquela altura, sair de sofás e poltronas, por isso preferia simplesmente não se meter com estofados.

— Ah, eu nem estou conseguindo pensar direito. — Ela esfregou a barriga, irritada com a falta de clareza mental, o resultado persistente da falta de sono, do desconforto físico e da fome. Parecia passar o tempo todo comendo ou cochilando, em algumas ocasiões até cochilando enquanto comia e, em outras, comendo enquanto cochilava. A gravidez lhe dera uma nova noção da capacidade humana de consumo. — Oh, maldição, estou faminta!

No mesmo instante, os três homens ofereceram alimentos tirados dos bolsos internos dos coletes. O professor Lyall, um sanduíche de presunto embrulhado em papel pardo, Lorde Maccon, uma maçã meio apodrecida, e Lorde Akeldama, uma caixinha com doces sírios. Meses de treinamento haviam condicionado os criados do lobisomem a atenderem às pressas à preternatural cada vez mais irascível e a descobrirem, sem exceção, que, se a comida não chegasse de imediato, pelos podiam voar pelos ares ou, pior ainda, ela começava a chorar. Portanto, vários integrantes da alcateia andavam com a roupa cheia de calombos, no frenesi de estocar lanches por todo o corpo.

Lady Maccon aceitou as três ofertas e pôs-se a comer, começando com os doces sírios.

— Então, está mesmo disposto a adotar o meu filho? — perguntou ela a Lorde Akeldama, entre mordidas, para, então, fitar o marido. — E *você* quer permitir isso?

O conde deixou de lado a atitude divertida, ajoelhou-se diante dela e ergueu os olhos. Pôs as mãos em seus joelhos. E, mesmo através das inúmeras saias, Lady Maccon sentiu a aspereza das palmas de suas mãos.

— Eu venho sobrecarregando o DAS e a alcateia para mantê-la em segurança, esposa. E cheguei até a pensar em convocar a Guarda Coldsteam. — Maldito fosse ele por parecer tão charmoso quando agia com timidez e sinceridade. Acabava com toda a sua determinação. — Não que pudesse agir de outra forma. Eu protejo os meus. Mas a Rainha Vitória ficaria furiosa se eu mexesse meus pauzinhos militares por causa de uma questão pessoal. Bom, mais do que já está, por eu ter matado o potentado. Precisamos usar a cabeça. Os vampiros são mais velhos e ardilosos, e vão continuar tentando. Não podemos continuar desse jeito pelo resto da vida do nosso filho.

Talvez ele tenha aprendido algo sobre pragmatismo ao longo da nossa união, pensou a preternatural. *Ah, mas por que tem que agir com tamanha sensatez logo agora?* Ela tentou desesperadamente não se irritar com o fato de ele ter enfrentado a situação de forma unilateral. Sabia que custava muito ao marido reconhecer qualquer tipo de inaptidão. Ele gostava de pensar que era todo-poderoso.

Lady Maccon segurou o rosto dele entre as mãos enluvadas.

— Mas este é o *nosso* bebê.

— Tem uma solução melhor? — Era uma pergunta sincera. Lorde Maccon esperava, de fato, que ela pensasse em uma alternativa.

A esposa balançou a cabeça, tentando não parecer sentimental. Então, contraiu a boca.

— Está bem. — Ela se virou para Lorde Akeldama. — Se quer ficar com o meu filho, então eu vou me mudar para cá também.

O vampiro nem titubeou. Abriu os braços amplamente, como se fosse abraçá-la.

— Minha mais querida das Alexias, *bem-vinda* à família.

— Dá-se conta de que eu talvez tenha que morar no seu outro closet?

— Sacrifícios, sacrifícios.

— O quê? De jeito nenhum. — Lorde Maccon se levantou e lançou um olhar zangado para a esposa.

Lady Maccon estava com aquela *expressão*.

— Eu já venho a Londres duas vezes por semana para participar do Conselho Paralelo. Vou começar a vir na quarta e ficar até segunda, e passar o resto da semana no Castelo de Woolsey.

O conde sabia fazer contas.

— Duas noites? Vai me dar duas noites? Inaceitável.

A esposa não cedeu.

— Você já vem mesmo à cidade para cuidar dos negócios do DAS quase todo anoitecer. Pode vir me ver, então.

— Alexia — disse o marido, num rosnado —, eu me recuso a ter que requisitar direitos de visita à minha própria esposa!

— Paciência. O filho também é meu. Você está me obrigando a escolher.

— Posso dar uma sugestão? — intrometeu-se o professor Lyall.

O casal Maccon olhou para ele, furioso. Os dois gostavam de discutir entre si quase tanto quanto de qualquer outra atividade íntima.

O Beta recorreu à extrema autoconfiança dos verdadeiramente refinados.

— A casa ao lado está disponível para ser alugada. E se a Alcateia de Woolsey a alugar como residência urbana, milorde...? O senhor e Lady Maccon podem ter um quarto aqui, na casa de Lorde Akeldama, mas fingir morar ao lado. O que manterá a aparência de separação, quando o bebê chegar.

O senhor, Lorde Maccon, poderá fazer as refeições e se reunir com os integrantes da alcateia quando estiverem na cidade. Claro, durante certo período do mês todos vão ter que voltar ao Castelo de Woolsey por questões de segurança e, além disso, é preciso levar em consideração as caçadas e as missões. Mas pode dar certo, como solução temporária. Durante algumas décadas.

— Será que os vampiros vão desaprovar? — Alexia adorou a ideia. O Castelo de Woolsey ficava um pouco longe demais de Londres para o seu gosto, além de ter um excesso de arcobotantes.

— Eu não creio. Não se ficar bem claro que Lorde Akeldama terá total controle paternal, com a documentação adequada e tudo o mais. E se conseguirmos manter as aparências.

O vampiro se empolgou.

— Dolly, *querido*, será tão deliciosamente inaudito, uma alcateia de lobisomens morando ao lado de um vampiro como *moi*.

O conde franziu o cenho.

— O meu casamento também foi inaudito.

— É verdade, é verdade. — Lorde Akeldama entrou em ação. Levantou-se de supetão, empurrando sem a menor cerimônia a gata do colo, e passou a caminhar afetadamente pela sala. Naquela noite, usava botas de tom vermelho-escuro ultrapolidas, culotes de veludo branco e paletó de montaria do mesmo tom vermelho da calça. Tudo puramente decorativo. Os vampiros quase nunca montavam... a maioria dos cavalos nem os aceitava... e Lorde Akeldama desdenhava o esporte, considerando-o desastroso para os cabelos. — Dolly, eu *amei* esse plano! Alexia, *torrãozinho de açúcar*, você precisa reformar a sua residência urbana, para que complemente a minha. Azul-celeste com detalhes prateados, que tal? E podíamos plantar pés de lilás. Eu *adoro* esses arbustos.

O professor Lyall não quis mudar de assunto.

— Acha que vai dar certo? — indagou.

— Azul-celeste e prateado? Claro que sim. Vai ficar *divino*.

Lady Maccon ocultou um sorriso.

— Não. — O professor Lyall era dotado de infinita paciência, para lidar com o temperamento de Lorde Maccon, a obtusidade intencional de Lorde Akeldama e as travessuras de Lady Maccon. *Ser Beta*, pensou a preternatural, *deve ser o mesmo que ser o mordomo mais tolerante do mundo.* — Vai dar certo ter a sua residência de vampiros ao lado de uma alcateia de lobisomens?

Lorde Akeldama ergueu o monóculo. Tal como os óculos do professor Lyall, servia apenas para manter as aparências. Mas o vampiro adorava o acessório. Tinha vários, com diversas armações, de pedras preciosas e metais diferentes, para combinar com qualquer roupa.

Ele observou os dois lobisomens em sua sala de visitas através do pequeno círculo de vidro.

— Estão bem mais educados sob a tutela de Alexia. Acho que será tolerável, desde que eu não seja obrigado a jantar com os senhores. E, Lorde Maccon, podemos trocar umas ideias sobre a forma correta de usar o plastrom? Em prol da minha sanidade?

O lobisomem continuou indiferente.

Já o professor Lyall exibiu um ar sofrido.

— Eu faço o que posso.

Lorde Akeldama olhou para ele, com um brilho de compaixão nos olhos.

— É um homem corajoso.

Naquele momento, Lady Maccon interveio.

— E não se importaria com as nossas ocasionais estadias aqui?

— Se resolver a questão do plastrom, eu acho que poderia até ceder outro closet para a causa.

A preternatural conteve um largo sorriso e tentou se manter o mais séria possível.

— É um homem nobre.

O vampiro inclinou a cabeça, em uma aceitação graciosa do elogio.

— Quem diria que eu teria um lobisomem morando no meu closet?

— Duendes debaixo da cama? — sugeriu Lady Maccon, finalmente abrindo seu largo sorriso.

— Imagine, *bolotinha*, se eu *tivesse* essa sorte! — Um brilho perpassou os olhos do vampiro, que jogou os cabelos louros para trás, coquete. — Suponho que sua alcateia passe boa parte do tempo vestida informalmente?

Lorde Maccon revirou os olhos, mas o professor Lyall gostava de recorrer a um subornozinho.

— Ou despida.

O vampiro anuiu, satisfeito.

— Oh, meus queridos rapazes vão *amar* esse novo esquema. Gostam muito de comentar as atividades de nossos vizinhos.

— Ó céus! — murmurou Lorde Maccon entre os dentes.

Ninguém mencionou Biffy, embora todos tivessem pensado nele. Lady Maccon, sendo Lady Maccon, resolveu abordar sem rodeios o tema proibido.

— Biffy vai adorar.

Fez-se silêncio.

Lorde Akeldama adotou um falso tom casual.

— Como *anda* o mais novo integrante da Alcateia de Woolsey?

Na verdade, Biffy não estava se adaptando tão bem quanto todos esperavam. Ainda lutava contra a metamorfose todos os meses e se recusava a tentar transmudar de livre e espontânea vontade. Obedecia cegamente a Lorde Maccon, mas sem a menor satisfação. Por isso, andava tendo dificuldades de adquirir um mínimo de autocontrole e precisava ficar trancafiado mais noites do que o necessário, em virtude dessa fraqueza.

Não obstante, sem vontade de trocar confidências com um vampiro, o Alfa se limitou a comentar, em tom ríspido:

— O filhote está se saindo bastante bem.

Lady Maccon franziu o cenho. Se estivesse sozinha com Lorde Akeldama, poderia ter lhe revelado algo sobre as agruras de Biffy, mas, naquelas circunstâncias, deixou o marido lidar com a questão. Se eles se mudassem mesmo para o bairro e para a casa de Lorde Akeldama, o vampiro descobriria a verdade em breve.

Ela fez um gesto autoritário para o marido.

Como um cachorro treinado — embora ninguém ousasse sugerir tal comparação a um lobisomem —, Lorde Maccon se levantou, estendeu ambas as mãos e içou a esposa. Ao longo dos últimos meses, a preternatural se acostumara a recorrer aos seus serviços de guindaste em inúmeras ocasiões.

O professor Lyall também ficou de pé.

— Então, está resolvido? — A preternatural olhou para os três cavalheiros sobrenaturais.

Eles assentiram.

— Ótimo. Eu vou pedir a Floote que tome as providências necessárias. Professor Lyall, pode vazar a informação sobre a nossa mudança para os jornais, de forma que os vampiros fiquem sabendo? Lorde Akeldama, será que poderia usar os seus próprios meios especiais de divulgação?

— Claro, minha *gotinha de orvalho*.

— Às suas ordens, milady.

— Eu e você — ela deu um largo sorriso para o marido, mergulhando, embora brevemente, nos olhos castanho-amarelados — temos que fazer as malas.

Lorde Maccon suspirou, sem dúvida imaginando a reação da alcateia ao fato de o Alfa ir morar, ao menos parte do tempo, na cidade. A Alcateia de Woolsey não era exatamente famosa por se interessar pela alta sociedade. Nenhuma era.

— Como é que consegue me meter nessas situações, esposa?

— Ah — Lady Maccon ficou na ponta dos pés e se inclinou para dar um beijo na ponta do seu nariz, apoiando a barriga no corpo forte do marido —, você adora. Lembre-se de como sua vida era monótona antes da minha chegada.

Ele lhe lançou um olhar severo, mas concordou com o argumento.

Alexia se aconchegou a ele, desfrutando dos frêmitos que seu físico avantajado ainda a fazia sentir.

Lorde Akeldama soltou um suspiro.

— Meus pombinhos, como é que eu vou fazer para aguentar esses flertes constantes na minha presença? É tão *déclassé*, Lorde Maccon, amar a *própria* esposa. — Ele conduziu os convidados da sala até o longo corredor frontal abobadado.

Dentro da carruagem, o conde manteve a esposa no colo e lhe deu um beijo vibrante no pescoço.

Lady Maccon pensara, no início, que as atenções amorosas de Conall diminuiriam à medida que a gestação progredisse, mas estivera redondamente enganada. Ele se mostrava intrigado com as alterações no corpo dela — um espírito de curiosidade científica que baixava sempre que tinha uma oportunidade de despi-la. Ainda bem que aquela estação

permitia tais atividades, pois fazia séculos que Londres não desfrutava de um verão tão agradável.

A preternatural se acomodou ali e, segurando o rosto dele entre as mãos, dirigiu a boca dele à sua, por um longo momento. Ele soltou um grunhido semelhante a um rom-rom e a puxou para mais perto. A barriga de Lady Maccon se interpôs entre os dois, mas ele não pareceu se importar.

Passaram cerca de meia hora naquela atividade agradável, até ela perguntar:

— Você não se importa mesmo?

— Com o quê?

— De morar no closet de Lorde Akeldama?

— Eu já fiz outras besteiras por amor no passado — respondeu Lorde Maccon, ingenuamente, antes de mordiscar a orelha dela.

Lady Maccon se moveu, aconchegando-se mais a ele.

— Ah, é? O quê?

— Bom, teve um...

A carruagem empinou, e a janela da porta se estilhaçou em mil pedaços.

O conde protegeu a esposa dos cacos de vidro com o próprio corpo. Até mesmo quando totalmente mortal, seus reflexos eram rápidos e ágeis como os de um soldado.

— Ah, mas não é uma aporrinhação? — indagou Lady Maccon. — Por que isso tem que acontecer *sempre* que eu ando de carruagem?

Os cavalos relincharam, e o cocheiro puxou as rédeas bruscamente, fazendo o veículo sacolejar. Sem sombra de dúvida algo assustara os animais, levando-os a empinar e a se descontrolarem.

Como um típico lobisomem, Lorde Maccon não quis esperar para ver o que era, mas irrompeu porta afora, ao mesmo tempo que já se transformava, para pisar em terra como um lobisomem enfurecido.

Conall é impetuoso, pensou a esposa, *mas muito charmoso quando age assim*.

Eles estavam fora da região londrina, seguindo caminho por uma das diversas rotas campestres rumo a Barking, que, por sua vez, dava acesso ao Castelo de Woolsey. O que quer que tivesse assustado os cavalos pelo visto estava dando trabalho ao seu marido. Ela meteu a cabeça para fora, com o intuito de observar.

Ouriços. Centenas deles.

Lady Maccon franziu o cenho e examinou-os com mais atenção. Embora a noite de verão estivesse clara, havia apenas um quarto minguante, era difícil discernir os detalhes. Ela reavaliou sua primeira impressão dos agressores rechonchudos. Eram bem maiores que ouriços, com espinhos longos e cinzentos. Levaram-na a se lembrar de uma série de gravuras que vira em um livro sobre a Terra Encantada. *Qual era mesmo o nome da criatura? Tinha algo a ver com suíno? Ah, sim, porco-espinho.* Era o que aqueles animais pareciam. Ela se espantou ao ver que conseguiam lançar os espinhos no marido, cravando-os na carne peluda.

Cada vez que um espinho perniciosamente pontiagudo atingia Lorde Maccon, ele uivava de dor e se inclinava para retirar o projétil com os dentes.

Mas acabou parecendo perder parcialmente o controle das pernas traseiras.

Substância entorpecedora?, perguntou-se Lady Maccon. *Será que são mecânicos?* Ela pegou a sombrinha e meteu a ponta para fora da janela quebrada. Segurou-a firmemente com uma das mãos e, com a outra, ativou o emissor de interferência magnética, apertando a pétala de lótus específica no cabo.

Os bichos continuaram a atacar Lorde Maccon, sem diminuir o ritmo nem esboçar qualquer reação à onda invisível. Ou a sombrinha estava quebrada, algo de que a preternatural duvidava, ou as criaturas não continham partes magnéticas. Talvez fossem tão biológicas quanto haviam parecido a princípio.

Bom, se são biológicas... Lady Maccon pegou a arma.

O marido se opusera à ideia de a esposa andar armada, até os vampiros orquestrarem o ataque da molheira. Depois disso, ele levara Lady Maccon aos fundos do Castelo de Woolsey, mandara dois integrantes da alcateia saírem correndo, com tábuas de carne nas cabeças, e lhe ensinara como atirar. Por fim, presenteara-a com uma arma pequena, porém elegante, americana e encantadoramente letal. Era um revólver Colt Paterson, calibre .28, personalizado, com um cano mais curto para facilitar sua ocultação, e cabo de madrepérola, para combinar com seus acessórios de cabelos.

Lady Maccon chamou a arma de Ethel.

Ela conseguia atingir o galpão de Woolsey a seis passos de distância quando se concentrava, mas qualquer coisa menor ou mais afastada estava muito além de suas habilidades. O que, por um lado, não a impedia de levar Ethel consigo, geralmente dentro de uma bolsinha reticulada, que combinava com o seu vestido; mas, por outro, a impedia de apontar para as criaturas que estavam perto do marido. Ela poderia facilmente atingi-lo.

Lorde Maccon dera um jeito de arrancar a maioria dos espinhos cravados no corpo, mas novos porcos-espinhos, recém-equipados, lançaram outros. Lady Maccon tentou controlar o pânico que sentiu, pois aqueles projéteis poderiam ter pontas de prata. Todavia, embora o marido parecesse estar um pouquinho atordoado e zonzo, não fora atingido nos órgãos vitais. Pelo menos, ainda não. Ele rosnava e mordia, tentando afundar as mandíbulas letais nas criaturas, mas elas pareciam se mover com incrível rapidez, para animais tão atarracados.

Em prol da experimentação científica, Lady Maccon atirou com Ethel, da janela da carruagem, em um porco-espinho que estava mais próximo à extremidade da porcada ondulante. A combinação da curta distância com a densidade permitiu que ela, de fato, atingisse um. Não o que tentara acertar, mas… O animal em questão tombou para o lado e começou a sangrar lentamente, um sangue negro e grosso, do tipo vertido pelos vampiros. Lady Maccon fez uma careta, enojada. No passado, certo autômato com rosto de cera tinha ressumado aquele tipo de sangue.

Outro tiro ressoou. O cocheiro, um zelador mais novo, também atirava contra os agressores.

A preternatural franziu o cenho. Será que esses porcos-espinhos já estavam mortos? Seriam *porcos-espinhos zumbis*? Soltou um resmungo ante a ideia mirabolante. *Claro que não.* Já se havia comprovado, fazia muito tempo, que a necromancia não passava de uma tolice supersticiosa. Lady Maccon semicerrou os olhos. Pelo visto, seus espinhos eram mesmo estranhamente brilhantes. *De cera, talvez? Ou de vidro?*

A arma da preternatural estava equipada com balas antinotívagos, embora ninguém a tivesse autorizado a usá-las. Lorde Maccon insistia muito, e Lady Maccon não se atrevia a desacatá-lo quando o assunto era munição. Zumbi ou não, o porco-espinho permanecera deitado. O que era digno de nota. Embora, verdade fosse dita, as balas antinotívagos surtissem efeito também em porcos-espinhos normais. Ainda assim, havia quantidades enormes deles, e o conde caíra de lado outra vez, contorcendo-se e uivando ante a abundância de espinhos.

Lady Maccon deixou Ethel de lado e tornou a se armar com a sombrinha. Estendeu-a inteira pela janela da carruagem, abriu-a e, em seguida, virou-a para segurar a ponta, os dedos a postos no botão letal. O marido levaria algum tempo para se recuperar dos ferimentos, e ela detestava ter que lhe causar dor, mas às vezes as circunstâncias requeriam atitudes drásticas. Certificando-se de girar o botão até a segunda posição, e não à primeira nem à terceira, a preternatural borrifou uma mistura de lapis solaris dissolvido em ácido sulfúrico. O líquido, projetado para combater vampiros, era forte o bastante para queimar qualquer ser vivo — causando, no mínimo, dores excruciantes.

O vapor se espalhou, atingindo os porcos-espinhos. O cheiro inconfundível de pelo queimado impregnou o ambiente. Como quase todas as criaturas estavam em cima de Lorde Maccon, ele escapou da maior parte do borrifo, pois elas receberam o maior impacto do ácido.

Estranhamente, não fizeram barulho. O ácido penetrou nos pelos dos rostos, mas quase não surtiu efeito nos espinhos, que continuaram a atingir o conde. A sombrinha estalou, e o borrifo passou a gotejar. Lady Maccon a sacudiu, virou-a e pegou-a do outro lado, antes de fechá-la.

Com um rugido alto o bastante para garantir que os porcos-espinhos tremessem nas calças, se as estivessem usando, Lorde Maccon se desvencilhou deles e se apoiou apenas nas patas traseiras, como se os incentivasse a segui-lo. Talvez não estivesse tão incapacitado quanto dera a entender. Talvez tentasse afastá-los da esposa.

Em uma súbita inspiração, a preternatural gritou para o marido lupino:

— Meu querido, leve-os embora. Vá até a mina de calcário.

Ela recordou que Conall se queixara de ter entrado sem querer na mina de calcário, algumas noites antes, e queimado todos os pelos das patas dianteiras.

Lorde Maccon latiu, captando a mensagem e concordando — como Alfa, era um dos poucos que continuavam a usar a cabeça depois da

transmutação. Ele começou a retroceder, saindo da estrada rumo ao barranco e à cratera próxima. Se as criaturas tivessem qualquer componente de cera, a cal, no mínimo, impediria que se movessem.

Os porcos-espinhos o seguiram.

Lady Maccon só teve um momento de descanso para apreciar a visão macabra de um lobisomem conduzindo um rebanho de porcos-espinhos, como uma nova versão do flautista de Hamelin, dos irmãos Grimm. Algo bem maior que um porco-espinho atingira o cocheiro-zelador e o nocauteara. Em instantes, pois a velocidade sempre era o ponto forte deles, a porta da carruagem foi aberta e a sombrinha, arrancada da mão da preternatural.

— Boa noite, Lady Maccon. — O vampiro inclinou a cartola com uma das mãos e, com a outra, segurou a porta. Ocupava a entrada de um jeito sombrio e ameaçador.

— Ah, como vai, Lorde Ambrose?

— Razoavelmente bem, razoavelmente bem. Noite adorável, não é mesmo? E como anda a sua — ele observou a barriga protuberante — saúde?

— Excelente — respondeu ela, dando de ombros com discrição —, embora, suponho, não deva continuar assim.

— Andou comendo figos?

Ela ficou surpresa com a pergunta inusitada.

— Figos?

— São muito benéficos na prevenção da biliosidade em recém-nascidos, pelo que sei.

Como Lady Maccon vinha recebendo uma quantidade excessiva de conselhos não solicitados sobre a gravidez nos últimos meses, ignorou aquele e foi direto ao assunto em questão.

— Se não achar a pergunta muito atrevida, veio até aqui para me matar, Lorde Ambrose? — E foi recuando centímetro por centímetro da porta da carruagem, tentando pegar Ethel. A arma estava atrás dela, no banco. Não tivera tempo de colocá-la na bolsinha reticulada em sentido longitudinal. Esta combinava perfeitamente com o seu vestido de carruagem axadrezado, em tom cinza, debruado de renda verde. Lady Maccon era do tipo de mulher que achava que ou as coisas eram feitas com esmero, ou era melhor não fazê-las.

O vampiro inclinou a cabeça para o lado, admitindo o fato.

— Infelizmente, sim. Lamento muito pela inconveniência.

— Ah, precisa mesmo fazer isso? Eu preferiria que não fizesse.

— É o que todos dizem.

★ ★ ★

O fantasma se deslocava. Flutuando entre este mundo e a morte. Era como se estivesse presa em um viveiro, uma gaiola para aves, sendo ela uma pobre galinha gorducha ali mantida para pôr ovos e mais ovos e mais ovos. O que mais poderia fornecer, além dos ovos de sua mente? Não restava nada. Nem um ovo.

— Cocoricó, cocoricó! — fez ela.

Ninguém lhe respondeu.

Era melhor — ao menos, ela precisava acreditar nisso — que o nada. Até mesmo a loucura era melhor.

Mas, às vezes, ela se conscientizava da situação, da realidade de sua gaiola e do mundo material ao redor. Havia algo errado naquele universo. Faltavam algumas partes. Tinha gente agindo com indiferença ou incorreção. Sentimentos novos começavam a invadir sua mente, e não tinham o direito de se intrometer. Nenhum direito.

O fantasma tinha certeza absoluta de que precisava fazer algo para dar um basta naquilo. Mas não passava de um espectro, e ainda por cima insano, adejando entre os vivos e os mortos. O que mais poderia fazer? Para quem poderia contar?

Capítulo 2

Onde Lady Maccon Não Será Arremessada

Lorde Ambrose era um cavalheiro de traços extraordinariamente bem-feitos. Sua eterna expressão de arrogância melancólica era exacerbada pelas feições aquilinas e os taciturnos olhos escuros. Lady Maccon achava que ele tinha muito em comum com o guarda-roupa de mogno do bisavô da sra. Loontwill, e que no momento residia, em constrangedora austeridade, entre as quinquilharias do vestiário de sua mãe. Ou seja, Lorde Ambrose era inamovível, impossível de aguentar e, sobretudo, cheio de frivolidades incompatíveis com sua aparência exterior.

A preternatural tentou se aproximar da arma, apesar de lhe parecer difícil se mover na espaçosa carruagem, com a atenção voltada ao vampiro na entrada e a mobilidade estorvada pelo bebê na barriga.

— Uma incrível ousadia da condessa enviar o senhor, Lorde Ambrose, para cumprir esta missão.

O vampiro entrou.

— Bom, as nossas tentativas mais sutis parecem ser em vão com a senhora, Lady Maccon.

— A sutileza geralmente é.

Lorde Ambrose ignorou-a e deu continuidade à explicação:

— Eu sou o *guarda pretoriano* dela. Quando se quer que algo seja bem-feito, às vezes é preciso mandar o melhor. — Ele arremeteu contra ela com uma rapidez sobrenatural. Segurava um garrote. Lady Maccon jamais teria imaginado que a Colmeia de Westminster, tão digna, recorreria a uma forma tão primitiva de assassinato.

Ela podia estar andando como uma pata-choca nos últimos tempos, mas não havia nada de errado com a mobilidade dos seus membros superiores. Abaixou-se para evitar o arame mortal, pegou Ethel, girou o corpo, já puxando o percussor, e atirou.

À queima-roupa, até mesmo ela podia atingir um vampiro em cheio no ombro, o que o surpreendeu consideravelmente.

Ele interrompeu o ataque.

— Ora, quem diria! Não pode me ameaçar, está grávida!

Lady Maccon puxou o percussor de novo.

— Queira se sentar, Lorde Ambrose. Eu creio que tenho algo a tratar com o senhor que talvez mude a sua atitude. E, da próxima vez, vou mirar em uma parte menos resistente da sua anatomia.

O vampiro olhou para o ombro, que não estava cicatrizando como deveria. O projétil não atravessara seu corpo, mas se alojara no osso.

— Balas antinotívagos — explicou a preternatural. — Não corre risco letal por causa dessa reles lesão no ombro, milorde, porém, eu não deixaria o projétil aí, se fosse o senhor.

Com cautela, Lorde Ambrose se acomodou no luxuoso banco de veludo. Lady Maccon sempre o considerara um perfeito vampiro. Cabelos cheios, escuros e brilhantes, uma covinha no queixo e, naquele momento, um ar de petulância infantil.

A preternatural, que não gostava de tergiversações nem mesmo quando não corria perigo, foi direto ao assunto:

— Os senhores podem dar um basta em todas as suas toscas tentativas de execução. Eu resolvi dar a criança para que seja adotada.

— Ah, é? E por que isso faria alguma diferença para nós, Lady Maccon?

— O felizardo será Lorde Akeldama.

A expressão petulante deu lugar a uma de choque. Não restavam dúvidas de que ele não esperava uma revelação tão bizarra. A surpresa se instalou em sua face tão precariamente quanto um ratinho em uma forma de pudim assado.

— Lorde Akeldama?

A preternatural anuiu, de forma categórica, uma única vez.

O vampiro ergueu uma das mãos e a meneou com leveza de um lado a outro, em um gesto altamente ilustrativo.

— Lorde Akeldama?

Lady Maccon tornou a assentir.

Ele pareceu recuperar parte de sua imodestíssima compostura vampiresca.

— Vai permitir que o seu filho seja criado por um vampiro?

A mão da preternatural, que ainda segurava a arma, não vacilou sequer um instante. Os vampiros eram criaturas volúveis e traiçoeiras. Não havia motivo para baixar a guarda, mesmo que Lorde Ambrose parecesse ter baixado a sua. Ele continuava a segurar o garrote, com a outra mão.

— Ninguém menos que o potentado. — Ela fez questão de mencionar a recente mudança de status político de Lorde Akeldama.

Lady Maccon observou atentamente o rosto dele. Estava lhe dando uma saída estratégica e sabia que ele *deveria querer* uma. A Condessa Nadasdy, Rainha da Colmeia de Westminster, gostaria de contar com essa alternativa. A situação era incômoda para todos os vampiros. Devia ser justamente por esse motivo que estavam sempre arruinando todas as tentativas de homicídio; não se esforçavam o bastante. Ah, mas não por causa do assassinato em si. Para os vampiros, matar era pouco mais difícil do que encomendar um novo par de sapatos. Não, eles só queriam se livrar da incumbência de ter que matar a esposa de um lobisomem Alfa. A morte de Lady Maccon por vampiros, fosse provável ou não, causaria muitos problemas para as colmeias. Problemas enormes, peludos e furiosos. Não que os hematófagos julgassem que perderiam a guerra contra os lobisomens; simplesmente achavam que seria sangrenta. Os vampiros detestavam perder sangue — era complicado de ser reposto e sempre deixava manchas.

Lady Maccon insistiu no assunto, concluindo que Lorde Ambrose tivera tempo suficiente para ponderar a respeito de sua revelação.

— Com certeza não fará nada, exceto aprovar essa solução tão satisfatória para a nossa situação precária?

O vampiro franziu os lábios carnudos sobre as presas. Fora a própria elegância da proposta de Lady Maccon que o levara a refletir sobre ela seriamente. Ambos sabiam disso.

— Não consideraria a possibilidade de a Condessa Nadasdy ser a madrinha da criança, consideraria?

A preternatural pôs a mão na barriga, surpresa.

— Bom — tergiversou, buscando a resposta mais cortês —, sabe que eu adoraria, mas o meu marido... Eu conto com a sua compreensão. Ele já está um pouco aborrecido por Lorde Akeldama assumir o papel paterno. Acrescentar sua colmeia à mistura pode ser mais do que o conde é capaz de digerir.

— Ah, sim, a sensibilidade dos lobisomens deve ser levada em conta. Eu sempre me esqueço disso. Mal posso acreditar que ele tenha aprovado tal esquema. Mostrou-se receptivo a essa solução?

— Totalmente.

Lorde Ambrose a observou com incredulidade.

— Bom — Lady Maccon fez pouco da situação —, o meu querido marido tem algumas ressalvas em relação às ideias de Lorde Akeldama sobre educação e, hã, vestuário, mas aprovou a adoção.

— Que incrível poder de persuasão a senhora tem.

Como a preternatural ficou lisonjeada por ele ter achado que a ideia fora sua, não se deu ao trabalho de corrigi-lo.

— Vai se encarregar de todos os detalhes legais, registrar a adoção e arquivá-la no DAS?

— Naturalmente. Creio que a Rainha Vitória está de acordo. A Alcateia de Woolsey planeja alugar a casa ao lado da de Lorde Akeldama, para ficar de olho na criança. Devem permitir que eu tenha alguma preocupação maternal.

— Ah, sim, sim, perfeitamente compreensível. Disse que vai registrá-la, certo, Lady Maccon?

— Isso mesmo.

O vampiro guardou o garrote em um bolso do colete.

— Considerando o acordo proposto, posso pedir sua licença, Lady Maccon, por um tempo? Preciso voltar à Colmeia de Westminster agora mesmo. É extenuante ficar tão longe assim, e minha rainha vai querer receber esta nova informação tão rápido quanto sobrenaturalmente possível.

— Claro. Eu pensei que o raio de ação da colmeia se limitasse às áreas do território londrino.

— Ser um *guarda pretoriano* tem suas vantagens.

Com um brilho travesso nos olhos castanhos, Lady Maccon recordou-se dos bons modos.

— Tem certeza de que não vai ficar? Para tomar uma dose de vinho do Porto? O meu marido mantém um pequeno estoque no compartimento de amenidades, para emergências.

— Não, muitíssimo obrigado. Talvez em um futuro encontro?

— Mas não para dar continuidade ao projeto de me matar, espero? Gostaria de deixar tudo isso para trás.

Lorde Ambrose sorriu.

— Não, Lady Maccon, para tomar o vinho do Porto. Afinal de contas, a senhora vai ter uma casa na cidade. Estará no nosso território, não é mesmo?

A preternatural empalideceu. A Colmeia de Westminster dominava, de fato, as áreas mais elegantes de Londres.

— Ah, sim, suponho que sim.

O sorriso do vampiro se tornou menos simpático.

— Vou lhe desejar boa noite, então, Lady Maccon.

Com isso, ele saiu da carruagem, jogou a sombrinha dela para dentro e desapareceu noite afora. Alguns instantes depois, Lorde Maccon, parecendo ótimo apesar da atividade pastoril com os porcos-espinhos, entrou na carruagem e tomou a esposa nos braços sem a menor cerimônia. Estava nu, claro, e ela nem teve tempo de repreendê-lo por não ter tirado a roupa antes de se transmutar. Outro paletó arruinado.

— Onde é que nós estávamos? — perguntou ele com a voz grossa, antes de mordiscar sua orelha. Em seguida, cingiu-a o máximo que pôde, o que definitivamente não era muito naqueles dias, e massageou as costas da esposa.

A circunferência cada vez maior de Alexia impossibilitara a maior parte das atividades eróticas do casal, mas isso não os impedia de levar a efeito o que Lorde Maccon chamava, afetuosamente, de *brincar*. Apesar dos protestos da preternatural de que gozava de perfeita saúde, a ciência médica contemporânea proibia as relações conjugais nos últimos meses de gestação, e o conde se recusava a pôr em risco o bem-estar da esposa. Para a angústia dela, ele se mostrou de uma intransigência que ela jamais teria sido capaz de prever.

Lady Maccon tirou a arma, que estava entre os dois, e a empurrou pelo banco. Teria bastante tempo depois para contar ao marido o que ocorrera com Lorde Ambrose. Se o fizesse agora, ele se exaltaria e se distrairia. E, naquele momento, *ela* preferia ser a causa tanto da exaltação quanto da distração.

— Nenhuma lesão permanente, querido? — Lady Maccon passou as mãos pelas laterais do corpo dele, apreciando a maciez da pele e a forma como ele se contorcia ao seu toque.

— Jamais. — Lorde Maccon beijou-a na boca, em um abraço ardente.

A esposa se perguntou como, depois de tantos meses de união, ainda se desmanchava ao beijar o marido. Nunca deixara de ser excitante. Era como um bom chá com leite: reconfortante, revitalizante e delicioso. Embora não soubesse ao certo se Conall gostaria dessa analogia, Alexia *adorava* chá.

Ela tocou o queixo dele com ambas as mãos, encorajando-o a lhe dar um beijo mais profundo.

Fazer uma mudança, pensou Lady Maccon, *deve ser a tarefa mais inconveniente do mundo*.

Ninguém estava permitindo, claro, que a preternatural ajudasse fisicamente, embora ela andasse com passos incertos de um lado para outro, apontando objetos de decoração e indicando onde deveriam ser colocados. Estava se divertindo muito. Como o marido e seus coconspiradores haviam partido dias antes para cuidar dos negócios, ela se sentia como um general barrigudo, encarregado de um campo de batalha com mil soldados, dirigindo uma invasão em massa por solo estrangeiro. Embora, depois de ter atuado como mediadora em uma discussão entre Boots e Biffy a respeito da eficácia das almofadas de veludo decorativas, Lady Maccon suspeitasse de que o trabalho dos generais fosse mais fácil. Seu marido e o professor Lyall a deixaram totalmente a cargo da mudança para distraí-la, mas, como ela sabia muito bem que a haviam manipulado, e eles também sabiam que ela sabia, era melhor que se divertisse.

O que tornou a mudança particularmente agradável foi o fato de ter que ser secreta. Eles não queriam que se soubesse que o casal Maccon estava, na verdade, indo morar *dentro* da residência de Lorde Akeldama. Não

fora sem relutância que os vampiros haviam concordado que os dois se mudassem para a *casa ao lado*, receando que o lobisomem e a preternatural pudessem influir indevidamente na educação da criança, mesmo sob os cuidados de Lorde Akeldama. Desencorajavam por completo uma intimidade maior. Assim sendo, Lady Maccon e seu grupo deram a entender que ela estava tentando fugir do caos ao tomar chá com o vizinho, enquanto seus pertences eram levados à casa alugada ao lado. Os artigos pessoais da preternatural foram carregados para o primeiro andar, depois pelo corredor até a varanda. Dali, foram lançados à residência de Lorde Akeldama — pois as varandas ficavam a curta distância e convenientemente escondidas por um azevinho enorme. Em seguida, foram conduzidos por um corredor, mais um lance de escada, até seu novo closet residencial. Tratou-se de um processo bem tumultuado, já que envolvia o lançamento de móveis. *Ainda bem que contamos com a força sobrenatural*, pensou Lady Maccon, observando Biffy pegar com facilidade seu guarda-roupa favorito.

Os subordinados da preternatural naquela intricada farsa eram três jovens integrantes da Alcateia de Woolsey: Biffy, Rafe e Phelan (Biffy era o receptor, os outros dois o carregador e o arremessador, respectivamente); o sempre eficiente Floote; e um animado grupo de zangões de Lorde Akeldama, que corria de um lado para outro, dando *aquele toque especial* em tudo.

Depois de supervisionar os arremessos, Lady Maccon foi inspecionar a distribuição de móveis em seu novo quarto. O terceiro closet de Lorde Akeldama era bem espaçoso, quase do tamanho de seu quarto no Castelo de Woolsey. Era verdade que não tinha janela, e que havia barras, estantes e ganchos desnecessários nas paredes. Mas o espaço era amplo o bastante para incluir uma cama enorme (que Lorde Akeldama encomendara especialmente para acomodar o corpanzil de Lorde Maccon), um toucador e uma miscelânea de objetos. O conde teria que se virar sem o vestiário, mas, como já gostava mesmo de circular despido, a esposa suspeitava que tal fato não teria um impacto negativo em seus hábitos. A falta de um criado pessoal a preocupou por uns cinco segundos, até ela se dar conta de que nenhum zangão de Lorde Akeldama permitiria que o marido cruzasse aqueles corredores sem envergar uma roupa impecavelmente engomada.

Biffy estava em seu elemento, livre para percorrer de novo os corredores luxuosos, coloridos e um tanto agitados do seu ex-amo. De todos os amigos de Lady Maccon, fora ele que mais se animara com o esquema de coabitação. O ex-zangão sentia-se bem mais à vontade andando de um lado para outro, pendurando nos ganchos os chapéus da preternatural, do que se sentira nos últimos cinco meses, no Castelo de Woolsey. Até poderia ser descrito como um sujeito alegre, já não mais oprimido pela pilhéria em que o destino transformara sua vida no além.

Os zangões não teriam ficado mais empolgados nem se a Rainha Vitória os honrasse com sua presença. Uma mulher em seu meio, esperando bebê e, nesse ínterim, um quarto para decorar — o mais absoluto paraíso. Após uma breve discussão sobre a renovação do papel de parede, decidiu-se, sem a permissão de Lady Maccon, que um tapete novo e uma luminária adicional seriam suficientes para clarear o closet.

Assim que a Operação Secreta de Arremesso de Móveis foi concluída, os dois outros lobisomens saltaram com facilidade por uma das varandas e foram averiguar se podiam ajudar a fêmea Alfa em algo mais. Sim, restava muito a fazer, informou-lhes ela prontamente. A preternatural quis que empurrassem a cama um pouco mais para a direita, que levassem o guarda-roupa para o outro lado do quarto e, depois, que o trouxessem de volta. Os zangões também quiseram pedir a opinião dos lobisomens quanto à forma de empilhar as caixas de chapéus de Lady Maccon e a maneira correta de pendurar os sobretudos de Lorde Maccon.

No fim, Rafe estava com a expressão resignada de uma águia recebendo ordens de um bando de pombos alvoroçados.

Floote anunciou o término da mudança ao entrar com os últimos pertences mais estimados da preternatural: a sombrinha, a pasta de couro e a caixa de joias.

— O que acha, Floote?

— Está bem elegante, madame.

— Não é a isso que me refiro. O que acha deste acordo?

Fazia dias que eles vinham organizando e empacotando tudo, e Floote ficara encarregado de alugar a casa ao lado da de Lorde Akeldama (não chegando ao cúmulo de pintá-la, para decepção do vampiro); no

entanto, Lady Maccon não tivera tempo de pedir sua opinião a respeito do esquema.

Floote estava sério, como um típico mordomo. Embora houvesse se tornado secretário pessoal e bibliotecário de Lady Maccon, jamais deixara de lado seu bom treinamento.

— É uma solução peculiar.

— E?

— A senhora sempre fez as coisas de um jeito diferente, madame.

— Vai dar certo?

— Tudo é possível — foi sua evasiva resposta. Floote primava pela diplomacia.

Já era tarde da noite, fora do horário das visitas sociais, até mesmo no círculo sobrenatural, quando a campainha da residência de Lorde Akeldama tocou, interrompendo a conversa de Lady Maccon e o corre-corre dos zangões.

Emmet Wilberforce Bootbottle-Fipps — que todos, inclusive a preternatural, quando se esquecia, chamavam de Boots — saiu às pressas, levando a sobrecasaca de veludo verde-floresta a esvoaçar, para ver quem estava ali, àquela hora da noite. Lorde Akeldama não mantinha um mordomo o tempo todo; dizia que os zangões precisavam praticar. O que quer que isso significasse.

Lady Maccon lembrou-se de algo que precisava resolver antes que se esquecesse de novo e se tornasse inconveniente.

— Floote, poderia contratar uns carpinteiros discretos, para que construam uma ponte entre as varandas?

— Madame?

— Sei que estão a menos de um metro de distância, mas já não consigo manter o equilíbrio como antes. Pelo visto, vamos ter que levar adiante esta farsa de morar em uma casa e passar às escondidas para a outra. Eu me recuso a ser arremessada de qualquer jeito entre as casas, por mais forte que meu marido seja e por mais que ele vá se divertir com a tentativa. As roupas nem sempre são uma barreira para o contato preternatural, e eu odiaria que Conall engolisse um frango, se entende o que quero dizer.

— Perfeitamente. Providenciarei os carpinteiros de imediato. — Floote conseguiu manter o rosto incrivelmente sério para quem acabara

de ouvir um comentário tão absurdo sair da boca de uma aristocrata ultragrávida.

Boots reapareceu com uma expressão um tanto chocada sob as costeletas podadas como topiarias.

— A visita é para a senhora, Lady Maccon.

— Sim? — Ela estendeu a mão para receber o cartão.

Não recebeu nenhum, apenas a frase chocada de Boots:

— É uma *dama*, imagine!

— Elas existem, Boots, por mais que prefira negar tal fato.

— Não, não, desculpe. O que eu quis dizer foi: como ela sabia que a senhora estava aqui?

— Bom, se me disser quem é a dama, talvez eu possa explicar.

— É a srta. Loontwill, Lady Maccon.

— Essa não! Qual delas?

A srta. Felicity Loontwill estava sentada na sala de visitas de Lorde Akeldama, trajando um vestido de tweed simples, com uma única fileira de babados e seis botões, um xale cinza de tricô com gola preguegueada e um chapéu de minguadas plumas.

— Ah, minha nossa — exclamou Lady Maccon ao ver a irmã em tal estado. — Felicity, você está bem?

Ela ergueu os olhos.

— Ora, claro que sim, irmã. Por que não haveria de estar?

— Alguma coisa errada com a família?

— Além da predileção de mamãe por cor-de-rosa?

Pestanejando, atônita, a preternatural começou a se sentar com cuidado em uma poltrona.

— Mas, Felicity, você está usando o vestido da estação passada! — Ela abaixou a voz, receando sinceramente que a irmã tivesse enlouquecido. — E uma *peça de tricô*.

— Oh. — A irmã fechou mais o xale em torno do pescoço. — Foi necessário.

A resposta inesperada deixou Lady Maccon ainda mais chocada.

— Necessário? Necessário?!?

— Bom, foi. Preste atenção, Alexia, por favor. Você sempre foi tão nervosa assim, ou isso se deve a essa sua condição desventurada? — E baixando a voz, em tom cúmplice: — Necessário sim, porque eu ando *me confraternizando*.

— É mesmo? Com quem? — A preternatural ficou desconfiada. Não eram horas de uma jovem solteira de boa família saracotear por aí desacompanhada, sobretudo uma que levava uma vida diurna e cujos pais abominavam associações com o círculo sobrenatural.

— Eu estou usando *tweed*. Com quem mais poderia ser? Com uns pobres infelizes da classe média.

Lady Maccon mostrou-se incrédula.

— Ah, por favor, Felicity, não pode esperar que eu acredite que você andou se relacionando com as classes inferiores.

— Acredite se quiser, irmã.

A preternatural desejou ter de volta a capacidade de andar a passos largos e de se levantar de forma ameaçadora. Infelizmente, já fazia meses que esta a abandonara e, se tentasse, na certa perderia o equilíbrio e despencaria sem a menor elegância. Assim sendo, decidiu se limitar a fuzilar a irmã com os olhos.

— Pois bem, então, o que é que veio fazer aqui? E como sabia que eu estaria na residência de Lorde Akeldama?

— A sra. Tunstell me disse onde eu poderia encontrá-la. — Felicity observou com olhar crítico a opulência dourada ao seu redor.

— Ivy? E como é que ela soube?

— Madame Lefoux lhe contou.

— Ah, sim? E como...

— Parece que um tal de professor Lyall contou para Madame Lefoux que você ia se mudar esta noite e que se abrigaria na casa de Lorde Akeldama, caso houvesse compras a serem entregues. Encomendou algum chapéu novo, irmã? Com aquela estrangeira vulgar? Tem certeza de que deveria continuar a frequentar aquela chapelaria, depois do que aconteceu na Escócia? E quem é esse tal de professor Lyall? Você não anda se relacionando com *acadêmicos*, anda? Não pode ser bom para a saúde. A educação é péssima para os nervos, ainda mais para uma mulher no seu estado.

Alexia esforçou-se por encontrar uma resposta apropriada.

Felicity acrescentou, numa tentativa descarada de distraí-la:

— Por falar nisso, *está* mesmo enorme de gorda, hein? É normal inchar tanto assim na gravidez?

Lady Maccon franziu o cenho.

— Eu acho que já cheguei ao tamanho máximo, por assim dizer. Você me conhece: sempre me dedico cem por cento a tudo.

— Bom, a mamãe aconselhou que você não se aborrecesse com ninguém. A criança vai acabar se parecendo com essa pessoa.

— Ah, é mesmo?

— Sim, chamam a isso de imitação emocional, e…

— Então, não tem problema. O bebê vai se parecer com o meu marido.

— Mas e se for menina? Não seria terrível? Nasceria toda peluda e…

Felicity teria continuado, mas Lady Maccon perdeu a paciência, algo que já não tendia a ter.

— Por que você veio me visitar?

A srta. Loontwill desconversou:

— Esta casa é incrível. Eu nunca imaginei que veria o interior da colmeia de um vampiro. É tão encantadora e luxuosa, com tantas coleções requintadas. Quase à altura dos meus padrões.

— Nós não estamos numa colmeia, não tem nenhuma rainha aqui. Não na acepção literal da palavra. Eu não vou permitir que mude de assunto, Felicity. Por que é que apareceu aqui a esta hora da noite? E por que se deu ao trabalho de descobrir o meu paradeiro?

A irmã mudou de posição no canapé de brocado, inclinou a cabeça de cabelos louros e franziu ligeiramente a fronte perfeita. Lady Maccon notou que ela não desfizera os cachos do penteado elaborado para combinar com o traje humilde. Uma fieira de caracóis perfeitamente achatados aderia à sua testa, um estilo que estava na última moda.

— Você não deu atenção à família, desde que voltou para Londres.

A preternatural refletiu sobre a acusação.

— Deve admitir que deixaram claro que eu não era bem-vinda, antes de eu ir embora. — *Para dizer o mínimo.* Sua família sempre fora um pouco fútil para o seu gosto, mesmo antes de decidir expulsá-la de casa no momento mais inconveniente. Desde sua malfadada viagem à Escócia e

subsequente incursão por metade do mundo conhecido, Lady Maccon resolvera simplesmente evitar os Loontwill o máximo possível. Como preternatural, dama da noite, que convivia com lobisomens, inventores e, pior ainda, atores, era uma tarefa relativamente fácil.

— Sim, mas já faz meses, irmã! Não imaginei que você fosse rancorosa. Sabia que a Evylin reatou o noivado com o capitão Featherstonehaugh?

Lady Maccon se limitou a fitar a irmã, batendo um dos chinelos de leve no tapete.

Felicity enrubesceu, olhou para ela e, em seguida, desviou os olhos.

— Eu — fez uma pausa, como se buscasse a forma certa de se expressar — comecei a me envolver.

A preternatural sentiu um estremecimento de verdadeiro pavor no peito. *Ou seria indigestão?*

— Essa não, Felicity. Não com alguém inadequado. Não com alguém da classe média. A mamãe nunca vai perdoá-la!

A irmã se levantou e começou a andar de um lado para outro na sala opulenta, bastante agitada.

— Não, não, você me entendeu mal. Eu comecei a me envolver com a filial local da — abaixou drasticamente o tom de voz — Sociedade Nacional em Prol do Sufrágio Feminino.

Se Lady Maccon já não estivesse sentada, teria sido obrigada a fazê-lo após tal declaração.

— Quer votar? Você? Mas não consegue nem decidir que luvas usar de manhã.

— Eu acredito na causa.

— Balela. Você nunca acreditou em nada na vida, exceto talvez na capacidade dos franceses de prever corretamente a paleta de cores da próxima estação.

— Bom. Ainda assim.

— Mas, Felicity, na verdade isso é tão vulgar. Não poderia fundar uma sociedade beneficente ou um clube de bordado? *Você?* Dedicando-se à política? Eu não posso nem imaginar que seja possível. Só faz cinco meses, não cinco anos, que a vi pela última vez, e não poderia ter mudado tão drasticamente de personalidade. Um chapéu não troca de plumagem com essa facilidade.

Momento em que, sem qualquer aviso, Lorde Akeldama entrou em passos graciosos, cheirando a limão e bala de hortelã, trazendo o programa teatral de alguma comédia indecente do West End.

— Alexia, meu *pudinzinho*, como *está* nesta agradável noite? Mudar de casa é terrivelmente inquietante? Sempre achei que uma mudança pode ser uma verdadeira *provação* para os nervos. — Ele deu uma paradinha astuta à soleira da porta para colocar os binóculos de ópera, as luvas e a cartola em um conveniente aparador. Então, levou o monóculo de prata e safira a um dos olhos e observou Felicity. — Oh, mil perdões pela intrusão. — Seus olhos perspicazes captaram o vestido fora de moda e os cachos extravagantes da visitante de Lady Maccon. — Alexia, *pombinha*, está com algum tipo de *companhia*?

— Lorde Akeldama. Lembra-se da minha irmã?

Ele não abaixou o monóculo perscrutador.

— Lembro?

— Eu acho que devem ter se conhecido na recepção de meu casamento. — Lady Maccon não tinha a menor dúvida de que seu estimado anfitrião sabia *exatamente* quem Felicity era desde o instante em que entrara na sala, talvez até antes, mas adorava uma encenação, mesmo que fosse ele próprio que tivesse de atuar.

— Já a conheci? — O vampiro vestira roupas da última moda para sua saída noturna. Um fraque azul-escuro com calça combinando, um tanto discretos para os padrões habituais, ou ao menos era o que parecia à primeira vista. O observador mais atento logo notaria que o colete de cetim exibia uma estampa excessivamente chamativa em tons de azul, prateado e roxo, e que esse vinha a ser o mesmo tecido das luvas e das polainas. Lady Maccon não entendia como ele podia envergar uma vestimenta tão escandalosa. Onde já se vira, luvas e, ainda por cima, polainas estampadas? Por outro lado, nenhum conjunto de Lorde Akeldama jamais conseguira suplantar a exuberância do dono e, provavelmente, jamais conseguiria. O vampiro tinha o direito de olhar com desconfiança para Felicity. — Já a conheci, sim! Srta. Loontwill? Mas está tão diferente desde a última vez que nos vimos. Como aconteceu tal transformação?

Nem mesmo Felicity teria coragem de enfrentar Lorde Akeldama armado com um monóculo. Ela fraquejou ante a autoridade majestosa do

plastrom, cujo nó se mantinha intacto e as camadas impecáveis — apesar das atividades noturnas —, com seu grande e ostentoso alfinete de safira.

— Bom, milorde, eu participei de uma, hã, reunião, e não tive tempo de trocar de roupa, entende? Quis vir tratar de um assunto um tanto delicado com minha irmã, antes que ela fosse se deitar.

Lorde Akeldama não entendeu a indireta.

— Ah, sim?

— Felicity entrou para a Sociedade Nacional em Prol do Sufrágio Feminino — explicou a preternatural, com ar plácido.

O vampiro foi em seu auxílio na mesma hora.

— É mesmo? Eu sei que Lorde Ambrose contribui com frequência.

Lady Maccon anuiu, indicando que, por fim, tinha entendido.

— Lorde Ambrose? Ah, Felicity, sabe que ele é vampiro?

A irmã balançou os cachos.

— Bom, sim, mas um vampiro *bom partido*. — Ela olhou de soslaio para Lorde Akeldama, com expressão encabulada. — E eu já estou ficando velha.

O dono da casa se mostrou compassivo.

— Claro que está. Já tem quantos anos? Dezoito?

A srta. Loontwill disse, animada:

— Mas eu adorei a retórica.

A preternatural supôs que uma jovem tão influenciada pelos jornais parisienses da moda poderia ser convencida por uma boa oratória.

Felicity prosseguiu:

— Por que nós, mulheres, não podemos votar? Afinal de contas, os homens não fizeram um trabalho tão maravilhoso assim, com sua liderança. Sem querer ofender, milorde.

— Não me senti ofendido, meu pequeno *ranúnculo*.

Essa não, pensou Lady Maccon, *Felicity ganhou um epíteto. Lorde Akeldama gosta dela.*

O vampiro continuou:

— Eu acho que tais lutas são adoravelmente louváveis.

Felicity começou a andar de um lado para outro, de um jeito que a irmã se viu obrigada a reconhecer como sendo parecido com o seu quando se sentia inspirada por algum argumento.

— É exatamente o que eu acho. Você não quer votar, Alexia? Não pode se contentar em permitir que esse bufão do seu marido decida por você nas questões políticas. Não depois da forma como ele se comportou no passado.

Lady Maccon não quis mencionar, naquele momento, que podia votar, sendo seu voto um dos três do Conselho Paralelo da Rainha Vitória. E que ele contava muito mais do que o de qualquer sufrágio popular. Em vez disso, deu outra resposta, porém franca:

— Eu nunca parei para pensar muito no assunto. Mas isso não explica o motivo de sua presença aqui na casa de Lorde Akeldama.

— É, minha *florzinha*. — Ele se sentou no braço do canapé, observando Felicity como um papagaio observaria um pardalzinho monótono que fora parar em seu território.

A srta. Loontwill respirou fundo.

— Não é minha culpa, na verdade. A mamãe não apoiou os meus esforços em relação a Lorde Ambrose. Então, eu ando saindo depois que todos dormem, pela entrada dos criados. Você costumava se sair bem fazendo isso, Alexia. Não pense que eu não sabia. Achei que poderia fazer o mesmo sem que me vissem.

A preternatural começava a entender.

— Mas se enganou redondamente. Eu recebia ajuda. De Floote. Não posso imaginar Swilkins simpatizando com essa questão de Lorde Ambrose.

A irmã fez uma careta, concordando.

— Não, tem toda razão. Eu não me dei conta de como a aprovação do mordomo é fundamental para a autonomia noturna.

— Então, vamos logo ao cerne da questão. A mamãe expulsou você de casa?

A expressão de Felicity deixava claro que era ela própria quem tinha culpa no cartório.

— Não exatamente.

— Ah, Felicity, você não fez isso. Simplesmente saiu de casa?

— Pensei que, como estava se mudando para uma casa aqui na cidade, eu talvez pudesse vir passar uma temporada com você. Eu sei que as companhias não vão ser tão refinadas e distintas como aquelas com que estou acostumada, mas...

Lorde Akeldama franziu o cenho levemente ante *aquela* declaração.

Lady Maccon ponderou sobre o assunto. Gostaria de encorajar o novo espírito de engajamento político da irmã. Se Felicity precisava de algo na vida, era de uma causa. Talvez assim parasse de ficar criticando todo mundo. Mas, se fosse se hospedar com eles, teriam de lhe revelar o esquema da moradia. E havia outro detalhe a considerar. Será que a irmã deveria ser exposta, ainda solteira, a uma alcateia de lobisomens, em todo o esplendor de sua nudez e constante mutação? *É a última coisa de que preciso no momento. Eu não consigo nem ver os meus pés. Como vou poder me certificar de que minha irmã esteja sempre acompanhada?* Lady Maccon vinha considerando a gravidez relativamente suportável, até certo ponto. Ponto este ocorrido havia três semanas, quando suas reservas naturais de autocontrole deram lugar ao sentimentalismo. Ainda no dia anterior, ela acabara de tomar café da manhã aos prantos, por achar que os ovos fritos estavam *olhando de um jeito esquisito para ela*. A alcateia passara meia hora tentando encontrar um jeito de acalmá-la. O marido se preocupara tanto, que parecera prestes a chorar também.

Ela deu uma desculpa para Felicity, constrangida por ter de fazê-lo na frente de Lorde Akeldama.

— Eu vou consultar Conall em relação a isso.

O vampiro se intrometeu, entusiasmado:

— Pode ficar aqui comigo, pequena *campânula*.

Felicity se animou.

— Oh, puxa...

Lady Maccon fincou o pé.

— De jeito nenhum.

De todas as pessoas com quem a irmã não devia conviver demais, Lorde Akeldama vinha em primeiro lugar, só pela malícia. Se ficassem juntos por muito tempo, era bem provável que acabassem assumindo o controle do mundo civilizado, pelo mero uso de comentários sarcásticos.

Alguém bateu à porta da sala.

— O que é agora? — perguntou a preternatural.

— Entre! Não resta dúvida de que estamos *em casa* — cantarolou Lorde Akeldama.

A porta se abriu, e Boots e Biffy entraram. Ambos estavam elegantes e bem-vestidos, como cabia ao zangão atual e ao ex-zangão de Lorde Akeldama, embora Biffy exibisse certa aura que faltava a Boots. O recém-transformado lobisomem continuava a ser o mesmo rapaz educado e agradável de sempre, que gostava de se vestir na última moda e tinha o corpo para fazê-lo; não obstante, algo mudara. Havia uma manchinha na sua maçã do rosto que nenhum zangão de Lorde Akeldama jamais mostraria ao mestre. Entretanto, ao ver os dois juntos, Lady Maccon não achou que a culpa fosse somente da manchinha. Biffy já não tinha mais a menor sofisticação de vampiro — nenhum brilho da alta sociedade, nenhum requinte. Em vez disso, transmitia um leve ar de constrangimento, que a preternatural suspeitava ser intrínseco aos lobisomens. Originava-se da consciência de que, uma vez por mês, ele ficaria nu e viraria uma fera salivante, quisesse ou não.

Lorde Akeldama manteve o semblante inquiridor.

— *Queridos!* — disse a ambos, como se fizesse anos que não os visse. — Que notícias empolgantes me trouxeram?

A srta. Loontwill observou os dois jovens com interesse.

— Ah, eu me lembro do senhor! Ajudou a minha irmã a planejar o casamento. Teve aquela ideia maravilhosa de fazer um bolo para o noivo. Muito chique, dois bolos. Ainda mais para o casamento da Alexia, que adora comer.

Biffy sabia que precisava ser educado e foi depressa se curvar ante a mão estendida de Felicity.

— Sandalio de Rabiffano, às suas ordens, senhorita. Como vai?

Lady Maccon, que até aquele momento nunca ouvira o nome verdadeiro de Biffy, lançou um olhar de espanto para Lorde Akeldama. O vampiro se levantou e caminhou até ela com ar inocente.

— Espetacularmente espanhol, não acha? Sangue mouro antiquíssimo.

Ela anuiu, com prudência.

Biffy soltou a mão de Felicity.

— Eu não posso assumir o crédito pelo bolo, senhorita. É um estranho costume americano.

A srta. Loontwill flertou escancaradamente com ele.

— Ah, mas nós não vamos contar *esse detalhezinho* para ninguém, não é mesmo? Ainda está trabalhando para Lorde Akeldama?

Um brilho de dor perpassou o rosto afável de Biffy.

— Não, senhorita. Eu fui transferido para a casa de sua irmã.

Ficou óbvio que ela achara o esquema muito proveitoso.

— Ah, foi *mesmo*?

Lady Maccon não deixou que o flerte continuasse.

— Felicity, vá até a casa ao lado e espere por mim na sala da frente. Peça chá, se quiser. Quando Conall voltar, vou discutir seu pedido com ele.

A irmã abriu a boca de novo.

— Agora, Felicity. — Seu tom de voz foi o mais autoritário possível.

Para a surpresa de todos, inclusive da própria Felicity, ela foi.

Lorde Akeldama inclinou a cabeça para Boots e a meneou em direção à jovem que se retirava. Sem que precisasse dizer nada, o zangão a seguiu. Biffy observou-os com melancolia. A preternatural supôs que o fizera não por ansiar pela companhia de Felicity, mas por lamentar o fato de não poder mais obedecer aos comandos de Lorde Akeldama.

Lady Maccon o trouxe de volta à realidade bruscamente. Não havia motivos para deixá-lo alimentar a tristeza.

— Biffy, tinha algo a dizer a mim ou a Lorde Akeldama?

— À senhora, milady. Tenho o prazer de anunciar que terminamos a mudança. A nova casa aguarda sua avaliação e, esperamos, sua aprovação.

— Ótimo! Eu vou… Espere aí. Lorde Akeldama, venho querendo lhe perguntar uma coisa. E já que estou na sua companhia, posso?

— Sim, meu *licorzinho de leite*?

— Lembra quando lhe descrevi aqueles porcos-espinhos? Ou ouriços gigantes, ou seja lá que espécie fossem, de algumas noites atrás? Pois bem, eu andei pensando: eles tinham também um jeitinho meio vampiresco. A velocidade, o sangue-escuro e velho, e a suscetibilidade ao lapis solaris. Acha que é possível, porcos-espinhos vampiros?

Os olhos de Lorde Akeldama brilharam de divertimento.

— Ah, minha querida, o que *vai* pensar a seguir? Lobicabras? Tome cuidado, pois na lua cheia elas vão entrar furtivamente no seu armário de casacos e devorar todos os seus sapatos!

Biffy ocultou um sorriso.

Lady Maccon não estava no estado de espírito para ser alvo de zombarias.

Lorde Akeldama recuperou a tão decantada compostura.

— Minha querida *balinha de caramelo*, você parece uma anta, às vezes. Os animais não têm alma. Como poderiam? Daqui a pouco vou ter que pedir que a Condessa Nadasdy morda aquela gorducha ali, para ter companhia na velhice. — Ele fez um gesto em direção à gatinha. A criatura rechonchuda tinha a ilusão de ser uma caçadora perigosa, mas jamais enfrentara inimigo mais desafiador do que uma almofada com borlas. Ou, em uma ocasião recente e memorável, um dos chapéus da sra. Tunstell. A preternatural estremeceu ao lembrar. Por que achara que poderia convidá-la para tomar chá com um vampiro? Sua querida amiga podia andar frequentando o mundo teatral nos últimos tempos, mas ainda não estava pronta para uma exposição mais íntima à dramaturgia akeldamiana. Nem o vampiro estava totalmente preparado para suportar uma exposição mais íntima aos chapéus de Ivy. Depois do chá, Lady Maccon foi obrigada a admitir que o vampiro e a amiga eram como xadrez e brocado: totalmente incompatíveis, mesmo em cores harmoniosas.

Naquele momento, alguém entrou na sala de visitas de Lorde Akeldama, dessa vez sem nenhum aviso prévio, exceto por um ligeiro rugido.

— Oh, valha-me Deus! — exclamou o vampiro, parecendo uma condessa viúva com predileção pelo período georgiano. — O que foi que a minha casa se tornou? Uma estação de trem?

Biffy olhou para Lady Maccon, magnífica em seu vestido largo como uma tenda, todo de *laise* com laços em cetim azul.

— Eu acho que parece mais um campo de pouso de dirigíveis, milorde.

Lady Maccon, que, mais do que ninguém, achava seu próprio estado ridículo, acabou sorrindo ante a comparação. Andava mesmo se sentindo inflada, ultimamente.

O vampiro deu uma risadinha.

— Ah, Biffy, senti sua falta, meu pombinho.

O sujeito que entrara sem ser anunciado nem convidado acompanhou a conversa de cenho franzido.

Lorde Akeldama se dirigiu a ele, com um leve ar de censura nos olhos azuis penetrantes.

— Lorde Maccon, se for ficar aqui, e acredito que seja *esse* o atual acordo, precisamos ensinar-lhe a arte de bater à porta antes de entrar em um recinto.

O conde se mostrou ríspido em seu constrangimento.

— Ah, sim. Às vezes eu acho difícil me lembrar desses pequenos detalhes de etiqueta. — Ele tirou o sobretudo e o arremessou a distância, a peça indo pousar no encosto de uma poltrona, antes de escorregar e cair no chão.

O vampiro estremeceu.

— Lorde Akeldama. Esposa. Filhote. — Lorde Maccon acenou com a cabeça. Com os olhos castanho-amarelados cheios de consternação, ele se inclinou sobre Lady Maccon. — Tudo sob controle? — perguntou ao seu ouvido.

— Sim, não precisa se preocupar. — A preternatural não toleraria isso.

— Está tudo arrumado?

— Eu já estava indo mesmo fazer uma inspeção. Pode me içar, por favor?

O conde deu um largo sorriso, preparou-se e lhe ofereceu uma das manzorras. Lady Maccon segurou-a com ambas as mãos e ficou de pé. Com o toque preternatural, ele perdia a força sobrenatural, mas ainda era forte o bastante para aguentá-la — mesmo em seu estado de dirigível inflado.

— Nós precisamos ser *vistos* indo até a casa vizinha. E temos que encontrar uma forma de voltar para cá sorrateiramente, mais tarde.

— Tanto contrassenso e dissimulação, tudo em nome das aparências — queixou-se o marido.

Lady Maccon se irritou. Tinha passado por maus bocados quando ele a expulsara de sua cama e de sua vida. Fora condenada ao ostracismo pela sociedade, porque *acharam* que havia sido indiscreta.

— As aparências são tudo!

— *Sem sombra de dúvida* — concordou Lorde Akeldama.

— Pois bem, esposa. Nós precisamos descobrir uma forma de passá-la da nossa varanda até a de Lorde Akeldama.

Lady Maccon desconfiou muito da expressão que ele fez. Fuzilou-o com os olhos.

— Pode encontrar uma prancha para mim, muitíssimo obrigada. Eu não vou ser arremessada, marido.

Ele a observou com certa surpresa.

— E eu por acaso dei a entender que faria isso?

— Não, mas *conheço* bem você.

O conde ficou desconcertado com a acusação injustificável.

A preternatural prosseguiu:

— Ah, sim, e preciso avisá-lo. Tem uma surpresa esperando por nós na sala de visitas.

Lorde Maccon arreganhou os dentes como um lobo.

— Uma boa surpresa?

— Só se você estiver de muito bom humor — respondeu ela, evasiva.

★ ★ ★

O fantasma estava naquele espaço outra vez, naquele vazio incorpóreo. Pensou que poderia flutuar ali para sempre, se conseguisse ficar imóvel. Imóvel como a morte.

Mas a realidade interferiu. A realidade de sua própria mente, por pouco que restasse dela.

— Você precisa contar para alguém. Precisa revelar para as pessoas. Isso está errado. Apesar de você estar louca, sabe que isso está errado. Dê um basta na história. Precisa abrir a boca.

Oh, que inconveniente, quando a própria mente começa a dar ordens.

— Para quem posso contar? Para quem posso contar? Não passo de uma galinha no galinheiro.

— Conte para alguém que possa fazer alguma coisa. Para a mulher sem alma.

— Para ela? Mas eu nem gosto dela.

— Isso não serve como desculpa. Você não gosta de ninguém.

O fantasma odiava quando sua voz interior era sensata.

Capítulo 3

Assuntos Fantasmagóricos

— Ah, francamente, tem mesmo que fazer isso? — Foi a ponderada opinião de Lorde Maccon, expressa para a esposa assim que ele viu sua irmã na casa, como se Felicity fosse algum tipo de doença digestiva desagradável da qual a esposa começara a sofrer.

A preternatural ignorou a irmã, que aguardava pacientemente na sala, e observou o ambiente ao redor. Os zangões e os lobisomens haviam feito um ótimo trabalho, digno da Alcateia de Woolsey. A nova casa urbana estava repleta de móveis de bom gosto, distribuídos de forma harmoniosa, com poucos objetos de decoração. Como a moradia serviria apenas de posto secundário para os integrantes que tivessem algo a resolver na cidade, a maioria dos itens pessoais e suprimentos vitais, como zeladores e calabouços, continuou no Castelo de Woolsey. Assim, a nova casa mais parecia um clube de cavalheiros (embora sofisticado) que uma residência particular. Lorde Maccon murmurou que achava o lugar parecido com as salas da Câmara dos Lordes. Mas fez o comentário sem segundas intenções e todos sabiam disso. Cortinas grossas bloqueavam os raios de sol nocivos, e tapetes felpudos abafavam os passos pesados e os arranhões das garras.

Por ora, Floote reassumiria o papel de mordomo da segunda residência. Ele nem titubeara ante esse rebaixamento temporário para a equipe de criados. Lady Maccon achava que ele sentira falta da autoridade que

exercia na casa e do direito de controlar tudo que ocorria em seu interior. O cargo de secretário pessoal podia ser mais alto, porém não incluía o poder que um mordomo tinha sobre as fofocas.

A sala da frente, em que Felicity se encontrava, fora decorada com sarja creme e couro de um tom marrom-escuro profundo, com objetos de metal dourado aqui e ali, para dar um toque de sofisticação ao ambiente. A filigrana de um lampião, a franja de uma toalha de mesa, um jarrão oriental para as sombrinhas de Lady Maccon e uma sapateira de formato semelhante ao de vários periscópios, na frente da lareira.

Era o oposto completo do esplendor de brocado e ouropel de Lorde Akeldama.

Lady Maccon ficou impressionada.

— Floote, onde encontrou esses móveis tão adoráveis, em tão pouco tempo?

O mordomo olhou para a preternatural como se ela tivesse lhe perguntado quais eram os segredos de suas abluções diárias.

— Ora, esposa. Se ele prefere ser considerado um mágico, quem somos nós para pedir detalhes de sua prestidigitação? Devemos apenas manter a admiração e a fé, não é mesmo, Floote? — Lorde Maccon deu um tapinha amigável nas costas do nobre cavalheiro.

O mordomo torceu o nariz.

— Se assim diz, senhor.

O conde se virou para a cunhada, que permanecia sentada em discreto silêncio com o tweed sombrio, ambos tão pouco característicos, que até ele notou.

— Srta. Felicity, alguém morreu?

A jovem se levantou e fez uma breve reverência para ele.

— Não que eu saiba, milorde. Obrigada por perguntar. Como vai?

— É impressão minha ou tem algo meio peculiar em sua aparência? Fez um penteado diferente?

— Não, milorde. Simplesmente não estou tão bem vestida quanto exige a ocasião. É que eu tinha um favor a pedir a minha irmã e não podia esperar.

— Ah, sim? — O conde dirigiu os olhos castanho-amarelados à esposa.

Lady Maccon ergueu o queixo e inclinou-o para o lado.

— Ela quer vir morar conosco.

— Ah, quer?

— Aqui.

— Aqui? — Lorde Maccon captou o que a esposa quisera dizer. Não podiam hospedar Felicity em sua nova residência urbana, quando nem eles próprios estariam morando lá de verdade. E se a informação vazasse? Ficariam sabendo que Felicity morara com uma alcateia de lobisomens, e sem acompanhante.

— E por que não no Castelo de Woolsey? Um pouco de ar puro do campo? Pelo visto, ia lhe fazer muito bem. — O conde tentou encontrar uma solução melhor.

— Felicity se envolveu com um... — a preternatural fez uma pausa — trabalho beneficente questionável, aqui na cidade. Acredita que precisa da nossa proteção.

Lorde Maccon se mostrou confuso. Como seria de esperar.

— Proteção... Proteção contra quem?

— Minha mãe — respondeu a esposa, num tom bastante sugestivo.

Isso o conde compreendeu perfeitamente, e já estava prestes a pedir mais detalhes, quando um fantasma irrompeu do tapete felpudo, ao seu lado.

Em circunstâncias normais, os fantasmas eram muito educados para simplesmente aparecerem no meio de uma conversa. Os espectros mais bem-comportados ao menos se esforçavam para adejar pelo vestíbulo, onde um mordomo poderia notá-los e indagar o motivo de sua presença. Este, porém, chegara de supetão, emergindo diretamente do buquê de flores que ornava o centro do tapete novo.

Lorde Maccon soltou um resmungo. Lady Maccon deixou escapar um gritinho e segurou com mais força a sombrinha. Floote arqueou a sobrancelha. Felicity desmaiou.

O casal Maccon se entreolhou por um instante e, em seguida, deixou que a jovem continuasse caída na poltrona, em um acordo tácito e mútuo. Havia um frasquinho com sais aromáticos em um dos vários compartimentos secretos, mas aquele fantasma requeria atenção imediata, não deixando tempo para a reanimação de irmãs importunas. Os dois concentraram toda a atenção no espectro à sua frente.

— Floote, nós sabíamos que esta casa vinha com um fantasma? — perguntou a preternatural, pausando bem as palavras para não assustar a criatura. — Isso estava no contrato de aluguel?

— Não creio, madame. Eu vou conferir os detalhes. — Ele foi procurar o contrato.

O fantasma em questão estava bastante difuso nas extremidades, e a parte central tampouco se mostrava de todo coesa. Devia estar a ponto de virar abantesma. Quando ele começou a falar, ficou bem claro que esse era mesmo o caso, pois suas faculdades mentais estavam comprometidas e a voz, aguda e indistinta, como se viesse de certa distância.

— Maccon? Ou era bacon? Eu adorava bacon. Muito salgado. — O fantasma fez uma pausa e circulou pela sala, deixando um rastro de tênues gavinhas pelo ar. Estas foram rodopiando rumo a Lady Maccon, atraídas pelo magnetismo da preternatural por éter ambiente. — Mensagem. Missiva. Músculo. Não gostava de músculo: borrachento. Espere! Urgente. Ou era pungente? Importante. Impossível. Informação.

Lady Maccon olhou para o marido com curiosidade.

— É do DAS?

O Departamento de Arquivos Sobrenaturais mantinha alguns agentes fantasmas ambulantes — cadáveres exumados e conservados com espectros acorrentados, que podiam ser postos em locais específicos ou perto de instituições públicas importantes para a coleta de informações. Os funcionários haviam se empenhado em montar uma rede de comunicação incorpórea, de maneira que a corrente de cada fantasma ultrapassasse os limites de ao menos outro espectro. Isso aumentava a cobertura em Londres, embora não chegasse a englobar toda a cidade. Evidentemente, a rede precisava sempre ser atualizada, pois seus integrantes enlouqueciam, mas esse processo de manutenção era quase instintivo para os guardiões espectrais do DAS.

O lobisomem balançou a cabeça de cabelos desgrenhados.

— Não que eu saiba, minha querida. Vou precisar dar uma olhada nos arquivos, para ter certeza. Mas estive com a maioria dos nossos recrutas incorpóreos, pelo menos uma vez. Não creio que este aí seja contratado, pois alguém estaria tomando mais cuidado com o cadáver. — Ele se preparou para lidar com o fantasma, os braços rígidos ao longo do

corpo. — Olá? Escute. Onde está acorrentado? Nesta casa? Onde está seu cadáver? Ele precisa ser cuidado. Você está à deriva, minha jovem. À deriva.

O fantasma o observou, com ar irritado e intrigado, flutuando para cima e para baixo.

— Não importa. Não importa nem um pouco. Mensagem, ela sim é importante. Qual era? Sotaques, sotaques, por toda parte, atualmente. Londres está cheia de estrangeiros. E curry. Quem deixou o curry entrar?

— Qual é a mensagem? — Lady Maccon não gostava de ficar de fora, mesmo que fosse de uma mente fantasmagórica desvairada.

O fantasma girou a cabeça em direção à preternatural.

— Não, não, não. Agora, não, o quê? Ah, sim. A senhora é Alexia Macaroon?

Sem saber direito como responder a *isso*, ela anuiu.

Lorde Maccon, aquele lobisomem imprestável, começou a rir.

— Macaroon? Adorei!

Tanto a esposa quanto o fantasma o ignoraram. Toda a atenção oscilante do espectro estava concentrada em Alexia.

— Tarabitty? Tarabotti. Filha de? Morto. Preternatural. Problema? Pudim!

Lady Maccon se perguntou se todo aquele palavreado se relacionava ao pai ou a ela, mas supôs que, fosse qual fosse o caso, estava bastante correto.

— Ela mesma.

O fantasma rodopiou no ar, satisfeito consigo mesmo.

— Mensagem para a senhora. — Ela fez uma pausa, preocupada e confusa. — Cremoso. Não. Conscrição. Não. Conspiração. Para matar, para matar...

— Me matar? — arriscou a preternatural. Pareceu-lhe quase certo, pois sempre havia alguém querendo matá-la.

O fantasma se agitou, pressionando a corrente invisível e vibrando ligeiramente.

— Não, não, não. A senhora, não. Alguém. Algo? — De súbito, ela reluziu. — A rainha. Matar a rainha. — O espectro começou a cantar. — Matar a rainha! Matar a rainha! Matar a ra-iii-nha!

Lorde Maccon parou de sorrir.

— Agora sim é que estamos fritos.

— Ótimo. Sim? Isso é tudo. Adeusinho, mortais. — O fantasma desceu pelo tapete da sala nova do casal e desapareceu, presumivelmente para o lugar de onde viera.

Naquele momento, Floote voltou e encontrou o casal Maccon se entreolhando, chocados.

— Não há registro de aparições acorrentadas a esta casa, madame.

— Obrigada, Floote. Suponho que devamos socorrer... — Ela nem precisou continuar. O sempre competente mordomo já fora acudir Felicity, levando-lhe um lenço com sais aromáticos. A preternatural se dirigiu ao marido: — E você deveria...

Ele já colocava a cartola.

— Eu já estou a caminho, esposa. Ela só pode estar dentro do raio de extensão da corrente desta casa. Deve haver um registro dela em algum lugar nos arquivos do DAS. Vou levar o professor Lyall e Biffy comigo.

Alexia assentiu.

— Não vá ficar lá até muito tarde. Alguém precisa me ajudar a voltar para a casa de Lorde Akeldama antes que amanheça, e você sabe que, ultimamente, não faço outra coisa senão dormir.

O marido avançou para ela como um herói gótico, o sobretudo esvoaçando. Para profundo constrangimento da esposa, deu-lhe um ruidoso beijo no rosto e outro na vasta barriga, antes de sair apressado. Por sorte, Floote ainda estava atendendo a Felicity, de modo que nenhum dos dois testemunhou a demonstração exagerada de afeto.

— Eu acho que isso torna Felicity a menor de nossas preocupações.

O sol acabara de se pôr, e o casal Maccon estava acordado, do outro lado da prancha que temporariamente se estendia entre a casa de Lorde Akeldama, e a sala de jantar de sua própria residência. A conversa não mudara desde a noite anterior, apenas fora interrompida para que o conde pudesse conduzir uma investigação às pressas e dormir metade do dia.

Lorde Maccon ergueu os olhos da refeição.

— Precisamos levar a sério qualquer ameaça contra a rainha, minha querida. O fato de os meus esforços até agora não terem surtido efeito não significa que possamos desconsiderar os delírios de um fantasma.

— E você acha que eu não estou preocupada? Já avisei o Conselho Paralelo. Convocamos uma reunião especial para esta noite.

Lorde Maccon não gostou da ideia.

— Alexia, será que devia se meter nisso, estando em um estágio já tão avançado?

— Como assim? Acabamos de ficar sabendo do boato! Eu sei que você e o professor Lyall conseguiram adiantar muita coisa ontem, depois que eu fui me deitar, mas não acho que…

— Não, esposa. O que eu quis dizer foi: não está pretendendo perambular por Londres com a sombrinha a postos, está?

Ela deu uma olhada na barriga enorme e, em seguida, fez *aquela* expressão.

— Eu sou totalmente capaz.

— De quê? De andar como uma pata-choca até alguém e dar uma trombada violenta na pessoa?

A preternatural fuzilou-o com os olhos.

— Posso lhe garantir, *marido*, que, embora o meu corpo esteja se movendo mais devagar do que antes, não tem nada de errado com as minhas faculdades mentais. Posso muito bem fazer isso!

— Alexia, *por favor*, seja razoável.

Lady Maccon estava disposta a ceder um pouco, dada a natureza de seu estado.

— Eu prometo que não vou correr riscos desnecessários.

Para Lorde Maccon não passou despercebido o fato de que a frase estava vinculada ao sentido que a esposa dava ao vocábulo *necessário*. Assim sendo, não se tranquilizou nem um pouco.

— Ao menos leve um dos filhotes com você durante as investigações.

Ela estreitou os olhos.

O conde tentou persuadi-la:

— Eu vou ficar bem mais tranquilo sabendo que alguém está zelando pela sua segurança física. Embora os vampiros tenham aceitado a trégua, não há garantias de que pretendam honrá-la, e você costuma se meter em certas confusões. Entenda, não é que eu ache que não seja capaz, minha querida, mas simplesmente que não está se locomovendo com a facilidade habitual, agora.

A preternatural teve que aceitar o argumento.

— Muito bem. Mas, se é para eu sair com um acompanhante, que seja Biffy.

Lorde Maccon não gostou nem um pouco da escolha.

— Biffy! Ele ainda é um filhote. Nem consegue controlar a transmutação. De que valeria a sua presença?

— Ou ele, ou ninguém. — *É típico do meu marido enxergar apenas as limitações de Biffy e não suas habilidades admiráveis como ser humano.*

Pois o jovem dândi era, com efeito, talentoso. Para desgosto do conde, ele passara a exercer um papel semelhante ao de uma criada pessoal para a nova ama. Lady Maccon nem se dera ao trabalho de contratar alguém para substituir Angelique. Biffy tinha muito bom gosto, além de um olho clínico para os penteados e os tecidos que mais combinavam com ela. Melhor que Angelique, que fora competente, mas dada a laivos de ousadia gálica que não faziam o gênero de Lady Maccon. Por mais que o novo filhote também gostasse de usar trajes audaciosos, tinha bom senso no que tangia a uma dama, sobretudo uma que saía correndo para tudo quanto era canto, golpeando autômatos e andando de ornitópteros.

— Não é uma escolha inteligente — comentou Lorde Maccon, com o maxilar contraído.

O casal ainda se encontrava a sós à mesa de jantar. Era uma raridade, em uma alcateia, contar com privacidade fora do quarto. Ela aproveitou a situação. Aproximou-se do marido e pôs a mão na dele, sobre a toalha de renda delicada.

— Biffy foi treinado por Lorde Akeldama. Tem habilidades que vão muito além da boa manipulação de um ferro quente.

O conde bufou.

— Eu não estou pensando só no meu próprio bem-estar. O filhote precisa de uma distração, Conall. Não notou? Já faz cinco meses, e ele ainda não se adaptou.

Lorde Maccon torceu a boca ligeiramente. Tinha notado. Claro que sim. Sempre percebia tudo o que acontecia com os seus lobisomens. Fazia parte de sua mais profunda natureza manter a alcateia unida num todo coeso. Lady Maccon lera nos jornais que os cientistas chamavam isso de

ligação cruzada intrínseca dos humores essenciais da alma, a materialização do éter. Era algo que ela poderia ter concluído pela simples observação: assim como os vampiros e os fantasmas ficavam acorrentados a um lugar, os lobisomens também se acorrentavam a uma alcateia. A melancolia frequente de Biffy devia magoar muito o conde.

— Que proveito pode haver em permitir que ele a acompanhe?

— Por acaso não faço parte da alcateia?

— Ah. — O conde virou a mão para segurar a da esposa, em uma carícia complacente.

— Se quer saber a minha opinião, não é o Biffy que não está encontrando um lugar na alcateia e sim a alcateia que não está lhe dando um lugar para encontrar. Estão todos pensando nele como fariam com qualquer lobisomem novo. Mas ele não é assim, entende? É diferente.

Por incrível que parecesse, Lorde Maccon não se apressou em se defender.

— Sim, eu sei. Randolph e eu estávamos tratando justamente disso há pouco tempo. Mas as coisas não podem se limitar às preferências dele. Nós, lobisomens, podemos ter gostos tão pouco convencionais quanto os vampiros, embora sejamos um pouco mais reservados na hora de expressá-los. E tem também o Adelphus. Ele está disponível.

A esposa deixou escapar uma exclamação de desagrado.

— O Adelphus está sempre disponível. O Biffy não precisa de um amante, marido, mas de um objetivo. É uma questão cultural. Ele veio para cá de uma cultura vampiresca. E não qualquer uma, mas a de *Lorde Akeldama*.

— Então, o que é que você recomenda?

— A Alcateia de Woolsey conseguiu me aceitar em seu meio, e estou longe de ser um lobisomem-padrão. — Ela pôs-se a brincar com os dedos do marido, entrelaçando-os e desentrelaçando-os com os seus.

— Mas você é mulher.

— Exato!

— Você está sugerindo que deveríamos tratar Biffy como se ele fosse mulher?

— Eu estou sugerindo que pense nele como se fosse alguém de outro universo que tivesse se casado com um integrante da alcateia.

Lorde Maccon refletiu sobre o assunto e, em seguida, anuiu devagar.

Lady Maccon percebeu que ele devia estar muito preocupado com a tristeza de Biffy, para dar ouvidos às suas sugestões, protestando tão pouco.

Ela apertou a mão dele outra vez e soltou-a, para se concentrar na rosca de maçã e no pudim de araruta com manteiga derretida e geleia de groselha. Nos últimos tempos, vinha sentindo um apetite por doces cada vez maior. Àquela altura, praticamente só comia sobremesa durante as refeições.

— Você acha que há uma possibilidade de perdê-lo, não é mesmo?

O marido não respondeu, o que, em si, já era uma admissão. Em vez disso, começou a comer uma verdadeira pilha de costeletas de vitela fritas.

Lady Maccon escolheu as palavras seguintes com cuidado.

— Em quanto tempo a condição de lobo solitário pode ser estabelecida? — Não queria que ele achasse que duvidava de suas capacidades de Alfa. Os homens, até mesmo os imortais, tinham egos frágeis em certos aspectos. E tais egos podiam ser tão delicados e propensos a se despedaçarem quanto massa folhada. Embora fossem bem menos saborosos com chá. *Aaah, chá.*

— Os lobos podem optar por se tornar solitários a qualquer momento, mas, em geral, é por um motivo específico e ocorre nos primeiros anos após a metamorfose. Os uivadores dizem que tudo depende do elo inicial com o Alfa. Na maioria dos casos, o desgarrado também tem natureza de líder. Não creio que Biffy se enquadre nessa categoria, mas no momento é só isso que temos a nosso favor.

Lady Maccon julgou ter descoberto a verdadeira fonte das preocupações do marido.

— Se ele se tornar um lobo solitário, não acha que ele vai sobreviver, acha?

— Os solitários são instáveis. Brigam o tempo todo. O nosso novo filhote não é um lutador, não a esse ponto. — Dava para notar a dor e o sentimento de culpa nos belos olhos do conde. Todo aquele problema com Biffy era culpa dele. Não intencionalmente, mas Lorde Maccon não era do tipo de cavalheiro que descarta a culpa só porque todos foram vítimas das circunstâncias.

A preternatural respirou fundo e lançou a cartada final.

— Então, precisa permitir que ele me acompanhe por um tempo. Eu vou ver o que posso fazer. Lembre-se de que posso dominá-lo se for preciso, caso ele se descontrole e vire lobisomem. — Ela agitou os dedos sem luva para o marido.

— Está bem, esposa. Mas vai ter que relatar o progresso dele para mim ou para Randolph.

Assim que ele disse isso, o professor Lyall entrou na sala de jantar. E o fez do jeito despretensioso de sempre, os cabelos louro-escuros bem penteados, os traços angulosos em uma expressão nada ameaçadora, a conduta tranquila, discreta e totalmente banal. Era um ar que Lady Maccon começava a suspeitar que o professor Lyall cultivasse havia décadas.

— Boa noite, milady, milorde. — Ele se sentou.

Uma criada apareceu ao seu lado, com chá fresco e os jornais vespertinos. O professor Lyall era do tipo de homem que mantém *esse* tipo de relação com os empregados. Até mesmo os recém-contratados, que estavam ali havia apenas um dia, já traziam exatamente o que ele queria, sem fazê-lo perder tempo dando ordens. Com ele, Floote e Biffy, não haveria nenhum transtorno na administração da casa dos Maccon. O que era ótimo, pois a indomável Lady Maccon precisava dedicar seu tempo e atenção a outras coisas. Era bem melhor que a direção da residência ficasse a cargo dos cavalheiros. Embora ela também tivesse indicado à criada que queria chá.

— Professor Lyall, como está passando esta noite? — Lady Maccon não via motivo para permitir que a familiaridade com alguém excluísse as formalidades, exceto no caso de seu marido, naturalmente. Apesar de já fazer um ano que passava longas temporadas com a Alcateia de Woolsey, nunca se descuidava da cortesia.

— Razoavelmente bem, milady, razoavelmente bem. — E o Beta, que era muito bem-educado para um lobisomem e parecia respeitar todas as normas de polidez e gentileza, também mantinha o tratamento formal.

Com o Alfa e o Beta à mesa, a preternatural tornou a dirigir a conversa à importante questão da vida da rainha.

— E, então, senhores, o DAS obteve alguma informação sobre a ameaça?

— Neca de pitibiribas etéricas — reclamou o conde.

O professor Lyall balançou a cabeça.

— Devem ser os vampiros — comentou o Alfa.

— Ora, marido, por que diz isso?

— Não são sempre eles?

— Não, algumas vezes são os cientistas. — Lady Maccon se referia, indiretamente, ao Clube Hypocras. — E, noutras, a Igreja. — Naquele momento, ela pensava nos templários. — E, ocasionalmente, os lobisomens.

— Ora, ora! — O Alfa comeu outro bocado de costeleta. — Eu não consigo nem conceber a ideia de ver você defendendo os vampiros. Eles vêm tentando matá-la há meses.

— Ah, Conall, faça o favor de terminar de mastigar antes de falar. Que tipo de exemplo está dando para o nosso filho?

Lorde Maccon olhou ao redor como se o bebezinho tivesse nascido sem que ele percebesse e já estivesse de olho no pai, procurando imitar o seu comportamento.

Lady Maccon prosseguiu:

— Só porque os vampiros vêm, constantemente, tentando me matar, não significa que queiram fazer o mesmo com a rainha, não é mesmo? Seria de esperar que, a esta altura, seus recursos já estivessem, no mínimo, escassos. Além disso, qual poderia ser a motivação deles? A rainha é progressista. — A preternatural sentiu que devia defender mais a sua posição. — Eu pensei que vocês tivessem uma excelente memória. Corrija-me se eu estiver enganada, professor Lyall, mas o último atentado grave contra a Rainha Vitória não partiu da Alcateia de Kingair?

— Francamente, Lady Maccon, não poderia esperar até que eu terminasse ao menos a primeira xícara de chá? — O Beta parecia se sentir explorado.

Ela não respondeu.

O professor Lyall colocou a xícara no pires, enfaticamente.

— Teve aquele fanático, Patej, o da bengala, há uns vinte anos. Ele destruiu por completo o toucado favorito de Sua Majestade. Um comportamento chocante. E, antes dele, houve também aquele irlandês inconformado,

o da pistola descarregada. — O Beta se serviu de uma pequena porção de arenque defumado, mas fez uma pausa antes de comer. — E o célebre incidente, alguns anos atrás, com John Brown. — Ele observou o arenque como se o peixe tivesse todas as respostas. — Pensando bem, todos foram incrivelmente ineficazes.

Lorde Maccon resfolegou.

— Canalhas em busca da fama, todos eles.

Lady Maccon inflou as bochechas.

— Sabe o que estou querendo dizer. Todos esses foram incidentes isolados. Eu me refiro às conspirações organizadas, baseadas em planos detalhados.

A criada reapareceu com mais chá e uma xícara adicional para Lorde Maccon, que observou o líquido com desprezo.

O professor Lyall ficou sério.

— Nesse caso, não, o de Kingair foi o último.

Um assunto delicado, sem dúvida, pois Kingair era a ex-alcateia do conde, que o traíra para tentar levar a cabo o sinistro intento. Lorde Maccon teve de matar o Beta de então e se mudar para Londres a fim de desafiar o Alfa de Woolsey. Tal como a política ou os gostos pessoais em matéria de indumentária, aquele não era o assunto apropriado durante a refeição.

Para o professor Lyall, um sujeito de muito tato, o tema era especialmente incômodo. Afinal de contas, a Alcateia de Woolsey acabara se beneficiando com o atentado. Seu Alfa anterior era considerado um indivíduo mau-caráter, de péssimo temperamento, e Lorde Maccon, um dos melhores líderes lobisomens. O melhor, se a preternatural pudesse dar sua opinião. O que fazia. Com frequência.

O sino tocou na entrada, e o Beta ergueu os olhos, agradecido. Vozes ressoaram quando Floote abriu a porta. Lady Maccon não sabia quem era, mas o marido e o professor Lyall, que tinham audição de lobisomens, reagiram de imediato — um leve sorriso por parte do Beta e um cenho franzido, enojado, por parte do Alfa —, o que lhe deu uma boa ideia.

— *Meus pêssegos!* — Lorde Akeldama entrou em passos graciosos, espalhando o aroma do melhor gel de Bond Street e de água-de-colônia com fragrância cítrica. A gravidez surtira um estranho efeito sobre o olfato de Lady Maccon, tornando-o mais aguçado. Ela supunha estar tendo uma leve ideia de como os lobisomens se sentiam em decorrência de suas habilidades sobrenaturais, sob aquele aspecto.

O vampiro, deslumbrante em um fraque cinza e colete amarelo-claro — apenas alguns tons mais escuros que os cabelos —, parou no vestíbulo.

— Não é para lá de *conveniente*? Que *maravilha* poder dar um pulo na casa ao lado e visitá-los *à la table*!

— E que bom que você não é uma rainha de colmeia, para não ter que ficar confinado na própria casa — retorquiu Lady Maccon. Logo em seguida, fez um gesto convidando-o a se sentar. Ele o fez com um floreio, agitando o guardanapo e colocando-o no colo, muito embora, como todos sabiam, não fosse comer ali.

O professor Lyall inclinou a cabeça em direção ao bule de chá. Quando Lorde Akeldama anuiu, o Beta serviu-lhe um pouco.

— Leite?

— Limão, por favor.

O professor Lyall ergueu as sobrancelhas, chocado, mas fez um gesto para uma das criadas atenderem ao pedido bizarro.

— Eu pensei que a maioria dos vampiros não tolerasse cítricos.

— Dolly, *minha mascote*, eu com certeza não faço parte da *maioria dos vampiros*.

O Beta não levou o assunto adiante, por ter uma pergunta mais importante em mente.

— Fiquei preocupado com um detalhe desse seu esquema. Eu sei que é um assunto delicado, mas, no último inverno, o senhorio enxameou, não é mesmo? Por causa daquele probleminha de o Biffy ter ficado preso sob o Tâmisa.

— Sim, *boneco*, e daí?

— Essa enxameação não vai comprometer a eficácia de sua atual moradia, vai? Entende que pergunto só por me preocupar com a segurança do bebê, e também porque não tenho documentos relacionados às consequências da enxameação de um errante. Sem querer ofendê-lo.

Lorde Akeldama deu um largo sorriso.

— Dolly é mesmo uma criaturinha muito *cuidadosa*, não é? Mas não se preocupe, a minha casa não é, tecnicamente, uma colmeia. Não estou ligado a ela pelo mesmo tipo de instinto. Posso voltar à minha antiga residência sem sofrer nenhuma consequência psicológica. Além do mais, faz seis meses que isso ocorreu. Já me recuperei bem da experiência.

O professor Lyall não pareceu de todo convencido.

O vampiro mudou de assunto.

— E o que acham, meus *queridos lupinos*, desta nova ameaça?

Lorde Maccon olhou chocado para o Beta.

— Randolph, você não fez isso!

O Beta nem titubeou.

— Claro que não.

— Esposa?

— Ele sabe, claro, pois assim *é* Lorde Akeldama. Vai ter que se acostumar com isso, querido.

— Obrigado, meu *caro pedacinho de ameixa*, pela confiança em meus escassos recursos.

— De nada, milorde. E então?

— Ah, *paina de dente-de-leão*, infelizmente, eu ainda não formei uma opinião clara sobre a natureza e a origem desses últimos boatos.

Um criado veio trazer o limão, e o professor Lyall serviu chá ao vampiro. Lorde Akeldama sorveu-o delicadamente.

Lorde Maccon bufou.

— Não lhe faltou uma opinião clara em nenhuma ocasião de sua longuíssima vida.

O vampiro deu uma risadinha.

— É verdade, mas as expressas costumam ter a ver com questões indumentárias, não políticas.

Floote entrou com a pasta de documentos de Lady Maccon.

— A senhora tem que ir ao palácio em breve, madame.

— Nossa, olhem só a hora. Obrigada, Floote. E a minha sombrinha?

— Aqui, madame.

— E talvez um lanchinho para levar?

O mordomo entregou-lhe uma torta de linguiça, embrulhada em um pano xadrez, pois já previra o pedido.

— Ah, obrigada.

O conde ergueu os olhos, esperançoso. Sem dizer uma palavra, Floote lhe entregou outra torta. Lorde Maccon a consumiu com duas mordidas satisfeitas. O mordomo e o Beta se entreolharam. Tornara-se uma tarefa e tanto manter o casal Maccon alimentado, nos últimos tempos.

Lady Maccon se inclinou para frente e se apoiou à mesa com ambas as mãos, satisfeita por viver em uma casa que não privilegiava os móveis delicados, tão em voga entre as damas da alta sociedade. Fazendo considerável esforço, quase conseguiu ficar de pé, até perder o equilíbrio e tornar a se sentar, cambaleando.

— Ah, maldição — vociferou a preternatural, totalmente frustrada. Os cavalheiros correram a acudi-la. Lorde Maccon chegou primeiro. O que, na certa, fora bom. Com o toque preternatural da esposa, nenhum dos outros teria serventia. Eram muito magros em suas formas mortais para lidar com sua falta de jeito. Depois de conseguir se levantar e recuperar parte da dignidade, ela comentou:

— Eu sou obrigada a admitir que estou achando o meu atual tamanho bastante desagradável.

O conde ocultou o sorriso.

— Já não falta muito, minha querida.

Lady Maccon odiava quando o marido se dirigia a ela assim.

— Francamente, já não era sem tempo. — A preternatural dispensou a oferta de Floote de um sobretudo e, em vez disso, aceitou um xale mais fino. Já estava quente o bastante sem o xale, mas precisava seguir as regras da etiqueta. Em seguida, pegou a pasta e a sombrinha.

Biffy apareceu ao seu lado, já envergando uma cartola cor de sangue, um fraque do mesmo tom e um plastrom branco impecável, que enfatizava seus traços agradáveis. Podia ter sacrificado muitas coisas ao assumir o novo papel de lobisomem, mas se recusara a sacrificar o alfaiate.

— Eu vou ser o seu acompanhante esta noite, milady?

— Vai, sim, Biffy, querido. Como sabia?

Ele a olhou de um jeito incrivelmente parecido com o de Lorde Akeldama, quando lhe perguntavam isso.

Ela anuiu e, em seguida, olhou para o vampiro.

— Vamos compartilhar a carruagem, milorde potentado?

— Por que não? — Ele tomou o restinho do chá, levantou-se, fez uma exagerada reverência para os dois lobisomens ainda à mesa e ofereceu o braço a Lady Maccon. Ela aceitou-o, e eles saíram depressa da sala, seguidos lealmente por Biffy.

Quando se retiravam, a preternatural ouviu o marido perguntar ao professor Lyall:

— Por quanto tempo acha que vamos ter que ficar nesta casa?

— Até a criança já estar crescida, suponho — respondeu o Beta.

— Pelas barbas do profeta, serão longos dezesseis anos.

— Eu creio que sobreviverá relativamente incólume, milorde.

— Randolph, você e eu sabemos que há coisas bem piores que a morte.

Lorde Akeldama e Lady Maccon trocaram sorrisos.

★ ★ ★

— *Você contou para ela?* — *perguntou o primeiro fantasma, esticando ao máximo a corrente e pressionando-a tanto, que passara a cintilar, ora aparecendo, ora sumindo de vista.*

— *Contei.* — *O segundo fantasma oscilava para cima e para baixo no ar, metros acima da rua. Reluzia um pouco mais por estar mais perto de casa.* — *Contei o que pude lembrar. Avisei que precisava impedir que acontecesse. Já acabamos?*

Ambos estavam lúcidos, estranhamente lúcidos, embora se encontrassem muito perto da desmaterialização. Era como se o além estivesse lhes dando uma oportunidade de consertar as coisas.

— *Acabamos* — *respondeu o primeiro fantasma. Ambos sabiam que ela não se referia ao plano dos dois nem à sua relação, mas ao seu fim inevitável.* — *Agora, só me resta esperar.*

Capítulo 4

Onde Espectros Acorrentados se Encontram

Lady Maccon, a muhjah, e Lorde Akeldama, o potentado, receberam permissão de entrar no Palácio de Buckingham sem muita cerimônia. Não era uma de suas visitas marcadas, mas, como os dois iam até lá com frequência, requeriam menos revistas. Tratava-se de favoritos, ou, ao menos, Lady Maccon era. Tanto os militares quanto os policiais com que o vampiro se encontrava consideravam-no *um osso duríssimo de roer*. Não obstante, os guardas do castelo eram rapazes cuidadosos e diligentes, que se importavam com suas obrigações reais. Observaram o pescoço de Lady Maccon, em busca de marcas de mordida, bem como a pasta, em busca de artefatos a vapor ilegais. Ela lhes entregou a sombrinha sem dar detalhes. Sabia que era melhor que a confiscassem do que explicar como funcionava. A roupa de Lorde Akeldama estava justa demais para ocultar qualquer tipo de arma, mas os guardas verificaram a cartola antes de permitir que ele prosseguisse.

Mas não deixaram que Biffy entrasse, apesar do tom incrivelmente régio da sobrecasaca. Declararam, de um jeito bastante enfático, que ele *não estava registrado*. De qualquer forma, o rapaz tinha tão bom temperamento que não se importou de aguardar na entrada, até o término da reunião do conselho. Lady Maccon ouviu-o comentar, animadamente, para um dos guardas de expressão estoica:

— Mas que chapéu tão grande o do senhor, tenente Funtington!

— Rapaz incorrigível — comentou ela com Lorde Akeldama, abrindo um sorriso afetuoso.

— Eu poderia dizer que lhe ensinei tudo o que sabe, mas Biffy é um virtuose nato — tornou o vampiro, balançando a cabeça em sinal de aprovação.

Quando os dois chegaram à sala de reunião, encontraram o primeiro-ministro regional andando de um lado para outro, agitado. A Rainha Vitória não estava. Ela não ia à maioria dos encontros do Conselho Paralelo. Esperava que lhe passassem quaisquer informações significativas, sem se interessar pelas minúcias.

— Uma ameaça à rainha, pelo que eu soube. — O primeiro-ministro regional era um indivíduo grandalhão e brusco, que levava Lady Maccon a se lembrar do marido, pela personalidade, não pela aparência ou a forma de agir. Não que ela fosse revelar isso aos dois. Embora ele fosse o Conde da Alta Carnificina, já não possuía o solar para acompanhar o título. E também se comportava como um líder sem alcateia. Essa isenção das responsabilidades de lorde e de Alfa tornava-o o lobisomem autônomo mais poderoso de toda a Inglaterra. E, embora não fosse tão grande quanto Lorde Maccon, todos costumavam reconhecer, inclusive o próprio marido da preternatural, que Lorde Carnificina podia fazer até mesmo o mais temido Alfa lutar com garras e pelos. Assim sendo, o primeiro-ministro regional e Lorde Maccon tendiam apenas a rondar um ao outro, estivessem ou não na companhia de nobres, como dois rebocadores arrastando carga. Aberta e ruidosamente.

— Exato. — O lado prático de Lady Maccon gostava das semelhanças entre os dois Alfas, porque a exposição constante ao marido dera-lhe as habilidades necessárias para lidar com o primeiro-ministro regional.

Lorde Akeldama e ela entraram em passos discretos — ou, no caso dela, bamboleantes — e sentaram-se à longa mesa de mogno, deixando que o lobisomem continuasse a caminhar de um lado para outro.

Lady Maccon abriu a pasta de documentos e tirou o interruptor de ressonância auditiva harmônica. O pequeno dispositivo pontudo consistia em dois diapasões fixados em um cristal. Enquanto ela revirava a pasta em busca de algo, Lorde Akeldama tocou com o dedo um dos diapasões, esperou um pouco e, em seguida, fez o mesmo no outro. Com isso, o aparelho emitiu um zumbido grave e dissonante, amplificado pelo cristal. Isso impediria que se entreouvisse a conversa.

— Bom, e o que acham? Desta ameaça? Deve ser levada a sério?

O primeiro-ministro regional teria sido um homem bem-apessoado, com seus cabelos escuros e olhos fundos, se a boca não fosse um pouco carnuda demais, a cova no queixo, demasiadamente profunda, e o bigode e as costeletas para lá de exagerados. No começo, aquela quantidade de pelos faciais incomodara muito Lady Maccon. Para quê?, podia-se perguntar. A maioria dos cavalheiros enfrentava a longa noite da imortalidade de barba feita. Mas o coitado do Biffy fora obrigado a esperar em um purgatório de desmazelo, até a preternatural voltar de sua viagem pelo continente e transformá-lo em mortal por tempo suficiente para ele se barbear. O professor Lyall mostrara-se amável e compassivo durante aquele período de provação.

Lady Maccon pegou as anotações sobre a aparição do fantasma e fechou a pasta. Tentara relembrar e transcrever tudo que ele lhe dissera.

— O espectro me avisou da ameaça. Eu acho que nós devemos dar um pouco mais de importância a ele do que daríamos a um mortal oportunista e inconsequente, disposto a se tornar o favorito da imprensa anarquista.

Lorde Akeldama acrescentou:

— E, meus *docinhos*, se um sobrenatural revelou a ameaça a uma preternatural, é bem provável que algo ou alguém igualmente inatural esteja envolvido.

O primeiro-ministro regional deu um muxoxo.

— Isso é muito sério.

O vampiro recostou-se e apoiou as pontas dos dedos longos e brancos na mesa diante de si. Um gesto que lembrava bastante seu predecessor.

Lady Maccon continuou:

— E muito intrigante, também. Segundo o meu marido, não há registro no DAS desse fantasma. Nós não conseguimos localizá-lo, nem seu cadáver, desde que transmitiu a mensagem. — Ela não teve o menor escrúpulo de envolver os dois setores distintos das operações de supervisão

sobrenatural de Sua Majestade, nem de usar as vantagens que sua posição de esposa do notívago-chefe do DAS lhe conferia. A seu ver, havia restrições burocráticas, mas não se podia permitir que prejudicassem a eficiência. Então, apesar de o DAS lidar, supostamente, com o cumprimento das leis e o Conselho Paralelo, com os aspectos legislativos, a preternatural interconectara os dois.

Apontava-se esse detalhe como uma das razões que haviam levado a Rainha Vitória a indicá-la ao cargo de muhjah.

O primeiro-ministro regional ficou desconfiado.

— Por que a mensagem foi transmitida para a *senhora*? E por que usar um fantasma? A maioria deles a teme, por causa de sua natureza e do que pode fazer.

Lady Maccon anuiu. Mesmo quando era devidamente apresentada aos fantasmas, eles a tratavam com cautela.

— O senhor levantou pontos válidos. Eu não sei. O meu marido seria o mais indicado a receber a mensagem. É o canal oficial.

— O fato de a senhora ser muhjah não é muito conhecido na cidade, exceto pelas colmeias. Um fantasma-padrão não teria tido acesso à informação sobre seu estado e posição e tampouco saberia que a rainha a ouve. Então, levando isso em consideração, há menos motivos ainda para lhe contar.

A preternatural deu uma olhada nas anotações.

— Talvez tenha a ver com o meu pai.

O primeiro-ministro regional parou de caminhar de um lado para outro.

— Pelas barbas do profeta, por que teria a ver?

— O fantasma sussurrou algo sobre "filha de Tarabotti", como se meu sobrenome a tivesse motivado a me encontrar.

— Talvez tenha conhecido Alessandro Tarabotti em vida, meu *biscoitinho umedecido*.

Lady Maccon assentiu.

— Pode ser. Em todo caso, se a ameaça estiver vindo do círculo sobrenatural, quem poderiam ser os nossos suspeitos?

Lorde Akeldama respondeu de imediato:

— Conheço alguns lobinhos solitários encantadores que estão ficando agitados. — Ele inclinou a cabeça e deu umas mordidas no ar.

O primeiro-ministro regional contra-atacou:

— Há alguns vampiros errantes com presas afiadas.

A preternatural não aceitaria aquele tipo de preconceito tolo.

— Eu acho que precisamos levar tudo em consideração e supor que tanto uma colmeia quanto uma alcateia podem estar envolvidas.

Lorde Akeldama pareceu desconfiado, e o primeiro-ministro regional, pouco à vontade.

Por fim, o lobisomem disse:

— Ah, está bem, mas que tipo de pistas temos?

— Somente a do fantasma. Preciso encontrá-lo, e logo, pois estava se tornando bastante incorpóreo.

— Por que só a senhora? — quis saber o primeiro-ministro regional.

— É evidente que sou eu que tenho que fazer isso. Ela procurou por mim, e é comigo que conversará. Qualquer um dos senhores poderá causar mais dano do que ajudar. E já receio que meu marido esteja fazendo besteiras, sem a minha supervisão.

O vampiro riu.

— Ainda bem que o conde nunca a ouve falar assim, *petúnia*.

— E por que acha que isso não ocorre? — Ela deu continuidade à linha de raciocínio. — Um fantasma sem supervisão, sem esforço de conservação de cadáver, em pleno verão. Por quanto tempo o espectro continuaria são, nessas condições?

O primeiro-ministro regional respondeu:

— Somente por alguns dias.

— E se ela estivesse recebendo tratamentos regulares de formol?

— Várias semanas.

Lady Maccon fez um beicinho.

— É um período bem longo.

Lorde Akeldama deslizou os dedos pela mesa.

— Percebeu se o fantasma tinha algum sotaque, *minha pétala*?

— Quer dizer, se era estrangeira?

— Não, *florzinha*. Reparou qual era sua *posição* social?

A preternatural pensou a respeito.

— Boa, mas não muito instruída. Eu diria que se enquadraria na de empregados do segundo andar. O que explicaria por que ela não teve uma conservação adequada, enterro... nem registro no DAS. — Lady Maccon era inteligente o bastante para levar o raciocínio ao seu desfecho abominável. — Então, eu tenho que procurar uma vendedora de loja, ou talvez até uma criada ou cozinheira. Alguém que tenha morrido nas últimas duas semanas. Com poucos parentes, ou nenhum. E cujo raio de extensão da corrente chegue até a residência urbana do potentado.

Lorde Akeldama balançou a cabeça, aflito.

— Minha mais profunda solidariedade.

Lady Maccon compreendia aquela simulação do vampiro. Ele gostava de fingir que só frequentava as melhores festas e confraternizava com as pessoas certas. Sem dúvida, os zangões vinham das camadas mais altas da sociedade. Biffy, em sua época, fora a locais mais sórdidos do que uma criada frequentaria, e Lorde Akeldama jamais obrigaria os zangões a porem os pés em qualquer canto de Londres que ele mesmo não tivesse examinado.

O primeiro-ministro regional prosseguiu:

— Mas, muhjah, são centenas de casas, sem falar nas lojas, clubes privados e outros lugares de interesse.

Lady Maccon pensou na câmara de invenções clandestina de Madame Lefoux, que ficava um pouco além da esfera de investigação.

— De mais a mais, não estamos nem considerando os porões e sótãos que servem de esconderijo. E partimos do pressuposto de que estranhos vão me contar se alguém em sua casa morreu há pouco tempo. Não obstante, alguém tem uma ideia melhor?

Nenhum dos dois tinha.

O bebê-inconveniente deu alguns chutes, como se endossasse o que ela acabara de dizer. A preternatural deixou escapar um *uf*, olhou furiosa para a barriga e, em seguida, pigarreou quando o vampiro e o lobisomem lhe lançaram um olhar inquisidor.

— Nesse ínterim, contamos à rainha? — Agora que tinham uma espécie de plano, o primeiro-ministro regional pareceu sentir que andar de um lado para outro já não era mais necessário. Foi se sentar à mesa.

Lorde Akeldama tomou uma posição, naquele momento. Sempre o fazia em relação ao controle de informações.

— Acho melhor esperarmos mais, *peludo*. Até termos provas mais concretas. Tudo que temos agora são os resmungos de um fantasma desvairado.

Embora suspeitasse um pouquinho de seus motivos, Lady Maccon teve que concordar com ele.

— Pois bem, assim que terminarmos a reunião, eu vou investigar as casas que tiverem, à primeira vista, mais atividades noturnas. Depois dormirei pela manhã e continuarei à tarde, nas casas com mais atividades diurnas.

O vampiro fez uma careta e respirou fundo.

— Pode ser difícil escutar isso, *minha flor*, mas receio que *preciso* dizê-lo. Odeio ter que defender esse detalhe *abominável*, mas, como vai procurar alguém de posição social inferior, é melhor que use um traje informal.

Lady Maccon também fez uma careta, pensando em Felicity e em suas peças de tricô.

— Está sugerindo que eu finja ser uma *criada*?

— Lamento muitíssimo, *bolinho*, mas vai se sair melhor se se disfarçar. — Os olhos do vampiro ficaram marejados ante a necessidade de recomendar ato tão execrável.

A preternatural respirou fundo para demonstrar sua determinação.

— Ah, as ações que preciso levar a efeito em nome de meu país.

E foi assim que Lady Maccon, usando um aviltante trapo de modelo amorfo e confecção abjeta, acompanhada por Biffy no papel de marido, conheceu melhor o seu novo bairro do que imaginara possível. O lobisomem parecia muito menos à vontade no folgado terno dominical de classe baixa que nas vestimentas de noite, por mais apertados que fossem o colarinho alto e o calção. Em todo caso, dedicou-se de corpo e alma ao papel de mordomo desempregado, com a esposa grávida no de criada. A cada nova porta, indagavam de forma polida se algum posto havia se tornado disponível recentemente. Em todas, eram tratados com um mínimo de

compaixão pelos respectivos mordomos — em parte devido à condição de Alexia, mas principalmente por causa das excelentes referências que forneciam de uma tal Lady Maccon, do Castelo de Woolsey.

Ainda assim, após a décima primeira xícara de chá, os dois voltaram com relutância à rua de Lorde Akeldama, sem informações sobre mortes recentes que pudessem ter resultado em um fantasma. Mas haviam recebido, para surpresa da preternatural, uma oferta de emprego na respeitável residência urbana de um baronete insignificante.

O bebê-inconveniente, que costumava ser fã de todo tipo de chá, protestou diante de tamanha quantidade, consumida nas sucessivas visitas a possíveis empregadores, que tratavam os criados em potencial com a devida educação. Lady Maccon sem dúvida caminhava com dificuldade. Segurava o braço de Biffy, tanto para contar com seu apoio quanto pela necessidade de mantê-lo em estado humano, caso o sol nascesse antes que voltassem para casa. Resolveu lhe fazer uma pergunta sobre algo que a vinha intrigando, ultimamente.

— Lorde Akeldama toma chá com limão?

O lobisomem anuiu, olhando para ela, curioso com o rumo que a conversa tomava.

— Eu nunca tinha pensado nisso, até o professor Lyall trazê-lo à baila, mas é realmente uma preferência peculiar, para um vampiro. Eu achava que presas e cítricos não podiam entrar em contato.

Biffy sorriu, mas não disse nada.

Lady Maccon insistiu:

— Preciso lembrar-lhe a quem deve ser leal, meu jovem?

— Como se eu pudesse esquecer. — O lobisomem pôs-se a verificar o colarinho, com nervosismo. — Ah, bom, não é nenhum segredo específico da Comunidade Britânica. Que eu saiba, ele passou várias décadas desenvolvendo essa tolerância.

— Minha nossa, por quê?

— Simplesmente para ter algo a fazer, acho.

— Parece mais o vampiro da imprensa marrom que o Lorde Akeldama que conhecemos.

— Claro, milady. A verdade?

Ela anuiu.

— Ele gosta de passar limão nos cabelos, pois diz que dá brilho e luminosidade. É vaidosíssimo. — Seu sorriso demonstrou o quanto tinha saudades do errante.

— Ah, eu sei. — Lady Maccon observou mais uma vez o companheiro e, então, já avistando a casa pitoresca do vampiro, fingiu estar exausta e andou ainda mais devagar. — Biffy, meu querido, estou preocupada com você.

— Milady?

— Quando recebi aquelas ilustrações de moda parisienses, você mal olhou para os penteados. Conall me disse que você está com dificuldades para controlar a transmutação. E você vem amarrando o plastrom de um jeito bem simples nos últimos tempos, até para os eventos noturnos.

— Eu sinto falta dele, milady.

— Bom, agora está morando ao lado. Não vai sentir tanta falta assim.

— É verdade. Mas já não somos compatíveis; sou um lobisomem, ele, um vampiro.

— E daí?

— Nós já não podemos dançar a mesma dança de antes. — Era tão meigo quanto tentava ser circunspecto.

Lady Maccon balançou a cabeça para ele.

— Biffy, eu vou sugerir isto da forma mais delicada possível: então, *troque a música*.

— Certo, milady.

A preternatural dormiu muito pouco naquele dia, em parte devido aos efeitos físicos do excesso de chá, em parte por causa da visita inesperada de Ivy Tunstell no início da tarde. Floote a acordou com um toque suave, sinceras desculpas e a desconcertante informação de que a srta. Loontwill resolvera ela mesma entreter a sra. Tunstell na sala. Elas aguardavam a presença de Lady Maccon, que a um só tempo rolou e tombou da cama, deixando que o pobre marido continuasse a dormir — ele também vinha sendo afetado pela inquietação da esposa, que se tornara crônica.

Como era dia, Biffy ainda estava dormindo, e ela teve que pedir a Floote que a ajudasse a abotoar o vestido. O mordomo empalideceu, apavorado com a ideia, e foi buscar um dos zangões de Lorde Akeldama. Boots se prontificou a desempenhar a tarefa desagradável. Embora isso o tenha deixado, inesperadamente, sem fôlego. A preternatural começara a notar que Boots estava sempre disposto a fazer o que quer que lhe pedisse.

Depois, Floote conseguiu manter Lady Maccon equilibrada, por pura força de vontade, durante a travessia da prancha curta entre as varandas.

Lá embaixo, Felicity estava se parecendo mais consigo mesma, já tendo mandado buscar seus pertences, supondo que ninguém se oporia à estadia permanente na casa da irmã. Usava um vestido de corte moderno, com a parte de cima tipo chemisier, de cetim turquesa e debrum de renda, complementada com rosetas da mesma cor na saia de musselina branca. Colocara um discreto laço preto no pescoço, ao estilo de um plastrom, e via-se um ataviamento negro entre os babados das mangas e o centro das rosetas. O vestido era novo, caro e cheio de estilo.

A sra. Tunstell, em compensação, trajava um vestido de visita de dois verões anteriores, com anquinhas amplas demais e um corte um tanto ousado. Infelizmente, como se casara com um ator comum, era obrigada a reformar os vestidos antigos, em vez de encomendar novos.

Pelo menos daquela vez, entretanto, ela não parecia se importar e até vinha suportando bem a conversa com Felicity, que só podia ser mordaz, diante de um vestido com anquinhas daquela largura, e exibia uma atitude complacente e uma presença de espírito atípica. Ou a sra. Tunstell não se dera conta de que estava sendo insultada, ou tinha assuntos mais interessantes em que pensar.

Lady Maccon respirou fundo e entrou na sala.

— Ah, irmã, você realmente mantém uns horários peculiares nesta sua casa — comentou Felicity, notando-a primeiro.

A sra. Tunstell se levantou na hora, caminhou depressa até a preternatural e lhe deu dois beijinhos no rosto. Era um hábito repulsivo da Europa continental, que ela adotara após o casamento. Lady Maccon culpava sua excessiva exposição ao palco, e talvez o trabalho esporádico na chapelaria de Madame Lefoux, onde o costume francês de usar maneirismos íntimos, sobretudo entre as damas, era encorajado de forma inaceitável.

— Caríssima Ivy, como vai? Que visita inesperada.

— Ah, Alexia, que maravilha que está aqui. Eu receava que estivesse — ela baixou a voz dramaticamente — acamada. Sua barriga cresceu bastante. Eu não estou importunando, estou? Não, você estaria deitada. Nem mesmo receberia visitas a esta hora do dia. Tem tomado bastante chá? Faz muito bem para senhoras no seu estado.

Lady Maccon levou alguns momentos para deixar que a enxurrada de palavras da amiga caísse em cascata sobre si, da forma como as painas de dente-de-leão se dispersam às brisas da irrelevância.

— Por favor, não se preocupe comigo, Ivy. Como pode ver, ainda consigo andar. Embora deva admitir que tem sido um pouquinho complicado *dar início* aos movimentos ultimamente. Lamento tê-la feito esperar.

— Ah, imagine, você é que não deve se preocupar. Felicity foi uma ótima substituta.

Lady Maccon ergueu as sobrancelhas.

A sra. Tunstell balançou a cabeça de um jeito cúmplice, para indicar que estava sendo totalmente sincera. Os inúmeros cachos escuros balançaram. O casamento não afetara sua preferência por penteados de mocinhas. No fim das contas, foi bom ter conseguido um partido não muito adequado, pois já se esperava mesmo que as esposas de atores tivessem uma aparência excêntrica.

Naquele momento, Felicity se levantou.

— Com licença, senhoras, tenho que ir a uma reunião.

A preternatural olhou chocada para a irmã, que se retirou sem fazer comentários sobre seu peso nem os trajes de qualidade inferior da sra. Tunstell.

— Será que ela foi trocar de vestido outra vez?

A amiga voltou ao canapé, as saias farfalhando, e se deixou cair de forma dramática.

— Trocar? E por que haveria de fazer isso? Estava com um vestido de dia deslumbrante.

— Ivy, notou algo peculiar no comportamento de Felicity?

— Eu deveria ter notado?

— Ela foi muito amável, não foi?
— A-hã.
— Com você.
— Foi.
— E comigo.
— Certo, hum… — Uma pausa. — Pensando bem, é *mesmo* peculiar.
— Não é?
— Ela não está bem de saúde?
— A minha querida irmã *se tornou membro de uma sociedade*. — Lady Maccon fez um beicinho e fingiu recato.

O que passou despercebido à amiga, que se limitou a dizer:

— Bom, aí está. Uma atividade produtiva e a dedicação às boas obras exercem um efeito benéfico nas jovens geniosas. Ou isso, ou ela se apaixonou.

A preternatural mal encontrou as palavras para explicar de um jeito que a sra. Tunstell entendesse.

— É uma associação de defesa dos direitos da mulher.

A amiga ficou boquiaberta e levou a mão ao peito.

— Oh, Alexia, que coisa para se dizer abertamente!

Lady Maccon percebeu que a sra. Tunstell tinha razão. A conversa entrava em uma área bastante indecorosa, para não dizer perigosa.

— Sim, claro — a preternatural soltou um falso pigarro —, mas me conte, por que veio me visitar esta tarde, minha querida Ivy?

— Oh, Alexia. Eu tenho uma abundância de boas notícias para lhe dar. Nem sei por onde começar.

— O início, na minha opinião, costuma ser o melhor lugar.

— Ah, mas essa é a parte mais atordoante. Está tudo acontecendo ao mesmo tempo.

Lady Maccon tomou uma atitude firme, naquele momento: tocou a sineta, chamando Floote.

— Precisamos, obviamente, de chá.

— Oh, sim, sim — concordou a amiga, com veemência.

Floote, que já previra tal pedido, entrou com chá, torta de melado e umas uvas importadas a altíssimo custo de Portugal.

Lady Maccon serviu o chá enquanto a sra. Tunstell aguardava, animadíssima com as notícias, mas sem querer contá-las antes que a amiga terminasse de servir a bebida.

Ela colocou o bule de volta na bandeja e entregou a xícara a Ivy.

— E então?

— Notou alguma coisa especial na minha aparência? — A sra. Tunstell pôs a xícara no pires, sem tomar nada.

A preternatural observou-a. Se um vestido marrom pudesse ser considerado chamativo, assim se poderia descrever o de Ivy. Era formal demais, com anquinhas em cetim num tom chocolate e uma saia branca com listras da mesma cor, como uma barraca de circo. O chapéu que acompanhava era, claro, ridículo: de um formato quase cônico, coberto por plumas de ao menos três faisões, misturadas com várias flores de seda azuis e amarelas. Entretanto, nenhum desses acessórios extravagantes era atípico para ela.

— Não especificamente.

A amiga ficou vermelha como um pimentão, parecendo aflita com o que revelaria, já que Lady Maccon não notara nada. Abaixou a voz.

— Estou louca para tomar chá. — O que não provocou qualquer reação por parte da confusa preternatural, já que a amiga não tomara nem um gole. E, então, a sra. Tunstell prosseguiu: — Eu estou... Hum, como posso contar isso de um jeito delicado?... prestes a ter um aumento familial.

— Ora, Ivy, eu não sabia que estava para receber uma herança.

— Oh, não. — Ela enrubesceu ainda mais. — Não esse tipo de aumento. — A jovem meneou a cabeça de forma significativa para a barriga da outra.

— Ivy! Você está grávida!

— Ah, Alexia, precisava falar tão alto assim?

— Parabéns! Que maravilha!

A amiga prosseguiu depressa:

— E eu e o Tunny decidimos criar a nossa própria sociedade dramática.

Lady Maccon fez uma pausa, tentando reinterpretar aquela confissão.

— Ivy, está querendo dizer que vão fundar uma companhia teatral?

A sra. Tunstell assentiu, balançando os cachos.

— Tunny acha que é um bom plano dar início a uma nova família de atores, junto com a nossa nova família, como ele gosta de dizer.

Uma família, com efeito, pensou a preternatural. Como ele deixara a alcateia de lobisomens, Tunstell devia estar tentando, à sua própria maneira, criar uma nova alcateia para si.

— Bom, eu lhe desejo toda a boa sorte do mundo. Mas, Ivy, sem querer ser grosseira, como conseguiram angariar fundos para essa empreitada?

A amiga corou e abaixou os olhos.

— Eu fui enviada para consultar você sobre isso. Sei que a Alcateia de Woolsey é bem ativa no patrocínio de trabalhos artísticos. O Tunny chegou a comentar que vocês têm dinheiro investido até em um circo!

— Certo, Ivy, mas, por motivos óbvios, esse investimento é feito com o intuito de complementar a alcateia. Recrutamento de zeladores e tudo o mais. Tunstell cortou, por livre e espontânea vontade, essa conexão.

A sra. Tunstell anuiu, desanimada.

— Foi o que imaginei que você diria.

— Ah, mas espere um pouco. Eu não sou uma amiga tão medíocre assim a ponto de abandonar alguém, ainda mais você, minha querida, que esteja passando por uma necessidade. — Ela franziu o cenho, pensativa. — Talvez eu possa usar os meus próprios recursos. Não sei se sabe, mas o meu pai me deixou muito bem financeiramente, e Conall é bastante generoso, pois me dá uma mesada semanal. Nós nunca tratamos da minha renda pessoal, mas ele não parece ter o menor interesse pelos meus assuntos financeiros. Eu tenho certeza de que não se oporia se eu me tornasse patrona das artes. Por que só a Alcateia de Woolsey deveria ter esse direito?

— Oh, Alexia, sério mesmo? Eu não poderia lhe pedir isso! — protestou a amiga, em um tom que sugeria que essa fora sua intenção desde o início.

— Imagine! — A preternatural começava a gostar muito da proposta. — Eu acho que é uma ótima ideia. Será que, em troca, posso lhe pedir um favor bastante estranho?

A sra. Tunstell parecia receptiva a tudo que favorecesse a meta do marido.

— Claro que sim!

Lady Maccon não sabia como formular a questão sem expor muito de sua natureza à amiga. Nunca lhe revelara sua condição preternatural, nem o cargo de muhjah e as investigações a ele associadas.

— Eu sinto uma grande curiosidade em relação às atividades das classes mais baixas. Sem querer insultá-la, minha querida Ivy, mas, como dona de sua própria companhia teatral, e com a sua clientela, deve ter algum contato com os elementos menos nobres da sociedade londrina. Eu gostaria de ter... informações... sobre esses elementos, de vez em quando.

A amiga, que não coube em si de tanta felicidade ao ouvir aquilo, enxugou um dos olhos com um lenço bordado.

— Quer dizer, minha querida Alexia, que finalmente começou a se interessar por *fofocas*? Ah, é demais. Maravilhoso demais.

Mesmo antes de seu casamento, a posição social da srta. Ivy Hisselpenny a impedira de comparecer a eventos da alta sociedade; já a srta. Alexia Tarabotti sofrera por ser obrigada a frequentá-los. Então, para a amiga da preternatural, isso acabara resultando em fofocas escassas e insignificantes. A Alexia de sua juventude não sentira a menor curiosidade pelas relações interpessoais dos outros, muito menos por seus trajes e comportamento.

A sra. Tunstell abaixou o lenço, uma expressão de ingênua ardilosidade tomando conta de seu rosto.

— Quer que eu fique de olho em algo específico?

— Ora, Ivy!

A amiga sorveu o chá, com ar faceiro.

Lady Maccon deu o passo decisivo.

— Na verdade, nos últimos tempos surgiram boatos sobre uma ameaça a alguém da nobreza. Não posso dizer mais, porém, se não se importar...

— Bom, eu fiquei sabendo que a carruagem de Lorde Blingchester iria ser retirada de serviço.

— Não, Ivy, não esse tipo de ameaça.

— E que a camareira da Duquesa de Snodgrove ficou tão brava, recentemente, que avisou que não colocaria direito o chapéu dela para o baile de verão.

— Não, tampouco é isso. Mas essas são informações intrigantes. Vou apreciar sua conversa e sua companhia mesmo depois que você e Tunstell levarem tudo a efeito.

A amiga fechou os olhos e respirou fundo.

— Ah, Alexia, quanta gentileza sua. Eu receava… — Ela abriu um leque e o agitou, tamanha era a emoção que sentia. — Eu receava que, assim que eu e o Tunny levássemos a empreitada adiante, você não fosse querer mais nos ver. Afinal, também pretendo atuar em alguns papéis secundários. O Tunny acha que posso ter talento dramático. Ser vista tomando chá com a esposa de um ator é uma coisa, mas com uma atriz é outra bem diferente.

Lady Maccon se inclinou o máximo que pôde e pôs a mão sobre a da sra. Tunstell.

— Ivy, isso jamais me passaria pela cabeça. E não falemos mais no assunto.

A amiga julgou que chegara a hora de mencionar outra notícia pertinente.

— Eu tinha mesmo outra coisa para lhe contar, minha querida Alexia. Como deve ter imaginado, tive que desistir do meu trabalho de assistente de Madame Lefoux. Claro que vou sentir falta do convívio com todos aqueles chapéus, mas eu estava lá ontem à noite, quando algo muito peculiar aconteceu. Considerando o estado do seu marido, pensei na hora em você.

— Quanta perspicácia. — Para sua própria surpresa, a preternatural descobrira que a sra. Tunstell, uma mulher de escassas amizades e pouco tino, costumava ter os fatos mais surpreendentes a relatar. Ciente de que o melhor encorajamento seria o silêncio, Alexia deu um gole no seu chá, os olhos escuros fitando a amiga com interesse.

— Você não vai nem acreditar, mas eu deparei com um *experto* na rua.

— Um experto… quer dizer, especializado em algo?

— Oh, não, sabe o que eu quero dizer. Um fantasma. Logo eu, dá para imaginar? Passei direto por ele, como quem não quer nada. Mal consegui manter a compostura, de tão perturbada que fiquei. Quando eu me recuperei, percebi que a pobre coitada tinha perdido um pouco o juízo. Depois de ficar balbuciando coisas sem sentido, conseguiu passar uma informação. Parecia especialmente atraída pela minha sombrinha, que eu levava à noite só porque a minha reunião com Madame Lefoux demorara mais do que o esperado. Afinal, como você sabe, sempre achei essa sua mania de ficar carregando acessórios diurnos o tempo todo *para lá de* esotérica. Mas não importa. O tal fantasma parecia muito interessado na minha sombrinha. Ficou fazendo perguntas sobre ela. Queria saber se fazia *alguma coisa*, além de me proteger do sol, claro. E eu respondi que a única pessoa que eu conhecia que usava uma sombrinha que lançava mil coisas era a minha querida amiga Alexia. Lembra que eu vi a sua sombrinha fazer isso quando a gente foi à Escócia? Bom, eu contei isso para o fantasma sem cerimonial; a criatura se animou e perguntou onde você estava. Daí, como era um *experto* e devia estar acorrentado ali perto, não vi por que não passar o seu novo endereço. Foi tudo muito estranho. E ela ficou repetindo uma expressão muito esquisita, relacionada a um cefalópode.

— Ah, é? E o que foi que ela disse exatamente, Ivy?

— "O polvo é injusto", ou tolice semelhante. — A sra. Tunstell deu a impressão de que continuaria a falar sobre o assunto, mas entreviu Felicity pela porta aberta. — Alexia, a sua irmã parece estar totalmente desequilibrada. Tenho certeza de que ela acabou de passar com um xale de tricô amarelo-limão. E franjado, ainda por cima. Sair em público desse jeito! É inaceitável.

A preternatural fechou os olhos e balançou a cabeça.

— Não se preocupe com isso agora, Ivy.

— Eu tenho certeza, estou lhe dizendo. Impressionante.

— Mais algum detalhe sobre o fantasma?

— Acho que tinha algo a ver com a OPC.

O comentário surpreendeu Lady Maccon.

— *O que foi que disse?*

— A Ordem do Polvo de Cobre; já deve ter ouvido falar nela.

A preternatural pestanejou, chocada, e pôs a mão na barriga, sentindo os chutes do bebê-inconveniente, que parecia igualmente surpreso.

— Claro que eu ouvi falar nela, Ivy. A questão é: você já?

— Ah, Alexia, venho trabalhando para Madame Lefoux há anos. Ela tem viajado muito ultimamente, e aquela aparência dela distrai bastante, mas não sou tão distraída *assim*. Eu sei muito bem que, quando ela está na cidade, dedica-se mais às atividades extrachapelares do que às chapelares em si. Pelo que sei, mantém uma câmara de invenções no subsolo.

— Ela lhe contou?

— Não exatamente. Se Madame Lefoux prefere manter as coisas em segredo, quem sou eu para questioná-la? Mas eu dei uma olhada nas suas caixas de chapéus, e nem todas contêm esses acessórios. Quis obter mais detalhes, mas ela me garantiu que era melhor eu não me meter. Alexia, eu não gostaria que você achasse que sou tapada. Eu e o Tunny falamos sobre essas coisas, e eu tenho olhos suficientes na cabeça para observar, mesmo que nem sempre entenda.

— Lamento ter duvidado de você.

Ela ficou triste.

— Talvez um dia você também confie em mim.

— Ah, Ivy, eu...

A amiga ergueu a mão.

— Quando estiver pronta, claro.

A preternatural soltou um suspiro.

— Por falar nisso, tenho que pedir licença. Essa notícia sobre o fantasma é importante. Eu preciso conversar com o Beta de Conall imediatamente.

A sra. Tunstell olhou ao redor.

— Mas ainda é dia.

— Às vezes até mesmo os lobisomens ficam acordados durante o dia. Quando as circunstâncias exigem. Conall está dormindo, mas o professor Lyall deve estar acordado, cuidando de suas obrigações.

— Um cefalópode é tão terrível assim?

— Receio que sim. Será que pode me dar licença, Ivy?

— Claro.

— Eu vou informar a Floote sobre o meu patrocínio. Ele vai lhe dar o adiantamento financeiro necessário.

A sra. Tunstell segurou a mão de Lady Maccon quando ela passou.

— Ah, muito obrigada, Alexia.

Tal como dissera, a preternatural foi logo falar com Floote e lhe deu instruções. Em seguida, para ganhar tempo e, talvez, evitar uma visita ao DAS, perguntou casualmente:

— Há alguma filial da OPC por aqui? Entendo que é uma sociedade secreta, mas talvez você saiba.

Floote lhe lançou um olhar pensativo.

— Sim, madame, a um quarteirão. Vi a marca logo depois que a senhora começou a se hospedar com Lorde Akeldama.

— Marca, Floote?

— Exato. Há um polvo de cobre na maçaneta. Número oitenta e oito.

Capítulo 5

O Esconderijo do Polvo

A residência de número oitenta e oito não era nem um pouco impressionante. Na verdade, era uma das menos elegantes do bairro. Embora as vizinhas mais próximas não chegassem aos pés da imponente mansão de Lorde Akeldama, suas fachadas exibiam os melhores tijolos possíveis. Haviam reconhecido, em seu pétreo silêncio, que moravam na área residencial mais em voga de Londres, e que a arquitetura e os jardins deviam se mostrar à altura dessa fama. O número oitenta e oito estava totalmente deteriorado, em comparação. A pintura não chegara a descascar, mas desbotara, e o jardim exibia um matagal onde grassavam a erva daninha e a alface.

Cientistas, pensou Lady Maccon, conforme subia os degraus da frente e puxava a corda da campainha. Usava seu pior vestido, modificado para acomodar a barriga, feito de um tecido de lã penteada, com um tom que oscilava entre a água suja e o verde. Não lembrava mais por que comprara aquele pobre coitado — na certa para provocar a mãe. Pegara emprestado um dos xales horrorosos de Felicity, embora fizesse calor demais para usar tal disfarce. Com o acréscimo de uma touca branca e uma expressão humilde, ela ficara à imagem e semelhança da criada que queria representar.

O mordomo que abriu a porta pareceu pensar do mesmo modo, pois nem questionou sua condição. Agiu com pedante gentileza, exacerbada por uma sincera vivacidade, geralmente encontrada em padeiros e açougueiros, mas não mordomos. Tinha um pescoço musculoso e uma cabeleira branca desgrenhada que faziam pensar imediatamente em uma couve-flor.

— Boa tarde — disse Lady Maccon. — Eu ouvi dizer que estão precisando de uma nova criada, então eu vim pedir detalhes sobre o emprego.

O mordomo olhou para ela de alto a baixo, franzindo os lábios.

— Nós perdemos a nossa cozinheira há algumas semanas. Mas estamos indo bem com uma temporária, e não queremos contratar ninguém no seu estado. Creio que entende. — Falou num tom delicado, porém firme, com o intuito de desencorajá-la.

Lady Maccon se endireitou.

— Ah, sim, senhor. O meu resguardo não deve durar mais do que duas semanas, e eu faço a melhor geleia de mocotó que o senhor já comeu. — Ela decidira arriscar. O sujeito parecia ser do tipo que adorava geleia, seu corpo já apresentando certa semelhança ao acepipe.

E tinha razão. Ele estreitou os olhos, satisfeito.

— Ah, bom, se é assim... Trouxe referências?

— As melhores, de Lady Maccon em pessoa, senhor.

— É mesmo? Conhece bem ervas e condimentos? Quase todos os cavalheiros que moram aqui são solteiros. Suas exigências à mesa são simples, mas os pedidos extracurriculares podem ser um tanto complexos.

A preternatural fingiu se chocar.

O mordomo se apressou em corrigir qualquer mal-entendido:

— Oh, não, não, nada dessa natureza. No máximo podem pedir ervas desidratadas para os seus experimentos. São todos intelectuais.

— Ah. Quanto a isso, o meu conhecimento não se compara com o de ninguém que eu já conheci. — Ela estava achando divertido se vangloriar de coisas sobre as quais não conhecia absolutamente nada.

— Eu acho bem difícil de acreditar. A nossa ex-cozinheira era uma conceituada especialista nas artes medicinais. Mas queira entrar, sra...?

Lady Maccon tentou pensar em um nome e, então, ocorreu-lhe o melhor possível, naquelas circunstâncias.

— Floote. Sra. Floote.

Ao que tudo indicava, aquele mordomo não conhecia o *seu*, pois sua expressão sequer se alterou ante a improbabilidade da união entre Floote e Lady Maccon. Simplesmente fez com que entrasse e conduziu-a até a cozinha.

Que era diferente de todas as que ela já vira. Não que passasse muito tempo nelas, mas sentia ter certa familiaridade com as expectativas gerais em relação a um lugar tão funcional. O aposento, impecavelmente limpo, exibia não apenas a quantidade necessária de tigelas e panelas, como também aparelhos a vapor, enormes baldes de medição e frascos de vidro com amostras de espécimes enfileirados nas bancadas. Parecia a combinação de uma fábrica de garrafas, uma cervejaria e a câmara de invenções de Madame Lefoux.

A preternatural nem tentou esconder a surpresa — qualquer criada normal ficaria tão impressionada quanto ela, ao deparar com uma cozinha tão estranha.

— Minha nossa, mas que disposição peculiar de equipamentos e utensílios.

Os dois estavam sozinhos no local, justamente naquela hora da tarde em que a maioria dos empregados dispunha de um breve intervalo para satisfazer as suas necessidades, antes de servir o chá das cinco.

— Ah, sim, nossa cozinheira anterior se interessava por outras coisas, além de cozinhar. Era também uma espécie de intelectual, se é que uma mulher pode ser tal coisa. Às vezes, os meus patrões encorajam comportamentos extravagantes.

Tendo passado anos a fio imersa em livros e frequentando diversas palestras da Real Sociedade, sem falar na intimidade que desfrutara com Madame Lefoux, a preternatural certamente achava que as mulheres podiam ser intelectuais, embora seu disfarce a impedisse de admiti-lo. Assim sendo, limitou-se a olhar ao redor, em silêncio. E notou a prevalência de polvos. Estavam por toda parte, impressos nas tampas e rótulos de potes, gravados nos cabos de frigideiras de ferro, burilados nas laterais de panelas de cobre e até prensados no alto de uma tina de sabão, deixada no aparador para endurecer.

— Ora, alguém aqui gosta mesmo de cefalópodes. — E foi andando em seus passos de pata-choca, como quem não quer nada, para examinar uma fileira de garrafinhas de vidro marrom-escuro e conteúdo misterioso.

Todas estavam fechadas com rolhas, nas quais haviam sido colados polvinhos de vidro de diversas cores. Afora isso, não havia menção ao conteúdo.

Lady Maccon estendeu a mão para pegar uma, mas o mordomo, à maneira silenciosa dos de sua estirpe, aproximara-se sorrateiramente.

— Eu não faria isso se fosse a senhora. A nossa ex-cozinheira se interessava por formas bem mais perigosas de destilação e conservação.

— E o que aconteceu com a boa senhora? — perguntou a preternatural, com uma naturalidade forçada.

— Ela parou. Se eu estivesse no seu lugar, tomaria muito cuidado com esse polvo amarelo aí.

Mais do que depressa Lady Maccon se afastou da fileira de garrafinhas, com a súbita sensação de que se equilibravam precariamente na estante.

O mordomo a olhou de alto a baixo.

— Há muitas escadas nesta casa, entende, sra. Floote? Não vai poder ficar apenas na cozinha. Como é que eu vou saber se tem mesmo condições de cumprir com suas obrigações?

Ela considerou aquela a oportunidade perfeita para investigar mais.

— Bom, gostaria de dar uma olhada nos aposentos, caso queira me contratar. Se fizesse a gentileza de me mostrar as acomodações dos criados, eu poderia demonstrar a minha mobilidade.

O mordomo concordou e fez um gesto em direção a uma escada em caracol nos fundos, que dava acesso aos cômodos do sótão. O quarto ao qual ele por fim a levou era diminuto e apertado, e ainda continha alguns pertences da ocupante anterior, tal como Lady Maccon esperara. Havia outras garrafinhas de tom marrom-escuro e ampolas de aspecto estranho espalhadas pelos móveis. E também um lenço estendido no peitoril da janela, com maços de ervas em cima, secando.

— Obviamente vamos tirar tudo daqui, antes de vir ocupá-lo. — O mordomo torceu os lábios, enquanto olhava ao redor.

Viam-se inúmeros cadernos com capas forradas em tecido aqui e ali; alguns estavam bastante empoeirados devido ao abandono. Além de pedaços de papel avulsos, e até o que parecia ser uma espécie de livro contábil.

— A sua ex-cozinheira sabia ler e escrever, senhor?

— Eu avisei que ela era peculiar.

Lady Maccon olhou mais uma vez ao redor e, em seguida, pensando rápido, foi até a pequena cama.

— Ó céus, talvez as escadas tenham sido um pouco demais, considerando o meu atual estado. Eu acho que me excedi. — Ela se deixou cair na cama e se recostou de forma dramática, quase perdendo o equilíbrio. Foi um desempenho medíocre.

Não obstante, o mordomo pareceu acreditar.

— Ora, sra. Floote. Então, não vai dar certo. Francamente, não podemos considerar alguém que…

A preternatural o interrompeu, gemendo e apertando a barriga com força.

O sujeito empalideceu.

— Será que pode me dar um momentinho para me recuperar, senhor?

A expressão dele deixava claro que preferiria estar em qualquer outro lugar.

— Eu vou buscar um copo d'água, está bem? Talvez um pouco de, hã, geleia?

— Ah, sim, ótima ideia. Não se apresse.

Ele saiu correndo.

No mesmo instante, Lady Maccon se levantou, um movimento realizado com agilidade, porém sem dignidade, e começou a vasculhar o quarto. Encontrou poucos pertences que dessem uma ideia da personalidade da ocupante, mas havia ainda mais cadernos e garrafinhas misteriosas na gaveta do criado-mudo e no guarda-roupa. Foi enfiando tudo que parecia secreto ou significativo nos bolsinhos dissimulados da sombrinha. Em seguida, sabendo que não podia se exceder, pegou não só o caderno que aparentava ser mais recente como também o que aparentava ser mais velho e empoeirado, além de um livro contábil com as páginas cobertas por uma caligrafia caprichosa, e enrolou-os no xale de Felicity. A sombrinha rangeu um pouco, abalroada com o excesso de peso, e a preternatural achou que a trouxa do xale parecia bastante suspeita; não obstante, quando o mordomo voltou, ficou tão feliz ao ver que ela se sentia melhor, que nem notou.

Lady Maccon resolveu aproveitar para sair dali. Dizendo que se sentia fraca e que precisava voltar para casa antes que anoitecesse, ela se dirigiu à porta. O mordomo a conduziu até o andar de baixo, recusando-se a lhe oferecer o cargo, apesar da geleia de mocotó, mas sugerindo que voltasse dentro de alguns meses, quando já houvesse se recuperado da inconveniência, provavelmente seduzido pelo irresistível mocotó.

Já a despachava pela porta, quando alguém os fez parar.

— Minha nossa! Srta. Tarabotti?

A preternatural apertou os itens surrupiados contra o peito, fechou os olhos e respirou fundo. Em seguida, levantou a cabeça.

O cavalheiro que descia lentamente a escada em sua direção era um típico exemplar da espécie dos cientistas: costeletas grisalhas não aparadas, um par de óculos e um condenável excesso de tweed em pleno verão e em plena cidade. Infelizmente, Lady Maccon tinha grande familiaridade com aquele rosto.

— Ora, dr. Neebs! Pensei que tinha morrido!

— Ah, ainda não. Embora Lorde Maccon tenha se esforçado ao máximo para que isso ocorresse. — Ele continuou a descer a escada, mancando muito, talvez em virtude de alguma lesão adquirida durante a luta na câmara de exsanguinação do Clube Hypocras. À medida que foi se aproximando, Lady Maccon notou que a observava com dureza por trás dos óculos.

— Seja como for, o senhor não deveria estar cumprindo pena pelo crime de desonestidade intelectual?

— Posso lhe garantir que já a cumpri. Agora, eu acho que talvez seja melhor vir comigo, srta. Tarabotti.

— Oh, mas eu já estava de saída.

— Sim, tenho certeza de que estava.

O olhar do mordomo, um tanto perdido, pulava de um para o outro.

Lady Maccon recuou em direção à porta aberta, erguendo a sombrinha em posição defensiva e pressionando o polegar na pétala de lótus apropriada no cabo, armando a ponta com um dos dardos entorpecentes. Desejou não ter deixado Ethel em casa; as armas, sem sombra de dúvida, eram bem mais ameaçadoras que as sombrinhas.

Ainda assim, o dr. Neebs observou o para-sol com cautela e respeito.

— Obra de Madame Lefoux, não é?

— O senhor a conhece?

Ele a olhou como se ela fosse idiota. *Claro,* pensou Lady Maccon, *esta é uma divisão da Ordem do Polvo de Cobre, da qual Madame Lefoux também faz parte. Eu não tinha me dado conta de que a Ordem estava reabsorvendo os integrantes do Clube Hypocras. Eu tenho que contar para Conall.*

O cientista inclinou a cabeça para o lado.

— O que pretende fazer, srta. Tarabotti?

Lady Maccon hesitou. Não podia confiar no dr. Neebs, disso tinha certeza. Pelo visto, o sentimento era mútuo, pois ele ordenou bruscamente ao mordomo:

— Pegue-a!

Por sorte, o empregado ficou confuso com o pedido e não entendeu como seu papel se tornara o de um malfeitor. Além do mais, segurava um copo d'água com uma das mãos e um pote de geleia de mocotó com a outra.

— Como? Senhor?

Naquele momento, Lady Maccon atirou um dardo com sonífero no cientista. Madame Lefoux empregara venenos de ação rápida e ótima qualidade, da família do láudano. O dr. Neebs se inclinou para frente com uma expressão de choque e desfaleceu na base da escada.

O mordomo se recuperou da inércia e arremeteu contra a preternatural, que, atrapalhada mesmo em sua melhor condição, desviou o corpo, já traçando um arco amplo com a sombrinha e conseguindo atingir a lateral da cabeça do sujeito.

Embora não tenha sido um golpe muito certeiro, foi violento, e o homem, obviamente desacostumado com tais mimos, afastou-se, cambaleante, observando-a com um ar de tamanha decepção, que ela não pôde deixar de abrir um largo sorriso.

— Sra. Floote, que comportamento mais indecoroso!

Lady Maccon armou a sombrinha e atirou nele um segundo dardo com sonífero. Os joelhos do mordomo cederam, e ele caiu no chão do vestíbulo.

— Sim, eu sei. Lamento muito. É uma falha pessoal minha.

Com isso, ela foi até a rua e saiu andando com dificuldade, agarrando os objetos surrupiados e sentindo-se muito dissimulada e orgulhosa do que fizera aquela tarde.

★ ★ ★

Infelizmente para Lady Maccon, não havia ninguém para apreciar seus esforços quando chegou em casa. Os lobisomens que estavam na cidade continuavam dormindo, Felicity ainda não voltara (não que a preternatural pudesse contar segredos a *ela*), e Floote saíra para cuidar de alguma obrigação doméstica. Desapontada, acomodou-se na sala dos fundos, para examinar os objetos tirados às escondidas.

A sala dos fundos já se tornara seu cômodo favorito. Fora decorada para abrigar silenciosas reuniões de jogos de cartas: paredes em tom creme e dourado-claro, móveis rebuscados de cerejeira escura, revestimentos e cortinas em tom azul-imperial. As diversas mesinhas tinham tampo de mármore, e o imponente lustre ostentava o que havia de mais moderno em iluminação a gás. Era o tipo de elegância com espírito que a preternatural sem alma jamais teria conseguido dar ao aposento.

Ela deixou as garrafinhas em um canto, para entregá-las ao DAS, que se encarregaria de analisá-las, e pegou o livro contábil e os diários com interesse. Duas horas depois, o estômago roncando, o chá gelado e esquecido ao lado do braço, guardou-os. Foram tão cativantes quanto as reflexões privadas de uma ilustre desconhecida podiam ser. E também, de certa forma, esclarecedores, embora não em relação à ameaça contra a vida da rainha. Sobre isso não houvera qualquer menção, nem qualquer prova concreta que envolvesse a OPC.

No livro contábil, Lady Maccon encontrou registros de transações, principalmente de vendas que a cozinheira fizera a diversos indivíduos, tudo codificado com símbolos, iniciais, abreviaturas e números. Depois de ler os diários, concluiu que a cozinheira devia ter sido uma integrante honorária da OPC. Seu interesse se concentrava nas poções que não se podiam comprar com facilidade de um boticário ou farmacêutico. Substâncias, por exemplo, como os que Madame Lefoux colocara na sombrinha de Lady Maccon, e talvez outras até mais letais.

O diário mais recente, incompleto e inútil, trazia apenas as ideias cada vez mais desorientadas de uma mulher que envelhecia e parecia sucumbir a alguma beberagem nada saudável de sua própria fabricação,

talvez involuntariamente, talvez por efeito de um distúrbio mental. Não havia como saber se fora ela o fantasma que viera avisar Lady Maccon, mas era uma boa pista.

No entanto, foi o diário mais antigo que chamou a atenção da preternatural. Uma anotação específica datava de uns vinte anos antes. Discorria com interesse sobre uma nova encomenda — de ingredientes a serem enviados pelo correio, em pacotes individuais, por questão de segurança, a uma alcateia de lobisomens na Escócia. A conexão entre o período e o local levou Lady Maccon a relembrar a narrativa angustiada do marido a respeito de certa traição. A mesma que o levara a abandonar a Alcateia de Kingair e assumir a de Woolsey. Ele ficara profundamente desgostoso. "Eu os peguei preparando o veneno", comentara. "Veneno, imagine! Algo que não deve ser usado nas terras da alcateia nem em seus negócios. Não é uma forma honesta de matar ninguém, quem dirá uma soberana". A preternatural sabia que não havia como comprovar a conexão, mas a coincidência das datas foi o suficiente para ela. Aquele *devia* ser um registro da encomenda do veneno que, anos atrás, teria sido usado para matar a Rainha Vitória.

— Impressionante — disse ela à sala vazia, relendo o trecho incriminador. Distraída, pegou a xícara e sorveu o chá. Como estava frio, colocou-a de volta no pires, fazendo uma careta. Mais do que depressa constatou que o restante, sob o abafador do bule, também já esfriara, e puxou a corda da campainha.

Floote apareceu.

— Madame?

— Chá fresco, Floote. Por obséquio.

— Certamente.

Ele sumiu de vista e voltou em pouquíssimo tempo com um bule de chá recém-preparado e, para a satisfação da preternatural, uma pequena fatia de um bolo de aspecto tentador.

— Ah, muito obrigada, Floote. É pão de ló de limão? Que delícia. Pode me dizer se algum dos homens já acordou?

— Acho que o sr. Rabiffano e o professor Lyall estão se levantando.

— Sr. Rabiffano, quem é...? Ah, o Biffy! E meu marido, não?

— Difícil dizer, já que ele está na outra casa.

— Ah, sim, claro, que tolice a minha. — Lady Maccon voltou a ler cuidadosamente o pequeno diário.

— Mais alguma coisa?

— A pergunta, Floote, é: por que encomendar as toxinas em Londres? Por que não fazer negócio com os maus elementos que forneciam substâncias perniciosas mais perto de casa?

— Madame?

— Falando hipoteticamente, por que encomendar veneno em um lugar, para depois acabar levando-o de volta a fim de realizar o ato infame? Embora eu imagine que a rainha estivesse visitando a Escócia na época. Ainda assim, por que tão longe da cidade?

— Todos fazem encomendas em Londres — respondeu o mordomo em tom resoluto, apesar de não fazer ideia dos detalhes da pergunta. — É o costume.

— Sim, mas e se a pessoa tivesse medo de ser pega?

Floote parecia achar que poderia participar da conversa, embora não estivesse totalmente a par dos fatos necessários.

— Talvez a pessoa quisesse ser pega.

A preternatural franziu o cenho.

— Oh, não. Eu não creio... — Ela foi interrompida pela chegada do professor Lyall, que exibia a mesma elegância discreta de sempre, apesar de ter acabado de se levantar.

Ele meteu a cabeça pelo canto da porta, um tanto surpreso, sem saber ao certo o que pensar do local que sua patroa escolhera para acampar.

— Boa noite, Lady Maccon. Como vai?

— Professor Lyall. Ah, Floote, pode se retirar.

O mordomo se afastou, lançando um olhar significativo para o Beta, como quem diz: *Ela não está de bom humor, melhor pisar em ovos.*

Captando a mensagem tácita, o lobisomem entrou, hesitante.

— Está na sala dos fundos, Lady Maccon?

— Como pode ver.

— Não na da frente?

— Eu gosto do papel de parede. Tive um dia bastante esclarecedor, professor Lyall.

— Ah, foi mesmo? — Ele se sentou em uma cadeira perto da fêmea Alfa. Após ela acenar com a cabeça, o Beta se serviu de chá. Floote, sendo Floote, já tivera a ideia de levar mais de uma xícara. — Ainda não li os jornais vespertinos. Haverá algo importante neles, milady?

Ela franziu o cenho.

— Duvido. Não creio que a polícia tenha sido alertada sobre as minhas atividades.

O professor Lyall absteve-se de mencionar que isso indicava a provável necessidade de tal ação.

— E então?

Da maneira mais agradável possível, Lady Maccon narrou as travessuras da tarde. À medida que o fazia, o Beta franzia mais o cenho.

— Sozinha? No seu estado?

— Sou perfeitamente capaz.

— Sem dúvida alguma. Até conseguiu tirar partido de sua condição. Mas eu achei que deveria sempre levar Biffy nesses passeios. São ordens do próprio Lorde Maccon.

— Sim, mas isso não podia esperar até a noite. E descobri uma prova muito interessante. Onde será que eu coloquei o meu estilógrafo? — Ela começou a apalpar o colo, ou o que restava dele, aborrecida.

O professor Lyall tirou uma caneta-tinteiro do colete e a estendeu a ela, que balançou a cabeça, grata.

— Acha mesmo que essa nova ameaça tem algo a ver com o antigo atentado da Alcateia de Kingair? — perguntou ele, enquanto a preternatural anotava algo na margem de um dos diários.

— Ao que tudo indica.

— Sua prova parece ser circunstancial, na melhor das hipóteses.

— Nunca despreze as descobertas fortuitas. Poderia me fazer a gentileza de analisar essas poções? E eu também gostaria de ver o relatório do DAS sobre a tentativa de assassinato fracassada por parte da Alcateia de Kingair, o subsequente desafio do meu marido ao Alfa de Woolsey e quaisquer artigos correspondentes na imprensa popular.

O professor Lyall se mostrou bastante aflito.

— Já que insiste, milady.

— Insisto, sim.

— Pode me dar algumas horas para organizar tudo? O laboratório vai precisar de algum tempo, vários dias, no mínimo, para analisar essas amostras, mas eu vou trazer os demais itens que requisitou quando voltar.

— Não será necessário. Vou dar um pulo no DAS depois de visitar Madame Lefoux e preencher eu mesma os formulários de requisição.

— Ah, então pretendia…

— Não até identificar essa conexão com a OPC. Claro que Genevieve não teria nada a ver com as operações da Ordem vinte anos atrás, pois era apenas uma criança, mas eu acho que vale a pena investigar. Ela sabe de *detalhes*. Sem contar que Ivy deparou com um fantasma naquela área, na noite passada. Não pode ser o mesmo, pois nenhuma corrente se estende tanto assim, mas deve haver uma conexão com o nosso mensageiro misterioso.

— Se assim deseja, milady. Porém, desta vez, leve Biffy, por favor.

— Claro. Eu vou ficar feliz com sua companhia. Vamos comer?

O professor Lyall assentiu, agradecido, e eles se levantaram para ir à sala de jantar.

— Tudo bem, esposa?

Conall Maccon desceu a escada em passos pesados. Desde que se conheciam, Lady Maccon nunca o vira tão bem-arrumado. O plastrom, de um vistoso e etéreo tom azul-celeste, combinava à perfeição com os olhos castanho-amarelados, e fora amarrado no estilo Nababo, sobre as pontas insolitamente longas do colarinho. A camisa fora enfiada na calça de um jeito impecável, e o colete não tinha costuras, nem as mangas do paletó. Por esse motivo, ele também parecia pouco à vontade.

— Minha nossa, marido. Como está charmoso! Foi obra dos zangões?

O conde lançou um olhar significativo para a esposa antes de avançar até ela e lhe dar um beijo na boca, bem na frente dos olhares constrangidos do professor Lyall, Floote e alguns criados.

A mobilidade limitada de Lady Maccon impediu-a de fazer uma manobra evasiva. Como se fosse uma libertina, não teve escolha senão suportar suas atenções amorosas com rubores e balbucios de encantado terror.

Finalmente, ele se afastou.

— Excelente! A melhor maneira de se começar a noite. Não concordam, cavalheiros?

O professor Lyall revirou os olhos ante a travessura do Alfa, e Floote foi logo tratando de ir cuidar de suas obrigações.

Eles entraram na sala de jantar. Enquanto Lady Maccon e o professor Lyall conversavam, a maioria dos outros moradores atuais da residência urbana — dois lobisomens e alguns zeladores — acordara e se reunira à mesa. Todos se levantaram educadamente, aguardando que a preternatural se sentasse, e, em seguida, voltaram a trocar ideias ou a comer, dependendo da personalidade de cada um. Biffy, que se sentara um pouco afastado dos demais, fingia estar totalmente absorto na leitura de *Le Beaux Assemblée*, obra também conhecida como *Assembleia de Janotas e Revista de Vanguarda Dirigida Sobretudo aos Cavalheiros de Ócio*. Lorde Maccon franziu o cenho para ele, mas o dândi não pareceu notar.

Lady Maccon se serviu de uma tigela de frutas em compota, pudim de ameixa e creme. Após trocar ideias com o marido sobre assuntos domésticos, ela lhe relatou suas investigações recentes.

— Você não fez isso!

— Claro que fiz. E agora preciso da carruagem. Eu vou até a chapelaria de Madame Lefoux antes de dar um pulo no DAS para examinar a documentação que o professor Lyall ficou de me entregar.

O Alfa fuzilou o Beta com os olhos.

O professor Lyall deu de ombros, como quem diz: *Foi você que se casou com ela*.

— Alexia — disse Lorde Maccon, num longo resmungo —, sabe que eu não gosto de reavivar aquele incidente específico, por motivos óbvios. Eu não quero que desenterre um caso que já foi muito bem resolvido.

Lady Maccon, compreendendo perfeitamente que a natureza de seu resmungo não tinha a ver com raiva, mas com inquietação, colocou a colher no prato e pôs a mão sobre a dele.

— Mas você tem que entender que, se há alguma conexão, devemos explorar todas as possibilidades de investigação. Eu prometo que vou me concentrar nos detalhes relevantes e não me deixar levar pela curiosidade pessoal.

O marido soltou um suspiro.

A esposa falou mais baixo, embora tivesse perfeita consciência de se encontrar cercada por criaturas com uma audição sobrenatural, que podiam ouvir o que dizia.

— Eu sei que se trata de um assunto doloroso para você, meu amor, mas, se quisermos chegar ao cerne da questão, precisa entender que pode haver uma correlação.

Ele anuiu.

— Mas fique de olho, está bem, querida? Receio que esteja mexendo numa casa de marimbondos em que não se deveria mexer.

A interrupção no farfalhar do jornal noturno do professor Lyall pareceu indicar que ele concordava plenamente com o Alfa sobre o assunto.

Lady Maccon assentiu e soltou a mão do marido. Em seguida, olhou de soslaio para o outro lado da mesa.

— Biffy, estaria disposto a me acompanhar esta noite, enquanto faço umas visitas? Vou apreciar a companhia de alguém que se mova com mais facilidade que eu.

— Claro, milady, com prazer. Que chapéu devo usar?

— Sua cartola urbana ficaria ótima. Não vamos a nenhum evento da alta sociedade.

Ele se desanimou um pouco ao ouvir isso.

— Pois bem, milady. Devo buscá-la agora?

— Não, não, pode terminar de jantar. Não há por que desperdiçar comida na busca de informações. Uma coisa é bem mais importante do que a outra, a despeito do que Lorde Akeldama possa pensar.

Biffy deu um leve sorriso e continuou a comer carne crua e ovos fritos.

Madame Genevieve Lefoux era uma mulher de estilo e inteligência. Se esse estilo a levava a fazer gestos e usar roupas masculinas, e se essa inteligência a levava à teoria e à prática científicas, Lady Maccon certamente não seria tão insensível a ponto de criticar a amiga por tais excentricidades. Momentos de considerável intimidade haviam deixado claro para a preternatural que a francesa gostava dela e que ela também gostava da amiga, contudo, não muito mais que isso. Se realmente podia confiar nela,

por exemplo, ainda era questionável. A amizade das duas era bem diferente da que Lady Maccon tinha com a sra. Tunstell. Elas nunca falavam sobre o que estava na última moda, nem de eventos sociais. Se lhe perguntassem, a preternatural poderia dizer que não se lembrava exatamente do que ela e a inventora francesa haviam tratado, mas, fosse o que fosse, sempre fazia com que se sentisse no limiar de sua capacidade intelectual e ligeiramente exausta, como se tivesse visitado um museu.

A francesa estava com uma nova vendedora, jovem e bonita, que se encontrava atrás do balcão, quando Biffy e Lady Maccon chegaram à Chapeau de Poupée. As atendentes que trabalhavam na loja eram sempre moças e bem-apessoadas. Aquela se mostrara nervosa pela súbita chegada da distinta Lady Maccon, e ficou bastante aliviada quando a patroa, elegante e refinada em seu fraque e cartola cinza, apareceu para receber a dama tão ilustre.

— Minha querida Alexia!

— Genevieve, como vai?

A francesa apertou ambas as mãos da recém-chegada e deu-lhe um beijinho em cada lado do rosto. Não deixou que entrasse ar entre os lábios e a pele, como era o costume das mulheres chiques; aquele, no entanto, não podia ser considerado um gesto extravagante, feito apenas por estar na moda. Não, para Madame Lefoux, aquele cumprimento era tão natural quanto um aperto de mão entre executivos americanos. Ela agiu com delicadeza, o sorriso formando covinhas de afeição genuína.

— Que prazer inesperado! Tem certeza de que deveria estar saindo em público nesse estado?

— Minha querida, você passou tanto tempo fora, que cheguei a achar que nunca mais voltaria para nós. E o que os londrinos fariam se precisassem de chapéus novos?

A francesa inclinou a cabeça morena, a um só tempo agradecendo o cumprimento e refutando a afirmação da amiga.

Lady Maccon notou, com certa preocupação, que a inventora parecia quase esquelética. Com um tipo naturalmente anguloso, Madame Lefoux não podia ser descrita como robusta, mas, ao longo das viagens mais recentes, perdera ainda mais peso do que poderia se dar ao luxo de perder.

Estivera sempre mais preocupada com as atividades da mente que com as do corpo, mas nunca antes tivera olheiras tão fundas sob os belos olhos verdes.

— Você está bem? — perguntou a preternatural. — Algo com o Quesnel? Ele virá passar o mês aqui, não? Andou aprontando outra vez?

O filho de Madame Lefoux era uma criatura loura e animada, com uma infeliz tendência à traquinagem. Não agia por maldade, porém sua mera presença resultava em uma espécie de caos microcósmico que deixava a mãe com os nervos à flor da pele sempre que ele a visitava.

A francesa estremeceu de leve e balançou a cabeça.

— Ele não voltou para casa desta vez.

— Ó céus! Mas, se não é algo com Quesnel, então, qual é o problema? Sério, você não parece estar bem.

— Ah, por favor, não se preocupe, Alexia. Eu estou sofrendo de insônia, só isso. E você, como vai? Soube que veio morar na cidade. Vê-se que sua barriga cresceu bastante. Anda frequentando ambientes tranquilos? Eu li recentemente que é muito importante para o feto ficar em lugares sossegados. Conhecendo o seu temperamento, eu me preocupo com isso.

A amiga a fitou, pestanejando.

Notando que sua preocupação não era bem-vinda, a francesa se apressou em continuar:

— Veio pegar a nova encomenda de lunóticos de Woolsey ou fazer uma simples visita?

Lady Maccon apreciou o redirecionamento da conversa. Respeitava a necessidade de privacidade da amiga e a aura de mistério que cultivava tão bem. Madame Lefoux tampouco queria parecer intrometida.

— Ah, tem uma encomenda? Então, eu posso levá-la. Mas, na verdade, há uma questão que gostaria muito de tratar com você. — Ela notou o olhar curioso da nova atendente. — Em particular, talvez? — Em seguida, como ignorava a extensão do conhecimento da moça, sussurrou: — Lá embaixo?

A francesa abaixou os olhos e anuiu, com ar sério.

— Claro, claro.

A preternatural olhou para o acompanhante.

— Biffy, prefere ficar se entretendo por aqui, durante uns quinze minutos, ou dar um pulo na Casa de Chá Lottapiggle, em Cavendish Square?

— Ah, posso ficar por aqui, em tão boa companhia. — O jovem lobisomem fez um gesto gracioso com a mão enluvada, indicando a floresta de chapéus pendurados ao seu redor. Passou os dedos por uma enorme pluma de avestruz, como uma jovem passaria os dedos por um chafariz. — Linda aba virada.

— Eu não vou demorar muito — acrescentou Lady Maccon, antes de seguir a amiga até os fundos da loja, onde uma porta na parede conduzia a uma cabine de ascensão, que, por sua vez, levava a uma galeria sob a Regent Street e à tão propalada câmara de invenções.

O laboratório de Madame Lefoux poderia ser classificado como um dos grandes mistérios da humanidade, sobretudo por ela conseguir encontrar o que quer que fosse ali. A estrutura gigantesca, semelhante a uma caverna, não só era uma bagunça, como também ruidosa. Lady Maccon sempre supunha que o único motivo pelo qual não o escutavam da rua era o fato de a Regent ser uma das vias mais movimentadas de Londres. E se perguntava se fora justamente por isso que a francesa escolhera aquele local.

Como de costume, Lady Maccon observava seu entorno com uma espécie de reverência, em parte apreciativa, em parte horrorizada. Havia máquinas e dispositivos misteriosos por toda parte, alguns funcionando, outros desmontados, com as peças espalhadas. Também se viam diagramas e esboços de projetos maiores espalhados, a maioria de aparatos aeronáuticos, como ornitópteros, já que as viagens no éter eram uma das especialidades de Madame Lefoux. E tudo cheirava a óleo.

— Minha nossa, essa é uma nova encomenda? — A preternatural passou com cuidado em meio aos entulhos, mantendo as saias fora do alcance de possíveis manchas de graxa.

Em posição de destaque na câmara estava um aparelho de transporte parcialmente montado. Ou, ao menos, Lady Maccon supunha que era de transporte — pois ainda não possuía rodas, nem trilhos, nem pernas. Mas, como tinha o formato de um gigantesco chapéu de feltro sem aba, ela supôs que se tratasse de um veículo subaquático. No interior, havia alavancas e cordas de puxar, um banco de motorista e duas pequenas fendas na frente, que proporcionavam certa visibilidade. Parecia quase um inseto e fugia totalmente do costumeiro estilo sutil da francesa. A sombrinha da preternatural, com todos os seus componentes e bolsinhos secretos, fazia muito mais o gênero de Madame Lefoux. Em geral, ela era avessa a aparatos grandes e chamativos.

— Venho trabalhando nisso ultimamente.

— É blindado? — Lady Maccon sentia um interesse constrangedor por tecnologias modernas, que não condizia em nada com uma dama.

— Em parte. — Algo no tom da amiga avisou-lhe que não devia fazer mais perguntas.

— Céus, foi uma encomenda do Departamento de Guerra? Talvez eu nem deva ficar sabendo. Sinto muito por perguntar. Não falemos mais sobre isso.

— Obrigada. — Madame Lefoux deu um sorriso cansado, agradecida. Mal se viram as covinhas.

As encomendas do setor de defesa eram lucrativas, mas não algo de que se pudesse tratar abertamente, mesmo com a muhjah da rainha. A inventora pegou a mão da preternatural, a sua própria calejada por anos de manuseio de ferramentas. Lady Maccon sentia a calosidade mesmo através das luvas, além do típico estremecimento que passara a aceitar como parte do preço a ser pago pela intimidade com aquela mulher. Madame Lefoux era muito *intrigante*.

— Queria alguma coisa específica, minha querida Alexia?

Ela hesitou e, em seguida, sem subterfúgios, foi direto ao assunto.

— Genevieve, sabe de algum detalhe a respeito da tentativa de assassinato da Rainha Vitória, por parte da Alcateia de Kingair, vinte anos atrás? Quer dizer, algo relacionado à Ordem do Polvo de Cobre?

Madame Lefoux sobressaltou-se, genuinamente surpresa.

— Ora, o que a levou a desenterrar esse assunto?

— Digamos que fiz um contato há pouco que me levou a pesquisar o passado.

A francesa cruzou os braços e se apoiou em um rolo de revestimento de cobre.

— Hum. Eu não estou a par de nada. Não tinha mais de treze anos na época, mas poderíamos perguntar a minha tia. Não sei se ela será útil agora, mas não custa tentar.

— Sua tia? Oh, quer dizer...?

A francesa anuiu, a expressão triste.

— Sua coesão espectral finalmente começou a diminuir. Apesar de todas as minhas técnicas de conservação e do meu conhecimento de substâncias químicas, era inevitável. No entanto, ela ainda tem momentos de lucidez.

Lady Maccon percebeu que aquela deveria ser a verdadeira razão do sofrimento da amiga, que estava perdendo uma parenta querida. A mulher que a criara. Madame Lefoux podia ter uma aura de mistério, mas não era reservada no âmbito emocional, e amava muito. A preternatural se aproximou da amiga e afagou a parte de cima de seu braço, onde os músculos se retesavam.

— Oh, Genevieve, sinto muito.

A face da amiga se contraiu um pouco ante o gesto carinhoso.

— Eu não consigo deixar de pensar que esse também será o meu destino. Primeiro Angelique e, agora, Beatrice.

— Ah, claro que não! Você não pode ter certeza de que tem excesso de alma. — Lady Maccon teria se oferecido para fazer um exorcismo, mas Madame Lefoux ficara furiosa quando fizera isso com Angelique.

— Não, tem toda razão. Eu tenho viajado, pesquisado e estudado, tentando encontrar uma forma de prolongar o pós-morte de minha tia. Mas não resta *nada* a fazer. — Seu tom de voz era angustiado, o de uma cientista que detecta um problema, porém não a solução.

— Sim, mas você deu o melhor de si! Já conseguiu lhe acrescentar *anos*, muito mais do que qualquer fantasma pode esperar.

— Anos de quê? Humilhação e loucura? — A inventora respirou fundo, em seguida pôs a mão sobre a da amiga, no lugar em que ela a afagava, interrompendo o gesto. — Sinto muito, Alexia, querida. Esse fardo não é seu. Ainda quer falar com ela?

— Acha que conversaria comigo?

— Podemos tentar.

Lady Maccon assentiu e procurou encolher os ombros para evitar a postura normalmente empertigada, tentando parecer menos dominadora e intimidante. Não queria assustar o fantasma. Não que uma mulher em seu estado tivesse uma aparência tão assustadora assim.

Madame Lefoux gritou, a voz normalmente melodiosa tornando-se aguda:

— Tia, cadê você? Tia!

Alguns minutos depois, uma figura fantasmagórica surgiu da lateral da bobina de uma esteira rolante, com expressão amuada, emitindo uma luz tremeluzente.

— Oi, sobrinha, chamou? — Outrora Beatrice Lefoux fora, quando viva, uma solteirona magricela, de comportamento rude e pouco afetuoso. Talvez tivesse sido bonita a certa altura, mas nunca permitira que os outros, tampouco ela mesma, desfrutasse desse fato. Madame Lefoux puxara à tia em muitos aspectos, mas tinha um bom humor e uma atitude travessa que a mais velha nunca se dera ao trabalho de cultivar. Outrora Lefoux começou a ficar indistinta, não tanto quanto o mensageiro fantasma de Lady Maccon, mas o suficiente para indicar que não duraria muito no mundo.

Assim que a tia viu a preternatural, encolheu-se toda, como se tentasse se cobrir com os filamentos flutuantes de seu ser incorpóreo, do mesmo modo como um lobisomem se envolve no sobretudo após se transformar.

— Ora, está recebendo a visita da mulher sem alma, sobrinha. Francamente, não entendo por que insiste em manter essa amizade. — Seu tom de voz era amargo, porém mais por hábito que por ofensa. Em seguida, ela pareceu perder o fio da meada. — Onde? O quê? Onde é que eu estou? Nossa, Genevieve, você está tão mais velha. Cadê a minha garotinha? — Ela rodopiou, formando um círculo. — Você construiu um octômato? Eu disse que nunca mais. O que poderia ser tão terrível? — Conforme falava, o fantasma alternava o uso do francês e do inglês, este último com forte sotaque. Por sorte, Lady Maccon falava razoavelmente bem os dois.

Madame Lefoux, com uma expressão rígida na tentativa de ocultar seu sofrimento, estalou os dedos diante do rosto da tia falecida.

— Tia, por favor, preste atenção. Lady Maccon tem algo muito sério a tratar com você. Prossiga, Alexia.

— Ouviu falar da tentativa de assassinato da Rainha Vitória, no inverno de 1853, Outrora Lefoux? Uma alcateia de lobisomens escoceses estava envolvida. Tentaram usar veneno.

O fantasma oscilou para cima e para baixo, surpreso, perdendo um pouco do controle sobre seus fragmentos. Uma das sobrancelhas se desprendeu da testa.

— Ah, sim. Embora não dos detalhes, claro. Não do que aconteceu no atentado em si, mas dos fatos secundários. Perdi uma das minhas alunas por causa dela.

— Oh?

— Sim. Eu a perdi na névoa do brejo. Eu a perdi no cumprimento do dever. Tão promissora, tão forte, tão... Espere aí, o que é que perguntou? Do que estamos falando mesmo? Por que eu me esqueço de tudo o tempo todo?

— Da tentativa de assassinato por parte da Alcateia de Kingair — lembrou a preternatural.

— Briga boba de cachorros. Pobre jovem. Imagine só, ter que assumir esse tipo de responsabilidade. Aos dezesseis anos! E por causa de lobisomens. Lobisomens que planejavam um envenenamento. Tem tanta coisa errada com essa ideia. Tanta coisa inadequada. Fora da ordem sobrenatural. Será que já foram feitas emendas?

Lady Maccon conseguiu decifrar parte daquela divagação.

— Sidheag Maccon foi sua aluna?

Outrora Beatrice inclinou a cabeça.

— Sidheag. Esse nome me é familiar. Ah, sim. Por um lado, tão difícil de concluir, por outro, tão fácil de concluir. Uma jovem forte, boa na conclusão. Mas moças fortes não são tão valorizadas quanto deveriam.

Por maior que fosse o interesse da preternatural por tudo que se relacionasse à tataraneta do marido, agora um dos únicos lobisomens fêmea da Inglaterra e Alfa da Alcateia de Kingair, sabia que precisava fazer o fantasma voltar a tratar de questões mais relevantes.

— Por acaso ouviu falar, na época, se havia uma conexão entre a tentativa de assassinato e a Ordem do Polvo de Cobre?

— Conexão? Conexão? Claro que não.

Lady Maccon ficou surpresa com a firme convicção na voz do fantasma.

— Como pode ter tanta certeza?

— E por que não? Imagine só. Não, não, não contra a rainha. Jamais contra a Rainha Vitória. Nós teríamos ficado sabendo. Eu teria ficado sabendo. Alguém teria me contado. — Outrora Beatrice rodopiou, aflita, tornando a observar o projeto mais recente de Madame Lefoux. Fez uma pausa, como se estivesse hipnotizada pelo dispositivo imponente. — Ah, Genevieve, não posso acreditar que faria isso. Não posso. Não pelo que quer que seja. Por que, minha jovem, por quê? Preciso contar. Eu tenho que convencer... — Ela acabou ficando de frente para a preternatural de novo e, como se a visse pela primeira vez, disse: — Você! Sem alma. Vai acabar dando um basta em tudo isso, não vai? Inclusive em mim.

Madame Lefoux contraiu os lábios, fechou os olhos e deixou escapar um suspiro triste.

— Lá vai ela. Já não vamos conseguir arrancar mais nada dela esta noite. Lamento, Alexia.

— Ah, imagine, não tem problema. Não foi exatamente o que eu esperava, mas me fez perceber que eu tenho que contatar Lady Kingair o quanto antes. Tenho que convencer a ex-alcateia de meu marido a me revelar os detalhes da conspiração inicial. Só eles poderão esclarecer totalmente esse mistério. Eu não acredito que a OPC não estivesse envolvida, mas, se a sua tia negou isso com tanta veemência, somente a fonte da ameaça em si revelará a verdade.

— E, naturalmente, minha tia nunca fez parte da Ordem.

— Não? — A preternatural ficou surpresa.

— De jeito nenhum. Eles não permitiam a filiação de mulheres naquela época. Já é bastante difícil agora. — A inventora francesa, uma das pessoas mais inteligentes que Lady Maccon já conhecera, levou a mão à nuca para tocar a tatuagem de polvo que se escondia ali, sob os cachos de seus cabelos escandalosamente curtos. A amiga tentou imaginá-la fora de seu mundo subterrâneo secreto. Impossível.

— Eu vou precisar mandar alguém para a Escócia. Não suponho que...?

Madame Lefoux fez uma expressão ainda mais infeliz.

— Oh, não. Sinto muito, minha querida Alexia, mas não tenho tempo. Não agora. Preciso — ela fez um gesto em direção ao hercúleo aparato que construía — terminar isso. E ainda tem a minha tia. Devo ficar com ela, agora que o fim se aproxima.

Lady Maccon se virou para a francesa e, notando que ela precisava disto mais do que de qualquer outra coisa, abraçou-a com delicadeza. Foi complicado por causa da barriga, mas valeu a pena, pois a preternatural sentiu a tensão diminuir nos ombros retesados da amiga.

— Quer que eu a despache agora?

— Não, obrigada. Não estou preparada para deixá-la partir, entende?

Lady Maccon suspirou e soltou a inventora.

— Bom, não se preocupe com esse problema específico. Vou chegar ao cerne da questão. Mesmo que tenha que mandar Ivy Tunstell até a Escócia!

Palavras fatídicas de que, como costuma ser o destino de todos os que fazem comentários frívolos, a preternatural viria a se arrepender amargamente.

Capítulo 6

Em que a sra. Tunstell Demonstra Ser Útil

Se não tivessem acabado de se mudar para uma nova residência, Lady Maccon poderia ter escolhido alguém diferente — um dos zeladores mais antigos de Woolsey, talvez. Mas a alcateia estava caótica por causa da mudança. Embora não chegassem a ficar presos a um lugar como os vampiros, os lobisomens ficavam presos uns aos outros, sendo criaturas de hábitos profundamente arraigados. Tal reorganização arbitrária deixou-os com os nervos à flor do pelo. A solidariedade e a proximidade tornaram-se ainda mais necessárias para a coesão da alcateia. Se o DAS não estivesse tão ocupado, conduzindo suas próprias investigações sobre a atual ameaça contra a Rainha Vitória, Lady Maccon teria convocado Haverbink ou outro investigador experiente. E, por fim, se o Conselho Paralelo contasse com os próprios agentes, a muhjah poderia contar com os próprios recursos. Entretanto, na falta dessas alternativas, a preternatural buscou alguém com afinco e percebeu que tinha apenas uma opção — por mais improvável e atrapalhada que fosse.

A sra. Tunstell administrava a casa com eficiência, apesar de supervisionar suas acomodações alugadas sem muita firmeza e atenção. Sua moradia era asseada e bem cuidada, e os visitantes com certeza receberiam uma boa xícara de chá e um pratinho de carne crua, dependendo do gosto e da inclinação. Apesar da decoração exuberante, com seus mil e um tons pastéis, a casa da

sra. Tunstell era um ponto de encontro popular. Por isso, ela e o marido haviam ficado conhecidos pelos integrantes mais abstrusos de West End como um casal agradável, interessado em diversos temas e disposto a abrir as portas para os visitantes simpáticos. Isso significava que, a qualquer hora, era quase certo se encontrar algum poeta medíocre ou escultor banal na residência.

E foi assim que, quando Lady Maccon a visitou na hora do chá, naquela tarde de verão, uma contentíssima sra. Tunstell lhe deu as boas-vindas, garantindo-lhe que, embora eles tivessem adotado um poeta errante, o versejador estava dormindo, tal como fizera praticamente o tempo todo, nos últimos três dias.

O rosto bem-humorado da amiga se entristeceu.

— Ele costuma beber, o pobre coitado, para esquecer a dor do universo amargo que subordina sua alma. Ou seria que *sublima* sua alma? Seja como for, tivemos que tirar o chá à força das mãos desse poeta mais de uma vez. O Tunny diz que a orchata é a única coisa que se deve tomar quando se sofre desses transtornos afetivos.

— Minha nossa — compadeceu-se Lady Maccon. — Eu acho que alguém recuperaria o bom senso por puro desespero, se tivesse que tomar apenas orchata.

— Exato! — A amiga anuiu, concordando com a evidente esperteza do marido no oferecimento de bebidas desagradáveis a poetas deprimidos. Ela fez um gesto para que a preternatural se dirigisse à área de visitas, uma salinha que ostentava toda a elegância de um pudim nesselrode gelado.

Lady Maccon pôs a sombrinha no porta-guarda-chuva e caminhou cautelosamente até a poltrona, tomando cuidado para não tirar do lugar nenhum dos objetos de decoração que se espalhavam pelo aposento. Seu vestido de visitas era largo, de lã azul, com uma saia acolchoada e encorpada. Desenhado para acomodar sua barriga cada vez maior, era bem mais amplo — e, portanto, mais perigoso para a sala de visitas da amiga — que o exigido pela moda da época.

Ela se deixou cair pesadamente na poltrona, suspirando de alívio ao tirar o peso dos pobres pés, que pareciam ter o dobro do tamanho, de tão inchados.

— Ivy, minha querida, será que eu poderia lhe pedir um grande favor?

— Ah, Alexia, claro. Basta pedir que eu faço.

A preternatural hesitou, pensando no quanto revelar. A amiga era um amor, porém, seria digna de toda confiança? Resolveu tomar coragem e arriscar.

— Ivy, já se perguntou se poderia haver algo um pouco incomum a meu respeito?

— Bom, Alexia, querida, eu nunca quis dizer isso, mas o seu gosto em relação a chapéus sempre me intrigou. Todos comuns demais.

Lady Maccon balançou a cabeça. A longa pluma de avestruz de seu chapéu nem um pouco comum oscilou de um lado para outro, atrás da cabeça da amiga.

— Não, não isso, mas... Ah, diabos, Ivy, eu não tenho alternativa.

A sra. Tunstell ficou pasma e fascinada ante o linguajar de baixo calão da amiga.

— Alexia, você anda convivendo demais com lobisomens! Os militares podem ser péssimos para a nossa concatenação verbal.

A outra respirou fundo e disse abruptamente:

— Sou preternatural.

A sra. Tunstell arregalou os olhos escuros.

— *Essa não!* É contagioso?

Lady Maccon a observou, surpresa.

A amiga fez uma expressão compassiva.

— É uma doença muito dolorosa?

A preternatural continuou a fitá-la, atônita.

A sra. Tunstell levou a mão ao pescoço.

— É o bebê? Vocês ficarão bem? Quer que eu peça orchata?

Lady Maccon finalmente recuperou a voz.

— Não, *preternatural*. Talvez conheça outro termo, como *sem alma*? Ou quebradora de maldição. Eu não tenho alma. Nenhuma. Por sinal, posso neutralizá-la nas criaturas sobrenaturais, quando surge a oportunidade.

A sra. Tunstell relaxou.

— Ah, sim, *isso*. Eu já sabia. Eu não vou permitir que isso a aflija, minha querida. Duvido que alguém se importe.

— Sim, mas... Espere, já sabia?

A amiga deu um muxoxo e balançou os cachos escuros para Lady Maccon, com divertimento fingido.

— Claro que sim, há séculos.

— Mas nunca disse nada para mim. — Não era sempre que Lady Maccon se desconcertava. Ela estranhou a sensação e se perguntou se era assim que Ivy se sentia a maior parte do tempo. A revelação da amiga lhe deu, porém, certo grau de confiança para avançar. Apesar de seu lado frívolo, a sra. Tunstell sabia guardar segredos e, pelo visto, era bem mais observadora do que a preternatural pensara.

— Ora, Alexia, eu achei que você se sentia constrangida com isso. Não queria mencionar uma deficiência pessoal incômoda. Sou muito sensível e me preocupo demais com os sentimentos dos outros para fazer isso!

— Ah, sim. Claro que é. Em todo caso, como preternatural, eu estou conduzindo algumas investigações. Esperava contar com a sua ajuda. Tem a ver com o trabalho de Conall. — Embora não quisesse revelar tudo à amiga, tampouco pretendia mentir.

— Para o DAS? Espionagem! Sério? É muito glamoroso. — Animada, a sra. Tunstell bateu palmas com as mãos cobertas por luvas amarelas.

— E, portanto, eu esperava... enfim, recrutar você para uma espécie de sociedade secreta.

A expressão da amiga deu a entender que jamais ouvira algo mais empolgante na vida.

— Me recrutar? — gritou. — Sério mesmo? Que *maravilha*. E qual é o nome dessa sociedade secreta?

A preternatural hesitou e, em seguida, lembrando-se de uma frase que o marido usara em um momento de irritação, sugeriu, provisoriamente:

— O Protetorado da Sombrinha?

— Ah, que nome esplêndido. Tão ornamentado! — Ela quase saltitava no canapé cor de alfazema, de tanto entusiasmo. — Eu vou ter que fazer um juramento, memorizar um código de conduta secreto e participar de algum ritual pagão ou coisa parecida? — Seu olhar ansioso deixava claro que ficaria muito decepcionada se não fosse esse o caso.

— Ah, sim, claro. — Lady Maccon titubeou, tentando pensar em algo adequado para a ocasião. Não faria a amiga se ajoelhar, não com

aquele traje: um vestido de dia violeta-claro, de musselina, com um corpete bastante longo e apertado, do tipo preferido pelas atrizes.

Depois de pensar por alguns instantes, a preternatural se levantou com dificuldade e foi em seus passos pesados pegar a sombrinha. Então, abriu-a e colocou-a com a ponta para baixo no meio da sala. Como o aposento era muito pequeno, o acessório ocupou praticamente todo o espaço livre. Lady Maccon fez um gesto para que a sra. Tunstell se levantasse, entregou-lhe o cabo e disse:

— Gire a sombrinha três vezes, repetindo: Em nome da moda, protejo. Ajudo sem sair da linha. A verdade é o meu desejo. Juro pela grande sombrinha.

A amiga obedeceu à ordem, séria e concentrada.

— Em nome da moda, protejo. Ajudo sem sair da linha. A verdade é o meu desejo. Juro pela grande sombrinha.

— Agora, pegue-a e erga-a até o teto, aberta. Isso, assim mesmo.

— Só isso? Não deveríamos selar o juramento com sangue ou algo assim?

— Ah, acha mesmo?

A sra. Tunstell anuiu, com entusiasmo.

A preternatural deu de ombros.

— Já que insiste. — Ela pegou de volta a sombrinha, fechou-a e girou o cabo. Dois pinos longos surgiram na ponta, um de prata, outro de madeira.

A sra. Tunstell respirou fundo, animada.

Lady Maccon virou a sombrinha. Em seguida, tirou uma das luvas. Após hesitar um pouco, a amiga fez o mesmo. A preternatural espetou o polegar com o pino de prata e fez o mesmo no de Ivy, que deixou escapar um gritinho assustado. Em seguida, juntou os dois polegares.

— Que o sangue da sem alma mantenha a sua alma em segurança — recitou Lady Maccon, sentindo-se totalmente melodramática, mas sabendo que a sra. Tunstell adoraria mais aquilo que qualquer outra coisa.

E foi o que ocorreu.

— Ah, Alexia, é tão emocionante! Deveria até virar cena de uma peça.

— Eu vou mandar fazer uma sombrinha especial para você, parecida com a minha.

— Ah, não, mas, obrigada pela intenção, Alexia. Eu não poderia carregar um acessório que atira coisas a torto e a direito. Sinceramente, fico muito grata, mas eu não aguentaria não. Você, claro, consegue fazer isso com desenvoltura, mas seria vulgar demais para alguém como eu.

Lady Maccon franziu o cenho, mas, conhecendo a verdadeira fraqueza da amiga, fez outra sugestão.

— Um chapéu especial, talvez?

A sra. Tunstell hesitou.

— Foi Madame Lefoux que desenhou a minha sombrinha.

— Bom, quem sabe um chapeuzinho, então? Que não lance borrifos o tempo todo.

A preternatural sorriu.

— Eu tenho certeza de que nós poderemos arranjar um.

A amiga mordeu o lábio e sorriu também.

— Oh, Alexia, uma sociedade secreta. Que incrível da sua parte. Quem mais faz parte dela? As reuniões são frequentes? Tem algum gesto dissimulado para que possamos nos reconhecer nos eventos sociais?

— Hum, quanto a isso, até agora você é a minha primeira recruta, por assim dizer. Mas eu acho que vamos ter mais participantes, no futuro.

A sra. Tunstell se desanimou.

Lady Maccon se apressou a acrescentar:

— Mas você vai ter que entrar em ação e fazer relatórios com um nome secreto, claro, para enviar etereogramas e outras mensagens confidenciais.

A amiga se alegrou com a ideia.

— Ah, claro. E qual deve ser o meu? Um nome romântico, mas sutil, espero?

Lady Maccon observou a amiga, enquanto uma série de nomes tolos lhe vinham à mente. Por fim, escolheu um que sabia que Ivy adoraria, pois representava um estilo de toucado muito apreciado por ela, e também porque lhe permitiria relembrá-lo com facilidade, já que era especialmente ivyniano.

— Que tal Touca Pufe?

O rosto bonito da outra se iluminou de prazer.

— Maravilhoso. Bem na moda. E qual é o seu?

Mais uma vez, Lady Maccon não estava preparada para a pergunta. Ponderou sobre o que dizer, sentindo-se um tanto perdida.

— Hum, deixe-me pensar. — Ela se pôs a refletir, lembrando-se de diversos epítetos de Lorde Akeldama e de alguns termos carinhosos usados pelo marido. Nenhum deles parecia adequado a uma sociedade secreta nem a ser revelado a Ivy. Por fim, Lady Maccon acabou optando pelo mais simples que lhe ocorreu: — Pode se referir a mim como Sombrinha Fru-Fru. É um codinome pertinente.

A amiga bateu palmas.

— Ah, ótimo. Alexia, estou achando tudo isso divertidíssimo!

Lady Maccon voltou a se sentar.

— Será que podemos tomar chá, agora? — perguntou, queixosa.

No mesmo instante a sra. Tunstell puxou o cordão da campainha, e, pouco depois, uma criada nervosa trouxe uma bandeja de chá cheia de quitutes.

— Que maravilha — comentou a preternatural, com evidente alívio.

A amiga serviu-a.

— E agora que fui formalmente admitida ao Protetorado, qual é a minha primeira missão?

— Ah, sim, o motivo inicial da minha visita. Há uma questão política delicada, girando em torno de um atentado contra a vida da Rainha Vitória. Há vinte anos, integrantes da Alcateia de Kingair tentaram eliminá-la.

— Essa não, sério? Aqueles escoceses tão gentis? Eu não acredito que fariam algo tão traiçoeiro assim! Bom, exceto andar em público com os joelhos de fora, mas nada tão calamitoso quanto uma tentativa de regicídio.

— Eu posso lhe garantir, Ivy, que é a mais pura verdade, reconhecida em toda parte pelos que estão a par desses detalhes. — Ela tomou um gole de chá e anuiu, com ar sábio. — É um fato: a ex-alcateia do meu marido tentou envenenar fatalmente a Rainha Vitória. Eu preciso que *você* pegue um dirigível até o Castelo de Kingair e descubra os detalhes.

A sra. Tunstell deu um largo sorriso. Desde sua primeira viagem à Escócia com Lady Maccon, adquirira uma paixão por passeios de dirigíveis

que não era nada condizente com uma senhora. Sua atual situação econômica não lhe permitia se dar a esse luxo, mas agora...

A preternatural retribuiu o sorriso.

— Tudo que sei é que o Beta anterior liderou o complô e foi assassinado. O meu marido deixou a alcateia por causa disso. Quaisquer informações serão vitais para a minha investigação. Você acha que está à altura da missão, mesmo no seu atual estado?

Ela corou ante a menção.

— Ainda estou no comecinho, e você *com certeza* não pode ir.

Lady Maccon acariciou a barriga.

— Exato, essa é a minha dificuldade.

— Eu posso levar o Tunny comigo?

— Espero que sim. Pode revelar sua missão, mas não sua atual posição.

A amiga assentiu. Mais satisfeita, desconfiou a preternatural, pela necessidade de manter um segredo do marido que pela permissão de revelar o outro.

— Então, Ivy, por favor, preste especial atenção em qualquer informação que conseguir sobre o veneno que ia ser usado. Eu acho que esse pode ser um ponto fundamental. Vou lhe dar uma válvula frequensora cristalina para transmissão etereográfica do meu transponder pessoal no Woolsey. Ao pôr do sol, faça um relatório, mesmo que não tenha descoberto nada de interessante. Eu vou querer saber se está tudo bem com você.

— Ah, mas, Alexia, sabe como sou desajeitada com essas parafernálias.

— Vai se sair bem, Ivy. Quando pode viajar? Claro que os seus gastos serão cobertos.

A amiga enrubesceu ante a menção a um assunto tão impróprio como um acordo financeiro.

Lady Maccon ignorou seu constrangimento.

— Eu sei que em geral não se fala desses assuntos, mas você está atuando sob a égide do Protetorado da Sombrinha, e deve ter a liberdade de agir de acordo com as necessidades da organização, independentemente do custo. Está claro, Ivy?

A sra. Tunstell anuiu, as maçãs do rosto ainda rubras.

— Está, Alexia, mas...

— Será bom que eu patrocine sua companhia teatral, pois é a forma ideal de disfarçar adiantamentos financeiros.

— Ah, sim, claro, Alexia. Mas eu preferiria que você não insistisse em mencionar esses detalhes enquanto lanchamos…

— Não trataremos mais do assunto. Pode viajar imediatamente?

— O Tunny não está se apresentando agora.

— Então eu vou mandar Floote amanhã com a documentação necessária. — A preternatural arrematou seu chá e se levantou, sentindo-se subitamente cansada. Era como se tivesse passado a noite inteira batendo pernas de um lado para outro, resolvendo os problemas de todo o império. O que, de certa forma, fizera.

A amiga se levantou também.

— Lá vou eu para a Escócia, investigar tentativas de *homencídio* no passado!

— Homicídio — corrigiu Lady Maccon.

— Exato. Vou ter que buscar as minhas cabelheiras ultraespeciais para a viagem de dirigível. Mandei fazê-las combinando com os meus cachos. São impressionantes, modéstia à parte.

— Ah, não duvido nada.

Lady Maccon voltou à nova casa e, então, foi até a de Lorde Akeldama. Os sujeitos contratados por Floote tinham feito um ótimo trabalho. Entre as duas varandas, construíram uma pequena ponte levadiça, que era ativada por meio de uma alavanca hidráulica. Quando isso ocorria, ela se movia para baixo. Ao mesmo tempo, um intricado mecanismo de molas fazia a grade de cada varanda se dobrar. O que permitia que a preternatural passasse com facilidade de uma casa à outra, apesar da gravidez.

Ela foi até o closet com entusiasmo. Vinha saindo nos horários mais bizarros ultimamente, por ter que consultar mortais, apesar de continuar a morar com o círculo sobrenatural. De qualquer forma, não fazia diferença, já que o bebê-inconveniente cada vez menos lhe permitia dormir por qualquer espaço de tempo sem que alguma parte de seu corpo ficasse dormente ou ela fosse obrigada a se levantar para atender a certas funções inomináveis. Francamente, a gravidez era a coisa mais indigna que já fora

obrigada a enfrentar na vida, apesar de ter passado anos como Alexia Tarabotti, a solteirona inveterada, um estado totalmente indigno, que vivia com os Loontwill, o que já dizia tudo.

Lady Maccon não dormiu direito, irrequieta; chegou a se mover para o lado, quando o marido foi se deitar, e acabou sendo acordada logo após o crepúsculo, por alguém batendo na porta do closet.

— Conall, tem alguém à porta do nosso *quarto*! — Ela sacudiu o marido, deitado como uma plasta invertebrada ao seu lado.

Ele deu uma leve bufada e rolou para o lado, tentando se aproximar mais dela. Teve que se contentar em afagar distraidamente a barriga da esposa e afundar o rosto em seu pescoço.

A preternatural se arqueou em direção a ele o máximo que pôde, desfrutando do afeto e do movimento dos lábios de Conall em sua pele. Para um homem tão descuidado, tinha uma boca muito macia.

— Querido, luz da minha vida, dono do meu coração, tem alguém batendo à porta do nosso closet, tentando entrar. E eu não acho que Lorde Akeldama e seus rapazes estão acordados a esta hora.

O conde simplesmente enterrou o rosto com mais interesse ainda, parecendo achar o sabor do seu pescoço muito intrigante.

A porta trepidou e chacoalhou, enquanto alguém tentava abri-la à força. Apesar de suas ideias lúdicas em matéria de decoração, a residência urbana de Lorde Akeldama fora construída para atender às necessidades do sobrenatural, sendo a proteção de seu vestuário da mais suma importância. A porta não cedeu. Alguém gritou do outro lado, mas uma estrutura tão sólida a ponto de conter ladrões de sapatos também podia abafar os comentários mais exaltados sobre o assunto.

Lady Maccon estava começando a se preocupar.

— Conall, levante-se e vá abrir a porta, agora! Parece ser urgente.

— Eu também preciso que alguém abra aqui para atender à minha necessidade urgente.

A preternatural deu uma risadinha ante a péssima piada e a indireta. Sentia-se feliz pelo fato de o marido ainda considerá-la atraente, apesar do estado de baleia encalhada, mas achava cada vez mais complicado satisfazê-lo. A mente queria, mas o corpo estava inchado. Ainda assim, Lady

Maccon gostou do elogio e percebeu que não havia uma cobrança por trás das carícias. O conde a conhecia bem o bastante para saber que ela valorizava tanto seu desejo quanto seu amor. Depois de uma vida inteira se sentindo feia e indigna, a preternatural sentia-se agora razoavelmente segura de que Conall de fato a queria, embora não pudessem fazer nada a respeito naquele momento. Também compreendia que ele demonstrava seu interesse conjugal por saber que ela precisava de tais garantias. O marido podia ser lobisomem e tolo, mas vinha se mostrando extremamente atencioso depois que pegou o jeito de como fazer isso.

E, não obstante, alguém ainda torturava a pobre porta. Conall pestanejou e acordou de vez, os olhos castanho-amarelados arregalados e atentos. Deu um beijo na ponta do longo nariz da esposa e, em seguida, com um suspiro sonoro, rolou para fora da cama e foi abrir a porta, movendo-se pesadamente.

Lady Maccon, ainda sonolenta, admirou o traseiro do marido e, então, gritou:

— Conall, o robe! Minha nossa!

O marido a ignorou, escancarou a porta e cruzou os braços diante do peito amplo e peludo. Estava completamente nu. A preternatural se meteu debaixo das cobertas, envergonhada.

Nem precisava ter se preocupado, pois era apenas o professor Lyall.

— Randolph — começou a se queixar Lorde Maccon —, qual é o motivo de tanta balbúrdia?

— É o Biffy, milorde. Melhor vir depressa. Precisamos do senhor.

— Já? — O Alfa deixou escapar uma série de palavrões, sendo a rudeza do linguajar o resultado da combinação de anos de serviço militar com uma imaginação fértil. Depois de dar uma olhada no quarto, ele concluiu que se transmutar seria mais rápido que se vestir. Deu início à metamorfose, e a musculatura sob a pele foi se reorganizando, os cabelos baixando e se transformando em pelo. Em seguida, pôs-se de quatro no chão. Então, saiu correndo pelo corredor, ao que tudo indicava para saltar de uma residência à outra e averiguar o que dera errado. Lady Maccon viu a ponta rajada do rabo felpudo, conforme ele ia saindo de seu campo de visão, sem nem mesmo acenar a cabeça em sua direção.

— O que houve, professor? — perguntou ela em tom autoritário, antes que o Beta seguisse o rastro do Alfa. Não era típico do professor Lyall perturbá-los daquele jeito. E era igualmente raro que ocorresse algum problema tão grave a ponto de exigir a atenção imediata de Lorde Maccon, sem poder ser adiado nem começar a ser resolvido pelo segundo no comando.

Ele se virou para o interior escuro do closet, os ombros caídos num misto de desânimo e inconformismo.

— É o Biffy, milady. Ele não está lidando bem com a maldição este mês. Luta demais contra ela e, quanto mais o faz, mais dolorosa é.

— Mas ainda falta pelo menos uma semana para a lua cheia! Por quanto tempo ele vai ter essas crises de disjunção fisiológica precoce? — *Coitado do Biffy. Tão constrangedora, essa transflutuação prematura.*

— Difícil dizer. Pode levar anos, talvez até décadas de noites perdidas perto da lua cheia, até ele conseguir se controlar melhor. Todos os filhotes novos passam por isso, embora não costumem padecer do problema tão repentina e terrivelmente quanto Biffy. Em geral, apenas alguns dias antes da lua cheia. O ciclo desse filhote está errado.

Lady Maccon fez uma careta.

— E o senhor não podia...?

Como ele estava na contraluz da custosa e forte iluminação a gás do corredor de Lorde Akeldama, era impossível discernir sua expressão. Mesmo se a preternatural pudesse fazê-lo, o semblante dele não revelaria muito.

— No fim das contas, Lady Maccon, sou apenas um Beta. Quando um lobisomem assume sua forma de lobo e fica lunático ou desvairado, somente o Alfa pode acalmá-lo e controlá-lo. A senhora já deve ter se dado conta, a esta altura, de que um Alfa não é apenas grande e forte. Ele também tem uma sagacidade lupina, além de capacidade de controle.

— Mas, professor Lyall, o senhor é sempre muito controlado.

— Obrigado, milady. Não há melhor elogio a um lobisomem, mas, no meu caso, tenho apenas autodomínio. O que não ajuda os demais.

— Fora o fato de dar o exemplo.

— Fora isso. Agora, vou deixá-la trocar de roupa. Acho que os seus resultados devem chegar do DAS em breve.

— Os meus resultados?

— As garrafinhas da OPC com os líquidos misteriosos.

— Ah, sim, ótimo! Pode providenciar uma carruagem para mim e Floote após a refeição? Eu preciso ir até a biblioteca do Woolsey o quanto antes.

O professor Lyall anuiu.

— Eu tenho a impressão de que ela não estará disponível. Vamos ter que levar Biffy até o campo para que fique confinado. Suas crises mais recentes resultaram na redecoração bastante desastrosa da sua sala dos fundos.

— Essa não, é mesmo? E depois de os zangões terem se saído tão bem.

— Nós tínhamos que trancá-lo em algum lugar, e aquela sala não tem janelas.

— Entendo. Mas as marcas de garras acabam com o papel de parede.

— Sem sombra de dúvida, milady.

O professor Lyall foi embora e, como era o professor Lyall, conseguiu encurralar um dos zangões de Lorde Akeldama, que acabara de acordar, para que fosse ajudar a preternatural a se vestir.

Boots meteu a cabeça no closet, antes de ver Lady Maccon ainda deitada. Recuou de imediato e ficou de costas, à entrada.

— Oh, sinto muito, Lady M. Eu não sirvo. Não seria capaz de fazer isso uma segunda vez. Não sou digno o bastante. Eu vou buscar alguém mais adequado para atender à senhora. Está bem? Já volto.

Perplexa, a preternatural deu início ao árduo processo de sair da cama, contorcendo-se toda e avançando aos poucos. Tinha acabado de ficar de pé, quando Lorde Akeldama entrou, flanando.

— Uma ótima tarde para você, minha *calêndula em flor*! Boots, o meu pequeno coração partido, disse que você precisava de uma mãozinha, e eu pensei que, já que estava acordado, poderia ao mesmo tempo desfrutar de sua *agradável* companhia e lhe prestar a ajuda necessária.

Ele mesmo ainda não se havia vestido adequadamente para a noite. Estava sem o monóculo pretensioso, sem o imprescindível ruge nas maçãs do rosto alabastrinas e sem as ridículas polainas nos tornozelos. Não obstante, mesmo sem os adereços, o vampiro se destacava.

— Mas, meu querido amigo, os seus joelhos!

Lorde Akeldama usava calções de seda vaporosa em tom azul-escuro, um colete adamascado branco e dourado e um paletó de smoking de veludo acolchoado, enfeitado com bordados ao estilo de Brandemburgo. Os calções eram de tão boa qualidade, que Lady Maccon ficou impressionada por ele estar até pensando em atuar como criado, pois teria de se ajoelhar. No chão!

— Oh, hã, você me conhece, querida, sempre aberto a uma aventura *à la toilette*.

A preternatural duvidava muito de que Lorde Akeldama tivesse vestido — ou despido — damas com frequência, mas o vampiro parecia estar à altura da tarefa. No início da gravidez, Lady Maccon conseguira se virar sozinha, deixando o corpete de lado e escolhendo um vestido de carruagem ou qualquer outro que tivesse botões na frente. No entanto, naquele momento, não podia nem ver os pés, muito menos tocá-los. Então, aceitou aquela nova e incomum versão de criado.

— Eu acho que foi uma atitude cortês do professor Lyall pensar em mandar alguém até aqui. Mas, francamente, se é para um cavalheiro que não seja o meu marido me ver despida, por que não ele?

O vampiro caminhou até ela com afetação, já pegando sua roupa de baixo no caminho. Deu uma risadinha, só de pensar na ideia.

— Ah, minha querida *flor de ervilha*, o nosso professor Lyall poderia apreciar um pouco demais a missão. Como o meu pobre Boots. E ambos são cavalheiros de princípios. — As mãos dele começaram a lidar agilmente com laços e botões.

— O que está insinuando, milorde? — perguntou ela, com uma das roupas íntimas ainda ao redor da cabeça.

Lorde Akeldama puxou para baixo a delicada musselina e alisou-a sobre a barriga dela, em um afago suave. Sua outra mão segurava o braço exposto da preternatural, e o contato tornou-o humano, naquele momento. As presas finas e delicadas desapareceram, a tez pálida adquiriu um tom levemente apessegado e os reluzentes cabelos louros perderam um pouco do brilho. Ele sorriu para ela, a face mais afeminada que etérea.

— Ora, *madressilva*, sabe muito bem que todos nós, *aqui*, e à nossa maneira, temos inclinações *extravagantes*.

Lady Maccon pensou na sala de visitas de Lorde Akeldama, com a decoração repleta de borlas e dourados. Apesar de saber que não era a isso que ele se referia, anuiu.

— Ah, sim, eu notei.

Ele raramente dava de ombros, pois isso prejudicava o caimento do paletó, mas seu semblante deu a entender que era o que sentira vontade de fazer. Em vez disso, dirigiu-se com impaciência até o outro lado do closet, em que as roupas da preternatural estavam penduradas em um cabideiro longo, e pôs-se a examinar os diversos vestidos, avaliando todos com seu olho clínico.

— Esse aí não — disse ela, quando viu que Lorde Akeldama fez uma pausa longa demais, considerando um listrado, nos tons de verde e dourado.

— Não?

— O decote é muito acentuado.

— Minha querida jovem, essa é a vantagem do modelo, não a desvantagem. Você deve ressaltar os seus melhores *atributos*.

— Não, francamente, milorde, na atual conjuntura, eu, como posso dizer?, transbordaria. Seria deveras incômodo. — Com as mãos na altura dos seios, fez um gesto indicando o tipo de derramamento a que se referia. Sempre volumosa, aquela região específica expandira-se e adquirira proporções espetaculares nos últimos meses. Lorde Maccon adorara. Lady Maccon achara aquilo um absurdo. *Como se eu já não fosse volumosa o bastante.*

— Ah, sim, entendo o que quer dizer, *murtinha*. — Lorde Akeldama começou a procurar outro.

— Mas você estava dizendo algo sobre o professor Lyall?

— O que eu quero dizer, *abelhinha*, é que há *graus* de inclinações extravagantes. Alguns de nós temos uma conduta, digamos, mais *experimental* que os demais em relação aos nossos gostos. No caso de uns, creio que se trate de uma questão de tédio, já no de outros, de natureza, e no de terceiros, de indiferença. — Embora o tom de voz do vampiro mantivesse a mesma frivolidade irreverente, Lady Maccon teve a impressão de que era algo que ele estudara ao longo dos séculos. E ele nunca soltava informações sem um bom motivo.

Lorde Akeldama continuou a tagarelar enquanto vasculhava os vestidos da amiga, sem olhar para ela, como se estivessem falando de roupas.

— Pouquíssimos têm a sorte de amar a seu bel-prazer. Ou o azar, suponho. — Por fim, ele optou por um traje de caminhada que consistia em uma saia roxa de babados, uma blusa creme e um bolero à moda espanhola, de tom lilás. Apesar de ter pouquíssimos adornos, era evidente que algo chamara sua atenção. A preternatural adorou a escolha, pois a roupa combinava com um de seus chapéus favoritos, o de feltro lilás, com uma pluma de avestruz roxa.

O vampiro levou a vestimenta até ela e a exibiu, balançando a cabeça.

— Ótimos tons para a sua pele, minha *tortinha italiana*. Biffy ajudou-a a escolhê-la? — Sem esperar pela confirmação, ele deu continuidade ao assunto anterior, com estudada casualidade. — O seu professor Lyall é um deles.

— Um dos indiferentes?

— Não, não, *pétala*, um dos que não têm preferências específicas.

— E o Boots? — Ela ficou imóvel, enquanto o vampiro se movia às suas costas como um autêntico criado e começava a amarrar a parte posterior da saia.

— Boots também.

A preternatural pensava ter entendido o que ele queria dizer, mas estava decidida a deixar tudo o mais claro possível. O vampiro podia gostar de tangentes e eufemismos, mas ninguém jamais a acusara de ser tímida.

— Está querendo dizer, milorde, que Boots desfruta da *companhia* de homens e mulheres?

Lorde Akeldama contornou-a e ficou à sua frente, inclinando a cabeça para o lado, como se estivesse mais interessado no caimento do bolero que na conversa.

— Sim, é peculiar da parte dele, não é, minha *pombinha*? Mas eu e os meus amigos, talvez mais do que qualquer outro grupo em Londres, nos abstemos de julgar as preferências alheias. — Ele se inclinou para frente, com o intuito de ajeitar as pontas do laço no pescoço de Lady Maccon. Então, fez com que ela se sentasse, para lidar com a meia de seda.

— Bom, eu jamais me arriscaria a questionar sua avaliação do gosto de Boots, mas, francamente, acho que deve estar enganado com relação à natureza do professor Lyall. Ele faz parte das Forças Armadas!

— Suponho que tenha ouvido falar muito pouco da Marinha de Guerra Imperial de Sua Majestade? — Lorde Akeldama passou a se dedicar aos sapatos de Lady Maccon. Seus pés estavam tão inchados, que já não podia usar botas, para desgosto do vampiro. — Imagine só, usar um vestido de caminhada com sapatilhas!

— Bom, eu não tenho *caminhado* tanto assim. Mas, meu caro milorde, não posso acreditar. Não o professor Lyall. Você deve estar equivocado.

Lorde Akeldama ficou parado, a cabeça voltada para um dos sapatos dela.

— Oh, *arbustinho de lilás*, *tenho certeza* de que não estou.

A preternatural ficou imóvel, o cenho franzido, observando a cabeça loura que se inclinava tão zelosamente aos seus pés.

— Nunca o vi dar preferência a qualquer um dos gêneros. Eu achei que fazia parte de ser Beta, amar a alcateia à custa de outros romances. Não que eu tenha conhecido muitos Betas. Não é uma característica pessoal, então? Ele não foi sempre tão reservado assim?

O vampiro se levantou e tornou a se pôr atrás da amiga, a fim de ajeitar seus cabelos.

— Você lida com os trajes de uma dama muito bem, para um aristocrata, não é mesmo, milorde?

— Todos nós viemos de algum lugar no início, *ranúnculo*, até mesmo nós, vampiros. Claro que o seu professor Lyall e eu nunca frequentamos os mesmos círculos e, até você começar a fazer parte de nossas vidas, confesso que nunca tinha prestado muita atenção nele. — Lorde Akeldama franziu o cenho, e uma expressão de profundo desagrado perpassou o rosto bonito. — Talvez isso acabe se revelando um descuido catastrófico. Tão ruim quanto o breve período em que me apaixonei por um sobretudo verde-limão. — O vampiro estremeceu ante a lembrança desagradável.

— Não pode ser tão terrível assim. Estamos falando *somente* do professor Lyall.

— Exato, meu *bolinho de ameixa*. Pouquíssimos de nós podem ser reduzidos de forma tão sumária a um *somente*. Fiz algumas investigações. Dizem que ele nunca se recuperou por completo de um coração partido.

A preternatural franziu o cenho.

— Ah, *dizem*, é?

— Um mal constrangedor para um imortal, o coração partido, não acha? Ainda mais para um sujeito sensato e digno.

Lady Maccon lançou um olhar penetrante pelo espelho para Lorde Akeldama, enquanto ele prendia um de seus cachos.

— Não, eu acho apenas que deveria dizer *pobre professor Lyall*.

O vampiro terminou de fazer o penteado.

— Pronto! — exclamou, com um floreio. Em seguida, segurou um espelho de mão no alto, para que ela visse como estava atrás. — Não tenho o talento do nosso querido Biffy para usar o ferro quente e fazer cachos, mas um simples penteado deve bastar. Peço desculpas por essa inaptidão. Vou acrescentar umas rosetas ou uma flor fresca, aqui.

— Ah, simples, porém esplêndido, e muito melhor do que qualquer penteado que eu mesma fizesse. Eu vou seguir o seu conselho no que diz respeito à flor, claro.

Lorde Akeldama assentiu, pegou o espelho e o recolocou na penteadeira.

— E... como está Biffy? — A própria indiferença das palavras alertou a preternatural para a importância da pergunta feita de um jeito "oh tão casual".

— Continua aborrecido por não poder mais usar rapé. — Como a tentativa de fazer graça não mereceu mais do que um leve sorriso do vampiro, ela adotou um tom sério. — Não tão bem quanto deveria. O meu marido acha, e eu concordo, que algo o está coibindo. Uma pena, já que Biffy não solicitou a vida lupina após a morte, mas vai ter que aprender a aceitá-la.

Lorde Akeldama torceu um pouco a boca perfeita.

— Pelo que entendi, trata-se de uma questão de controle. Ele precisa aprender a dominar a mutação, em vez de deixar que ela o domine. Até que isso ocorra, há diversas restrições. Não deve sair durante o dia, ou poderá ter sequelas permanentes, precisa ficar perto de prata por muitos anos quando for época de lua cheia, e manter distância do manjericão, para não sentir o cheiro. Tudo muito trágico.

O vampiro deu um passo para trás, e, como se ela não tivesse respondido à sua pergunta, anunciou:

— Bom, eu preciso me despedir, *minha queridíssima jovem*. Tenho que me dedicar à minha própria toilete. Uma casa de espetáculos libertiníssima abrirá *esta* noite, e quero ir com traje de gala. — E se dirigiu à porta com o típico andar dramático de um vilão de ópera ao sair do palco pela esquerda.

Lady Maccon não se deixou enganar.

— Milorde. — Ela falou em um tom de voz suave e delicado, tanto quanto lhe era possível, já que não era o tipo de dama que recorria a tais truques femininos. — Quanto à nossa conversa sobre corações partidos, será que eu deveria estar dizendo agora *pobre Lorde Akeldama*?

Ele saiu sem se dignar a responder.

Lady Maccon baixou a ponte levadiça, entrou na residência urbana de Woolsey e desceu a escada. Passar por uma prancha sem ver os pés era um tanto enervante, mas ela, uma mulher objetiva e dona de firmes princípios, não se deixaria derrotar por uma reles barriga pesada. Deparou com Felicity, que evidentemente acabara de voltar de uma de suas reuniões inomináveis, pois mais uma vez usava roupas de tricô. Não tiveram a oportunidade de conversar, felizmente, pois a casa se encontrava em polvorosa.

Não obstante, Felicity não deixaria que ela passasse sem fazer algum comentário.

— Irmã! Que tumulto é esse na sala dos fundos?

— Você sabia, quando me obrigou a hospedá-la, que este era um covil de lobisomens, não sabia?

— Sim, mas se comportarem como animais? Certamente não é polido.

Lady Maccon semicerrou os olhos e inclinou a cabeça, observando-a e dando-lhe um tempo para pensar no que acabara de dizer.

Felicity começou a falar, nervosamente:

— Não me diga! Transformados! Aqui! Em plena cidade? Totalmente vergonhoso! — Ela se virou para descer a escada com a irmã. — Eu posso ver?

A preternatural se perguntou se não preferia a Felicity altamente maldosa de outras encarnações.

— Não, claro que não! O que é que deu em você, nos últimos tempos? Não é mais a mesma.

— É tão pouco provável assim que eu queira melhorar?

Lady Maccon passou os dedos pelo xale cinza banal que envolvia o vestido desbotado da irmã.

— Sim, é.

Felicity bufou, aborrecida.

— Preciso ir me trocar para a ceia.

Lady Maccon olhou-a de alto a baixo, fazendo um beicinho que era, para falar com franqueza, incrivelmente felicityano. Às vezes, embora não com muita frequência, surgia uma indicação de que as duas eram, de fato, aparentadas.

— É melhor mesmo.

Felicity deu de ombros, soltou o "hã" de quem desconsidera um insulto e dirigiu-se ao melhor quarto, que, naturalmente, tinha escolhido para si.

A preternatural desceu a escada em seus passos pata-choquinos, um degrau de cada vez. A urgência da algazarra no andar de baixo deixou-a ainda mais irritada com a incapacidade de se mover agilmente. *Ora essa, é ridículo demais! Eu estou presa no meu próprio corpo!* Quando, por fim, chegou ao corredor principal, descobriu que a porta da sala dos fundos estava trancada e trepidando. O professor Lyall e dois zeladores caminhavam de um lado para outro, aflitos, enchendo o corredor com sua preocupação masculina.

— Por que não estão se alimentando? — quis saber Lady Maccon, autoritária. — Tenho certeza de que Floote e os criados se esforçaram bastante para providenciar uma mesa farta.

Todos pararam e a observaram.

— Vão comer, andem! — ordenou ela, como se fossem crianças pequenas ou cães de estimação.

O professor Lyall arqueou a sobrancelha para ela, divertido.

A preternatural explicou baixinho:

— Biffy não gostaria que o vissem.

— Ah. — Então, o Beta obedeceu-lhe, seguindo os zeladores até a sala de jantar, fechando a porta.

Lady Maccon entrou na sala dos fundos, que estava um verdadeiro caos. Lorde Maccon, naquele momento um enorme lobisomem malhado — muito charmoso, era o que ela sempre achava, mesmo quando ele estava na forma de lobo —, encontrava-se em posição de combate, na frente de um animal mais jovem, alto e magro. O pelo de Biffy era de um chocolate intenso, como seus cabelos, exceto pela barriga e o pescoço, que exibiam um tom acaju. Seus olhos estavam amarelos e enlouquecidos.

Lorde Maccon latiu para a esposa de forma autoritária. Sempre fazia isso, independentemente da forma que estivesse assumindo.

Ela ignorou o tom de comando.

— Está bem, está bem, mas é obrigado a reconhecer que eu posso ser útil neste tipo de circunstância, mesmo no meu estado nada ágil.

O marido rosnou, deixando clara a sua irritação.

Biffy sentiu o cheiro de Lady Maccon e virou-se instintivamente para se lançar em cima dela, uma nova ameaça. O conde deu a volta para se colocar no caminho. O lobisomem mais leve arremeteu a toda velocidade contra o Alfa. Depois do choque, retrocedeu, cambaleante, balançando a cabeça e ganindo. Lorde Maccon simulou um ataque, dando mordidas, fazendo-o recuar contra a chaise longue, àquela altura praticamente destruída.

— Oh, Conall, veja o estado desta sala! — Lady Maccon se zangou. O lugar estava um caos: móveis virados, cortinas rasgadas e um dos preciosos diários da cozinheira todo mordido e cheio de baba. — É o cúmulo! Isto é uma prova. — Ela levou a mão ao peito, desalentada. — Deveria tê-lo mantido comigo. — Não podia culpar Biffy, claro, mas era irritante. Foi caminhando a passos incertos na direção do marido, tirando as luvas.

Biffy continuou a dar mordidas no ar, borrifando saliva em cima dela, rosnando com uma fúria incontrolável, o amaldiçoado monstro do folclore em carne e pelo à sua frente.

A preternatural soltou um muxoxo de desaprovação.

— Francamente, Biffy, precisa agir assim? — Em seguida, usou a sua melhor voz de Lady Maccon. — Comporte-se! Que tipo de conduta é essa, para um cavalheiro?

Ela também era Alfa, e seu tom autoritário surtiu efeito. Biffy reduziu as mordidas frenéticas. Certo comedimento surgiu nos olhos amarelos. Lorde Maccon aproveitou a oportunidade e atacou, abocanhando com

força o pescoço do filhote e levando-o ao chão pela pura superioridade de seu tamanho.

Lady Maccon se aproximou e observou a cena a seus pés.

— Assim não adianta, Conall. Eu não vou poder me inclinar para tocá-lo sem cair.

O marido deixou escapar uma risadinha de divertimento. Em seguida, virando casualmente a cabeça, lançou o jovem lobisomem para cima. Biffy aterrissou na chaise longue, surpreso, e logo lutou para se endireitar e atacar de novo.

Lady Maccon agarrou seu rabo. Com o susto, ele fez um movimento brusco o bastante para desequilibrá-la e levá-la a cair, dizendo *opa*, na chaise longue ao seu lado. No mesmo instante, o poder de seu toque preternatural obrigou-o a voltar à forma humana. Quando o rabo dele foi se retraindo, ela segurou uma das patas com a outra mão.

Em pouco tempo, Biffy estava todo esparramado, nu em pelo, da forma mais indigna possível, na chaise longue, o pé agarrado pela fêmea Alfa. Como o contato com ela o tornava mortal, juntamente com todas as reações físicas associadas a tal estado, não causou surpresa vê-lo enrubescer de humilhação.

Lady Maccon, embora solidária com sua situação, continuou a segurá-lo e notou, com objetividade científica, que seu rubor ia *até lá embaixo*. *Incrível*.

O rosnado do marido chamou sua atenção. Ele também tinha voltado à forma humana e estava nu.

— O que foi?

— Pare de olhar para Biffy. Ele está nu.

— E você também, marido.

— Ah, sim, mas para mim você pode olhar o quanto quiser.

— Ah, sim. Oh. — De súbito, ela segurou a barriga com a mão livre.

O leve ciúme dele se transformou na mesma hora em excesso de zelo.

— Alexia! Você está se sentindo mal? Está vendo, não deveria ter vindo aqui! Era perigoso demais. Você caiu.

Biffy sentou-se ereto, também consternado. Tentou soltar o pé, mas ela se recusou a largá-lo.

— Milady, o que houve?

— Ah, podem parar, vocês dois! É só o bebê protestando por causa dessa súbita agitação. Não, Biffy, querido, precisamos manter contato, por mais indecoroso que você o considere. — Ele ofereceu a mão, em vez do pé. Ela aceitou a troca de prisioneiros.

— Melhor tocar a campainha para chamar Floote? — sugeriu o jovem lobisomem, já um pouco menos rubro, por se concentrar em algo distinto da própria nudez.

A preternatural ocultou um sorriso.

— Você vai achar isso bem difícil, já que devorou o cordão.

Biffy olhou ao redor e enrubesceu de novo. Cobriu o rosto com uma das mãos, espiando por entre os dedos, como se não suportasse nem olhar, embora incapaz de desviar os olhos.

— Oh, minha nossa! O que foi que eu fiz! Coitada da sua sala. Milorde, milady, *por favor*, perdoem-me. Eu estava fora de mim. Sob o domínio da maldição.

Lorde Maccon não concordou.

— Esse é o problema, filhote. Você não estava fora de si. Mas continua se recusando a admitir isso.

Lady Maccon entendeu o que o marido quis dizer e tentou expressá-lo de uma forma mais compassiva.

— Você tem que começar a se acostumar a ser lobisomem, meu caro Biffy. Até mesmo a tentar desfrutar disso. Essa eterna relutância não faz bem. — Ela olhou ao redor. — Principalmente para os meus móveis.

O jovem lobisomem abaixou os olhos e anuiu.

— É, eu sei. Mas, milady, é tão indigno. Sabe, é preciso ficar nu antes de transmutar. E, depois... — Ele olhou para o próprio corpo e tentou cruzar as pernas. Lorde Maccon compadeceu-se dele e jogou-lhe uma almofada de veludo. Biffy a colocou no colo, agradecido. A preternatural percebeu que o marido nem se dera ao trabalho de se cobrir.

Biffy estava com os olhos azuis arregalados.

— Obrigado, milady, por me trazer de volta. Dói, mas qualquer sacrifício vale a pena para voltar a ser humano.

— Sim, mas a questão agora é: como vamos vesti-lo, sem que eu perca o contato? — indagou ela, sempre prática.

Lorde Maccon abriu um largo sorriso.

— Nós vamos dar um jeito. Melhor eu chamar Floote, não? Ele vai saber o que fazer. — Na falta do cordão da campainha, o Alfa foi até o corredor e gritou pelo mordomo.

Em apenas alguns instantes, Floote apareceu. Observou as condições deploráveis da sala, com móveis espalhados por toda parte, bem como o estado desguarnecido de dois dos seus ocupantes, sem sequer pestanejar.

— Senhores. Madame.

— Floote, meu caro — disse o conde, animado. — Queremos que alguém dê um jeito nesta sala. Está um pouquinho bagunçada. Eu acho que será necessário reestofar a chaise longue, reparar as cortinas e o papel de parede e reinstalar um cordão de campainha. Ah, e também vestir Biffy sem deixar que ele solte a mão da minha esposa.

— Sim, senhor. — O mordomo se virou para tomar as providências necessárias.

Lady Maccon pigarreou e lançou um olhar significativo para o marido, passando dos olhos ao corpo, e de volta.

— Hein? Ah, sim, e mande um dos zeladores até a casa ao lado pegar umas roupas para mim. É muito inconveniente, mas suponho que vou precisar delas mais tarde.

Floote sumiu de vista e reapareceu pouco depois com uma pilha de roupas para Biffy. O jovem lobisomem fez menção de protestar contra a escolha do mordomo, mas não quis causar mais confusão. Parecia, de fato, que Floote escolhera o traje mais sóbrio possível do armário pavonesco do dândi. A parte inferior do corpo do jovem foi relativamente fácil de vestir. Depois disso, o mordomo sugeriu que ele se ajoelhasse na ponta da chaise longue e Lady Maccon tocasse a parte posterior de sua cabeça, enquanto colocavam camisa, colete, paletó e plastrom. Floote executou a tarefa com a mais extrema competência, uma habilidade que a preternatural atribuía aos anos de trabalho como criado pessoal de seu pai. Alessandro Tarabotti, ao que se sabia, também era um pouco janota.

Enquanto Floote, Lady Maccon e Biffy se dedicavam ao seu jogo complexo de toques coordenados na chaise longue, um zelador trouxe roupas para Lorde Maccon. O conde as meteu de qualquer jeito, demonstrando a atenção a detalhes que um furão teria se lhe pedissem que decorasse um chapéu. O conde acreditava que, se tivesse uma calça nas pernas e uma camisa no tronco, estava vestido. Quanto menos se fizesse depois disso, melhor. A esposa se surpreendera ao descobrir que no verão ele chegava a perambular descalço pelo quarto! Uma vez — e somente uma vez —, Lorde Maccon até tentara tomar chá com ela daquele jeito. *Homem impossível*. Ela pôs fim *àquilo* rapidamente.

O professor Lyall meteu a cabeça dentro da sala para ver se tudo estava resolvido.

— Ah, bom. Ela já resolveu o problema.

— Não é o que sempre faz? — resmungou o marido.

— Sim, professor Lyall? — perguntou Lady Maccon.

— Eu achei que gostaria de saber, milady, que os resultados pelos quais esperava chegaram de nosso laboratório no DAS.

— Sim?

— Daquelas garrafinhas que a senhora, hum, encontrou?

— Sim?

— Veneno. Em todas elas. De diversos tipos e níveis de potência. Alguns detectáveis, outros não. A maioria para mortais, mas alguns poderiam fazer até um sobrenatural adoecer por algum tempo. Substâncias bem perigosas.

Capítulo 7

Os Lobisomens do Castelo de Woolsey

A necessidade de manter Biffy no estado de mortal levou Lady Maccon a passar várias horas em posições bastante incômodas. Normalmente, apesar da gravidez, podia fazer uma refeição e andar de carruagem com tranquilidade, porém, precisando ficar ligada de alguma forma a um dândi, até mesmo a tarefa mais simples se tornava complexa.

— Ainda bem que eu gosto da sua companhia, Biffy. Não posso me imaginar tendo que lidar com as tarefas diárias ligada a alguém menos agradável. Ao meu marido, por exemplo. — Ela estremeceu ante a ideia. Gostava de ter Conall ligado a ela, mas somente por um curto período.

O marido em questão olhou para a preternatural e resmungou:

— Ah, muito obrigado, esposa.

Estavam sentados em uma carruagem. O Castelo de Woolsey assomava no horizonte, já visível ao luar. Lady Maccon, que era uma dama com pouquíssimas tendências artísticas, encarava sua propriedade como um local prático para a moradia de lobisomens, e não como um feito arquitetônico. O que era bom, pois se tratava mais, na verdade, de uma tragédia arquitetônica. Os que tinham o azar de deparar com ele à luz do dia, só conseguiam fazer um elogio: que ficava em local agradável. E ficava mesmo, sobre uma colina em amplas terras, embora um tanto descuidadas, com um pátio calçado por pedras e estábulos em boas condições.

— Ora, sabe muito bem o que eu quero dizer, marido. Nós já tivemos que ficar conectados antes, mas em geral apenas quando algum acontecimento violento era iminente.

— E, às vezes, por outros motivos. — Ele lhe lançou a sua versão de um olhar sedutor.

Ela sorriu.

— Sim, querido, exatamente.

Biffy, que tentava se mostrar o mais bem-comportado possível, acrescentou:

— Muito obrigado pelo elogio, milady, e lamento a inconveniência.

— Se não aparecerem mais porcos-espinhos zumbis, vamos nos dar muito bem.

— Não devem aparecer — disse Lorde Maccon. — Ao que tudo indica, as colmeias declararam oficialmente um cessar-fogo. Difícil saber a verdade, no que diz respeito a vampiros, mas, pelo visto, estão satisfeitos com a ideia de Lorde Akeldama adotar o nosso filho.

— Bom, pelo menos alguém está.

O Castelo de Woolsey não era um castelo, mas um solar em estilo georgiano, ampliado por arcobotantes sortidos em estilo gótico. Em sua viagem mais recente à Itália, Lady Maccon encontrara um inseto — uma criatura maior que seu polegar, que voava em posição vertical como um anjo, tinha uma fuça semelhante a uma tromba de elefante, chifres parecidos com os de um touro e diversas asas. O bicho adejava, voando para cima e para baixo de forma inconstante, como se relembrasse, ocasionalmente, que um inseto de seu tamanho e formato não deveria voar. O Castelo de Woolsey fora concebido, em teoria, no mesmo estilo daquele bicho: construção insólita, feiura abominável e a impossibilidade de determinar como continuava a se manter na vertical, ou por que se dava a esse trabalho.

Como o casal Maccon se dirigira ao solar rural sem avisar, sua chegada imprevista deixara os residentes em polvorosa. Lorde Maccon foi passando rapidamente pelos jovens animados que se reuniam no pátio, mais alto que os demais pelo menos uma cabeça, abrindo caminho como uma segadeira.

O major Channing, o Gama de Woolsey, desceu de seus aposentos privados e foi até a porta para saudá-los, ainda dando nó no plastrom e aparentando ter acabado de se levantar, apesar da hora.

— Milorde, o senhor só era esperado na lua cheia.

— Viagem de emergência. Vamos precisar pôr certas pessoas no calabouço mais cedo do que o previsto. — Havia boatos relacionados ao que o dono anterior de Woolsey fazia com a prisão subterrânea, mas, qualquer que tivesse sido sua intenção inicial, revelara-se uma mão na roda para a alcateia de lobisomens. Na verdade, todo o solar era adequado. Além da área de retenção bem reforçada e das paredes de alvenaria, havia nada menos que catorze quartos, uma quantidade considerável de salas de visita e diversas torres funcionais, apesar de seu aspecto deteriorado, em uma das quais se situavam os aposentos do casal Maccon.

Channing fez sinal para um grupo de zeladores, mandando-os ajudar a carregar as malas e tirar Lady Maccon da carruagem. O conde já escutava com atenção um relatório que lhe era sussurrado por um dos integrantes da alcateia. Deixou Biffy a cargo da esposa, ciente de que ela tinha o dom de pôr um cavalheiro no seu devido lugar, mesmo que este fosse um calabouço.

Satisfeita por poder se apoiar em Biffy, pois já sentia de novo os efeitos do cansaço, Lady Maccon foi até o calabouço e colocou-o em segurança numa das celas menores. Dois zeladores os acompanharam, levando consigo a quantidade necessária de armas com revestimento e ponta de prata, caso a preternatural deixasse o filhote escapar.

Ela hesitou em soltar Biffy, pois o rosto dele estava pálido, ante o terror iminente da transformação. Tratava-se de um processo doloroso, que todos os lobisomens deviam enfrentar, mas que era bem mais difícil para os jovens, já que eles não estavam acostumados com a sensação e acabavam sendo obrigados a tê-la com mais frequência, devido à falta de controle.

Evidentemente, o filhote não queria deixar de tocar o refúgio representado pela epiderme preternatural de Lady Maccon, mas era gentil demais para dizê-lo. Sentiria maior constrangimento por lhe impor tal toque a noite inteira do que por se transformar em um monstro enfurecido.

A preternatural desviou os olhos e manteve a mão na parte posterior da cabeça do filhote, os dedos enterrados nos cabelos cor de chocolate, enquanto os zeladores tiravam suas roupas e colocavam algemas de prata nos pulsos esbeltos. Ciente da perda cada vez maior de dignidade que lhe era imposta, ela entabulou uma conversa casual, tratando de questões de moda e decoração.

— Estamos prontos, milady — avisou um dos zeladores, levando as roupas de Biffy e saindo da cela. O outro já estava do lado de fora das barras folheadas de prata, pronto para fechar a porta assim que Lady Maccon passasse.

— Sinto muito. — Foi tudo que lhe ocorreu dizer ao jovem.

Biffy balançou a cabeça.

— Não, não, milady, a senhora me deu uma paz inesperada.

Eles foram se afastando, as pontas dos dedos apenas se tocando.

— Agora — disse a preternatural, interrompendo o contato e passando pela porta o mais rápido que sua condição lhe permitia, rumo ao corredor de observação.

Biffy, ciente de que talvez pudesse ferir Lady Maccon sem lhe dar tempo de tocá-lo de novo, jogou-se para longe no mesmo instante, usando toda a força e a velocidade sobrenaturais readquiridas, antes que a mutação iniciasse.

A preternatural considerava a transformação em lobisomem um acontecimento intelectualmente fascinante e gostava de observá-lo, da mesma forma como alguém pode gostar de dissecar um sapo; no entanto, isso não ocorria no caso dos filhotes. Seu marido, o professor Lyall e até o major Channing conseguiam transmutar-se sem dar quase nenhuma indicação da dor que acompanhava o processo. Já Biffy, não. Assim que o contato entre ele e Lady Maccon foi interrompido, o rapaz começou a gritar. Ela aprendera nos últimos meses que não havia som pior no universo que o do sofrimento de um jovem bom e orgulhoso. Os gritos foram se transformando em uivos à medida que os ossos se quebravam e os órgãos se reorganizavam.

Engolindo bílis e desejando ter cera para tapar os ouvidos, a preternatural segurou o braço de um dos zeladores e fez com que a conduzisse até

a escada e a algazarra reconfortante da alcateia, deixando que o outro vigiasse sozinho o filhote arrasado.

— Tem mesmo certeza de que quer isso? — perguntou ela ao acompanhante.

O zelador não tentou ser evasivo. Todos sabiam como Lady Maccon podia ser direta nas conversas e intolerante com tergiversações.

— Não se pode menosprezar a imortalidade, milady, seja qual for o preço ou o invólucro.

— Mesmo a um custo desses?

— Eu optaria por ela. Biffy não teve essa oportunidade.

— E você não preferiria ser vampiro, em vez de lobisomem?

— Beber sangue para sobreviver e nunca ver o sol de novo? Não, muito obrigado, milady. Eu prefiro enfrentar a dor e a maldição, caso tenha a sorte de poder escolher.

— Jovem corajoso. — Ela deu tapinhas no braço dele, quando chegaram ao alto da escada.

O rebuliço causado pela chegada repentina de Alfas ao castelo já cessara, transformando-se no burburinho animado de uma alcateia em plena atividade. Uns sugeriram uma caçada, outros, um jogo de dardos e alguns, um combate leve de luta romana.

— Lá fora — ordenou Lady Maccon, ao ouvir *essa* ideia.

No início, a preternatural achara que nunca se acostumaria a conviver com uma dúzia de homens adultos — logo ela, que crescera entre irmãs. Mas acabou adorando. Ao menos no caso deles, sempre se sabia onde estavam, por serem criaturas barulhentas e desajeitadas.

Lady Maccon fez um sinal para Rumpet, o mordomo da alcateia.

— Chá na biblioteca quando tiver tempo, Rumpet, por favor. Eu preciso fazer uma pesquisa. E poderia me fazer a gentileza de pedir que meu marido vá me ver, quando puder? Não tenho pressa.

— É claro, milady.

A biblioteca era o aposento favorito da preternatural, além de ser seu santuário pessoal. Não obstante, naquela noite, ela queria usá-la exatamente para aquilo a que se destinava — a pesquisa. Foi até o canto mais longínquo, no qual, atrás de uma poltrona enorme, havia uma estante em que

abrira espaço para a coleção de seu pai. Ele gostava dos diários finos, encadernados em couro, do tipo usado por estudantes para fazer relatos — de tom azul-marinho, com capa lisa e data no canto superior esquerdo.

De acordo com as informações reunidas pela filha, Alessandro Tarabotti não fora o melhor ser humano do mundo. Prático, como todos os preternaturais, porém sem a base ética que Lady Maccon conseguira cultivar. Talvez tivesse sido assim por ser homem, ou por ter passado a infância em uma região remota da Itália, longe da postura progressista da Inglaterra. Ele começara a escrever os diários aos dezesseis anos, no outono, durante o primeiro período em Oxford, e parara de fazê-lo logo após o casamento com a mãe de Lady Maccon. As anotações eram esporádicas, na melhor das hipóteses, constantes durante algumas semanas e, de repente, as páginas ficavam em branco, sem uma palavra sequer, por meses ou anos. Geralmente relatavam façanhas sexuais e encontros violentos, e traziam longas descrições de novos paletós e cartolas. Ainda assim, a preternatural resolveu relê-los, esperançosa, procurando qualquer menção a uma tentativa de assassinato. Infelizmente, os diários haviam sido interrompidos uns dez anos antes do complô de Kingair. Ela se deixou levar, apenas por um momento, pela caligrafia do pai — impressionada, como sempre, ao ver o quanto era parecida com a sua —, antes de se recompor e dedicar a atenção a outros livros. Seu devaneio só foi interrompido algumas vezes por Rumpet, que lhe levou uma quantidade interminável de bules de chá fresco e, a certa altura, por Channing — logo quem.

— Oh, Lady Maccon — disse ele, pouco convincente —, eu estava apenas procurando...

— Um livro?

A relação entre o major Channing Channing dos Channings de Chesterfield e a preternatural começara com o pé esquerdo e, desde então, nunca haviam conseguido estabilizá-la — embora ele tivesse, em mais de uma ocasião, salvado sua vida. Para Lady Maccon, o major Channing era de uma beleza desconcertante — um louro forte, com olhos azuis de tom frio, maçãs do rosto marcantes e sobrancelhas arqueadas com altivez. Era o protótipo do soldado autêntico, o que não seria tão mau, se a nobreza de sua profissão não fosse acentuada por uma atitude arrogante e um sotaque exagerado que somente os indivíduos de sangue azul mais azul

podiam impor aos outros. No que dizia respeito à opinião do major Channing sobre ela, quanto menos se comentasse em relação a isso, melhor, e até mesmo *ele* era esperto o bastante para entender *esse detalhe*.

— O que está pesquisando, milady?

Ela não viu motivos para esconder a verdade.

— A fracassada tentativa de assassinato da Rainha Vitória por parte da Alcateia de Kingair. Lembra-se de alguma coisa? — Seu tom de voz era duro.

O Gama não conseguiu impedir que a preocupação se estampasse no seu rosto. Ou seria a culpa?

— Não. Por quê?

— Eu acho que pode ser relevante na atual conjuntura.

— Não creio que *seja*.

— Tem certeza de que não se recorda de nada?

O major Channing não lhe respondeu.

— Encontrou alguma coisa?

— Nada. Maldição!

— Bom — ele deu de ombros e foi se dirigindo, com indiferença, para a porta da biblioteca, sem um livro —, eu acho que está na pista errada. Não é bom bisbilhotar o passado, milady. — Somente o major Channing podia fazer tal ar de desprezo enojado.

— Bisbilhotar! Eu gosto do termo.

— Sim, gosta — comentou o Gama, fechando a porta após sair.

Depois disso, ninguém interrompeu as investigações de Lady Maccon, até algumas horas antes do amanhecer, quando Lorde Maccon entrou em passos pesados.

Quando ela ergueu os olhos, viu o marido observando-a com carinho, apoiando o ombro enorme em uma estante.

— Ah, finalmente se lembrou de mim, não é? — Lady Maccon sorriu, os olhos escuros e meigos.

Ele caminhou até ela e lhe deu um beijo suave.

— Eu nunca cheguei a me esquecer. Simplesmente a perdi de vista, enquanto lidava com questões da alcateia e do protocolo. — Carinhoso, puxou um cacho escuro que caíra ao pescoço dela, uma espiral extraviada.

— Algo importante?

— Nada que a afete diretamente. — Lorde Maccon se inclinara o bastante para acrescentar: — Mas eu terei prazer em lhe fornecer os detalhes irrelevantes, se quiser ouvi-los.

— Oh, não, muito obrigada. Pode guardá-los para si. Como está Biffy?

— Não muito bem. Não muito bem.

— Receio que seu estilo brusco não esteja funcionando como deveria para integrá-lo à alcateia.

— Talvez tenha razão. Eu estou preocupado, querida. Nunca precisei lidar com um lobo relutante antes. Claro, na Idade Média, eles eram obrigados a fazer isso o tempo todo. Sabe-se lá como se arranjavam. Mas o nosso Biffy é um caso tão peculiar, nestes tempos modernos e esclarecidos, que nem mesmo eu consigo dar um jeito… — Ele fez uma pausa, buscando com dificuldade as palavras certas, quase tartamudeando. — Eu não consigo remediar a infelicidade dele.

Lorde Maccon abriu espaço entre as pilhas de livros e manuscritos em torno da esposa e se acomodou ali, o corpo tocando o dela.

Lady Maccon pegou a manzorra do marido entre as suas e pôs-se a acariciar a palma com os polegares. Ele era um belo brutamontes, e a ela só restava admitir que gostava tanto de seu tamanho quanto de seu temperamento, mas era seu jeito de pai atencioso que adorava mais do que tudo.

— Gosto muito de Biffy e de Lorde Akeldama, mas Biffy se tornou extremamente byroniano. Precisa se esforçar para deixar de amar Lorde Akeldama.

— Ah, sim? E como é que alguém deixa de amar?

— Infelizmente, eu não faço a menor ideia.

O conde vinha aprendendo a confiar bastante na esposa sensata.

— Você vai bolar algo. E como está a minha adorável esposa? Não está com dor por causa da queda desta noite?

— Que queda? Ah, na chaise longue? Não, nenhuma. Mas, marido, eu não estou me saindo muito bem nessa questão da ameaça à rainha.

— Talvez o fantasma esteja equivocado ou tenha ouvido mal. Não consideramos essa hipótese. Ela está perto da fase de abantesma.

— Pode ser. E há também a possibilidade de não haver nenhuma conexão com a tentativa de assassinato por parte da alcateia de Kingair.

Lorde Maccon soltou um resmungo irritado.

— Sim, eu sei que você detesta que o façam se lembrar dessa questão.

— Todo homem detesta se recordar do fracasso. Mas nós, lobisomens, somos ainda piores nesse aspecto. Não creio que haja uma conexão.

— É a minha única pista.

— Talvez possa abandoná-la, por enquanto. Eu preciso da sua presença.

Ela se mostrou desafiadora diante do tom autoritário.

— Ah, sim?

— Na cama.

— Ah, bom. — A preternatural relaxou e sorriu, permitindo que o marido a ajudasse a se levantar.

Lady Maccon dormiu no lado mais distante da cama, longe de Lorde Maccon. Não porque o sono dele fosse inquieto. Na verdade, ficava tão imóvel quanto qualquer criatura sobrenatural, apesar de não parecer tão morto quanto um vampiro, e ressonava um pouco. E, embora a preternatural jamais fosse admitir isso para alguém, nem mesmo para a sra. Tunstell, ela gostava de dormir abraçada a ele. Mas não queria deixá-lo vulnerável enquanto dormia. Além disso, considerando o desprezo dele pela própria aparência, Lady Maccon sempre receava que, se o tocasse a noite inteira, sua barba cresceria e ele não se daria ao trabalho de fazê-la.

Naquele dia específico de descanso, o bebê-inconveniente só deixara a mãe cochilar esporadicamente e deitada de lado, diante da janela da torre. Motivo pelo qual ela estava meio acordada quando o ladrão entrou.

Havia várias incongruências na entrada de um larápio no Castelo de Woolsey em plena tarde. Em primeiro lugar, quem em sã consciência faria a viagem até Barking para entrar à força? As perspectivas eram bem melhores em Londres. Em segundo, por que se dar ao trabalho de fazê-lo no Castelo de Woolsey, um covil de lobisomens? Um pouco mais adiante na estrada havia um ducado pequeno, porém abastado. E, em terceiro, por que tentar a sorte em uma das complicadas janelas da torre e não na sala, no andar de baixo?

Em todo caso, a figura mascarada passou pelo peitoril com ágil economia de movimentos e se deteve, leve e bem equilibrada, a silhueta visível contra as cortinas grossas, que não bloqueavam de todo o sol da tarde. O larápio respirou fundo ao ver Lady Maccon apoiada em um dos cotovelos, observando-o. Era evidente que esperara encontrar o quarto vazio.

A preternatural foi menos relutante. Deu um berro que poderia ter ressuscitado os mortos e, naquele caso, foi o que aconteceu.

Lorde Maccon não era nenhum filhote que, em decorrência da metamorfose recente e da falta de controle, precisasse dormir profundamente durante todo o dia. Ah, não, de modo algum. Ele *podia* ser acordado. Ocorria apenas que, quando o conde estava muito cansado, seu despertar requeria um volume astronômico de decibéis. Embora não fosse do tipo que costumasse gritar, Lady Maccon tinha pulmões à altura da tarefa, e soltou um grito que lembrava o som de uma trombeta. Após fazê-lo, os zeladores e os criados não chegaram correndo, como seria de esperar. Bastaram alguns incidentes altamente constrangedores para os moradores do Castelo de Woolsey passarem a ignorar todo e qualquer ruído estranho produzido pelo casal Maccon em seu horário de descanso.

Fosse como fosse, um marido furioso era suficiente para suprir as necessidades da esposa.

O ladrão foi correndo até o outro lado do quarto, em direção ao armário de Lady Maccon. Lá, abriu diversas gavetas e, então, pegou uma pilha de papéis, que meteu em um saco. A preternatural saiu rolando da cama, amaldiçoando a própria falta de mobilidade, e arremeteu contra ele na mesma hora que o marido. O conde, meio estabanado por causa do sol da tarde, do sono profundo e do acontecimento inesperado, prendeu o pé no lençol e fez uma ampla pirueta, formando um círculo, como um dançarino excêntrico e grandalhão, antes de se endireitar e avançar cambaleando até o intruso. *Isso há de ensiná-lo a não roubar o edredom*, pensou a esposa, satisfeita.

Escolhendo com sabedoria, o larápio se dirigiu a Lady Maccon, o elo mais fraco, e a empurrou para o lado. A preternatural desferiu um pontapé que chegou a atingi-lo, porém não com força suficiente. Acabou perdendo o equilíbrio e caindo de costas no chão, torcendo o tornozelo na queda.

O intruso saltou pela janela aberta. Saltou mesmo, pois conseguiu abrir uma espécie de capa com reforço metálico, que virou um paraquedas e o conduziu com suavidade pelos cinco andares até o solo. Sem se dar conta da situação complicada da esposa caída no chão, Lorde Maccon saltou atrás dele.

— Essa não, Conall, não ouse... — A advertência dela ficou no ar, pois ele já saltara. Os lobisomens podiam aguentar tal queda e sobreviver, claro, mas não sem graves danos, sobretudo durante o dia.

Preocupadíssima, Lady Maccon começou a se contorcer e a se arrastar pelo chão e, então, usou um banco e o peitoril para se levantar e se apoiar precariamente sobre o pé bom. O marido direcionara o salto para pousar no telhado da fortaleza do castelo; em seguida, pulou mais três andares até o solo e foi correndo atrás do ladrão. Nu. O transgressor, no entanto, estava equipado para escapar rápido. Tinha um monociclo que, conectado a um pequeno propulsor a vapor, conduziu-o pelo terreno em incrível velocidade.

O sol estava a pique, o que impediu Lorde Maccon de se transformar em lobo e, por mais rápido que pudesse correr como lobisomem após o crepúsculo, provavelmente não alcançaria aquele veículo. Lady Maccon viu o marido percorrer uma boa distância antes de se dar conta disso e parar. Às vezes ele levava um tempo para desativar seus instintos de caçador.

Ela deu um muxoxo, aborrecida, e se virou para fuzilar com os olhos o armário, muito distante e impossível de ser alcançado sem que rastejasse, para tentar determinar o que exatamente fora roubado. Que diabos guardara naquela gaveta? Com certeza não conferira o que quer que fosse desde que desfizera as malas, depois do casamento. Pelo que lembrava, estava cheia de cartas velhas, correspondências pessoais, convites de festas e cartões de visitas. Ora bolas, por que alguém haveria de querer roubar *aquilo*?

— Francamente, marido — disse a preternatural de sua posição à janela, quando ele se virou para subir os diversos lances de escada até seus aposentos —, como você consegue saltar feito uma lebre enlouquecida, sem sofrer danos permanentes, é um mistério para mim.

Ele soltou um bufo e foi farejar, com desconfiança, o armário.

— Então, o que é que havia naquela gaveta?

— Eu não lembro bem. Acho que umas missivas sociais da época anterior ao nosso casamento. Não posso nem imaginar o que alguém ia querer fazer com elas. — Lady Maccon franziu o cenho, tentando sair do atoleiro de uma mente confusa pela gravidez.

— Seria de esperar que tivessem pegado a sua pasta, se estavam atrás de documentos secretos.

— Exatamente. O que conseguiu farejar?

— Um pouco de graxa, na certa daquele dispositivo de paraquedas. Nada mais significativo. E você também, claro, pois o armário inteiro tem o seu cheiro.

— Hum, e eu cheiro a quê?

— Massa folhada com canela e baunilha — respondeu ele, na hora. — Sempre. Deliciosa.

A esposa deu um largo sorriso.

— Mas não o bebê. Jamais consegui sentir o cheiro dele. Nem Randolph. Estranho, isso.

O sorriso dela se esvaiu.

Lorde Maccon tornou a examinar a gaveta.

— Creio que vamos ter que chamar a polícia.

— Não vejo por quê. Foram apenas alguns papéis avulsos.

— Mas você os mantinha guardados. — O conde estava confuso.

— Sim, o que não significa que fossem importantes.

— Ah. — Ele meneou a cabeça, demonstrando sua compreensão. — Como todos os seus inúmeros pares de sapatos.

Ela optou por ignorar o comentário.

— Deve ser alguém que eu conheço que roubou os papéis. Ou que planejou o assalto.

— Hum? — Lorde Maccon se sentou pesadamente na cama, pensativo.

— Eu o vi entrar. Foi atrás especificamente daquela gaveta. Não creio que esperava que estivéssemos aqui, pois pareceu mais surpreso que o normal quando me viu. Deve ter intimidade com a nossa família ou conhecer algum criado, para saber que o quarto fica aqui e que nós não devíamos estar no castelo.

— Ou talvez seja uma tática para nos despistar. Pode ser que ele tenha roubado outra coisa ou feito algo que não se relacione com aqueles papéis.

Lady Maccon pensou no assunto, ainda apoiada em um pé só como uma garça, recostada no peitoril da janela.

— Ou ele estava atrás de algo importante para nos chantagear. Ou ainda de alguma coisa para dar à imprensa sensacionalista. Tem havido pouquíssimos escândalos desde que nós fizemos as pazes. Eu acho que o velho Twittergaddle e o *Chirrup* seriam bem capazes de fazer esse tipo de coisa.

— Bom, ficar especulando não vai nos levar a parte alguma. Talvez ele tenha entrado no quarto errado ou levado os papéis da gaveta errada. E por que nós dois não voltamos a nos deitar?

— Ah, sim, isso vai ser um pouco complicado. Sabe, parece que o meu tornozelo já não está funcionando tão bem quanto deveria. — Ela lhe deu um sorrisinho sem graça, e ele notou, pela primeira vez, a posição estranha.

— Pelas barbas do profeta, por que está assim? — Lorde Maccon andou a passos largos até Lady Maccon e lhe ofereceu o próprio corpo hercúleo. Ela transferiu o peso, agradecida.

— Bom, é que levei uma pequena queda, há pouco. Parece que eu torci o tornozelo.

— Você não...? Esposa! — Ele a amparou até a cama, antes de se inclinar para examinar o pé e a perna com cuidado. Embora tivesse agido com delicadeza, a esposa fez uma careta. O tornozelo já começava a inchar.

— Vou chamar um médico agora mesmo! E a polícia.

— Ah, Conall, não acho que seja necessário. O médico. Pode chamar a polícia, se achar melhor, mas eu não preciso dos serviços de um médico só por causa de uma torção.

Lorde Maccon ignorou-a solenemente e saiu dos aposentos, já gritando com toda a força dos portentosos pulmões em busca de Rumpet ou de qualquer zelador que estivesse acordado.

Lady Maccon, com o tornozelo latejando muito, tentou voltar a dormir, sabendo que em breve seu quarto estaria cheio de médicos e policiais, e que seu tempo de sono seria drasticamente reduzido.

★ ★ ★

Tal como previsto, a preternatural não teve muito sossego naquele dia, o que acabou não fazendo muita diferença, já que fora obrigada a descansar à noite, pois o médico decretara que ela não podia andar. Precisaria ficar de cama, com uma tala, tomando orchata, e não deveria se mover sob nenhuma circunstância, durante toda a semana. E, pior ainda, o médico também a proibira de tomar chá nas próximas vinte e quatro horas, pois o consumo de qualquer líquido quente acabaria piorando o inchaço. Lady Maccon chamou-o de charlatão e atirou a touca de dormir nele. O doutor se retirou, porém ela sabia muito bem que Lorde Maccon e todos os demais do Castelo de Woolsey fariam questão de seguir à risca suas instruções.

Se a preternatural não era do tipo que podia ficar confinada na cama por sete horas, que dirá sete dias! Os que a conheciam bem já encaravam com apreensão esse período, considerando-o, por estar tão próximo da hora H, um teste preliminar tanto do comportamento dela quanto da capacidade de todos de lidar com ele. Mais tarde, Rumpet e Floote, em suas reflexões privadas de mordomos, admitiriam que fora um desastre, em todos os aspectos. Ninguém sobreviveu a ele incólume, muito menos a própria Lady Maccon.

Já no segundo dia, ela resmungava, para dizê-lo de uma forma cortês.

— A Rainha Vitória pode estar em perigo e aqui estou eu, confinada à cama por um médico nécio, por causa de um *tornozelo*. Eu não posso suportar isso!

— Não com um mínimo de paciência — sussurrou o marido.

A esposa ignorou-o e continuou a vociferar:

— E Felicity, quem está de olho nela?

— O professor Lyall a está mantendo rente no cabresto, posso lhe garantir.

— Ah, bom, se é o professor Lyall… Como consegue lidar com você, tenho certeza de que vai conseguir controlar a minha irmã. — Seu tom de voz era petulante, o que fazia algum sentido, já que se encontrava suja, dolorida e imobilizada. E seu suposto repouso obrigatório não chegava a ser um descanso. A gravidez já estava avançada em demasia para que o

bebê-inconveniente lhe permitisse repousar mais do que alguns minutos intermitentes de cada vez.

— Quem foi que disse que ele consegue lidar comigo? — Lorde Maccon pareceu bastante ofendido com aquela afronta à sua independência.

Alexia arqueou a sobrancelha para ele, como se dissesse: *Ah, Conall, francamente*. Ela deu continuidade à conversa manifestando outra preocupação, sem ferir mais aquela dignidade masculina frívola.

— Você pediu que os rapazes verificassem o transmissor etereográfico todas as tardes, no crepúsculo? Lembre-se de que estou esperando informações importantes.

— Sim, querida.

Lady Maccon contraiu os lábios, pensativa, tentando se recordar do que mais poderia se queixar.

— Ah, como odeio ficar confinada. — Ela se pôs a puxar os fios do cobertor sobre a barriga.

— Agora você sabe como Biffy se sente.

O mau humor dela diminuiu ante a menção ao dândi.

— Como ele está?

— Bom. Eu levei em consideração a sua sugestão, minha querida, e venho tentando ser mais amável e agir com menos rigor.

— Hum, *isso* eu gostaria de ver.

— Tenho me sentado com ele e conversado sobre a transformação ao pôr do sol. Rumpet sugeriu que uma música suave também ajudaria. Então venho pedindo que Burbleson... você se lembra do Catogan Burbleson, aquele zelador novo que gosta de música, que contratamos no mês passado?... toque violino o tempo todo. Uma composição bonita e reconfortante do repertório trivial europeu. Difícil dizer se isso está ajudando, mas ao menos esses esforços não parecem estar fazendo com que o pobre coitado se sinta pior.

Lady Maccon ficou desconfiada.

— E o jovem Catogan toca violino bem?

— Muito.

— Bom, quem sabe ele não devesse vir tocar um pouco para mim, então? Confesso que é entediante demais ficar acamada.

O marido deixou escapar um grunhido — sua versão de murmúrio compassivo.

No fim das contas, Lorde Maccon resolveu trazer Floote de Londres, para atender aos caprichos da esposa. Ninguém conseguia lidar tão bem com ela quanto ele. Por esse motivo, a maior parte da biblioteca de Woolsey e uma quantidade considerável de jornais e panfletos da Real Sociedade tinham ido parar na cama da preternatural, cujas campainhadas imperiosas e pedidos estridentes haviam diminuído um pouco. Ela começou a receber informes reconfortantes a cada hora, garantindo que a Rainha Vitória estava protegida. Os Rosnadores de Sua Majestade, lobisomens guarda-costas especiais, encontravam-se em alerta geral, e, em consideração à convicção da muhjah de que os lobisomens poderiam ser um fator de risco, havia um vampiro errante e quatro soldados da Guarda Suíça a postos, o tempo todo.

Lorde Akeldama mandara Boots não só para saber como andava a saúde de Lady Maccon, como também para transmitir uma informaçãozinha útil. Os fantasmas das cercanias de Londres aparentavam estar bem agitados e vinham aparecendo e desaparecendo, flutuando aqui e ali, sussurrando ameaças terríveis relacionadas a um perigo iminente. Quando questionados diretamente, nenhum deles sabia dizer exatamente o que estava acontecendo, mas algo com certeza andava inquietando a comunidade fantasmagórica.

A preternatural quase perdeu as estribeiras ao receber essa notícia e saber que não poderia ir *naquele exato momento* para Londres, a fim de dar continuidade à investigação. Passou de exigente a totalmente despótica, dificultando muito a vida dos que tinham a infelicidade de se encontrar no Castelo de Woolsey. Como já estavam quase na lua cheia, os integrantes mais velhos da alcateia tinham saído para correr, caçar ou trabalhar ao luar, e os mais jovens já haviam sido encarcerados com Biffy. Por esse motivo, somente os criados precisaram se sujeitar à impaciência de Lady Maccon, e Floote, com a santidade de sempre, encarregou-se da maior parte de seu entretenimento.

Ninguém chegou a ficar surpreso quando, na noite do quinto dia, nem mesmo os poderes do mordomo bastaram, e a preternatural jogou longe as cobertas, levantou-se e apoiou o tornozelo, que lhe pareceu perfeitamente utilizável, apesar de um pouco dolorido, e declarou estar bem o

bastante para viajar de carruagem até Londres. Não, o que surpreendeu a todos foi ela ter aguentado tanto tempo.

Ela acabara de convencer um zelador enrubescido a ajudá-la a se vestir, quando Floote surgiu à entrada com diversos papeizinhos e expressão pensativa. Tão pensativa que, a princípio, não tentou dissuadi-la de viajar.

— Madame, acabam de chegar vários etereogramas interessantes. Creio que são para a senhora.

Lady Maccon ergueu os olhos com interesse.

— Você crê?

— São destinados à Sombrinha Fru-Fru. Duvido que alguém tentaria de fato se comunicar com um acessório.

— Sem dúvida.

— Foram enviados por uma tal Touca Pufe.

— Uma tal. Sim, prossiga.

— Da Escócia.

— Sim, eu sei, Floote. O que ela *diz*?

O mordomo pigarreou e começou a ler:

— "Para Sombrinha Fru-Fru. Informação vital relacionada a assunto supersecreto de confabulação." — Ele pegou o papelzinho seguinte. — "Pessoas de genuína escocesidade do passado em contato com conspirador de natureza sobrenatural em Londres, vulgo Agente Destruição." — Floote passou para o terceiro papel. — "Lady K diz que Agente Destruição ajudou depravado Plano de Ação. Talvez tenha sido tudo ideia dele." — Pegando o último papel, o mordomo prosseguiu: — "Verão permite que escoceses exponham mais joelhos que dama refinada deveria ter que suportar. Cabeleiras foram muito admiradas. Sua etc., Touca Pufe."

Lady Maccon estendeu a mão para pegar a correspondência da sra. Tunstell.

— Fascinante. Envie uma mensagem agradecendo e mandando-a voltar para Londres, por favor. E chame a carruagem. O meu marido está no DAS esta noite? Eu preciso falar com ele imediatamente sobre o assunto.

— Mas madame!

— Não adianta, Floote. O destino da nação pode estar em perigo.

O mordomo, que sabia muito bem quando não tinha a menor chance de vencer uma discussão, deu meia-volta para fazer o que ela lhe pedira.

Capítulo 8

Assassinato por Bule de Chá

— Ora, Lady Maccon, eu pensei que continuaria confinada na região campestre por pelo menos mais dois dias. — O professor Lyall foi o primeiro a notar a preternatural, quando ela entrou na sede do DAS. A construção ficava perto de Fleet Street e era um pouco sombria e burocrática para o gosto dela. O Beta e o Alfa compartilhavam um amplo gabinete frontal, no qual se dera um jeito de enfiar duas escrivaninhas, um vestiário, um canapé, quatro cadeiras, inúmeras chapeleiras e um guarda-roupa repleto de trajes para os lobisomens visitantes. Como o Departamento estava sempre resolvendo alguma crise sobrenatural significativa e não empregava funcionários suficientes para a limpeza, o escritório também se encontrava apinhado de documentos, chapas de metal etereográfico, xícaras de chá sujas e, por algum estranho motivo, uma grande quantidade de patos empalhados.

Lorde Maccon ergueu os olhos castanho-amarelados de uma pilha de rolos de pergaminho antigos e estreitou-os.

— Teria que estar, maldição. O que é que está fazendo aqui, esposa?

— Eu estou perfeitamente bem — protestou ela, tentando não dar a impressão de que se apoiava na sombrinha ao andar. Embora, verdade fosse dita, estivesse grata por aquele apoio, já que seu andar de pata-choca se transformara em uma coxeadura bamboleante.

O marido saiu de trás da escrivaninha, soltando um longo suspiro sofredor, e se aproximou. Lady Maccon esperava receber uma bronca, mas, em vez disso, ele lhe deu um abraço caloroso, por meio do qual conseguiu habilmente forçá-la a recuar e sentar-se em uma cadeira no canto do gabinete.

Quando a esposa deu por si, já fora carregada.

— Com mil diabos — exclamou ela.

Lorde Maccon aproveitou a deixa para lhe dar um beijo apaixonado. Ao que tudo indicava, para impedi-la de continuar falando.

O professor Lyall soltou uma risadinha ao ver aquela cena e, logo em seguida, voltou a se concentrar silenciosamente nos documentos oficiais, os papéis farfalhando com suavidade à medida que ele fazia cálculos e correlacionava alguma questão matemática complexa de estado.

— Eu acabei de receber uma informação interessantíssima. — Foi a tática que ela escolheu para dar início à conversa.

A frase, com efeito, distraiu o marido, impedindo-o de continuar a repreendê-la.

— E?

— Mandei Ivy até a Escócia para que sondasse com Lady Kingair o que *realmente* aconteceu naquela tentativa de assassinato anterior.

— Ivy? A sra. Tunstell? Mas que escolha peculiar.

— Eu não a subestimaria se fosse você, marido. Ela descobriu algo.

Ele ponderou a respeito da frase absurda por alguns instantes e, em seguida, indagou:

— E então?

— Não era só o veneno que estava sendo enviado de Londres, havia também um agente londrino envolvido, um *conspirador*, imaginem só. Ivy parece acreditar que foi esse sujeito que coordenou o atentado.

O conde ficou imóvel.

— Hein?

— E você que achava que já tinha resolvido esse assunto. — Ela se sentia justificadamente satisfeita consigo mesma.

O rosto de Lorde Maccon não se moveu — a calmaria antes da tempestade.

— Ela lhe deu detalhes sobre a identidade desse agente?

— Apenas que era sobrenatural.

Atrás deles, o farfalhar de papéis do professor Lyall cessou. Ele os observou, o rosto vulpino ainda mais definido pelo ar inquisidor. Randolph Lyall não mantinha aquela posição no DAS por ser o Beta de Lorde Maccon, mas por seu talento inato como investigador. Era dono de uma mente astuta e de um notável faro para os problemas — literalmente, sendo lobisomem.

O Alfa explodiu de raiva.

— Eu sabia que os vampiros tinham que estar envolvidos, de alguma forma! Eles sempre estão!

Lady Maccon ficou imóvel.

— Como sabe que foram os vampiros? Pode ter sido um fantasma ou até um lobisomem.

O professor Lyall se aproximou para participar da conversa.

— É uma notícia grave.

O Alfa continuou a falar.

— Bom, se foi um fantasma, já deve estar inânime há muito tempo, então estamos sem sorte. Se foi um lobisomem, deve ter sido algum lobo solitário. A maioria deles foi morta pelo Clube Hypocras, no ano passado. Malditos cientistas. Portanto, sugiro que comecemos pelos vampiros.

— Eu já tinha chegado a uma conclusão semelhante, marido.

— Vou até as colmeias — sugeriu o Beta, já se dirigindo a uma chapeleira.

O semblante de Lorde Maccon indicava que ele queria protestar.

A esposa pôs a mão no seu braço.

— Não, é uma boa ideia. Ele é muito mais diplomático que você. Embora não seja exatamente da nobreza.

O professor Lyall ocultou um sorriso, pôs a cartola e saiu a passos enérgicos do gabinete, sem dar mais uma palavra, limitando-se a inclinar a aba do chapéu em direção a Lady Maccon antes de partir.

— Está bom, então — resmungou Lorde Maccon. — Eu vou atrás dos errantes locais. Há sempre a possibilidade de ser um deles. Quanto a você, fique aqui e não se apoie nesse pé.

— A chance de eu fazer *isso* é a mesma de um vampiro ir tomar sol. Eu vou visitar Lorde Akeldama. Como potentado, ele precisa ser consultado quanto a esse assunto. O primeiro-ministro regional também, suponho. Pode mandar alguém averiguar se Lorde Carnificina poderia me receber esta noite?

Ciente de que Lorde Akeldama ao menos garantiria que Lady Maccon permanecesse sentada por algum tempo, quando mais não fosse pelo prazer de ouvir as fofocas, o Alfa não protestou mais. Lorde Maccon praguejou sem muito rancor e atendeu ao pedido da esposa, mandando o Agente Especial Haverbink avisar o primeiro-ministro regional. No entanto, insistiu em levá-la pessoalmente à residência de Lorde Akeldama, antes de se dedicar às próprias investigações.

— Alexia, meu *pãozinho de lentilha*, o que faz em Londres, nesta noite agradável? Não deveria estar acamada, apreciando o romantismo de seu estado enfraquecido?

Pela primeira vez, a preternatural não teve vontade de dar corda à grandiloquência do vampiro.

— Sim, mas aconteceu algo muito inesperado.

— Minha querida, quão *incrivelmente esplêndido*! Sente-se, por favor, e conte tudo ao velho tio Akeldama! Chá?

— Claro. Ah, e devo avisá-lo, eu convidei o primeiro-ministro regional. Trata-se de uma questão relacionada à Comunidade Britânica.

— Bom, já que insiste. Mas, minha *queridíssima flor*, que assustador imaginar que tal bigodudo venha a obscurecer o esplendor dos rostos eternamente barbeados de minha residência. — Segundo os boatos, Lorde Akeldama insistia que todos os seus zangões jamais usassem a abominável "saia de boca". Ele tivera um ataque histérico, certa vez, ao encontrar um deles com um inesperado bigode, ao contornar o corredor. Costeletas eram permitidas com moderação, e somente porque estavam na última moda para os cavalheiros sofisticados de Londres. Ainda assim, deveriam ser tão bem cuidadas quanto a topiaria de Hampton Court.

Soltando um suspiro, Lady Maccon se acomodou em uma das belas poltronas do vampiro. O sempre atencioso Boots levou depressa um pufe para que ela apoiasse o tornozelo latejante.

Lorde Akeldama reparou no jovem, bem como no fato de que não estavam a sós.

— Ah, Boots, meu *adorável* rapaz, queira se retirar, sim? Ah, e traga o meu interruptor de ressonância auditiva harmônica. Está lá na minha penteadeira, perto do creme hidratante de verbena francês. Tão amável, ele.

O rapaz, resplandecente em sua sobrecasaca de veludo verde-floresta, anuiu e saiu da sala. Reapareceu pouco depois com um carrinho de chá repleto, sobre o qual havia a esperada variedade de quitutes e um pequeno dispositivo pontudo.

— Deseja algo mais, milorde?

— Não, obrigado, Boots.

O rapaz se virou ansiosamente para Lady Maccon.

— Milady?

— Não, obrigada, sr. Bootbottle-Fipps.

O emprego do nome completo pareceu deixar o rapaz um tanto desconcertado, pois ele corou e começou a recuar depressa para deixar os dois a sós, salvo pelas inúmeras almofadas com borlas douradas e a gata malhada gorducha que ronronava serenamente, em um canto.

O vampiro tocou em ambos os diapasões do interruptor de ressonância auditiva, e o zumbido grave e dissonante começou a ressoar, o som de duas espécies de abelhas brigando. Colocou o dispositivo com cuidado no meio do carrinho. A gata, que estivera deitada de costas em uma posição nada digna, rolou para o lado, espreguiçou-se com languidez e caminhou em passos lentos até a porta da sala, incomodada com o ruído. Quando as sacudidas de rabo e o traseiro oferecido foram ignorados, ela começou a miar, tirânica.

Lorde Akeldama se levantou.

— Seu criado, Madame Gorducha — disse ele, deixando-a sair.

Lady Maccon calculou que tinha intimidade suficiente com seu anfitrião para servir o próprio chá. Foi o que fez, enquanto ele lidava com o felino exigente.

O vampiro voltou ao seu lugar, cruzou as pernas cobertas por uma calça de seda e pôs-se a balançar o pé de leve. Era um gesto de impaciência quando feito por qualquer ser humano comum, mas, no caso dele, parecia traduzir uma energia contida, em vez de um estado emocional específico.

— Eu adorava animais de estimação, minha *pombinha*, sabia? Quando era mortal.

— É mesmo? — Lady Maccon incentivou o assunto com cautela. Lorde Akeldama raramente falava de sua vida *anterior*. Ela receava falar muito e impedir que ele lhe fizesse mais confidências.

— Sim. Eu acho bem desconcertante só ter agora uma gata para me fazer companhia.

A preternatural evitou mencionar os diversos senhores elegantes que aparentavam estar sempre dentro ou em torno da casa dele.

— Creio que deveria pensar em ter outro felino.

— Ó céus, *não*. Assim eu seria conhecido como *aquele vampiro com um monte de gatos*.

— Eu duvido muito que essa venha a se tornar uma característica definidora, milorde. — Lady Maccon observou o traje noturno do anfitrião: fraque negro, calça cinza, combinando com um colete justo de lã escocesa estampado de arabescos, e um plastrom, ambos do mesmo tom da calça. Neste havia um enorme alfinete de filigrana, e o monóculo pendurado despreocupadamente em uma das mãos enluvadas era de prata cravejada de brilhantes, para combinar. Os cabelos louros de Lorde Akeldama haviam sido escovados de modo a realçar seu deslumbrante brilho cor de manteiga, e penteados para trás de tal forma que apenas uma mecha longa ficara habilmente solta.

— Ah, *tangerina*, que comentário mais esplêndido!

A preternatural tomou um gole de chá e resolveu ir direto ao assunto.

— Milorde, eu detesto ter de lhe pedir isso, mas poderia ficar totalmente sério, por um momento?

Lorde Akeldama parou de balançar o pé e endureceu a expressão.

— Minha querida jovem, nós nos conhecemos há vários anos, mas tal pedido ultrapassa até mesmo os limites de *nossa* amizade.

— Não quero ofendê-lo, posso lhe garantir. Mas lembra-se daquele assunto que venho investigando? Como a atual ameaça à vida da rainha me levou a desenterrar certa incômoda tentativa de assassinato do passado?

— Claro. Por sinal, eu tenho uma informação *digna de nota* para lhe passar, quanto a essa questão. Mas, por favor, primeiro as damas.

Ela ficou intrigada, porém começou a falar, tal como rezavam as boas maneiras.

— Eu recebi notícias da Escócia. Parece que havia um agente aqui em Londres que, pelo visto, tramou todo o deplorável complô. Um agente sobrenatural. Por acaso sabe algo a esse respeito?

— Minha caríssima jovem, não pode achar simplesmente que eu...

— Não, na verdade, não. Você gosta de obter informações, Lorde Akeldama, mas raramente age depois disso, limitando-se a usá-las para saciar a própria curiosidade. Eu não vejo como uma tentativa de assassinato frustrada poderia ter algo a ver com a sua eterna curiosidade.

— Muito coerente de sua parte, *ranúnculo*. — O vampiro sorriu, mostrando as presas, que reluziram como prata em meio à forte iluminação a gás, combinando com o plastrom.

— E, evidentemente, você nunca teria fracassado.

Ele riu. Um som jovial e intenso de inesperado deleite.

— Tão amável, meu *pãozinho*, *tão amável*.

— Então, o que acha?

— Que vinte anos atrás alguém, sobrenatural ou não, tentou matar a rainha em Londres?

— Conall acha que deve ser um vampiro. Já eu suspeito que se trate de um fantasma, o que nos deixaria sem pistas, claro.

O vampiro bateu em uma das presas com a ponta do monóculo.

— Ouso sugerir que a sua última opção é a melhor.

— Lobisomens? — Lady Maccon olhou para a xícara de chá.

— Sim, meu *xuxu, um lobisomem*.

A preternatural colocou a xícara na mesa e, em seguida, tocou nos dois diapasões do dispositivo, para provocar maior interrupção auditiva.

— Um lobo solitário, suponho, o que me deixa na mesma situação que um fantasma. A maioria dos solitários locais foi eliminada pelos experimentos ilegais conduzidos pelo Clube Hypocras, no ano passado. — Ela serviu outra xícara para si, acrescentou um pouco de leite e levou-a aos lábios.

Lorde Akeldama balançou a cabeça, parecendo mais pensativo que o normal. Então, parou de bater o monóculo.

— Acho que está lhe faltando uma peça neste jogo, *bolotinha*. Meus instintos me levam a dizer *alcateia*, não *lobo solitário*. Você não sabe como era a alcateia local naquela época. Mas eu lembro. Ah, sim. Os boatos corriam por toda a cidade. Nada comprovado, evidentemente. O último Alfa não batia bem da cabeça. Um fato, por sinal, mantido em segredo, longe do conhecimento do público, da imprensa e da especulação diária, mas, ainda assim, um *fato*. O que ele vinha fazendo para ganhar essa reputação, bom…

— Mas mesmo vinte anos atrás a alcateia local era… — Ela se recostou, sem concluir a frase, a mão pressionando a barriga em um gesto instintivo e protetor.

— Woolsey.

Lady Maccon listou mentalmente os integrantes da Alcateia de Woolsey. Afora o marido e Biffy, *todos* eram remanescentes do Alfa anterior.

— Channing — disse ela, por fim. — Eu aposto que foi o Gama. Ele me interrompeu na biblioteca outro dia. Vou precisar averiguar os registros militares, claro, para descobrir quem estava na Inglaterra na época e quem estava aquartelado no além-mar.

— Boa menina — aprovou Lorde Akeldama. — Bem pensado, mas eu tenho outro detalhe para você. Lembra-se daquela cozinheira, que trabalhou para a OPC, que você estava investigando? A envenenadorazinha?

— Ah, sim. Como sabia sobre ela?

— *Por favor*, querida. — Ele fez um gesto com o monóculo em direção a si, como se apontasse um dedo.

— Oh, claro. Sinto muito. Prossiga.

— A cozinheira preferia um mecanismo de dosagem ativado por tanino. Bem difícil de detectar, sabe? Seu tipo favorito de veneno, na época, era acionado por meio de água quente e de uma substância química encontrada com mais frequência no chá.

Lady Maccon pousou a xícara no pires com um tinido.

Lorde Akeldama prosseguiu, os olhos brilhando:

— Requer um bule especial automecanizado, folheado a níquel. Ele iria chegar como um presente para a Rainha Vitória e, assim que ela tomasse chá, morreria. — O vampiro curvou dois dedos finos de unhas muito bem cuidadas em direção ao próprio pescoço, como se fossem presas. — Seu fantasminha pode ter fornecido o veneno, mas bules de chá desse tipo só eram feitos por um fabricante especializado.

A preternatural estreitou os olhos. A coincidência podia ser fatídica.

— Deixe-me adivinhar, Beatrice Lefoux?

— Exato.

Ela se levantou devagar e com cautela, porém com evidente determinação, e se apoiou na sombrinha.

— Bom, a conversa foi, sem dúvida alguma, muito esclarecedora, Lorde Akeldama. Obrigada. Eu tenho que ir.

Naquele exato momento, houve uma comoção no corredor, e a porta da sala se abriu repentinamente, revelando o primeiro-ministro regional.

— Qual é o motivo da convocação que acabei de receber? — Ele irrompeu na sala protestando alto, trazendo consigo um cheiro de ar noturno londrino e carne crua.

Lady Maccon passou em seu rebolado de pata-choca por ele, como se nada tivesse a ver com a convocação.

— Ah, olá, primeiro-ministro regional. O potentado ficará feliz em lhe explicar tudo. Com sua licença, milordes. Assuntos importantes. — Ela fez uma pausa, procurando uma desculpa. — Compras. Tenho certeza de que entendem. Chapéus. Chapéus essenciais.

— Como é que é? — perguntou o lobisomem. — Mas me convocou para me reunir com a senhora! Aqui, Lady Maccon! Na residência de um *vampiro*!

Lorde Akeldama abandonou a postura propositalmente relaxada e fez menção de tentar detê-la.

Ela acenou alegremente para ambos da entrada, antes de ir mancando até a carruagem, que a aguardava.

— Regent Street, por favor, a toda velocidade. Chapeau de Poupée.

A preternatural mal olhou para os chapéus. Foi direto para os fundos da loja, passando pela gaguejante vendedora, com a altivez típica de *Lady Maccon*.

— Eu mesma acho o caminho — disse à jovem aflita e, em seguida, acrescentou: — *Ela* está me aguardando. — O que era, claro, uma

mentira deslavada, mas serviu para convencer a criatura. Para a sorte das partes envolvidas, ela teve a presença de espírito de virar a placa para FECHADA na porta e trancá-la antes que alguém visse Lady Maccon desaparecer pela parede.

Madame Lefoux estava na câmara de invenções, parecendo, se é que era possível, ainda mais esquelética e doente que da última vez que a preternatural a vira.

— Minha querida Genevieve! Pensava ser eu que deveria estar acamada. Você está com a aparência de quem poderia descansar por uma semana. Com certeza esse projeto não pode ser tão vital assim, a ponto de você prejudicar sua saúde para concluí-lo.

A inventora deu um sorriso fraco, porém mal desgrudou os olhos do trabalho, concentrada em um diagrama de motor desenrolado em uma caixa de metal, à sua frente. O gigantesco dispositivo em formato de chapéu de feltro que ela continuava a construir sobressaía às suas costas, parecendo mais completo. Tinha no mínimo três vezes a altura de Lorde Maccon, com sua cabine de condução agora encaixada em diversos apoios, semelhantes a tentáculos.

Talvez a extrema concentração da francesa no trabalho fosse uma distração necessária em relação ao estado terminal da tia.

— Nossa, um dispositivo bastante assustador, não? Como pretende tirá-lo da câmara, Genevieve? Não vai passar pelo corredor.

— Ah, as peças estão montadas frouxamente. Vou tirá-lo por partes. Eu combinei com o depósito de móveis Pantechnicon que usaria o espaço deles na fase final da construção. — Ela se levantou, espreguiçou-se e ficou de frente para a amiga pela primeira vez. Limpou as mãos sujas de graxa em um trapo e, em seguida, foi saudar a visitante da forma apropriada. Deu um beijo carinhoso no rosto de Lady Maccon, que levou a preternatural a se lembrar de seus cuidados sempre solícitos no passado.

— Tem certeza de que não quer conversar sobre algo? Eu sou a discrição em pessoa, um verdadeiro túmulo. Não há nada que eu possa fazer para ajudar?

— Ah, minha querida amiga, quem dera que houvesse. — Madame Lefoux se afastou, os ombros elegantes encurvados.

A preternatural se perguntou se algo mais vinha entristecendo a amiga.

— Quesnel voltou a perguntar pela mãe verdadeira?

Ela e a francesa haviam tratado desse assunto, no passado. A morte violenta de Angelique fora considerada por demais traumatizante para um garoto impressionável. Bem como a identificação da ex-criada como sua mãe biológica.

A inventora retesou o queixo delicado.

— *Eu* sou a mãe verdadeira dele.

Lady Maccon compreendia tal atitude defensiva.

— Mas deve ser difícil não lhe contar nada sobre Angelique.

Madame Lefoux mostrou de leve as covinhas.

— Ah, Quesnel já sabe.

— Oh, minha nossa! E como ele…?

— Prefiro não tratar disso agora. — O rosto dela, sempre difícil de interpretar, fechou-se por completo, as covinhas sumindo tão depressa quanto poodles perseguindo um rato-almiscarado.

A preternatural, embora aborrecida com aquele comportamento reservado, respeitou a vontade da amiga.

— Na verdade, estou vindo tratar de uma questão específica com você. Eu descobri recentemente alguns detalhes a respeito das atividades anteriores de sua tia. Ela fabricava uns bules de chá especiais e automecanizados, de um tipo bem específico, pelo que fiquei sabendo. Folheados a níquel.

— Ah, sim? E quando foi isso?

— Há vinte anos.

— Bom, lamento, mas não lembro. Você pode ter razão, claro. Nós podemos tentar conversar com ela a respeito desse assunto ou dar uma olhada nos seus papéis. Contudo, já vou avisando, ela é complicada. — Madame Lefoux usou seu francês perfeitamente melodioso: — *Tante* Beatrice?

Um corpo fantasmagórico surgiu, bruxuleante, de uma parede próxima. O espectro parecia pior que da última vez, a forma quase irreconhecível como ser humano, enevoada, sem coesão.

— Escuto meu nome? Escuto sinos? Sinos de prata!

— Ela virou abantesma? — quis saber Lady Maccon, a voz suave de compaixão.

— Infelizmente, quase que por completo. Só tem alguns momentos de lucidez. Então, a meu ver, ainda não está totalmente perdida. Vá em frente, pergunte. — A voz dela estava abatida de tristeza.

— Perdão, Outrora Lefoux, mas a senhora se lembra de uma encomenda especial de um bule de chá, folheado a níquel, há vinte anos? — A preternatural lhe deu mais alguns detalhes.

O fantasma ignorou-a, esvoaçou até o teto, flutuou em cima do imponente projeto da sobrinha e esticou-se até formar uma espécie rudimentar de tiara.

Madame Lefoux ficou desapontada.

— Deixe-me dar uma olhada nos papéis antigos dela. Acho que os guardei, quando nos mudamos.

Enquanto Madame Lefoux remexia em um canto distante do enorme laboratório, Outrora Lefoux flutuou para baixo, rumo a Lady Maccon, como se atraída mesmo contra a própria vontade. Sem sombra de dúvida, começava a perder o controle da coesão incorpórea, por se encontrar nos estágios finais que precedem o disanimus involuntário. Conforme ia perdendo a faculdade mental, ia também se esquecendo de que era humana e da aparência anterior do próprio corpo. Ao menos, assim teorizavam os cientistas. O controle da mente sobre o físico era uma teoria popular.

O éter ambiente fez com que alguns fragmentos em formato de gavinha se desprendessem da figura fantasmagórica e esvoaçassem rumo a Lady Maccon. Sua condição preternatural rompeu alguns dos elos da corrente que restavam no corpo do fantasma, separando-os. Algo assustador de se ver, como espuma de sabão escorrendo pelo ralo de uma pia.

O fantasma pareceu observar o fenômeno de sua própria destruição com interesse. Até recordar sua individualidade e recuar de supetão, tornando a se juntar.

— Preternatural! — sibilou ela. — Fêmea preternatural! O que você é? Ah, ah, sim. É a que dará um basta nisto. Em tudo. É, sim.

Então, Outrora Lefoux se distraiu com algo invisível. Rodopiou, afastando-se de Lady Maccon, ainda sussurrando para si. Por trás da voz murmurante, a preternatural conseguiu distinguir o lamento intenso e pungente em que todas as suas vocalizações acabariam se desfazendo: o grito mortal de uma alma moribunda.

Lady Maccon balançou a cabeça.

— Pobre coitada. Que maneira de perecer. Tão constrangedora.

— Pista errada. Pista errada! — exclamou o fantasma, confuso.

Madame Lefoux voltou e passou direto por Outrora Lefoux, de tão perdida em pensamentos que estava.

— Oh, perdão, tia. Sinto muito, Alexia. Eu não estou encontrando a caixa em que guardei esses papéis. Dê-me um tempo e vou ver o que encontro mais tarde, à noite. Pode ser?

— Claro, obrigada por tentar.

— E, agora, será que pode me dar licença? Preciso voltar ao trabalho.

— Ah, certamente.

— E precisa ir se encontrar com seu marido. Ele está procurando por você.

— É mesmo? E como sabe?

— Ora, Alexia, você está saracoteando por aí, mancando, em vez de repousar, com uma barriga de quase nove meses. Conhecendo você como eu conheço, tenho certeza de que não deveria estar fazendo isso. *Assim sendo*, ele deve estar procurando pela esposa.

— Como você nos conhece bem, Genevieve.

Lorde Maccon estava, com efeito, procurando a esposa errante. Assim que a carruagem dela parou diante de sua nova residência urbana, ele saiu pela porta da frente, desceu a escada e a carregou nos braços.

Lady Maccon tolerou suas atenções com muita paciência.

— Precisa fazer uma cena aqui, em público? — Foi tudo que disse, depois que ele a beijou ardentemente.

— Eu estava preocupado. Você demorou muito mais do que eu esperava.

— Pensou que eu estava na casa de Lorde Akeldama?

— Bom, sim, mas acabei me encontrando com o primeiro-ministro regional, para minha decepção. — Ele arreganhara os dentes de um jeito

bastante lupino para um sujeito cujas obrigações conjugais o tornavam humaníssimo naquele momento.

O conde carregou a esposa até a sala de visita dos fundos, que, durante aquela ausência de cinco dias, fora adequadamente redecorada, embora não à altura dos padrões exigentes de Biffy. Lady Maccon tinha certeza de que, assim que o dândi se recuperasse do quebra-ossos daquele mês, tomaria todas as providências necessárias para que o ambiente recuperasse o alto nível.

Lorde Maccon colocou a esposa em uma poltrona, ajoelhou-se perto dela e segurou com força uma de suas mãos.

— Responda com sinceridade, como está se sentindo?

Ela respirou fundo.

— Sinceramente? Às vezes me pergunto se, como Madame Lefoux, deveria usar trajes masculinos.

— Ora, mas por quê?

— Além da maior mobilidade?

— Minha querida, eu não creio que seja por causa das roupas que sua mobilidade está comprometida no momento.

— Sim, mas eu estou me referindo ao período *depois* do bebê.

— Ainda não entendi por que faria isso.

— Oh, não? Pois eu o desafio a passar uma semana usando corpete, saias longas e anquinhas.

— E quem disse que eu já não fiz isso?

— Não!

— Agora, já chega de brincadeiras, mulher. Como está se sentindo?

Lady Maccon soltou um suspiro.

— Meio cansada, muito frustrada, mas bem fisicamente, se não espiritualmente. Continuo sentindo um pouco de dor no tornozelo, e o bebê-inconveniente tem sido bastante paciente com os meus passeios de carruagem e a minha movimentação. — Ela refletiu sobre a melhor forma de mencionar as ponderações de Lorde Akeldama sobre a tentativa de assassinato da rainha. Por fim, ciente de que sua sutileza retórica era pouca e a do marido nenhuma, concluiu que a objetividade seria bem-vinda.

— Lorde Akeldama acha que o responsável em Londres pela conspiração de Kingair foi um integrante da Alcateia de Woolsey.

— Minha nossa, é mesmo?

— Fique calmo, meu querido. Pense racionalmente. Eu sei que é difícil para você. Mas alguém como Channing não...

O marido balançou a cabeça.

— Não, o Channing, não. Ele jamais...

— Mas Lorde Akeldama disse que o Alfa anterior era meio maluco. Isso não poderia ter algo a ver com a questão? Se ele mandou Channing...

O tom do conde foi categórico.

— Não. Mas Lorde Woolsey em pessoa? É uma ideia. Por mais que eu deteste admitir. O sujeito era louco, querida. Totalmente. É o que pode acontecer, sobretudo conosco, Alfas, quando envelhecemos demais. Há um motivo pelo qual os lobisomens brigam entre si, entende? Afora as formalidades do duelo. Ainda mais no caso dos Alfas. Nós não deveríamos poder viver para sempre, pois começamos a perder a cabeça. Ao menos, é sobre isso que os uivadores dão seus uivos. E, a meu ver, essa situação ocorre também com os vampiros. Basta olhar para Lorde Akeldama para perceber que ele é... mas estou divagando.

A esposa lembrou-lhe do ponto em que havia parado.

— Lorde Woolsey, você dizia?

O lobisomem olhou para as mãos dadas de ambos.

— A loucura pode assumir diversas formas, algumas vezes bastante inofensivas, relacionadas a tendências excêntricas, outras vezes, não. Lorde Woolsey, pelo que sei, desvirtuou-se. Tornou-se até brutal em seus — ele fez uma pausa, procurando uma palavra que não chocasse a esposa, embora ela fosse inabalável — gostos.

Lady Maccon ponderou a respeito daquilo. O marido era um amante agressivo e exigente, embora pudesse ser bem amável. Claro que, com ela, não tinha presas de verdade para causar estragos, além de uns mordiscos. Mas, em algumas ocasiões, no início do namoro, ela se perguntou se ele não a considerava alimento. Também lera em demasia os diários de seu pai.

— Quer dizer, violento no âmbito conjugal?

— Não exatamente, mas, pelo que me contaram, ele sentia prazer em atividades sádicas. — Lorde Maccon enrubesceu. Era algo que podia ocorrer quando tocava a esposa. Ela achava isso adorável, como se ele fosse um

garotinho. Com a mão livre, acariciou os cabelos escuros e cheios do marido.

— Nossa. E como a alcateia conseguiu manter esse fato em segredo?

— Ah, você ficaria surpresa. Essas inclinações não são restritas aos lobisomens. Há até bordéis que…

A preternatural ergueu a mão.

— Não, obrigada, meu querido. Eu prefiro não tomar conhecimento de mais detalhes.

— Claro, meu amor, claro.

— Ainda bem que você o matou.

Lorde Maccon anuiu, soltou a mão da esposa, levantou-se e se virou, perdido em pensamentos. Ficou mexendo nervosamente no conjunto de daguerreótipos que enfeitava o console da lareira. Seus movimentos readquiriram o toque ágil e selvagem, uma faceta sobrenatural de sua natureza de lobisomem.

— É verdade, esposa, é verdade. Eu já matei muita gente na vida, pela rainha e pelo país, pela alcateia e por desafios, mas raramente chego a dizer que tenho orgulho desse aspecto do meu além-mundo. Lorde Woolsey era um sujeito cruel, e eu tive a sorte de ser forte o bastante para eliminá-lo, pois ele estava tão enraivecido que fez más escolhas durante a luta. Ele se permitiu desfrutar por demais dela.

O conde inclinou a cabeça de súbito. A audição sobrenatural discernindo algum som novo que Lady Maccon ainda não ouvia.

— Tem alguém à porta. — Ele recolocou no lugar o daguerreótipo com o qual vinha mexendo e se virou para a entrada, cruzando os braços.

A esposa pegou a sombrinha.

★ ★ ★

O fantasma estava confuso. Vinha passando boa parte do tempo desse jeito, nas últimas noites. Estava só. Todos já haviam partido, até o último, de maneira que ela flutuava em sua loucura, perdendo o pós-vida em meio ao silêncio e ao éter. Fragmentos de si afastavam-se, adejando. E não havia nenhum rosto amigo ao seu lado, enquanto morria pela segunda vez.

Ela se lembrou de que havia algo inacabado. Na sua vida?

Ela se lembrou de que ainda precisava fazer uma coisa. Seria morrer?

Ela se lembrou de que havia alguma coisa errada. E de que tentara consertá-la, não fora mesmo? Por que haveria de se importar com os mortais?

Errado, tudo estava errado. Ela estava errada. E em breve não estaria. O que também estava errado.

Capítulo 9

Em que o Passado Complica o Presente

Alguém bateu à porta da sala dos fundos e, logo em seguida, a cabeça amável de Floote apareceu na lateral.

— Madame Lefoux veio visitá-la, madame.

Lady Maccon pôs com cuidado a sombrinha perto de si, fazendo de conta que o marido não acabara de adverti-la.

— Ah, sim, será que pode levá-la até a sala da frente, Floote? Eu vou para lá daqui a pouco. Não podemos receber visitas aqui, o lugar ainda não está adequado.

— Pois não, madame.

Ela se virou para o marido e acenou com uma das mãos para que a ajudasse a se levantar. Foi o que ele fez, após juntar forças.

— Ufa — exclamou a preternatural, ficando de pé. — Pois bem, vou acrescentar Lorde Woolsey à nossa lista cada vez maior de suspeitos que estão mortos e são, portanto, inúteis. A morte pode ser bastante inconveniente, se quer saber. Nós não temos como provar o envolvimento dele.

— Ou que relação pode ter com esta nova ameaça à rainha. — O conde cingiu a esposa com naturalidade, disfarçando a ajuda em um gesto de carinho mais aceitável para ela. Quase um ano de casados, e finalmente aprendia.

— É verdade. — Ela se apoiou nele.

Outra batida à porta da sala dos fundos.

— O que será, agora? — resmungou Lorde Maccon.

Dessa vez, foi a cabeça do professor Lyall que surgiu.

— Sua presença é necessária, milorde, para um assunto relacionado à alcateia.

— Ah, está bem. — O conde ajudou a esposa a atravessar o corredor até a entrada da sala e, em seguida, seguiu o Beta pela noite afora.

— Cartola, milorde. — Foi a leve reprimenda do professor Lyall, uma voz incorpórea na escuridão.

Lorde Maccon tornou a entrar, pegou uma conveniente cartola no porta-chapéus do corredor e saiu.

Lady Maccon fez uma pausa à porta da sala. Floote a deixara entreaberta, e ela entreouviu a conversa travada ali dentro, a voz suave de Madame Lefoux e outra, clara e erudita, marcada pela segurança da maturidade e da autoridade.

— O sr. Tarabotti se saiu muito bem no âmbito romântico. Sempre me perguntei se os sem alma não se sentiam perigosamente atraídos por indivíduos com excesso de alma. A senhora, por exemplo, na certa tem excesso. Gosta dela, não gosta?

— Ah, francamente, sr. Floote, por que este súbito interesse pelas minhas inclinações românticas?

A preternatural espantou-se com isso. Teria reconhecido a voz do mordomo, claro, mas nunca o ouvira encadear tantas palavras de uma vez. Precisava reconhecer que, no fundo, duvidava de sua capacidade de formular uma frase completa. Ou, ao menos, de sua vontade de fazê-lo.

— Tome cuidado, madame — disse Floote em tom de repreensão.

Lady Maccon enrubesceu ligeiramente ante a ideia de seu empregado se dirigir naquele tom de voz a uma *visitante*!

— Está preocupado com os meus interesses ou com os de Alexia? — Madame Lefoux parecia perfeitamente capaz de lidar com tão grave quebra do protocolo doméstico.

— Os dois.

— Está bem. Agora, poderia fazer a gentileza de averiguar onde está Sua Majestade? Eu estou com um pouco de pressa, e o tempo está passando.

Naquele momento, a preternatural moveu-se ruidosamente e entrou na sala.

Floote, imperturbável, saiu de perto da inventora com a maior naturalidade do mundo.

— Madame Lefoux, a que devo o prazer de sua companhia? Parece que acabei de vê-la. — Ela atravessou penosamente o aposento.

— Eu trouxe aquela informação que você estava procurando. Sobre os bules de chá. — A francesa lhe entregou uma pilha grossa e amassada de papéis-pergaminho antigos, com as pontas amareladas, escritos à mão, e, junto, uma régua em uma espécie de livro contábil. — Estão com os códigos da minha tia, que tenho certeza de que você pode decifrar, se quiser. Mas basicamente indicam que ela recebeu apenas uma encomenda da invenção do bule de chá naquele ano, porém grande. Não veio de nenhum meio suspeito. Essa é a parte intrigante. Foi um pedido do governo, vindo de Londres, com fundos do Departamento de Arquivos Sobrenaturais.

A boca de Lady Maccon se entreabriu, e então se fechou de repente.

— O Agente Destruição de Ivy estava no DAS? — Ela suspirou. — Bom, suponho que isso ponha Lorde Woolsey no topo da minha lista de suspeitos. Ele exercia o cargo do meu marido, na época.

Floote, que fechava a porta, prestes a sair, parou à soleira.

— Lorde Woolsey, madame?

Lady Maccon fitou-o, os olhos grandes e inocentes.

— Sim. Eu estou começando a achar que ele estava envolvido na tentativa de assassinato por parte de Kingair.

Madame Lefoux demonstrou total falta de interesse pela questão. Suas atuais preocupações deviam estar sobrepujando qualquer curiosidade relacionada ao passado.

— Espero que a informação seja útil, Alexia. Quando você terminar, poderia me devolver esses papéis? Eu gosto de mantê-los organizados. Entende, não é mesmo?

— Claro.

— E agora, se me perdoa a brusquidão, eu preciso voltar à câmara.

— Certamente. Tente descansar um pouco, por favor, Genevieve.

— Vou fazer isso quando as almas também o fizerem — brincou ela, dando de ombros. Em seguida, saiu da sala, para voltar instantes depois. — Você viu a minha cartola?

— A cinza, que estava no corredor? — Lady Maccon sentiu um aperto no estômago que nada tinha a ver com o bebê.

— Isso mesmo.

— Eu acho que Conall a levou sem querer. Era *especial*?

— A minha favorita. Não vai caber nele. Deve ser vários tamanhos menor.

A preternatural fechou os olhos, imaginando a cena.

— Ah, ele deve ter ficado uma figura. Sinto muito, Genevieve. Conall é péssimo nesse quesito. Vou mandá-la assim que ele voltar.

— Ah, não se preocupe. Afinal de contas, eu tenho uma chapelaria. — Madame Lefoux sorriu, mostrando as covinhas, e Lady Maccon sentiu um estranho e súbito prazer ao vê-las. Fazia muito tempo que a francesa não dava um largo sorriso.

Floote acompanhou a visitante até a saída, mas, antes de ele voltar às atividades de praxe, a preternatural chamou-o.

— Um momento do seu tempo.

Ele parou à sua frente, alerta. A face, como sempre, estava impassível, mas Lady Maccon aprendera, ao longo dos anos, a observar a curva de seus ombros em busca de pistas que indicassem seus verdadeiros sentimentos.

— Floote, não gosto de ser bisbilhoteira, não com meus amigos, tampouco com meus criados; por direito, isso pertence à sua jurisdição. No entanto, acabei entreouvindo parte de sua conversa com Madame Lefoux antes de entrar na sala. Francamente, eu não imaginei que você pudesse fazer isso. Falar várias frases seguidas. E algumas bem mordazes.

— Madame? — Os ombros se moveram nervosamente.

Sem sombra de dúvida não tinha muito senso de humor, o pobre coitado. Ela parou de brincar com ele e se concentrou no cerne da questão.

— Estava falando do meu pai, não estava?

— De certa forma, madame.

— E?

— Madame Lefoux presta muita atenção na senhora.
— Presta. E eu sempre achei que era o *jeito* dela. Se é que me entende.
— Entendo.
— Mas crê que há algo mais?

Floote enrijeceu os ombros e pareceu, como se isso fosse possível, pouco à vontade.

— Eu tenho observado ao longo dos anos.
— E? — Travar uma conversa com Floote era tão fácil quanto explicar a teoria do contrapeso a uma tigela de pudim de macarrão.
— Sobre a natureza das interações preternaturais, por assim dizer, madame.
— Certo. Prossiga.

Ela falou devagar, escolhendo as palavras com cuidado.

— Eu tirei certas conclusões.
— Em relação a quê, exatamente? — *Persuadir, persuadir*, pensou Lady Maccon. Nunca fora seu ponto forte em uma conversa, deixar que o interlocutor demorasse a ir direto ao ponto. Ainda assim, a companhia de Lorde Akeldama lhe ensinara muito sobre essa arte.
— Pode haver atração entre os que têm excesso de alma e os que não têm nenhuma.
— Quer dizer, preternaturais e sobrenaturais?
— Ou preternaturais e os mortais com potencial sobrenatural.
— Que tipo de atração? — quis saber ela, precipitadamente.

Floote arqueou a sobrancelha, de forma expressiva.

— Por acaso o meu pai... — Lady Maccon parou, tentando dizê-lo da forma correta. Era algo estranho para ela pensar antes de falar. O marido também era assim, de outro modo talvez não tolerassem um ao outro. Floote relutava muito em falar do ex-patrão, alegando a proteção sigilosa das relações internacionais e a segurança do império. A preternatural tentou de novo: — O meu pai exerce essa atração de propósito?
— Não que eu saiba. — De repente, Floote mudou de assunto, fornecendo uma informação de um jeito totalmente inesperado e aflootípico. — Sabe por que os templários desistiram de seu programa de reprodução de preternaturais, madame?

O cérebro de Lady Maccon tentou mudar de marcha, uma máquina a vapor pega na pista errada.

— Hum, não.

— Eles jamais conseguiram controlar por completo os preternaturais. É seu pragmatismo. Os de sua estirpe não podem ser convencidos por fé, mas por pura lógica.

A natureza ultrapragmática dela não estava entendendo por que o normalmente taciturno Floote lhe dizia isso, e naquele exato momento.

— Foi isso que aconteceu com meu pai? Ele perdeu a fé?

— Não exatamente a fé.

— O que está querendo dizer, Floote? Já chega de embromação.

— Ele trocou de aliados.

Ela franziu o cenho. Começava a suspeitar de que havia menos coincidências na vida do que imaginara.

— Deixe-me adivinhar. Isso ocorreu há vinte anos?

— Há quase trinta, na verdade, mas, se está perguntando se os três eventos estão conectados, a resposta é sim.

— Meu pai rejeitar os templários, a morte dele e a tentativa de assassinato por parte de Kingair? Mas quando a Alcateia de Kingair tentou matar a rainha ele já havia morrido.

— Meu ponto exatamente, madame.

Estrondos e pancadas ressoaram à porta da sala. A preternatural queria fazer mais perguntas ao mordomo, mas o estardalhaço distraiu a atenção dele.

Floote se afastou, com toda tranquilidade e dignidade, para ver o que estava acontecendo. Dois indivíduos empurraram-no para o lado e vieram correndo da entrada, gritando:

— Lady Maccon! Sua presença é requisitada imediatamente!

Os dois intrusos eram rapazes de Lorde Akeldama, Boots e um jovem visconde chamado Trizdale. Ambos se mostravam nervosos e desalinhados — condições totalmente fora do normal para qualquer dos zangões do vampiro. Uma das mangas da sobrecasaca verde favorita de Boots estava rasgada, e as botas de Tizzy arranhadas em alguns lugares. *Arranhadas, mesmo!*

— Minha nossa, cavalheiros, houve algum *incidente*?

— Ah, milady, mal consigo falar, mas nós estamos sendo atacados.

— Ó céus. — Ela fez um gesto para que se aproximassem. — Não fiquem aí parados, ajudem-me a levantar. O que é que eu posso fazer?

— Bom, é um lobisomem que está nos atacando!

A preternatural empalideceu consideravelmente.

— Em uma residência de vampiros? Puxa vida! A que ponto o mundo está chegando?

Boots disse:

— Essa é a questão, milady. Nós achamos melhor vir buscá-la. A criatura está ébria.

Ela pegou a sombrinha e a bolsa reticulada.

— Claro, claro. Eu vou agora mesmo. Deixe-me apoiar em seu braço, por favor, sr. Bootbottle-Fipps.

O mais rápido possível, os dois jovens dândis ajudaram Lady Maccon a sair da residência, caminhando por entre os arbustos de lilases até chegarem a de Lorde Akeldama.

O corredor abobadado, com afrescos, encontrava-se cheio de rapazes de semblante consternado, vários deles bem mais que os de Boots e Tizzy. Dois estavam até sem os plastrons. Uma cena impactante. Moviam-se confusamente e conversavam com evidente apreensão, perplexos, porém ansiosos para fazer algo.

— Senhores! — A voz aguda e feminina de Lady Maccon penetrou no vozerio masculino. Ela ergueu bem alto a sombrinha, como se estivesse prestes a dirigir um concerto. — Onde está a fera?

— Psiu, por favor, é o nosso mestre!

A preternatural fez uma pausa, perplexa, e abaixou um pouco a sombrinha. Lorde Akeldama era um vampiro, mas ninguém se referiria a ele como *fera*.

Os dândis irromperam num coro de explicações e protestos.

— Ele foi se trancar na sala.

— Com *aquele* monstro.

— Eu não deveria questionar as escolhas do nosso mestre, mas *francamente*!

— Tão malcuidado. Tenho certeza de que o pelo tem pontas duplas.

— Ele disse que podia lidar com isso.

— Para o nosso próprio bem, falou. E proibiu todo mundo de entrar.

— Mas eu não sou *todo mundo*. — Lady Maccon abriu caminho entre o grupo de paletós bem cortados e colarinhos altos, como um daqueles terriers gorduchos faria em meio a uma matilha de poodles.

Os jovens saíram de sua frente até ela ficar diante da porta dourada, com arabescos em branco e alfazema, que levava à notória sala de estar de Lorde Akeldama. A preternatural respirou fundo e desferiu pancadas fortes com o cabo da sombrinha.

— Lorde Akeldama? Sou eu, Lady Maccon. Posso entrar?

Detrás da porta veio um ruído abafado, que talvez tivesse sido emitido pelo vampiro. Mas ninguém deu permissão de entrar à preternatural.

Ela bateu outra vez. Até mesmo nas circunstâncias mais terríveis, não se invadia a sala privada de um cavalheiro sem um bom motivo.

Um estrondo ainda mais forte foi a resposta.

Lady Maccon concluiu que *aquele* podia ser considerado um bom motivo, e começou a girar a maçaneta. Com a sombrinha a postos, entrou o mais rápido possível e fechou a porta. Só porque estava desobedecendo às ordens do vampiro, não significava que os zangões pudessem fazê-lo.

Seu olhar fascinado deparou com uma cena e tanto.

Ela já vira uma briga entre um vampiro e um lobisomem antes, mas fora em uma carruagem em movimento, e os combatentes saíram rápido do veículo rumo à estrada. E também, naquela ocasião, os dois oponentes tentavam de fato se matar. Aquela situação era diferente.

Lorde Akeldama lutava com um lobisomem, que, sem sombra de dúvida, tentava matá-lo, dando mordidas e usando toda a força sobrenatural para destruir o vampiro. Mas este, embora o repelisse, não parecia querer eliminar o outro. E isso porque sua arma favorita, um par de lâminas com borda de prata disfarçado sob o tubo dourado, continuava no lugar de costume, sobre a lareira. Não, ao que tudo indicava, ele vinha usando estratégias diversivas, o que só servia para frustrar e enfurecer o lobo.

O monstro arremeteu contra o pescoço branco e elegante do vampiro, que se esquivou movendo-se para o lado, levantando o braço com

indiferença, como se agitasse um lenço para um navio a vapor partindo. Mas foi um gesto que, embora casual, ainda ergueu o lobisomem, lançando-o sobre a cabeça loura de Lorde Akeldama e levando-o a cair de costas perto da lareira.

Lady Maccon nunca tivera a oportunidade de observar o amigo vampiro lutar antes. Naturalmente, todos sabiam que *podia* fazê-lo. Dizia-se que era bastante velho e, como tal, devia ser ao menos capaz de combater. Mas isso equivalia a saber que, teoricamente, a gata gorducha e malhada podia caçar ratos — a efetiva execução da tarefa sempre parecendo altamente improvável e talvez até constrangedora para todas as partes envolvidas. Assim sendo, Lady Maccon estava intrigada com o quadro à sua frente. E logo descobriu que se equivocara em sua suposição inicial.

Longe de demonstrar qualquer constrangimento ou inaptidão, Lorde Akeldama lutava com uma eficiência tranquila e impassível, como se tivesse a seu favor todo o tempo do mundo. O que a preternatural supunha que fosse mesmo o caso. A vantagem dele estava na velocidade, na visão e na agilidade. Já o lobisomem contava com a força, o olfato e a audição, mas era inexperiente. Não tinha a habilidade de um Alfa, que, segundo Lorde Maccon definira para a esposa certa vez, consistia em lutar com a alma. Não, aquele lobo estava enlouquecido pela lua. Distribuía mordidas e enfiava as garras nas superfícies sem dar importância à lógica nem aos custos. A sala de estar perfeitamente elegante do vampiro não estava melhor que a sala dos fundos da preternatural. E a saliva do lobisomem também escorria nas belas almofadas.

Teria sido uma luta totalmente desigual, mas Lorde Akeldama não tentava realmente ferir Biffy.

Porque era ele: Biffy, de pelo cor de chocolate, com pelagem acaju na barriga.

— Como diabos conseguiu sair do calabouço de Woolsey?

Ninguém lhe respondeu, claro.

Biffy pulou na direção de Lorde Akeldama. O vampiro aparentava mover-se num piscar de olhos de um lado a outro da sala, para que o lobisomem terminasse o salto sem encontrar o alvo. O lobo foi aterrissar em uma poltrona de brocado, que acabou ficando de pernas para o ar, chocantemente exposta.

Ele notou a presença de Lady Maccon primeiro. Suas narinas se dilataram. A cabeça peluda se virou para fuzilá-la com os olhos amarelados. Não restava nada da amabilidade de Biffy neles, somente a necessidade de mutilar, devorar e matar.

Só alguns segundos depois, Lorde Akeldama reparou que tinham companhia.

— Ora, Alexia, minha *pequena prímula*, quanta gentileza sua vir me visitar. Sobretudo em sua atual condição.

Ela concordou, jovialmente.

— Bom, eu não tinha nada melhor a fazer esta noite, e fiquei sabendo que precisava de ajuda para entreter um convidado inesperado.

O vampiro deu uma risadinha.

— Isso mesmo, meu *manjar*. Como pode ver. A nossa companhia está um *tiquinho* irascível. Acho que precisa se animar.

— E estou vendo mesmo. Será que eu posso ajudar de alguma forma?

Enquanto os dois travavam essa conversa, Biffy atacou Lady Maccon. Ela mal teve tempo de armar o lançador de dardos, antes de o vampiro se colocar entre a amiga e o lobisomem, protegendo-a galantemente.

Ele recebeu o impacto do ataque. As garras de Biffy arranharam as pernas do vampiro, deixando os calções de seda em tiras e penetrando fundo nos músculos. Um sangue negro e velho escorreu. Ao mesmo tempo, as mandíbulas do lobisomem se fecharam na parte superior do braço dele, mordendo habilmente a área mais carnuda. A dor deve ter sido fenomenal, porém Lorde Akeldama se limitou a sacudir Biffy para tirá-lo de cima de si, como um cachorro sacode água. Enquanto Lady Maccon observava, as lesões do vampiro começaram a cicatrizar.

O lobisomem investiu contra o vampiro outra vez, e os dois se engalfinharam, Lorde Akeldama sempre uma fração de segundo mais rápido e muito mais astuto, de modo que, apesar de contar com todas as vantagens predatórias oferecidas pela forma de lobo, Biffy não conseguia se libertar das garras nem da determinação do vampiro, usadas com tanta firmeza contra ele.

Lady Maccon disse:

— Eu andava querendo travar essa conversinha com você, milorde. Alguns dos seus jovens amigos parecem ficar muito dependentes emocionalmente, não acha?

O vampiro deu um bufo divertido. Os cabelos se soltavam do laço e, ao que tudo indicava, ele perdera o alfinete do plastrom.

— Minha *querida flor de abóbora*, eu posso lhe garantir que não é minha intenção provocar afetos tão avassaladores. É puro acaso.

— Você é por demais carismático, o que nem sempre é bom.

— É o que *você* diz, *patinha chapinhante*, não eu. — Mais uma vez ele usou a mão e a velocidade para erguer Biffy sobre si e arremessá-lo até o outro lado da sala, longe de Lady Maccon. O lobisomem chocou-se contra a parede e foi escorregando até o piso, levando consigo várias aquarelas. Despencou no chão, os quadros espalhados em meio a cacos de vidro e molduras douradas. Então, sacudiu-se e se levantou, atordoado.

A preternatural usou a sombrinha para fazer um disparo. O dardo atingiu o alvo, e Biffy caiu de novo. Pareceu cambalear e perder o controle de parte do corpo, porém, mais rápido do que qualquer vampiro em que ela já tivesse atirado, lutou contra os efeitos do narcótico e se levantou. Lady Maccon se perguntou se o lote recente da substância entorpecente era de boa qualidade ou simplesmente menos eficaz nos lobisomens.

Lorde Akeldama se moveu depressa para o lado, chamando a atenção de Biffy e direcionando seu próximo ataque para um lugar longe da amiga.

A preternatural sugeriu, pensando em uma nova tática:

— Se acha que consegue segurá-lo, milorde, posso tentar tocar nele, para acalmá-lo. Sabe, hoje em dia, alguns rapazes precisam ser disciplinados por uma mulher.

— Claro, minha *ameixa*, claro.

Biffy atingiu a lateral do corpo de Lorde Akeldama e, aproveitando o movimento, o vampiro se mostrou afetuoso, em vez de jogá-lo longe. Envolvendo o lobisomem com os braços e as pernas, usou o próprio impulso da fera para levar ambos a caírem no tapete luxuoso. Em uma assombrosa sequência de golpes, pôs um dos cotovelos no focinho dele, a mão prendendo com firmeza o nariz, enquanto com o outro braço imobilizou os membros dianteiros, e, com as pernas, os traseiros. Foi uma extraordinária demonstração de agilidade e flexibilidade. Lady Maccon ficou devidamente impressionada, depois de ter se dedicado um pouco a esse tipo de luta com o marido. Sem dúvida alguma, Lorde Akeldama tinha experiência na arte da contenda íntima.

Ela sabia que o vampiro não conseguiria manter o lobisomem preso por muito tempo. Afinal, Biffy era mais forte e se libertaria; não obstante, Lorde Akeldama conseguira confundir temporariamente a fera.

A preternatural avançou até eles e, deixando a própria segurança de lado, inclinou-se para frente e perdeu o equilíbrio, como seria de esperar. Acabou desabando em cima de ambas as criaturas sobrenaturais, assegurando que as mãos expostas tocassem Biffy, mas, em seu entusiasmo, tornando os dois mortais.

Foi uma sensação bastante bizarra, pois, naquela posição, ela teve a inquietante e plena consciência da transição do corpo de Biffy da forma lupina à humana. Pôde sentir o encolhimento dos músculos e ossos sob a barriga volumosa, conforme ele transmutava. Foi estranhamente semelhante à sensação do bebê chutando debaixo de sua própria pele.

Biffy uivou de dor, bem no ouvido de Lady Maccon. Um uivo que virou um berro de agonia, em seguida uma lamúria pelo sofrimento relembrado e, por fim, pequenos choramingos de extremo constrangimento. Então, quando ele começou a perceber, horrorizado, o que quase acabara de fazer, virou-se para o ex-mestre.

— Ó céus, ó céus, ó céus. — Era uma litania de angústia. — Milorde, está bem? Provoquei alguma lesão permanente? Oh, veja só os seus calções! Essa não. Sinto muito.

A cicatrização de Lorde Akeldama se interrompera no meio do processo, de maneira que as marcas das garras continuavam visíveis sob as tiras rasgadas dos calções de seda.

— É só um arranhão, meu filhote. Não se preocupe com isso. — Ele olhou para o próprio corpo. — Bom, vários, para ser mais exato.

Naquele momento, Lady Maccon foi obrigada a reconhecer algo que abalou os alicerces de seu universo: havia circunstâncias que nem mesmo

as boas maneiras podiam remediar. Aquela era uma delas. Pois ali estava ela, grávida e sem equilíbrio, em cima de uma pilha que consistia em um vampiro pomposamente vestido e um lobisomem vergonhosamente despido.

— Biffy — começou a perguntar ela, por fim —, a que devemos o prazer da sua visita? Pensei que você estaria no calabouço, esta noite. — Foi uma tentativa corajosa, mas nem mesmo aquele tipo de conversa disfarçaria o constrangimento.

Lorde Akeldama tentou se desvencilhar de Biffy e sair de baixo da amiga sem a ajuda da força sobrenatural. Quando finalmente conseguiu fazê-lo, levantou-se, correu até a porta para assegurar aos zangões que estava bem e mandou um deles buscar uma muda de roupas.

Biffy e Lady Maccon ajudaram um ao outro a se levantar.

— Está bem, milady?

Ela deu uma olhada no corpo.

— Acho que sim. É incrivelmente forte, esse meu bebê. Mas gostaria de me sentar.

O rapaz ajudou-a a ir até uma otomana — um dos poucos móveis da sala que não estavam virados —, a mão segurada com firmeza por ela. Os dois se sentaram e ficaram olhando para o nada, tentando decidir como lidar com aquela situação embaraçosa. Lorde Maccon podia ser ruidoso e brusco, mas tinha lá sua utilidade no rompimento de silêncios constrangedores. A preternatural entregou a Biffy um xale, no qual havia apenas um pouco de saliva. Ele o colocou, agradecido, no colo.

Lady Maccon tentou não olhar, mas é claro que o fez, e Biffy tinha um corpo bastante bonito. Não tão esplêndido quanto o de seu marido, porém nem todos podiam ser fortes como uma máquina a vapor, e o jovem dândi se mantivera conservado antes da metamorfose, apesar de todas as suas atividades frívolas.

— Biffy, você já foi, secretamente, atleta amador? — perguntou ela em voz alta, antes que pudesse se conter.

Ele enrubesceu.

— Não, milady, embora gostasse muito mais de esgrima do que alguns de meus compatriotas considerariam normal.

Lady Maccon anuiu com discrição.

Lorde Akeldama voltou, nem um pouco irritado. Bastara o breve encontro com os zangões para que seu plastrom e seus cabelos voltassem à forma impecável e imaculada de sempre, e ele já estivesse com uma calça nova de cetim. *Como é que conseguem fazer isso?*, perguntou-se ela.

— Biffy, *patinho*, que surpresa você vir visitar este *velho* vampiro nesta fase da lua. — Ele entregou ao ex-zangão um calção cor de safira.

O lobisomem ficou rubro e pegou-o com uma das mãos. Lady Maccon desviou o olhar, educadamente, para o outro lado da sala.

— Ah, sim, bem, eu não estava em pleno gozo de minhas faculdades mentais, milorde, quando tomei a decisão de, hum, visitá-lo. Acho que simplesmente, hã, instintivamente — ele lançou um olhar tímido para Lady Maccon — voltei para casa.

O vampiro assentiu.

— Sim, meu *pombo*, mas se equivocou. Sua casa fica ao lado. Sei que é fácil de confundir.

— Fácil demais. Sobretudo no meu estado alterado.

Eles falavam do estado de lobo como se falassem de uma bebedeira noturna. O olhar de Lady Maccon ia de um para o outro. Lorde Akeldama se sentara na frente do ex-zangão, os olhos semicerrados e a postura informal, sem revelar nada.

Biffy também começava a assumir a antiga elegância, como se aquela fosse de fato uma visita social. Como se não estivesse seminu na sala de um vampiro. Como se não tivesse acabado de tentar matar os dois.

A preternatural sempre admirara a capacidade de Lorde Akeldama de se manter totalmente alheio ao mundo a seu redor. O que era tão louvável quanto seus eternos esforços para garantir que em seu pequeno recanto em Londres preponderassem a beleza e as conversas agradáveis. Mas, às vezes, e ela nunca faria tal comentário abertamente, tal atitude parecia covarde de sua parte. Lady Maccon se perguntava se o imortal rejeitava os aspectos feios da vida por uma questão de sobrevivência ou de intolerância. Lorde Akeldama gostava de saber de todas as fofocas mundanas, porém, mais como um gato que se diverte entre borboletas e não sente

a necessidade de interferir se as asas forem arrancadas. Afinal, não passam de borboletas.

Ela sentiu que lhe cabia, ao menos daquela vez, apontar para o inseto sem asas e ferido diante dele. A ausência de alma podia fazer dela uma pessoa prática, mas nem sempre cautelosa.

— Senhores, podem considerar minha brusquidão fruto da minha atual condição, mas não estou disposta a tolerar idiossincrasias. As circunstâncias nos colocaram em uma posição insustentável. Não, Biffy, não estou me referindo ao seu atual estado desnudo, mas ao de lobisomem.

Tanto Lorde Akeldama quanto o rapaz a observaram, ligeiramente boquiabertos.

— Chegou a hora de seguirem adiante. Vocês dois. Biffy, sua possibilidade de escolha lhe foi tomada, o que é lamentável, porém você ainda é um imortal e não um morto, o que é mais do que muitos poderiam dizer. — Ela dirigiu um olhar severo ao vampiro. — E você, milorde, deve enterrar o que passou. Esta não é uma competição que perdeu. É a vida, ou o pós-vida, suponho. Parem de se sentir infelizes, vocês dois.

Biffy pareceu devidamente contrito.

Lorde Akeldama pôs-se a balbuciar.

Lady Maccon inclinou a cabeça, desafiando-o a negar a verdade de suas palavras. Ele certamente tinha idade bastante para se conhecer; restava saber se conseguiria admitir sua falta em alto e bom som.

Os dois se entreolharam, os semblantes tensos.

Foi Biffy que fechou os olhos por um longo momento e, em seguida, fez que sim com a cabeça, brevemente.

Lorde Akeldama ergueu a mão branca e contornou com dois dedos a lateral do rosto do ex-zangão.

— Ah, meu rapaz. Se é preciso que seja assim...

Como Lady Maccon podia ser compassiva, deu prosseguimento à conversa.

— Biffy, como escapou do calabouço de Woolsey?

Ele deu de ombros.

— Eu não sei. Não me lembro de muita coisa do período em que assumo a forma de lobisomem. Alguém deve ter aberto a porta da cela.

— Sim, mas por quê? E quem? — A preternatural olhou com desconfiança para o vampiro. Teria se intrometido?

Ele balançou a cabeça.

— Nem eu nem nenhum dos meus, posso lhe garantir, *minha flor*.

Uma batida forte ressoou na porta da sala, o único aviso que tiveram antes de ela se abrir e dois homens entrarem.

— Bom, ao menos ele bateu primeiro. Talvez esteja aprendendo — comentou Lady Maccon.

O conde atravessou a sala a passos largos e se inclinou para beijar o rosto da esposa.

— Querida, imaginei que a encontraria aqui. E o jovem Biffy também. Como está, filhote?

Ela olhou para o Beta do marido e, com a mão livre, fez um gesto na direção do rapaz.

— O assunto da alcateia que o fez se retirar?

O professor Lyall concordou.

— Foi uma caçada e tanto, até conseguirmos encontrá-lo aqui na cidade. — Ele deu umas batidinhas no nariz, indicando que método usara.

— Como foi que ele conseguiu escapar?

O Beta inclinou a cabeça, sua forma de admitir que não fazia a menor ideia.

Lady Maccon empurrou o marido na direção de Biffy. Ele lhe lançou um breve olhar de resignação com os olhos castanho-amarelados e, em seguida, agachou-se na frente do dândi seminu — uma posição muito servil para um Alfa. Começou a falar mais baixo, em um murmúrio suave, do tipo que pretende reconfortar. É extremamente difícil para um lobisomem fazer isso — sobretudo para um Alfa lidando com um membro relutante da alcateia. Seu instinto é subjugar e disciplinar.

A esposa balançou a cabeça para Lorde Maccon, encorajando-o.

— Meu rapaz, por que veio para cá?

Biffy ergueu os olhos e, em seguida, abaixou-os. Engoliu em seco, nervoso.

— Não sei, milorde, algum instinto. Eu sinto muito, mas ainda considero este o meu lar.

Lorde Maccon olhou para Lorde Akeldama, de predador para predador. Então, virou-se de novo para o integrante de sua alcateia.

— Já faz seis meses, muitas luas, e você ainda não se acostumou. Eu sei que este não era o resultado que queria, mas é o que obteve. De algum modo, nós vamos ter que fazer com que dê certo.

O *nós* foi notado por todos.

Lady Maccon sentiu muito orgulho do marido naquele momento. *Ele aprende!*

O conde respirou fundo.

— Como podemos amenizar a situação para você? Como eu posso fazer isso?

Biffy ficou totalmente pasmo diante de tal pergunta feita por tal homem.

— Talvez — arriscou — se eu recebesse permissão de morar permanentemente aqui, na cidade...

Lorde Maccon franziu o cenho e olhou de esguelha para Lorde Akeldama.

— É sensato?

O vampiro se levantou como se não tivesse o menor interesse em toda aquela conversa. Foi até o outro lado da sala e fitou as aquarelas destroçadas no chão.

O professor Lyall interveio, para preencher a lacuna:

— Uma distração seria benéfica ao jovem Biffy. Algum tipo de trabalho, talvez?

O rapaz se sobressaltou. Era um cavalheiro, nascido e criado para sê-lo; o trabalho honesto estava fora do seu âmbito de experiência.

— Eu acho que posso tentar. Nunca tive um trabalho convencional. — Ele falava como se se tratasse de algum prato exótico que ainda não provara.

A preternatural anuiu.

— No DAS? Afinal, você tem contatos na sociedade que podem ser úteis. E, devido ao meu cargo, eu posso me certificar de que tenha boa aceitação no governo.

Biffy pareceu meio intrigado.

O professor Lyall se posicionou diante de Lady Maccon, perto do Alfa agachado. O semblante normalmente impassível transmitia uma genuína preocupação com o novo integrante da alcateia, e ficou claro que ele ponderara a respeito da melhor forma de o filhote se integrar.

— Nós podemos recomendar uma série adequada de tarefas. Manter-se ocupado vai ajudá-lo a se adaptar à nova posição.

A preternatural olhou, realmente olhou, para o Beta de seu marido Alfa pela primeira vez desde que se conheceram. Observou a forma como ficava de pé, os ombros um tanto curvados, o olhar nunca muito direto. Observou a forma como se vestia, quase na última moda, porém com uma descontração estudada, o nó simples no plastrom, o colete de estilo discreto. Havia suficientes detalhes imperfeitos em sua aparência para torná-lo pouco memorável. O professor Lyall era o tipo de homem que podia ficar parado no meio de um grupo sem que ninguém se lembrasse de que ele estava lá, embora essas pessoas só permanecessem juntas por sua causa.

E, então, bem ali, segurando a mão do dândi seminu, ela descobriu a peça que faltava do quebra-cabeça.

Capítulo 10

O Agente Destruição de Ivy

— Foi você!

Eles tinham levado mais de duas horas para preparar a adega da casa nova a fim de abrigar Biffy pelo resto da noite, sem causar danos ao vinho, à adega e, mais importante, ao próprio Biffy. Seria preciso encontrar uma solução melhor no longo prazo, se o jovem fosse mesmo morar permanentemente na cidade. Lorde Maccon ficou com ele, guiando-o durante a metamorfose, os braços cingindo-o, a voz áspera acalmando-o.

Lady Maccon puxara o professor Lyall para o lado, praticamente arrastando-o para a sala dos fundos e deixando instruções rigorosas com Floote para que ninguém os perturbasse, em qualquer circunstância. Naquele momento, ela se concentrava em brandir a sombrinha na direção do Beta.

— Você é o Agente Destruição! Como fui tola por não ter notado antes! Você arquitetou tudo, naquela época. Toda a tentativa por parte de Kingair. E esse foi justamente o objetivo, que tudo não passasse de uma *tentativa*. Não era para dar certo. A rainha jamais deveria ser assassinada. O objetivo era fazer a Alcateia de Kingair se voltar contra o Alfa, dar-lhe uma razão para ir embora. Você queria que Conall viesse a Londres para desafiar Lorde Woolsey, o Alfa que enlouquecera. — O entusiasmo de Lady Maccon levou-a a agitar cada vez mais a sombrinha no ar.

O professor Lyall se virou e andou até o outro lado da sala, as botas marrons e macias avançando silenciosamente pelo tapete. Somente a cabeça alourada estava um pouco inclinada. Ele falou voltado para a parede.

— Não faz ideia da bênção que é ter um Alfa competente.

— E você é o Beta. Faria o que fosse necessário para manter a alcateia unida. Até mesmo planejar tomar o Alfa de outra alcateia. O meu marido sabe o que fez?

Ele ficou tenso.

A preternatural respondeu à própria pergunta:

— Não, claro que não sabe. Tem que confiar em você. Precisa que seja um assistente fidedigno, tanto quanto você precisa dele como líder. Se revelasse a verdade a ele, comprometeria o que fez e perturbaria a coesão da alcateia.

O professor Lyall se virou para ela.

Seus olhos castanho-claros se mostravam cansados, apesar de estarem naquele rosto eternamente jovem. Não havia súplica neles.

— Vai *contar* a ele?

— Que foi um agente duplo? Que destruiu a relação dele com a ex-alcateia, com o melhor amigo e com a terra natal para roubá-lo para a alcateia de Woolsey? Eu não sei. — A preternatural pôs a mão na barriga, de súbito exausta com os eventos da última semana. — Por um lado, acho que isso o deixaria arrasado. Uma traição do Beta, do seu ponto de apoio. Pela segunda vez. — Ela fez uma pausa e olhou fixamente para ele. — Mas, por outro, esconder essa informação de Conall e ser conivente com a sua farsa? Deve imaginar que isso me coloca em uma posição insustentável como esposa.

O professor Lyall evitou seu olhar direto, com uma leve expressão de dor.

— Eu não tive escolha. Talvez entenda isso? Lorde Maccon era o único lobisomem na Grã-Bretanha capaz de enfrentar Lorde Woolsey e vencer. Quando os Alfas entram em declínio, milady, é terrível. Toda aquela atenção concentrada na coesão da alcateia e toda aquela energia protetora se decompõem, e ninguém fica seguro. Como Beta, eu podia proteger os demais, porém só por um tempo. No fim das contas, sabia que a psicose

dele os incluiria também. Essa situação pode levar toda a alcateia à loucura. Nós não falamos sobre isso. Os uivadores não uivam a esse respeito. Mas acontece. Não estou tentando me desculpar, entenda, mas simplesmente me explicar.

Lady Maccon continuava a se sentir consternada por saber de tal fato, e o marido não.

— Quem mais sabe? Quem mais sabia?

Uma batida ressoou e, em seguida, a porta se abriu de supetão.

— Minha nossa, será que ninguém mais aguarda receber permissão para entrar? — vociferou ela, irritada, virando-se para encarar o intruso, a sombrinha de prontidão. — Eu disse que *ninguém* deveria nos interromper!

Era o major Channing Channing, dos Channings de Chesterfield.

— E o que está fazendo aqui? — O tom de voz dela não era nada acolhedor, mas a sombrinha passou da posição tensa para uma mais tranquila.

— O Biffy sumiu!

— Sim, sim, você está atrasado. Apareceu na casa ao lado, lutou com Lorde Akeldama e, agora, Conall está com ele lá embaixo, na adega.

O Gama fez uma pausa.

— Está com um lobisomem enlouquecido na adega?

— Sugere algum lugar melhor para mantê-lo?

— Mas e o vinho?

Lady Maccon perdeu subitamente o interesse em lidar com o major Channing. Virou-se para o professor Lyall, que parecia intimidado.

— *Ele* sabe?

— Eu? Do quê? — Os lindos olhos azul-claros eram o retrato da inocência. Mas as pálpebras tremeram quando ele percebeu a postura combativa da preternatural e a atitude intimidada do Beta, esta tão atípica quanto aquela era comum. Todos estavam acostumados a ver o professor Lyall atuando discretamente nos bastidores, porém ele o fazia com ar confiante, não envergonhado.

O olhar do major Channing foi de um para o outro, mas, em vez de deixá-los dar continuidade à conversa particular, ele se virou, fechou a porta com força e pôs uma cadeira sob a maçaneta.

— Lyall, seu interruptor, por favor?

O professor Lyall tirou do colete um interruptor de ressonância auditiva harmônica. Em seguida, jogou o pequeno dispositivo de cristal para o Gama, que, por sua vez, colocou-o em cima da cadeira, na frente da porta e, então, tocou com um dedo os dois diapasões, ativando o zumbido dissonante.

Somente depois se aproximou de Lady Maccon.

— *Do que eu sei?* — perguntou ele, como se já soubesse qual seria a resposta dela.

A preternatural olhou para o Beta.

O major Channing inclinou a cabeça.

— Nós estamos falando do passado? Eu lhe avisei que não era bom bisbilhotá-lo.

O professor Lyall ergueu a cabeça, farejando o ar. Em seguida, virou-se para fitar o Gama.

Pela primeira vez, Lady Maccon se deu conta de que os dois provavelmente eram velhos amigos. Às vezes inimigos, claro, mas apenas à moda dos que convivem há tempo demais, talvez séculos. Aqueles dois se conheciam havia muitíssimo mais tempo do que conheciam Lorde Maccon.

— Você sabia? — perguntou o professor Lyall ao major Channing.

O Gama assentiu, um perfeito modelo de beleza nobre e superioridade aristocrática, em contraste com a estudada inocuidade de classe média do Beta.

O professor Lyall olhou para as próprias mãos.

— Soube desde o início?

O major Channing suspirou, um curto paroxismo de angústia estampando-se no belo rosto. Tão breve que Lady Maccon achou que o tinha imaginado.

— Que tipo de Gama você pensa que eu sou?

O Beta soltou um riso, uma lufada de dor.

— Um geralmente ausente. — Não havia amargura na afirmação, era uma simples constatação objetiva. O outro com frequência viajava para lutar nas guerrinhas da Rainha Vitória. — Eu não sabia que tinha percebido.

— Percebido o quê, exatamente? O que andava acontecendo? Ou que você vinha aguentando o pior para que ele não viesse atrás de nós? Quem você acha que impediu que os outros descobrissem o que estava realmente acontecendo? Eu não via com bons olhos o que você e Sandy estavam tramando, sabe que não, mas isso não significa que visse com bons olhos o que o Alfa estava fazendo.

A superioridade moral da preternatural se desintegrou ante a implicação dos comentários do Gama. Havia muito mais por trás das manipulações do professor Lyall do que ela imaginara.

— Sandy? Quem é Sandy?

O Beta torceu os lábios, dando um sorrisinho. Em seguida, levou a mão ao colete — pelo visto, sempre tinha tudo de que precisava ali — e pegou um diminuto diário de couro azul-marinho, com uma capa bastante simples, e datado de 1848 a 1850 no canto superior esquerdo. O livrinho pareceu a Lady Maccon dolorosamente familiar.

O professor Lyall percorreu a sala em passos tranquilos e o entregou a ela.

— Também estou com os demais, a partir de 1845. Foi ele quem os deixou comigo. Não os mantive intencionalmente longe da senhora.

Nada ocorreu à preternatural para dizer. O silêncio se prolongou, até ela por fim indagar:

— O que ele escreveu depois de abandonar minha mãe?

— E desde que a senhora nasceu. — O semblante era o retrato da impassibilidade. — Mas este foi o último. Eu gosto de mantê-lo comigo. Como um lembrete. — Um esboço de sorriso perpassou o rosto inexpressivo, o tipo de sorriso que se vê nos enterros. — Ele não teve a chance de terminá-lo.

Lady Maccon abriu o diário e passou os olhos pelo texto. Só metade das páginas havia sido usada. As frases lhe saltaram à vista, detalhes de um romance que tinha alterado a vida de todos os envolvidos. Foi apenas ao longo da leitura que as consequências se evidenciaram. E ela teve a sensação de ser atingida de viés por um pernil natalino.

Inverno, 1848 — ele vinha mancando fazia um tempo, mas se recusava a me contar por quê,

revelava um trecho. Outro, da primavera seguinte, dizia:

Nós chegamos até a pensar em ir ao teatro amanhã. Ele não receberá permissão de ir, tenho certeza. Não obstante, ambos fingimos que ele me acompanharia e que riríamos juntos dos desatinos da sociedade.

Apesar da letra firme do pai, ela captou a tensão e o temor por trás de suas palavras. À medida que as anotações continuavam, a honestidade brutal de algumas frases fez seu estômago se revirar.

O rosto dele está todo ferido agora, lesões tão profundas, que às vezes me pergunto se sumirão, a despeito de todas as suas habilidades sobrenaturais.

Lady Maccon olhou para o professor Lyall, tentando compreender todas as implicações. Tentando ver lesões que tinham desaparecido quase vinte e cinco anos atrás. Pela imobilidade do rosto do Beta, ela supôs que talvez continuassem ali — bem escondidas, mas ali.

— Leia a última anotação — sugeriu ele, suavemente. — Continue.

23 de junho de 1850

Hoje é noite de lua cheia. Ele não virá. Esta noite todas as suas feridas serão causadas por ele mesmo. Outrora passava tais noites comigo. Agora eles já não estão seguros, exceto na sua presença. Ele vem mantendo todo o seu mundo coeso, simplesmente por aguentar firme. Pediu-me que esperasse. Acontece que não tenho a paciência de um imortal, e farei o que for preciso para dar um basta nesse sofrimento.

O que for preciso. Afinal de contas, tudo se resume a um detalhe. Eu caço. É o que faço de melhor. Sou melhor nisso que no amor.

A preternatural fechou o diário. As lágrimas umedeciam seu rosto.

— É sobre você que ele está escrevendo. O que estava sendo maltratado.

O professor Lyall não disse nada. Nem precisava responder. Ela não fizera uma pergunta.

Lady Maccon desviou os olhos, achando o brocado de uma cortina fascinante.

— O Alfa anterior tinha mesmo enlouquecido.

O major Channing andou a passos largos até o Beta e pôs a mão em seu braço. Nenhum outro ato compassivo, a não ser aquele. Pareceu-lhe suficiente.

— Randolph nem contou a Sandy o pior.

O professor Lyall comentou em voz baixa:

— Ele já estava bem velho. As coisas se tornam confusas para os Alfas, quando envelhecem.

— Sim, mas ele...

O Beta ergueu os olhos.

— É desnecessário, Channing. Lady Maccon continua sendo uma lady. Lembre-se das boas maneiras.

Ela virou o diário pequeno e fino que segurava — o final da vida do pai.

— O que de fato aconteceu com ele, então?

— Foi atrás do nosso Alfa. — O professor Lyall tirou os óculos como se fosse limpá-los, mas, então, pareceu se esquecer desse detalhe. Eles ficaram pendurados na ponta de seus dedos, reluzindo à luz do lampião a gás.

O major Channing pareceu julgar que mais detalhes eram necessários.

— Ele era bom, o seu pai, muito bom. Tinha sido treinado pelos templários com um único e exclusivo objetivo: caçar e matar criaturas sobrenaturais. Mas não podia derrotar um Alfa. Mesmo um canalha insano e sádico como Lorde Woolsey ainda era um Alfa, apoiado por uma alcateia.

O Beta pôs os óculos na mesinha e passou a mão pela testa.

— Eu disse a Sandy que não fizesse isso, claro. Pura perda de tempo. Embora geralmente ele me desse ouvidos, era por demais Alfa.

A preternatural reparou pela primeira vez que o professor Lyall e Lorde Akeldama compartilhavam certas idiossincrasias. Ambos conseguiam esconder muito bem seus sentimentos. Até certo ponto, já era de esperar no caso dos vampiros, mas no dos lobisomens... O controle do Beta podia ser considerado praticamente irrepreensível. Ela se perguntou se sua imobilidade e seu silêncio não eram como os de uma criança entrando numa banheira de água quente, receando que qualquer movimento intensificasse a dor.

O professor Lyall prosseguiu:

— A morte de seu pai me ensinou algo. Que alguma providência precisava ser tomada em relação ao nosso Alfa. Que, se eu tivesse que desarticular outra alcateia com esse intuito, assim o faria. Naquela época, só havia dois lobos na Inglaterra capazes de matar Lorde Woolsey. O primeiro-ministro regional e...

Lady Maccon completou o restante da frase:

— Conall Maccon, Lorde Kingair. Então, você não estava querendo simplesmente uma troca de liderança; foi uma questão de autopreservação.

Um canto da boca do Beta curvou-se para cima.

— Foi uma vingança. Nunca se esqueça, milady, de que eu sou um lobisomem. Levei quase quatro anos para planejá-la. Reconheço que é o estilo de um vampiro. Mas deu certo.

— Amava o meu pai, não, professor Lyall?

— Ele não era um homem muito bom.

Uma pausa. A preternatural folheou o pequeno diário. Estava gasto nas pontas, em virtude das incontáveis leituras e releituras.

O Beta deixou escapar um leve suspiro.

— Sabe quantos anos eu tenho, milady?

Lady Maccon meneou a cabeça.

— Idade suficiente para ter mais juízo. As coisas nunca dão certo quando os imortais se apaixonam. Os mortais acabam morrendo, de uma forma ou de outra, e ficamos sozinhos de novo. Por que acha que a alcateia é tão importante? Ou a colmeia, por sinal. Não só é uma maneira de ter

segurança, como também de manter a sanidade, evitando a solidão. Não desconfiamos de lobos solitários e errantes por questão de costume, mas por causa disso.

A mente dela, que girava em virtude de todas aquelas revelações, acabou se concentrando em um detalhe.

— Ah, minha nossa, Floote. Ele sabia.

— De algumas coisas, sim. *Era* o criado pessoal de Sandy na época.

— É você que o está obrigando a manter silêncio?

O professor Lyall negou com a cabeça.

— Seu mordomo nunca recebeu ordens minhas.

Ela observou o pequeno diário outra vez, acariciou a capa e, então, entregou-o ao Beta.

— Será que vai me deixar lê-lo até o fim, algum dia?

Os olhos dele se franziram como se ele estivesse prestes a chorar. Em seguida, o professor Lyall engoliu em seco, anuiu e recolocou o diário no bolso do colete.

A preternatural respirou fundo.

— Então, voltemos à crise atual. Eu suponho que nenhum de vocês dois esteja planejando assassinar a Rainha Vitória, mesmo de brincadeira?

Os dois menearam a cabeça quase ao mesmo tempo ante a pergunta.

— Estão me dizendo que eu vinha seguindo a pista errada, esse tempo todo?

Os lobisomens se entreolharam, nenhum dos dois disposto a correr o risco de enfurecê-la.

Lady Maccon suspirou e tirou da bolsa reticulada a pilha de papéis que Madame Lefoux lhe entregara.

— Então isto é totalmente inútil? Não há nenhuma conexão entre a última tentativa e esta. Foi por mera coincidência, professor Lyall, que a envenenadora que você ia usar tenha acabado morrendo a serviço da OPC. E que talvez tenha virado fantasma e mandado o aviso para mim.

— Parece que sim, milady.

— Eu não gosto de coincidências.

— Quanto a isso, milady, não há nada que eu possa fazer.

Ela suspirou outra vez e se levantou, usando a sombrinha para se apoiar.

— De volta à estaca zero. Sem resultados. Vou devolver estes papéis para Madame Lefoux. — O bebê chutou com veemência em sua barriga, ante a ideia. — Talvez amanhã à noite. Eu vou dormir primeiro.

— Uma ideia bastante sensata, milady.

— Sem comentários, professor Lyall, muito obrigada. Ainda estou aborrecida. Entendo por que tomou aquela atitude, mas *estou* aborrecida. — Lady Maccon pôs-se a caminhar com cuidado até a porta, preparando-se para subir e atravessar a ponte rumo ao vestiário de seu closet.

Nenhum dos lobisomens tentou ajudá-la. Era evidente que ela não estava disposta a receber auxílio. O Beta tocou em seu braço quando passou. A ação o tornou mortal por um instante. A preternatural nunca tivera a oportunidade de vê-lo naquele estado antes. Parecia quase igual ao estado imortal — talvez com mais rugas ao redor da boca e nos cantos dos olhos —, porém continuava a ser um sujeito vulpino de cabelos alourados, com uma aparência totalmente banal.

— Vai *contar* para Conall?

Ela se virou devagar e lançou um olhar zangado em sua direção. Um olhar que lhe revelou, sem dar margem a dúvidas, exatamente como ela se sentia a respeito daquela situação.

— Não, não vou. Maldito seja, professor Lyall.

E, então, com a maior dignidade possível, considerando sua condição, ela saiu caminhando em seus passos rebolados de pata-choca, como um galeão instável navegando a todo vapor.

Somente para deparar com Felicity no corredor. Foi como dar de cara com um pilar de melado e travar uma conversa açucarada com alguém que só fosse atraente para insetos. Lady Maccon nunca estava preparada para topar com a irmã, mas, em uma noite como aquela, quando a petulante deveria estar no décimo sono, era *demais*.

Felicity, por sua vez, vinha com olhar sonolento, usando apenas uma camisola exageradamente enfeitada, segurando parte do tecido excessivo aos seios, com mãos ardilosamente trêmulas. Uma cascata de cachos dourados lhe caía por cima de um dos ombros, e uma ridícula touca cor-de-rosa empoleirava-se precariamente no alto da cabeça. A camisola de seda

era da mesma cor, com estampa de flores magenta, repleta de babados, fitas e remates de renda, além de um rufo gigantesco na altura do pescoço. Para Lady Maccon, Felicity mais parecia uma enorme árvore de Natal cor-de-rosa.

— Irmã — disse a árvore —, tem um barulho horripilante vindo da adega.

— Ah, pode voltar para a cama. É só um lobisomem. Francamente. Até parece que as pessoas nunca têm monstros no porão.

Felicity pestanejou.

O major Channing surgiu atrás da preternatural.

— Lady Maccon, será que podemos ter uma conversa particular, antes que vá descansar?

Felicity arregalou os olhos e prendeu a respiração.

A preternatural se virou.

— Sim, bom, já que insiste, major Channing.

Um cotovelo cutucou sua barriga volumosa.

— Apresente-nos — sussurrou a irmã, olhando para o Gama com a mesma expressão que reluzia nos olhos de Ivy Tunstell quando ela via um chapéu hediondo, ou seja, com cobiça e sem qualquer discernimento.

Lady Maccon se surpreendeu.

— Mas você está de camisola!

A irmã se limitou a balançar a cabeça, os olhos ainda arregalados.

— Ah, está bem, Felicity. Este é o major Channing Channing, dos Channings de Chesterfield. É lobisomem e Gama do meu marido. Major Channing, esta é minha irmã, Felicity Loontwill. É humana, se é que se pode acreditar nisso depois de dez minutos de conversa.

Ela deu uma risadinha que na certa julgou ser melodiosa.

— Oh, Alexia, você adora brincar. — Em seguida, ofereceu a mão ao cavalheiro bem-apessoado à sua frente. — Eu sinto muito pelo meu traje informal, major.

O Gama pegou a mão oferecida entre as suas e fez uma reverência com evidente interesse, chegando a ousar roçar os lábios no pulso dela.

— É muito bonita, srta. Loontwill. Muito bonita.

Felicity enrubesceu e tirou a mão mais devagar do que deveria.

— Eu nunca teria imaginado que o *senhor* era lobisomem.

— Ah, srta. Loontwill, foi a vida eterna como soldado galante que me convocou.

As pálpebras dela tremelicaram.

— Ah, um soldado em todos os aspectos, não é mesmo? Que romântico.

— Totalmente, srta. Loontwill.

Lady Maccon sentiu-se prestes a vomitar, embora isso nada tivesse a ver com a gravidez.

— Francamente, Felicity, estamos no meio da noite. Não tem alguma reunião amanhã?

— Ah, sim, Alexia, mas eu jamais poderia ser grosseira em boa companhia.

O major Channing bateu os calcanhares.

— Srta. Loontwill, não posso lhe negar o descanso restaurador da beleza, por mais desnecessário que me pareça. Seu encanto já chega por demais perto da perfeição para requerer maior assistência.

A preternatural inclinou a cabeça, tentando decidir se havia um insulto nas entrelinhas daquele discurso floreado.

A irmã deu outra risadinha.

— Oh, por favor, major Channing, mal nos conhecemos.

— Sua reunião, Felicity. Vá descansar. — Lady Maccon bateu no chão com a sombrinha de um jeito enfático.

— Ah, sim, acho melhor ir.

A preternatural estava cansada e mal-humorada. Concluiu que tinha o direito, naquelas circunstâncias, de ser difícil.

— A minha irmã faz parte da Sociedade Nacional em Prol do Sufrágio Feminino — explicou em tom melífluo ao lobisomem.

O Gama ficou surpreso com a informação. Sem dúvida, em todos os seus longos anos, jamais encontrara uma mulher da estirpe de Felicity — e a estirpe dela ficou deslumbrada, mesmo apenas alguns segundos após conhecê-lo —, que se envolvia com política.

— É mesmo, srta. Loontwill? Precisa me dar mais detalhes dessa sua sociedade. Mas mal posso crer que uma dama de sua elegância precise se ocupar com tais bagatelas. Encontre um cavalheiro de boa posição, case-se e ele, então, poderá lidar com essas questões triviais, votando pela senhora.

De súbito, Lady Maccon percebeu que talvez se juntasse ao movimento também. Imagine só, um homem como o major Channing achar que sabia do que uma mulher gostaria. *Tão condescendente.*

Os cílios de Felicity tremeram como se combatessem um vendaval.

— Ninguém pediu a minha mão, ainda.

A preternatural deixou claro seu descontentamento.

— Já para a cama, Felicity. Eu não estou nem aí para as suas apreensões, e preciso descansar. Major Channing, ajude-me a subir a escada, para que possamos ter a nossa conversa particular.

A irmã obedeceu à ordem com relutância.

O lobisomem, mais relutante ainda, pegou o braço de Lady Maccon.

— Então, milady, eu queria…

— Não, major Channing, aguarde até ela estar bem longe — ordenou a preternatural.

Eles esperaram, subindo em passos lentos até o segundo andar.

Por fim, ela julgou que não haveria problemas, embora ainda continuasse a falar bem baixinho.

— Sim?

— Eu queria dizer, em relação àquela história com o nosso Beta, que ele é diferente do restante de nós, lobos, entende? Seu pai foi o amor da vida dele, e nós, imortais, não falamos disso com leviandade. Ah, houve outros antes de Sandy, a maioria mulheres, para seu conhecimento. — Ele parecia ser um dos poucos imortais que ela conhecera que se preocupava com tais detalhes. — Mas Sandy foi o último. Eu me preocupo. Isso foi há um quarto de século.

Lady Maccon franziu o cenho.

— Tenho preocupações bem mais urgentes no momento, major Channing, mas vou dar a devida atenção a essa questão, assim que for possível.

O lobisomem entrou em pânico.

— Não, eu não estou lhe pedindo que encontre alguém, milady, mas que seja indulgente. Eu não poderia revelar os meus temores a Lorde Maccon, e a senhora também é nossa Alfa.

Lady Maccon apertou com os dedos o espaço entre os olhos.

— Nós podemos conversar sobre isso amanhã à noite, talvez? Estou totalmente exausta.

— Não, milady. Esqueceu-se? Amanhã é lua cheia.

— Ah, maldição, é mesmo. Que transtorno. Depois, então. Prometo não tomar nenhuma atitude precipitada em relação ao bom professor sem pesar devidamente as consequências.

Era evidente que o major Channing sabia quando bater em retirada de uma batalha.

— Muito obrigado, milady. Quanto a sua irmã, ela é uma formosura, não é mesmo? A senhora a vinha escondendo de mim.

Lady Maccon não aceitaria a provocação.

— Francamente, major Channing, Felicity tem quase — ela fez uma pausa para calcular — um vigésimo da sua idade. Ou até menos. Não quer mais maturidade na sua vida?

— Minha nossa, de jeito nenhum!

— Bom, e que tal um pouco de caráter?

— Agora a senhora está me ofendendo.

Ela deu uma risadinha, divertida.

Ele ergueu as sobrancelhas louras, com o charme que lhe era peculiar.

— Ah, mas é por isso que eu adoro a imortalidade. As décadas passam para mim, mas as mulheres continuarão a vir, jovens e lindas, não é mesmo?

— Major Channing, alguém deveria prendê-lo.

— Lady Maccon, é o que vai acontecer amanhã à noite, está lembrada?

A preternatural nem se deu ao trabalho de mandá-lo ficar longe de sua irmã. Um sujeito como ele só consideraria tal ordem um desafio. Melhor fingir que não dava a mínima. Felicity teria que se virar daquela vez. Lady Maccon estava esgotada.

Tanto, que nem acordou quando Lorde Maccon foi se deitar com ela, mais tarde. Seu marido grandalhão e forte, que passara a noite consolando um rapaz temeroso da metamorfose. Que orientara tal jovem a enfrentar a dor de que ele próprio já não se lembrava. Que fizera Biffy compreender que teria de desistir de seu amor, ou perderia todas as suas outras opções.

Seu marido grandalhão e forte que se encurvara às suas costas e chorara, não pelo que Biffy sofrera, mas porque ele, Conall Maccon, causara esse sofrimento.

Lady Maccon acordou cedo na noite seguinte, com uma estranha sensação de paz. Ela não era, de modo geral, uma mulher tranquila. O que não chegava a incomodá-la muito, mas tornava sua paz, ironicamente, um tanto quanto desconfortável. Tal sentimento a levou a despertar por completo, súbita e intensamente, assim que o reconheceu e identificou. O marido dormira ao seu lado o dia inteiro, e ela estivera tão exausta que até o bebê-inconveniente só a acordara algumas vezes. A preternatural desfrutou da presença ampla e reconfortante de Lorde Maccon, que cheirava a campos abertos, mesmo na cidade. Ela pensou, divertida, que o marido era a encarnação de uma colina relvada. O rosto dele se mostrava áspero, com a barba por fazer de um dia. Era bom que estivessem acomodados na residência de Lorde Akeldama. Se havia uma casa a empregar os serviços de um excelente barbeiro, era aquela.

Jogou as cobertas para o lado, a fim de examinar melhor e mais detalhadamente seu território pessoal. Passou as mãos pelos ombros e pelo peito amplo do marido, pousando as pontas dos dedos na cavidade à base do pescoço. Raramente podia se dar a esse luxo, pois seu toque preternatural o levava a se tornar humano antes mesmo que conseguisse começar uma carícia. Às vezes, porém, e ninguém jamais soubera lhe explicar por quê, ela podia pôr as luvas e acariciar sua pelagem grossa e tigrada, e até mesmo puxar as orelhas aveludadas, sem que ele transmutasse. *Mais um mistério da minha condição preternatural*, pensou. Acontecera uma vez na Escócia, e algumas outras ao longo dos meses de inverno. Entretanto, ultimamente, suas habilidades preternaturais pareciam ter se intensificado. Ele se transformava em ser humano só por estar perto dela. *Será que tem algo a ver com a gravidez? Eu deveria conduzir alguns experimentos e ver se consigo isolar as condições.* Antes de seu casamento, Lady Maccon nunca passara muito tempo na companhia de sobrenaturais, com exceção de Lorde Akeldama, e nunca tivera oportunidade de estudar suas próprias habilidades.

Mas, naquele ínterim, ela continuaria a acariciar qualquer que fosse a forma assumida por ele. Voltara a percorrer com os dedos o caminho até o peito do marido, entrelaçando-os na pelagem, puxando-os de leve e indo até as laterais.

Uma bufada divertida ressoou.

— Isso faz cócegas. — Mas o conde não fez nenhum movimento para evitar que ela desse continuidade à exploração. Em vez disso, levou a própria mão à barriga protuberante da esposa e começou a afagá-la.

O bebê-inconveniente reagiu com chutes, e o pai se retraiu ante a sensação.

— Filhotinho agitado, não é?

— Filhotinha — corrigiu. — Como se qualquer bebê meu ousasse ser menino.

Era uma velha discussão.

— Menino — insistiu o marido. — Qualquer bebê tão difícil quanto este tem sido desde o início, tem que ser, inevitavelmente, menino.

Lady Maccon bufou.

— Como se a *minha* filha fosse ser calma e submissa.

Lorde Maccon deu um largo sorriso, pegou uma das mãos dela e beijou-a, com os lábios macios e a barba espinhenta.

— Bom argumento, esposa, muito bom argumento.

Ela se aconchegou a ele.

— Conseguiu tranquilizar Biffy?

O marido deu de ombros, agitando os músculos sob seu rosto.

— Eu passei o resto da noite com ele. Acho que isso ajudou a diminuir o trauma. Mas é difícil dizer. Seja como for, a esta altura, eu já deveria ser capaz de senti-lo.

— Como assim, senti-lo?

— Difícil explicar. Sabe a sensação que você tem quando há outra pessoa no mesmo aposento, mesmo que não possa vê-la? Para nós, Alfas, é um pouco o que acontece com os integrantes da alcateia. Independentemente de estarmos no mesmo lugar, sabemos que eles estão lá. Isso ainda não está acontecendo com Biffy. Então, ele não faz parte da minha alcateia.

Lady Maccon teve um momento de inspiração.

— Você deveria encorajá-lo a passar mais tempo com o professor Lyall.

— Está tentando dar uma de casamenteira?

— Pode ser.

— Eu pensei que você tinha dito que Biffy não precisava se apaixonar, mas encontrar o seu próprio espaço.

— Talvez, nesse caso, ele não seja a parte da equação que precise se apaixonar.

— Ah. E como sabia que Randolph daria preferência a...? Bom, não importa, eu não quero saber. Nunca daria certo. Não com esses dois.

Ela se sentiu meio ofendida. Biffy e o professor Lyall eram ótimos sujeitos, bem-apessoados e gentis.

— Hum, não sei, não. Acho que se dariam bem.

O marido revirou os olhos. Era evidente que buscava uma forma delicada de expressar isto.

— Ambos são por demais, hã, Beta, se entende o que eu quero dizer.

Ela não entendia.

— Eu não vejo por que isso seria um empecilho.

Sentindo que não poderia prosseguir sem ofender o pouco que restava da suscetibilidade feminina da esposa, Lorde Maccon buscou uma forma de mudar de assunto. E se lembrou de que noite era aquela.

— Ah, maldição. É lua cheia, não é?

— Sim. Ainda bem que estamos juntinhos, certo, querido?

Ele apertou os lábios, tentando decidir o que fazer. Não planejara passar o dia inteiro dormindo, e sim já estar a caminho dos calabouços antes do nascer da lua.

— Deixei ordens para que Lyall e Channing levassem Biffy de volta para o Castelo de Woolsey antes do pôr do sol, mas eu mesmo deveria ir.

— Tarde demais, a lua já nasceu.

Lorde Maccon grunhiu, aborrecido consigo mesmo.

— Você se importaria de ir comigo? A adega daqui pode ser suficiente para conter um filhote novo, mas não alguém como eu. E eu deveria ficar com Biffy, sobretudo esta noite. Mesmo que eu entre em estado lunático, a minha presença irá reconfortá-lo. Além do mais, não posso imaginar que você queira ficar me tocando a noite inteira.

Lady Maccon pestanejou para ele, provocante.

— Sabe, em circunstâncias menos delicadas, eu não me importaria de passar a noite toda assim, mas preciso levar a investigação adiante. Eu tenho que devolver alguns papéis a Madame Lefoux, e voltei à estaca zero em relação aos fantasmas. Bem que eu gostaria que esta gravidez não me deixasse tão avoada. Vivo perdendo os detalhes, e não deveria ter me deixado enganar com tanta facilidade por um acontecimento histórico.

Ele nem se deu ao trabalho de tentar discutir. Considerando o tornozelo e a gravidez da esposa, ela não estava em condições de continuar a investigar ativamente. Era lua cheia. O que Lorde Maccon poderia fazer para mantê-la em segurança, além de ordenar que a seguissem? Algo que, evidentemente, vinha sendo feito nas últimas cinco semanas. Por um momento, chegou a pensar em inventar alguma desculpa para mantê-la no Castelo de Woolsey, mesmo enquanto ele próprio estivesse incapacitado.

Em vez disso, apenas resmungou:

— Está bem. Mas, por favor, tome algumas medidas de precaução.

A esposa deu um largo sorriso.

— Ah, meu amor, mas isso é muito entediante.

O marido soltou outro resmungo.

Lady Maccon deu um beijo na ponta do seu nariz.

— Eu vou me comportar, prometo.

— Por que será que eu sempre fico mais receoso ainda quando diz isso?

★ ★ ★

Sobre o fantasma, sob a lua cheia, os vivos comemoravam suas vidas.

Os mortais andavam rápido com sapatos e corpetes que lhes tolhiam os movimentos, vestidos como presas. Embriagavam-se (ficando mais bêbados que o próprio Baco), fumavam charutos (ficando mais defumados que um arenque), comportando-se como a comida que eram. Uma estupidez, pensou o fantasma, não poderem enxergar essas comparações tão simples.

Os imortais saudavam a lua cheia com sangue, alguns em taças de cristal, outros devorando carnes e uivando. Afora os antigos gregos e suas oferendas ancestrais, não havia sangue para fantasmas. Não mais.

Ela se ouviu chorar. Não o seu eu que ainda se lembrava do que significava ser ela. Algum outro eu, que desaparecia no éter.

O *fantasma gostaria de ter estudado mais sobre a natureza sobrenatural e menos sobre a natureza do mundo tecnológico. Adoraria que seus interesses a tivessem levado a aprender como tolerar a sensação do disanimus com dignidade. Mas não havia dignidade na morte.*

Ela estava só. Talvez não fosse tão ruim assim, naquelas circunstâncias tão humilhantes?

Em todo caso, onde estavam os panfletos científicos que ensinavam uma mulher a escutar sua própria morte?

Capítulo 11

Em que Cabelheiras Fazem Sucesso

Lady Maccon acompanhou o marido até o Castelo de Woolsey, certificando-se de que fosse trancafiado em segurança no calabouço reforçado. Ele compartilhou uma cela com Biffy, e ambos passaram a noite arremetendo ora contra as paredes da prisão impenetrável, ora um contra o outro. Embora não pudessem causar danos permanentes, a preternatural não conseguiu ficar observando. Tal como ocorria com tudo mais na vida, ela preferia o exterior refinado ao ventre obscuro e vulnerável (com exceção de produtos suínos, claro).

— Um mundo estranho este de que me tornei parte, Rumpet.

O mordomo de Woolsey a estava ajudando a entrar na carruagem, para regressar à cidade. O veículo formal do castelo havia sido decorado para a lua cheia: laços amarrados na grade superior, brasão recém-polido, uma parelha de baios de desfile atrelada à parte frontal. Lady Maccon afagou o focinho de um deles. Gostava desses animais, cavalos tranquilos e prudentes, que cavalgavam com ostentação e tinham o temperamento de bobalhões inofensivos.

— E eu que costumava achar que os lobisomens eram criaturas simples e rudimentares.

— Sob alguns aspectos, madame, porém eles também são imortais. Lidar com a eternidade requer certa complexidade de espírito. — O mordomo lhe deu a mão para que entrasse na carruagem.

— Ora, Rumpet, você vem escondendo uma alma de filósofo sob esta fachada eficiente?

— Que mordomo não esconde?

— Tem razão. — Ela fez um sinal para que o cocheiro iniciasse a viagem.

Londres, na lua cheia, ficava totalmente diferente de qualquer outra época do mês. Naquela noite, pela ausência de lobisomens ou por pura vontade, os vampiros reinavam. Em toda a Inglaterra, as colmeias organizavam festas, mas a maior de todas ocorria em território londrino. Os errantes tinham a liberdade de circular sem serem coagidos nem monitorados. Não porque os lobisomens mantivessem a devassidão dos vampiros sob controle, mas porque, com a ausência garantida dos lobos, os hematófagos tinham maior autonomia para cair na gandaia.

Também era uma desculpa para os mortais dançarem até o sol raiar. Ou, no caso dos conservadores, que não queriam ter nada a ver com os imortais nem com os de sua laia, andar de dirigível até o sol raiar. A maior parte da frota da empresa Giffard já estava flutuando na lua cheia, oferecendo pequenos passeios pela cidade para turistas. Alguns aeróstatos eram alugados para festas particulares, outros simplesmente aproveitavam a luz do luar e as festividades para fazer ofertas especiais, a alto custo, permitindo que a nata da sociedade exibisse seus mais novos trajes de viagem aérea. Algumas embarcações eram equipadas com dispositivos para lançamento de fogos de artifício, culminando em explosões coloridas de centelhas vermelhas e amarelas, como milhares de estrelas cadentes no céu.

Tratava-se sempre de uma noite complicada para o DAS. Vários funcionários essenciais eram lobisomens — três de Woolsey, dois Rosnadores de SM e um novo lobo solitário. Alguns zeladores também prestavam serviços para o departamento. Todos, evidentemente, ausentes. Para completar, os agentes vampiros estavam fora, desfrutando das festanças; a lua cheia reduzia o quadro de funcionários do DAS, que não ficava nada satisfeito com a situação. Alguns fantasmas contratados prestavam bastante atenção ao que acontecia durante os festejos extravagantes, mas não podiam impor fisicamente o cumprimento de regras, caso necessário. O que punha os agentes mortais em primeiro plano, liderados por sujeitos como

Haverbink — indivíduos competentes, durões, da classe trabalhadora, com gosto pelo perigo e tino para as confusões. Claro que os zangões do potentado mantinham as atividades normais, porém não se podia confiar que relatassem as descobertas ao DAS, mesmo que os boatos tivessem fundamento e Lorde Maccon estivesse dormindo no closet de Lorde Akeldama.

Lady Maccon gostava da lua cheia. Havia algo de incontrolavelmente festivo nela. Londres ficava em polvorosa com a animação e os mistérios ancestrais sombrios. É verdade que havia presas, sangue e outras coisas desagradáveis, mas a lua cheia trazia consigo torta de morcilha, docinhos em formato de lobo e outros quitutes saborosos. O estômago da preternatural ditava as regras no que tangia à aprovação de qualquer evento. Era a má qualidade dos petiscos, e não da companhia, que a levava a recusar convites para a maioria dos salões de festa públicos. O restante da sociedade considerava tal atitude esnobe e a aprovava. Não se davam conta de que era apenas com base na má qualidade das provisões.

Além dos pitéus e das belas silhuetas de dirigíveis diante da lua, Lady Maccon também gostava do fato de que uma noite controlada por vampiros significava que todos exibiam seus melhores trajes e boas maneiras. Embora seu próprio gosto fosse, a bem dizer, prosaico, ela gostava de ver o que todos os pavões tinham escolhido usar para se pavonear. Nos melhores bairros de Londres, via-se de tudo: os últimos vestidos de gala de Paris, os vestidos largos e totalmente práticos das Américas, e os nós de plastrom mais volumosos e complexos possíveis. Podia-se testemunhar um verdadeiro desfile de encantos visuais só ao passear pelas ruas movimentadas.

Se a preternatural não estivesse tão fascinada, com o rosto pressionado contra a janela da carruagem, não teria visto o porco-espinho. Acontece que estava e não deixou de vê-lo.

Deu uma pancada alta e forte com a sombrinha no teto do veículo.

— Pare!

O cocheiro fez os baios pararem, bem ali, no meio da estrada movimentada. A aristocracia tinha lá seus privilégios, e a carruagem exibia o brasão.

Lady Maccon ergueu o tubo acústico que mandara instalar recentemente e ligou para a boleia.

O cocheiro pegou o auscultador.

— Sim, madame?

— Siga aquele porco-espinho!

— Pois não. — Em seus anos de serviços prestados a Lorde Maccon, o pobre coitado recebera pedidos bem mais absurdos.

A carruagem se inclinou para o lado, levando Lady Maccon a soltar seu lado do tubo acústico, que balançou na ponta do fio grosso de metal e golpeou-a no braço. Não houve uma perseguição em alta velocidade — o que a preternatural achou ótimo, pois já participara de tantas, que já valeriam por toda uma vida, muitíssimo obrigada! — porque o porco-espinho, que estava em uma coleira como um cachorrinho, movia-se devagar, volta e meia sendo interrompido por transeuntes curiosos. Era evidente que a criatura estava passeando com esse objetivo, atrair o interesse e a atenção em uma noite praticamente voltada para tais demonstrações de excentricidade e ostentação.

Por fim, o trânsito permitiu que a carruagem ultrapassasse um pouco o porco-espinho e parasse. O cocheiro deu a volta e ajudou Lady Maccon a descer a tempo de abordar a dona.

— Ah, perdão, madame — disse a preternatural à jovem que levava o porco-espinho, antes de se dar conta de que já se conheciam. — Ora, srta. Dair!

— Minha nossa, Lady Maccon? Deveria ter saído de casa nesse estado? Está parecendo bastante sobrecarregada. — O zangão de vampiros pareceu muito surpresa ao vê-la.

— Mas é uma bela noite para passear, como, pelo visto, percebeu, srta. Dair.

— Com efeito, a lua colocou o plastrom.

— Perdoe-me por perguntar, mas o que está fazendo, passeando com um porco-espinho zumbi nas ruas londrinas?

— E por que eu não haveria de desfrutar da companhia do meu novo animal de estimação? — A srta. Mabel Dair, uma renomada atriz, fazia bem o tipo de mulher inovadora que escolheria um porco-espinho, mas Lady Maccon não se deixou iludir.

— Novo animal de estimação, sem dúvida! Uma porcada inteira dessas criaturas maldosas atacou a mim e a meu marido, há pouco tempo.

A atriz fez uma pausa, uma expressão defensiva no rosto.

— Talvez o interior de sua carruagem seja um lugar mais adequado para esta conversa, Lady Maccon?

A srta. Dair era uma mulher de talhe elegante, embora um tanto rechonchudo, com uma estrutura curvilínea que consolidava firmemente seu poder de atração sobre uma classe específica de cavalheiros chiques. E, a dar-se crédito aos boatos, sobre uma mulher cheia de estilo, a Condessa Nadasdy. Ela ficara famosa e se tornara a atual favorita de West End por meio do apoio firme da Colmeia de Westminster. Fizera nada menos que três turnês no continente, além de ter adquirido grande popularidade nas colônias. Os cachos louros dos cabelos volumosos estavam presos em um coque da última moda, a face agradavelmente meiga. Transmitia um ar totalmente injustificado de inocência, já que a srta. Dair era uma mulher de personalidade forte — uma exímia amazona, ótima nos jogos de cartas e amiga pessoal da condessa, além de seu zangão. Também tinha muito bom gosto para vestidos de noite. Uma mulher que não se podia ignorar, com ou sem porco-espinho.

Ela e a criatura entraram na carruagem de Woolsey, deixando o acompanhante observando-as secretamente da rua. Lady Maccon desviou a atenção da srta. Dair para o animal de estimação. Parecia-se muito com os que tinham atacado seu marido, ou seja, não exatamente vivo.

— Um porco-espinho morto-vivo — insistiu a preternatural, convicta de sua conclusão.

— Ah, sim, entendo que poderia chegar a essa conclusão, mas não. Isso seria impossível, já que ele nunca viveu. — A atriz se acomodou no banco voltado para frente, perto de Lady Maccon, alisando as saias de seda do vestido verde enquanto o fazia.

— Não pode ser mecânico. Tentei usar um emissor de interferência magnética contra eles, e nada ocorreu.

— Ah, é mesmo? Então é bom saber que o Albert, aqui, foi posto à prova contra os melhores. Gostaria de ver o emissor que usou.

— Sim, imagino que gostaria. — A preternatural não fez nenhum movimento para lhe mostrar os recursos da sombrinha e seus equipamentos bélicos. Apontou para o porco-espinho, que se acomodara em uma espécie de agachamento aos pés da atriz. — Posso?

A srta. Dair considerou o pedido.

— Se insiste. — Então, ela se inclinou e levou o animalzinho ao banco entre as duas, para que Lady Maccon pudesse examiná-lo à vontade.

De perto, ficou bem claro que ele nunca estivera vivo, nem jamais poderia estar. Tratava-se de algum tipo de dispositivo, a parte mecânica coberta de pele, pelos e espinhos que o levava a *parecer* um porco-espinho.

— Eu pensei que os mecanimais fossem proibidos.

— Ele não é um mecanimal.

— Foi construído sem partes férricas? Incrível, mesmo. — A preternatural estava de fato impressionada. Não era uma Madame Lefoux, não poderia entender por completo a composição da geringonça em apenas alguns minutos de avaliação, porém conhecia o bastante as obras científicas para saber que estava diante de uma tecnologia bastante avançada.

— Mas por que usar essa tecnologia para criar um animal de estimação?

A srta. Dair deu de ombros, um movimento ligeiro e elegante, refinado a ponto de não afetar o caimento do vestido.

— A sentença de morte foi revogada. Sua mudança e seu acordo de adoção foram manobras geniais no grande jogo. Minha ama ficou impressionada. Não que eu esteja admitindo nada, claro, mas aqueles primeiros porcos-espinhos foram altamente experimentais. Não tão eficazes quanto esperávamos e, por isso, ela permitiu que eu adotasse como animal de estimação um dos poucos que restaram.

— Tecnologia impressionante. — Ela continuou a examinar a criaturinha. Havia pequenas presilhas atrás das orelhas, que, quando pressionadas, abriam-se para revelar os mecanismos internos da região cerebral. — Acho que teria sido bem mais perigoso se tivesse sido um zumbi africano de verdade. — Lady Maccon deu umas batidinhas em um dos ossos falsos. — Incrível. Suponho que a colmeia tenha solicitado a licença apropriada no registro de patentes? Deve ser um dos cientistas favoritos da condessa, já que eu não li nada a respeito disso na Real Sociedade. Foi projetado especificamente para suportar uma interferência magnética? — Então, a preternatural notou que o porco-espinho possuía peças móveis de cerâmica e madeira unidas por fios e ligamentos lubrificados com algum tipo de líquido ceráceo escuro. Antes, ela achara que se tratava de sangue, mas, ao examiná-lo de perto, viu que era igual à substância encontrada no autômato do Clube Hypocras. — Ah, minha nossa. Vocês obtiveram alguns dos relatórios do Clube Hypocras? Eu pensei que o DAS os havia guardado.

— Somente a senhora, Lady Maccon, estabeleceria tal relação. — O zangão começou a parecer um pouco nervoso.

Naquele momento, a preternatural resolveu indagar:

— Por que está na minha carruagem, srta. Dair?

A atriz recobrou a compostura.

— Ah, sim, bom, houve uma quebra de etiqueta, e foi apenas quando a senhora falou comigo na rua que eu me dei conta disso. Sei que a condessa gostaria que eu corrigisse a situação. Creia-me, pensávamos que nas noites de lua cheia a senhora estaria ocupada, ou jamais a teríamos negligenciado.

— Do *que* está falando?

— Disto. — Ela lhe entregou um convite, com letras em relevo, para uma festa da lua cheia que ocorreria naquela noite.

Os Maccon e os Nadasdy sempre convidavam uns aos outros para as respectivas festas. Os vampiros de Westminster, pelas correntes e ligações à colmeia, jamais tinham podido visitar o Castelo de Woolsey, e a condessa, evidentemente, não podia sair de casa. Mas o casal Maccon a visitara em diversas ocasiões, sempre se demorando apenas o estritamente necessário, de acordo com o que rezava a etiqueta, e nem um segundo a mais. As colmeias de vampiros não eram lugares confortáveis para os lobisomens, sobretudo os Alfas, mas as convenções sociais precisavam ser respeitadas.

Lady Maccon pegou o convite, com relutância.

— Obrigada, mas eu tenho diversos compromissos e, diante desse convite de última hora, vou fazer o possível para comparecer, mas…

A srta. Dair continuou a dar desculpas por ela:

— No seu atual estado, será difícil. Eu entendo perfeitamente e sei que a condessa também entenderá. Mas não queria que achasse que a estávamos menosprezando. Por sinal, a minha ama me pediu que lhe

informasse, caso nos encontrássemos, que estamos oficialmente encantadas com a sua nova residência e gostaríamos que soubesse que não guardamos rancor. Nem haverá — ela fez uma pausa, com delicadeza, sua formação de atriz tornando-se latente — consequências.

Como se não fossem eles que tivessem tentado me matar o tempo todo! Aborrecida, a preternatural respondeu, em tom enfático:

— Igualmente. Quem sabe, de uma próxima vez, se o seu grupo me contar logo no início por que está tentando me matar, poderemos evitar muitos tumultos desnecessários? Sem falar na perda de vidas de porcos-espinhos.

— Sim, com efeito. O que aconteceu com eles?

— Mina de calcário.

— Ah. Ah! Muito bem, Lady Maccon. Nunca teria imaginado.

— Essa criaturinha ainda está armada com espinhos projetáveis? Algum tipo de substância entorpecente, suponho.

— Sim, mas não se preocupe, ele é bem adestrado. E é para minha proteção e não por quaisquer outros motivos.

— Fico feliz em saber. Bom, srta. Dair, eu posso levá-la ao seu destino ou prefere caminhar? Suponho que queira exibir seu animal de estimação. A sua ama está pretendendo lucrar com a nova tecnologia, não está?

— Conhece os vampiros.

Normalmente, em encontros entre damas refinadas, não se tratava de assuntos financeiros, mas, como a srta. Dair era apenas uma atriz, a preternatural acrescentou:

— Seria de esperar que a posse de metade do mundo conhecido fosse suficiente para eles.

A srta. Dair sorriu.

— O controle, muhjah, vem em diversas formas.

— Sem dúvida, sem dúvida. Bom… — A preternatural pegou o tubo acústico e se dirigiu ao cocheiro. — Pode parar aqui, por favor. Minha companheira gostaria de descer.

— Pois não, milady. — Foi a resposta em tom metálico.

A carruagem encostou, permitindo que a srta. Dair e seu porco-espinho fossem desembarcados e continuassem o passeio.

— Talvez desfrutemos de sua companhia prazerosa mais tarde, Lady Maccon.

— Talvez. Obrigada pela conversa fascinante. Boa noite.

— Boa noite.

Eles partiram, deixando vários farristas curiosos quanto à relação entre a esposa de um lobisomem e um zangão de vampiros. Já circulavam boatos com relação a Biffy. Será que Lady Maccon tentava caçar furtivamente outro integrante-chave do círculo vampiresco? Novos boatos se espalhariam. O que, percebeu Lady Maccon, também podia ter sido parte do ardil da srta. Dair de se reunir com ela.

A preternatural falou de novo ao tubo acústico.

— Chapeau de Poupée, por favor.

Ainda estava cedo, no que dizia respeito às festas daquela noite. Nenhum estabelecimento londrino que se prezasse fecharia naquela ocasião. Assim sendo, Lady Maccon não ficou surpresa ao encontrar a chapelaria de Madame Lefoux não apenas aberta, como também lotada de senhoras da alta sociedade e seus respectivos acompanhantes. Os chapéus, pendurados nas longas correntes fixadas no teto, oscilavam de um lado a outro, mas sem transmitir sua costumeira aura de calmaria submarina. Havia demasiado alvoroço e farfalhar de anquinhas para tanto. Lady Maccon surpreendeu-se ao constatar que a própria Madame Lefoux não estava. Apesar de todas as suas atividades atípicas, a francesa costumava fazer questão de se encontrar na chapelaria nas noites mais movimentadas. Um dos principais motivos por que as damas frequentavam a Chapeau de Poupée era a possibilidade de deparar com a escandalosa proprietária no esplendor de sua cartola.

Na ausência de Madame Lefoux, a preternatural pôs-se a circular um pouco e parou, confusa. Como iria até a câmara de invenções sem que a vissem? Ela respeitava o desejo de Madame Lefoux de não revelar ao público a câmara, suas atividades e sua entrada. Porém, com o que parecia ser pelo menos metade do dito público perambulando pela chapelaria, como Lady Maccon faria para devolver os papéis e consultar a inventora quanto à natureza dos porcos-espinhos sem ser observada? A preternatural podia ser várias coisas, menos furtiva.

Ela foi até o balcão — uma encantadora mesa, que fora pintada de branco para dar um toque adicional à atmosfera moderna característica do gosto refinado da francesa.

— Com licença! — Lady Maccon empregou seu melhor tom autoritário.

— Eu já vou atender a senhora — estridulou a jovem que estava ali perto. Falara com animação e falsa simpatia, mas continuava de costas. Estava ocupada, movendo-se em meio a pilhas de caixas de chapéus.

— Não quero interromper seu trabalho, minha jovem, mas é um assunto urgente.

— Certo, madame, tenho certeza que sim. Eu sinto muito pelo atraso, mas, como pode ver, nós estamos com menos funcionárias do que o necessário. Se não se importar, aguarde só mais um pouquinho, por favor.

— Eu preciso me encontrar com Madame Lefoux.

— Sim, sim, eu sei. *Todos* querem receber a atenção pessoal dela, só que ela não está disponível esta noite. Talvez outra atendente possa ajudá-la?

— Na verdade, não, tem que ser a dona. Eu tenho que devolver a ela uns papéis importantes.

— Devolver? Ah, o chapéu não se adequou às suas necessidades? Sinto *muito*.

— Não se trata de um chapéu. Não tem nada a ver com isso. — A preternatural começava a se impacientar.

— Sim, certo, se puder esperar. Eu vou atendê-la daqui a pouquinho.

Lady Maccon suspirou. Aquilo não ia levar a nada. Ela se afastou do balcão e se virou para dar uma lenta circulada pela loja, usando a sombrinha como uma espécie de bengala e exagerando a coxeadura para inspirar compaixão nas damas que ainda não a tinham reconhecido e não faziam ideia de sua posição, levando-as a abrir caminho. Essa manobra chamou mais atenção ainda, em vez de menos, deixando Alexia com uma nítida sensação de impotência.

Os chapéus de Madame Lefoux eram da última moda, vários deles ousados demais, exceto para a sra. Tunstell e os de sua classe. As vitrines exibiam outros acessórios também — toucas de sair e dormir, pinos e faixas, todos lindamente decorados. Havia bolsas reticuladas de diversos tamanhos e formatos; luvas e peças para dirigíveis, tais como protetores de ouvido de veludo, faixas de saias, barbatanas para reforço de bainha e os mais modernos óculos de aviação em vidro fumê. Estava exposta, também, uma linha de óculos de aviação para bailes de máscaras, adornados com plumas e flores. E, por fim, e igualmente importante, havia uma prateleira exibindo as cabeleiras da sra. Tunstell, desenhadas para a jovem que seguia a moda e queria a um só tempo evitar os cabelos emaranhados e aquecer as orelhas, ostentando as mais novas madeixas. Elas já não estavam sendo muito procuradas ultimamente, depois de terem tido um *boom* de popularidade durante o inverno, mas continuavam expostas em deferência à sensibilidade da sra. Tunstell.

Lady Maccon completou a volta pela chapelaria e tomou uma decisão. Como qualquer ação dissimulada estava fora de questão, ela precisava recorrer à sua única alternativa — fazer um escândalo.

— Com licença, senhorita.

A mesma atendente continuava remexendo na parte de trás do balcão. Francamente, quanto tempo era necessário para se encontrar uma caixa de chapéu?

— *Sim*, eu já vou atender a senhora.

A preternatural buscou nas profundezas da alma seu temperamento mais pedante, difícil e aristocrático.

— Eu me recuso a *ser ignorada*, minha jovem!

Isso chamou a atenção da moça. Ela se virou para averiguar quem era aquela mulher intrometida.

— Sabe quem eu sou?

A atendente deu-lhe um rápido olhar de alto a baixo.

— Lady Maccon? — arriscou.

— Exatamente.

— Me avisaram que devia ficar de olho na senhora.

— Avisaram? Avisaram! É mesmo?!? Bom, agora eu estou aqui e... e... — Ela titubeou. Era dificílimo simular raiva quando não a sentia. — Tenho um assunto muito sério a tratar com sua patroa.

— Eu já lhe disse, madame, e sinto muito, mas ela não está disponível esta noite, nem mesmo para a senhora.

— Inaceitável! — A preternatural ficou satisfeita tanto com a palavra escolhida quanto com a ênfase dada. Bem imponente, sem dúvida! *É o que a convivência com lobisomens faz com uma dama. E agora, o que é que eu vou dizer?* — Pois saiba que fui enganada! Totalmente enganada. Não tolerarei isso. Vou chamar a polícia. Ah, vou!

Àquela altura, Lady Maccon e a moça, que começara a tremer, tinham atraído a atenção de toda a loja, tanto de clientes quanto de atendentes.

— Eu vim aqui procurar cabelheiras. Ouvi falar que estão *na última moda* para viagens de dirigíveis e, então, quis procurar uma que combinasse com os meus cabelos, mas o que foi que encontrei? Nenhuma do tom adequado. Onde elas estão?

— Bom, sabe, as cores mais escuras estão em falta no momento. Mas se madame quiser encomendá-las…

— Não, madame *não* quer! Madame quer cabelheiras neste exato instante! — Naquela ocasião, Lady Maccon considerou bater o pé, mas achou que seria dramático demais, até mesmo para aquela plateia.

Em vez disso, caminhou em seu rebolado de chumbo até o mostruário de protetores de ouvido, perto da vitrine da chapelaria. Pegou uma mecha dos próprios cachos, penteados habilmente por sobre os ombros de seu vestido de visitas em tecido xadrez azul e verde, e agitou-a rumo ao balcão. Em seguida, recuou, como se repelida pela incompatibilidade.

— Está vendo só? — Ela se manteve afastada, apontando com a ponta da sombrinha para as cabelheiras ofensivas.

A atendente estava vendo, sim. Tal como, na verdade, todas as outras damas ali presentes. E o que viam era Lady Maccon, que ficara apenas alguns dias de resguardo e deixara a cama e a segurança do amor do marido para ir até aquela chapelaria comprar cabelheiras. Elas deviam, portanto, ter voltado *à última moda*. A referida dama, esposa do Conde de Woolsey, era conhecida pela convivência com os ícones da moda e lançadores de tendências da sociedade. Ela mesma talvez preferisse acessórios mais práticos, sobretudo naquele estado, mas, se estava comprando cabelheiras, então Lorde Akeldama aprovava o acessório. E, se ele aprovava, os vampiros aprovavam e, se os vampiros aprovavam, só havia uma conclusão possível: elas deviam estar *no auge da moda*.

De repente, todas as clientes da chapelaria precisavam ter um par de *Cabelheiras para a Jovem Dama Viajante* da sra. Tunstell. Elas pararam de admirar o que admiravam e se dirigiram ao pequeno mostruário. Até as que não tinham a menor intenção de sequer pôr os pés em um dirigível, de uma hora para outra ficaram loucas para ter sua própria cabelheira. Pois o que se tornava chique nos voos acabava aterrissando — como fora o caso da febre por óculos de aviação decorativos.

Um enxame de damas de anquinhas e armações treliçadas se apinhou em torno da preternatural, todas tentando agarrar uma cabelheira, gritando umas com as outras enquanto buscavam desesperadamente pegar uma cuja cor combinasse com seus cabelos. Algumas damas chegaram a ser empurradas, outras ficaram com falta de ar. Foi uma verdadeira balbúrdia.

As atendentes se dirigiram à algazarra, obsequiosas, com os blocos de anotações, esforçando-se para convencer as clientes a não comprarem naquele momento, mas encomendarem as cores adequadas e, talvez, vários estilos, aproveitando para incluir cachos de tamanhos diferentes.

Em meio ao caos que se seguiu, Lady Maccon se afastou em passos tão furtivos quanto permitia sua capacidade limitada até os fundos da loja. Lá, em um canto obscuro, sob um atraente mostruário de luvas, estava a alavanca de acesso à cabine de ascensão. Ela a pressionou, e a porta oculta se abriu em silêncio. Notou aliviada que a cabine já se encontrava no andar de cima, aguardando-a. Entrou com dificuldade e fechou a porta de acesso à chapelaria.

Depois de tantos meses de amizade, sem falar na manutenção da sombrinha e nos consertos do etereógrafo, a preternatural tinha mais do que suficiente familiaridade com o modo de operar da cabine de ascensão de Madame Lefoux. O que antes revirava seu estômago e a assustava se tornara um procedimento-padrão em suas visitas. Ela puxou a corda que acionava o sarilho e nem titubeou quando a geringonça chegou ao solo com um baque desagradável.

Lady Maccon avançou a duras penas pelo corredor e bateu com força na porta da câmara de invenções.

Silêncio.

Concluindo que Madame Lefoux na certa não escutara as batidas, pois o interior era sempre uma cacofonia de ruídos mecânicos, entrou.

Depois de examinar por um longo momento as pilhas de aparelhos, ela acabou se convencendo de que a francesa de fato não se encontrava. Nem sua nova invenção. A atendente não mentira em nome das amabilidades sociais. Madame Lefoux realmente não estava disponível. Lady Maccon fez um beicinho. A inventora comentara algo a respeito de uma mudança de local para poder dar os toques finais à mais recente criação. A preternatural ficou se perguntando se deveria ir até lá ou simplesmente deixar os papéis ali. *Na certa estarão em segurança*. Ela os colocou em um tampo de metal e já estava prestes a partir, quando ouviu algo.

Lady Maccon não tinha a audição dos lobisomens para discernir um ruído estranho em meio às trepidações, zumbidos, assobios e estrépitos. Mesmo sem a presença da inventora, algumas máquinas não paravam de funcionar. Porém, não restavam dúvidas de que ela escutara outro som, um lamento em meio às trepidações, que podia ou não ter origem humana.

E também podia ser um rato bastante empolgado.

A preternatural ponderou sobre a possibilidade de não se meter. E também de não usar a sombrinha — afinal de contas, algumas máquinas naquela câmara poderiam estar dedicadas a elaboradas fabricações, que não podiam ser interrompidas em plena zoada. No caso de Lady Maccon, a ponderação nunca equivalia a mais do que uma pausa, antes de ela levar adiante a ação que teria realizado com ou sem contemplação.

Ela segurou com firmeza a sombrinha, ergueu-a acima da cabeça e ativou o emissor de interferência magnética, puxando com o polegar a pétala de lótus apropriada no cabo.

Fez-se silêncio. Um silêncio fora do normal, de atividade interrompida no meio do movimento. Se Lady Maccon fosse uma jovem fantasiosa, diria que fora como congelar o tempo, mas, como não era, não o fez. Simplesmente ficou atenta ao som que não parara.

Ele ressoou, um lamento grave e sombrio, e ela percebeu que se tratava de um som familiar. Embora não fosse emitido por mortais, era *natural*, não *fabricado*. O gemido intenso e intermitente da segunda morte, e Lady Maccon tinha um ótimo palpite a respeito de quem a estava enfrentando.

Capítulo 12

Outrora Beatrice Lefoux

— Outrora Lefoux. Outrora Lefoux, é você? — A preternatural tentou fazer a pergunta em tom amável.

O silêncio se prolongou e, então, o lamento longínquo ecoou outra vez.

Havia algo inexoravelmente triste no pranto, como se fosse muito pior morrer pela segunda vez. Comoveu até mesmo o coração prático de Lady Maccon.

— Outrora Lefoux, por favor, não vou lhe fazer mal. Eu prometo. Posso lhe dar paz, se quiser, ou simplesmente ficar aqui com você. Prometo que não haverá toque preternatural, a menos que queira. Não tenha medo. Não há nada que eu possa fazer. Não sei nem onde está o seu cadáver.

A transferência magnética cessou naquele momento, e os zumbidos e estalidos voltaram a ressoar na câmara de invenções. Bem ao lado da cabeça de Lady Maccon, uma geringonça que parecia uma tuba, um trenó e um aparador de bigodes montados toscamente soltou o mais incrível som de flatulência reverberante. Ela se sobressaltou, enojada, e se afastou depressa.

— Por favor, Outrora Lefoux, eu gostaria muito de lhe perguntar uma coisa. Preciso da sua ajuda.

O fantasma se materializou, emergindo de uma enorme válvula de vidro à esquerda da preternatural. Ou, mais precisamente, materializou o que pôde, já que não lhe restava muito. Fragmentos de Outrora Lefoux flutuavam para longe em gavinhas tênues, rodopiantes. Seu formato já não era humano, mas nebuloso, e filetinhos de sua forma incorpórea lutavam contra as correntes etéreas. Muitas dessas se concentravam em Lady Maccon, a quem se dirigiam as partes fantasmagóricas. Os vampiros chamavam os preternaturais de *sugadores de almas*, mas a ciência começava a encará-los mais como absorvedores de éter. Esse fenômeno específico de sua fisiologia só era de fato visível quando ela compartilhava um ambiente com um fantasma agonizante.

— Sem alma! — vociferou Outrora Lefoux quando encontrou a voz ou, talvez, a laringe. Falava em francês. — Por que está aqui? Cadê a minha sobrinha? O que foi que ela fez? O que foi que você fez? Cadê o octômato? Hein. Hein? Quem está gritando? Sou eu? Como posso ser eu *e* ao mesmo tempo eu estar aqui, conversando com você? Você. A sem alma? O que está fazendo aqui? Cadê a minha sobrinha?

Lembrava uma sinfonia dissonante, fadada a repetir os mesmos temas musicais sem parar. O fantasma estava preso em um raciocínio redundante. Outrora Lefoux se interrompia intermitentemente para se queixar e soltar o uivo longo e grave de agonia que acompanhava o lamento da segunda morte. Se se tratava de dor espiritual ou real era difícil dizer, mas, para a preternatural, assemelhava-se à do pobre Biffy sendo obrigado a se transformar em lobisomem.

Lady Maccon endireitou a coluna. À sua frente estava sua obrigação de preternatural, encarando-a. O que não ocorria com frequência. Em circunstâncias normais, solicitaria a autorização de Madame Lefoux, porém a francesa não se encontrava ali. Abandonara a pobre tia naquele estado. O fantasma estava sofrendo muito.

— Outrora Lefoux — começou a dizer, educadamente —, estou na posição ímpar de lhe oferecer... ou seja, posso... Ah, dane-se, quer um exorcismo?

— Morte? Morte! Está me perguntando se quero a morte, mulher sem alma? Não ter existência alguma. — O fantasma rodopiou como um brinquedo infantil e foi se movendo em espiral até as vigas do teto da câmera de invenções. As gavinhas de seu corpo desencarnado foram oscilando como as penas de um dos chapéus mais espalhafatosos de Ivy. Adejando no alto, Outrora Lefoux ficou pensativa. — Já prestei os meus serviços. Ensinei. Não são muitos os que podem dizer isso. Impactei vidas. Concluí todas elas. E o fiz depois de morrer também. — Ela fez uma pausa e fluiu para baixo. — Não que eu goste muito de crianças. Mas o que um fantasma pode fazer? Quando a minha sobrinha, minha jovem inteligente e adorável, apaixonou-se por aquela mulher terrível... Tudo que lhe ensinei foi em vão. E também havia o garoto. Igualzinho à mãe. Ardiloso. Quem diria que eu acabaria ensinando a um menino? E agora. Veja no que deu. Morte. A minha, e uma preternatural me oferecendo ajuda. Antinatural. Tudo isso. Mulher preternatural, que utilidade tem para mim?

— Eu posso lhe dar serenidade. — Lady Maccon arqueou a sobrancelha. Os fantasmas perto da fase de abantesma divagavam demais.

— Não quero paz, e sim esperança. Pode me dar isso?

A compaixão, na opinião da preternatural, tinha limites.

— Muito bem, a conversa está se tornando inquietantemente filosófica. Outrora Lefoux, se prefere não receber minha ajuda no que tange à sua existência, é melhor eu ir andando. Tente não uivar tão alto. Vão escutá-la na rua, e acabarão chamando o DAS. Francamente, o departamento não precisa de mais essa tarefa na lua cheia.

O fantasma desceu mais ainda. Por um instante, recompôs-se, passando do francês para o inglês, com sotaque carregado.

— Não, espere. Eu vou... Vou o quê? Ah, sim, vou lhe mostrar. Siga-me.

Ela pôs-se a percorrer o ambiente, oscilando para cima e para baixo. Nem se preocupou com os obstáculos ou caminhos em torno dos dispositivos, instrumentos e ferramentas do arsenal de Madame Lefoux, flutuando de alto a baixo em linha reta. Lady Maccon, mais corpórea em todas as acepções da palavra, foi ao seu encalço atabalhoadamente. Perdeu de vista Outrora Lefoux mais de uma vez, mas, por fim, acabou encontrando-a em um canto da imensa câmara, perto de um amplo barril deitado,

em que se via o logotipo de um respeitado fabricante de cebolas em conserva.

Conforme o fantasma foi se aproximando do barril, passou a se materializar cada vez mais, até ficar quase como antes — como a preternatural a conhecera cerca de seis meses atrás. Uma idosa compridona e esquelética, de expressão grave, com óculos pequeninos, que lembravam muito os de Madame Lefoux, e roupas que tinham saído de moda havia anos. Talvez tivesse tido covinhas em jovem.

O lamento pungente ficara mais alto ali, embora ainda aparentasse vir de um lugar distante, com um eco, como se emanasse do fundo de uma mina.

— Eu sinto muito. Não consigo me controlar — explicou ela, ante a careta de Lady Maccon.

— Não, claro que não. Sua hora chegou.

O fantasma anuiu, o movimento visível naquele momento, em que conseguira juntar melhor seus fragmentos.

— Genevieve me deu uma longa vida no além. Poucos espectros têm essa sorte. Às vezes só contam com meses. Tive anos.

— Anos?

— Anos.

— Ela é realmente uma mulher brilhante. — Lady Maccon estava devidamente impressionada.

— Mas se apaixona fácil e excessivamente. Eu não consegui lhe dar essa lição. Tão parecida com o pai. Ela a ama, acho, um pouco. E teria amado mais, se lhe tivesse dado a oportunidade.

Outrora Lefoux mudara o rumo da conversa de novo. Era o que quase sempre ocorria com os fantasmas — não conseguiam controlar nem os diálogos nem as próprias formas.

— Mas eu sou casada!

— Todas as melhores são. E aquele filho dela.

A preternatural olhou para a própria barriga.

— Todos devem amar os filhos.

— Mesmo se forem criaturas traquinas, frutos de outras mulheres?

— Sobretudo nesse caso.

O fantasma soltou uma risada amarga.

— Dá para notar que vocês duas são amigas.

Foi ao pensar na vida amorosa de Madame Lefoux (algo, Lady Maccon precisava admitir, que se esforçava muitíssimo para não fazer, já que era tão absurdamente cativante) que a preternatural juntou as peças. Não rápido o bastante, claro, porque os gemidos ficavam mais altos e se aproximavam cada vez mais. Nem mesmo um fantasma como Outrora Lefoux, com tanto estoicismo e aptidão mental, podia resistir ao próprio fim, quando já fadado a ele.

A preternatural indagou:

— Tem alguma coisa errada com Genevieve?

— Ssssim. — A resposta foi dada de forma sibilante. O fantasma tremulava, oscilando no ar diante dela, como se estivesse em cima de uma máquina a vapor mal balanceada.

— Aquele aparelho, o que ela vinha construindo, não era uma encomenda do governo, era?

— Não. — Outrora Lefoux começou a girar, ainda vibrando. As gavinhas tinham voltado a se formar e a se desprender, adejando no ar, sopros de seu eu que se deixavam levar. Os pés estavam quase totalmente desintegrados. Enquanto Lady Maccon observava, uma das mãos da tia de Madame Lefoux se soltou e começou a se deslocar na sua direção.

A preternatural tentou se esquivar, mas a mão a seguiu.

— É o tipo de artefato que pode arrombar uma casa, não é? Ou um palácio?

— É. Tão atípico dela construir uma máquina tão brutal. Mas às vezes nós, mulheres, nos desesperamos. — O lamento aumentava cada vez mais. — A pergunta certa, sem alma. *Não está me fazendo a pergunta certa. E quase não resta tempo.* — A outra mão se separou e flutuou rumo a Lady Maccon. — Sem alma? O que você é? Por que está aqui? Cadê minha sobrinha?

— Foi você que ativou a rede de comunicação incorpórea, não? Foi *você* que enviou a mensagem para mim, Outrora Lefoux? Aquela sobre o assassinato da rainha?

— Sssssim — sibilou ela.

— Mas por que Genevieve haveria de querer matar a…

A pergunta da preternatural foi interrompida quando o fantasma explodiu em pedacinhos, como um tomate podre lançado contra uma árvore. Outrora Beatrice Lefoux o fez sem ruído. Fragmentos seus foram lançados em todas as direções ao mesmo tempo, uma névoa branca começou a se espalhar e flutuar suavemente por toda parte e pelos dispositivos da câmara de invenções. Em seguida, aos poucos, esses pedaços começaram a flutuar na direção de Lady Maccon — olhos, sobrancelhas, cabelos, membros.

A preternatural não se conteve e deixou escapar um grito de pavor. Não havia como voltar atrás agora. Outrora Lefoux se tornara abantesma por completo. Chegara a hora de Lady Maccon cumprir sua obrigação para com a rainha e o país e fazer o exorcismo necessário.

Ela se aproximou do barril de cebolas em conserva. Estava na horizontal e era bem grande. Lady Maccon deu uma averiguada na parte de trás, de onde saíam diversos tubos e bobinas, conectados a baldes de metal tampados, de aspecto interessante. Ou Madame Lefoux estava especialmente interessada na qualidade das cebolas em conserva, ou…

Como a preternatural conhecia bem o estilo e o senso estético da amiga, procurou qualquer protuberância ou acréscimo escultural fora do comum ao barril, algo que pudesse ser puxado ou pressionado. Na ponta do recipiente, que estava de frente para a parede, achou um pequeno polvo de cobre. Pressionou-o. Com um leve estalido, a madeira do barril começou a se abrir, como o tampo corrediço de uma escrivaninha, revelando, como era de esperar, que não continha cebolas. Em vez disso, havia um tanque de peixes do tamanho de um caixão, repleto de um líquido amarelado borbulhante, e o cadáver conservado de Beatrice Lefoux.

O formol, que era o que devia ser o líquido, surtira seu efeito. Também ficara evidente que, de algum modo, as injeções de gás borbulhante permitiam que o fantasma ainda formasse seu eu incorpóreo, sem que boa parte do corpo se decompusesse. Lady Maccon ficou impressionada com a engenhosidade da invenção. Era uma das grandes dificuldades do uso de fantasmas, o fato de os espectros só conseguirem manter a lucidez se os cadáveres fossem conservados, e não poderem estabelecer uma ligação por corrente e virar aparição se aquele corpo estivesse totalmente imerso em líquido conservante. Madame Lefoux descobrira um meio de contornar esse problema fazendo com que o ar borbulhasse pelo formol em quantidade suficiente para possibilitar a formação de uma corrente, permitindo ao mesmo tempo que o cadáver permanecesse imerso e preservado. Não era à toa que Outrora Lefoux tinha desfrutado de um pós-vida tão longo.

Mas nem mesmo um dispositivo formidável como aquele, o apogeu da inovação científica, poderia salvar um fantasma do fim. Com o tempo, o cadáver acabaria se decompondo a ponto de já não poder mais manter a corrente, levando o fantasma a perder a coesão e a sucumbir à segunda morte.

A preternatural supôs que poderia mencionar aquele tanque ao DAS. Provavelmente encomendariam alguns para os seus agentes espectrais mais competentes. Ela se perguntou se as injeções de gás haviam tido algo a ver com a natureza explosiva do estado de abantesma de Outrora Lefoux. Em todo caso, a função do tanque fora concluída. Lady Maccon tinha que descobrir um meio de entrar nele.

Os gritos, àquela altura, haviam se tornado ensurdecedores. As partes corporais enevoadas tinham passado a se concentrar na preternatural, grudando na pele exposta dos braços, rosto e pescoço como carrapichos. Foi repulsivo. Ela tentou tirá-las, mas acabaram indo para o seu pulso.

Não parecia haver forma de acessar o tanque. A inventora não planejava abri-lo, depois de construído.

Lady Maccon começava a se desesperar para dar um basta nos berros. Estava ficando cada vez mais ciente do tempo que vinha perdendo. Precisava sair logo da câmara de invenções para impedir o esquema insano de Madame Lefoux de construir um monstro para matar a rainha. Por que logo a francesa haveria de querer fazer isso?

Desesperada, virou rapidamente a sombrinha, ergueu-a para trás o máximo que sua condição permitia e baixou-a com toda a força, atingindo a lateral do tanque de vidro com o cabo rígido, que lembrava um abacaxi. O tanque rachou e, em seguida, quebrou, derramando o fluido amarelo e, com ele, um cheiro forte e sufocante. Lady Maccon recuou depressa, levantando as saias para tirá-las do líquido tóxico. Seus olhos

começaram a lacrimejar e a arder. Ela tossiu, conforme o cheiro atingia sua garganta, e tentou respirar por meio de arfadas curtas. Por sorte, quase todo o líquido foi absorvido logo pela terra batida e compacta da câmara de invenções.

O cadáver ali dentro caiu em cima da lateral partida do tanque, uma das mãos pendendo em meio ao vidro quebrado. Mais do que depressa, a preternatural tirou a luva e se aproximou. Tocou a mão gelada uma vez, pele com pele, e pronto, tudo acabado.

O lamento cessou. Os filetes corpóreos esvaeceram — a névoa virou éter. O que restou foi apenas o ruído metálico provocado pela movimentação da maquinaria e pelo ar vazio.

— Que encontre a paz, Outrora Lefoux — disse Lady Maccon.

Ela olhou com tristeza para o caos à sua frente: fragmentos de vidro, tanque quebrado, cadáver. Abominava a desordem, mas não tinha tempo de fazer uma faxina. Melhor falar com Floote, assim que pudesse, para que ele se encarregasse disso. E, então, ela se virou e percorreu a câmara e o corredor. Esperava que a clientela no andar de cima continuasse a se desentender por causa das cabelheiras, pois dessa vez não tinha tempo de disfarçar sua saída para evitar expor a entrada secreta de Madame Lefoux. Precisava impedir que a amiga cometesse uma imprudência. E, mais importante, precisava descobrir o motivo. Por que a inventora, uma mulher tão inteligente, tentaria fazer algo tão estúpido quanto organizar um ataque frontal ao Palácio de Buckingham, para assassinar a Rainha da Inglaterra?

Felizmente, a obsessão por cabelheiras continuava a pleno vapor. Quase ninguém viu Lady Maccon sair furtivamente, como uma espécie de ganso manco, da porta na parede. Ela passou pela miríade de chapéus pendurados e saiu da chapelaria. Algumas pessoas ali presentes comentaram sentir um cheiro de formol, e outras repararam na forma pouco digna como Sua Senhoria se enfurnara nas profundezas de sua carruagem luxuosa, mas poucas estabeleceram a conexão entre os dois fatos. Não obstante, a atendente principal o fez, e memorizou o corrido para contar à patroa, antes de voltar a se concentrar no súbito aumento de encomendas de cabelheiras.

★ ★ ★

Lady Maccon se recordou do que Madame Lefoux dissera sobre a mudança. A francesa providenciara um espaço no Pantechnicon. A preternatural não sabia onde se situava esse conjunto de armazéns. Como se tratava de uma *atividade comercial*, não era algo mesmo que *devesse* saber. Às vezes os interesses da inventora no âmbito da engenharia a levavam às áreas mais peculiares de Londres. Evidentemente, Lady Maccon ouvira falar no depósito em que a Companhia Giffard guardava e fazia a manutenção de sua frota de dirigíveis. O Pantechnicon também era o ponto de armazenamento e distribuição de uma boa quantidade de móveis. Uma dama distinta visitando tal lugar era algo simplesmente impensável. Haveria mesas espalhadas, viradas de lado, expostas! Sem falar nos dirigíveis *flácidos*! A preternatural estremeceu ante a ideia. Mas, como às vezes a muhjah era obrigada a ir a lugares aonde Lady Maccon não iria, ela mandou o leal cocheiro se dirigir até lá, pois sabia que ele devia conhecer o local, na Belgrávia, uma região infame de Londres.

Depois de percorrer com estrépito inúmeras ruas calçadas com pedras e passar pelos piores e mais desordeiros grupos de West End, rumo a Chelsea, a carruagem parou. O tubo acústico de Lady Maccon tocou altivamente.

Ela pegou o auscultador em forma de corneta.

— Sim?

— Rua Motcomb, madame.

— Obrigada. — *Nunca ouvi falar*. A preternatural olhou pela janela da carruagem, com desconfiança. Não se dera conta de que as dimensões do Pantechnicon só poderiam ser hercúleas para abrigar tanto os dirigíveis flácidos quanto as mesas expostas. Estava diante de uma série gigantesca de armazéns. Todos semelhantes a um celeiro, sendo que ainda maiores, com vários andares de altura e telhados de metal abobadado. Ela supôs que deviam se abrir ou se desprender de alguma forma, para acomodar os dirigíveis. A rua estava parcamente iluminada pelas chamas amareladas e bruxuleantes de archotes, em vez da luz estável da iluminação a gás, e não havia ninguém por ali. Era uma parte da cidade em que atuavam os funcionários mortais, trabalhadores da área de transporte e manufatura, que carregavam e descarregavam suas geringonças e seus caminhões sob os

raios do sol. Não era um lugar para damas como Lady Maccon perambularem na lua cheia.

Em todo caso, ela não deixaria que detalhezinhos como a escuridão e o isolamento da ruela a impedissem de ajudar uma amiga, que precisava urgentemente de conselhos sensatos. Então, desceu da carruagem, com Ethel em uma das mãos e a sombrinha na outra. Foi andando lentamente pela fileira de estruturas gigantescas, escutando à porta de cada uma, pondo-se na ponta dos pés para espiar pelas janelinhas empoeiradas — a única forma de visualizar a parte interna. Esfregava com a luva manchada a camada de sujeira no cristal de chumbo. O Pantechnicon parecia tão abandonado quanto a rua. Não havia sinal de Madame Lefoux nem de sua máquina.

Então, por fim, no interior do último depósito da fileira, Lady Maccon vislumbrou um lampejo. Lá dentro, Madame Lefoux, ou a pessoa que supunha ser ela, estava com um balde de metal e vidro na cabeça, que mais parecia ser o rebento de um capacete de cavaleiro medieval com um aquário. Também trajava um macacão de aspecto abominável e usava um maçarico, para soldar diversas chapas metálicas. Sua enorme máquina mecânica assumira o formato final, e a preternatural não conseguiu evitar uma exclamação de assombro ante a visão do gigantesco aparato.

Era colossal, possuindo, no mínimo, dois andares de altura. A parte do chapéu de feltro sem aba fora colocada sobre oito tentáculos de metal articulado, que se erguiam como colunas; porém, se Lady Maccon bem conhecia Madame Lefoux, cada um poderia se mover independentemente dos outros. Uma criatura impressionante, sem sombra de dúvida. Lembrava, mais que tudo, um descomunal polvo ereto, na ponta dos tentáculos. A preternatural ficou pensando no que dizia sobre seu estado o fato de a comparação deixá-la com fome. *Ah, gravidez.*

Ela bateu na janela para chamar a atenção da francesa, mas ficou claro que a inventora não a ouviu, pois não parou de trabalhar.

Lady Maccon deu a volta ao armazém, procurando uma entrada. No local havia duas portas enormes de carregamento que davam para a rua, mas estavam bem trancadas. Devia haver uma porta menor e mais conveniente, para a passagem de uma pessoa, em algum lugar.

Por fim, encontrou-a. Também estava trancada. Golpeou-a com a sombrinha, frustrada, porém a força bruta não adiantou. Não pela primeira vez, ela desejou saber como se arrombava uma fechadura. Lorde Maccon franzira bastante o cenho diante daquele pedido e de sua sugestão de ir até a penitenciária Newgate para contratar um indivíduo dotado de mente criminosa como instrutor.

Ela voltou para a parte frontal e cogitou de quebrar uma das janelas mais baixas; embora fosse pequena demais para que passasse, mesmo se não estivesse no oitavo mês de gestação, poderia, ao menos, gritar. Um ruído estrondoso a interrompeu quando estava prestes a bater com a sombrinha.

A construção começou a tremer ligeiramente, o telhado de metal rangeu de forma assustadora e as duas portas enormes do depósito tiniram ao bater contra as dobradiças. Nuvens de fumaça escapuliam sob as portas e em torno das bordas. Um ruído metálico ressoou e o som contínuo e desafinado de máquina a vapor se fez ouvir de dentro. Lady Maccon se afastou da porta. Os barulhos foram ficando cada vez mais intensos, e as portas trepidaram com mais força. Outra nuvem de fumaça escapuliu.

A coisa estava se aproximando.

Alexia afastou-se das portas o mais rápido que pôde, e bem na hora, pois elas se abriram e bateram com tanta força nas laterais do armazém, que ficaram penduradas nas dobradiças, a madeira totalmente estraçalhada.

Um gigantesco polvo, que se movia na ponta dos tentáculos, saiu, dando a impressão de flutuar sobre a nuvem de vapor que jorrava da parte inferior de seu revestimento, para fazer com que os tentáculos girassem. Embora as portas não fossem amplas o bastante para permitir uma saída fácil, isso não incomodou a criatura. Ela simplesmente arrancou um pedaço do teto com a cabeça. Azulejos caíram e se espatifaram no chão, uma nuvem de poeira subiu e outra de fumaça desceu, à medida que o maior cefalópode automatizado do mundo começava a tentacular pela rua londrina.

— O octômato, suponho. Pelo visto, Genevieve não calculou bem as medidas — comentou Lady Maccon, para ninguém em particular.

A criatura não notou a preternatural, um ser barrigudo lá embaixo, entre as sombras, mas viu a carruagem. Levantou um dos tentáculos e mirou com cuidado. Em seguida, soltou fogo da ponta dele. A bela parelha (escolhida mais pela aparência e docilidade na presença de lobisomens que pela coragem) entrou em pânico, tal como o cocheiro espantado (escolhido justamente pelos mesmos motivos), e todos três saíram em disparada. A carruagem adernou violentamente na esquina, as fitas arrastando-se festivamente atrás, e desapareceu na escuridão da noite.

— Espere — gritou Lady Maccon. — Volte aqui! — Mas o veículo já partira. — Maldição. E agora?

O octômato, que não se preocupou com seu grito nem com a sua situação complicada, começou a percorrer a rua, afastando-se da preternatural, seguindo a carruagem. Lady Maccon ergueu a sombrinha e apertou a pétala de lótus especial no cabo, para ativar o emissor de interferência magnética. Mesmo apontado diretamente para a gigantesca criatura, ele não surtiu efeito algum. Ou Madame Lefoux também tivera acesso à tecnologia dos porcos-espinhos dos vampiros, ou instalara algum tipo de escudo defensivo para proteger a invenção do arsenal da amiga. Alexia não se surpreendeu, pois a francesa não seria tola a ponto de construir uma arma que pudesse ser derrotada com tanta facilidade por outra que ela mesma tivesse projetado. Sobretudo se soubesse que Lady Maccon estava investigando o caso e podia muito bem encontrá-la.

Optando por usar Ethel, a preternatural ergueu e disparou a arma. A bala ricocheteou no exterior metálico do octômato, sem causar muito dano. Deixou apenas uma marquinha, porém, mais uma vez, a hercúlea criatura nem reparou nos esforços insignificantes de Lady Maccon para contê-la.

O polvo seguiu pela rua sem muita dignidade. Madame Lefoux não conseguira fazer com que os tentáculos se equilibrassem direito nas pontas. Ele continuou a avançar, levando as janelas dos depósitos a trepidarem e, de vez em quando, arrancando os rebocos das laterais dos armazéns, ao se inclinar para o lado e se chocar contra eles. Por fim, ao contornar a esquina, afastando-se do Pantechnicon, a criatura esbarrou em um dos postes de iluminação, um archote com base côncava em estilo antigo,

e derrubou-o em cima do telhado de junco de um barracão de depósito. Quase imediatamente, ele pegou fogo, e as chamas começaram a se alastrar. Apesar do telhado de metal, ficou claro que, naquele momento, nem mesmo o Pantechnicon resistiria ao incêndio.

Lady Maccon ficou desnorteada. Nenhum dos acessórios especiais da sombrinha fora projetado para combater o fogo. Dado seu atual estado, sem dúvida sua melhor opção seria bater em indigna retirada. Afinal de contas, era realista o bastante para saber quando nem mesmo ela podia fazer muito para remediar uma situação. Ela rumou para o sul, na direção do rio.

À medida que Lady Maccon se arrastava, mancando, sua mente rodopiava, confusa. Por que Madame Lefoux construíra tal criatura? Ela costumava ser discreta, tanto na vida quanto no trabalho. Por que rumava para o norte e não para o leste, na direção do Palácio de Buckingham? A Rainha Vitória jamais deixava a segurança do palácio na lua cheia — era uma noite por demais selvagem para sua mente conservadora. Se a francesa queria ir atrás da Rainha, estava indo para o lado errado. A preternatural franziu o cenho. *É óbvio que eu estou deixando escapar algum detalhe. Algo que Genevieve ou Outrora Lefoux tenha dito ou deixado de dizer. Ou...*

Lady Maccon parou o corpo barrigudo de repente e bateu com as costas da mão na própria testa. Felizmente, foi a mão que segurava Ethel, não a da sombrinha, ou ela poderia ter se machucado.

— Claro! Como eu pude ser tão tola? Estou pensando na *rainha errada*.

Então, recomeçou a caminhar, a mente de súbito raciocinando com a presteza de uma armadilha de aço — quer dizer, se fosse do tipo acionado por mola, não muito sensível. A preternatural não conseguia fazer várias coisas ao mesmo tempo, muito menos em circunstâncias semelhantes, mas estava razoavelmente convencida de que poderia conciliar a movimentação bípede com os pensamentos.

O mensageiro fantasma inicial jamais especificara a Rainha Vitória, tampouco Outrora Lefoux. A inventora e seu octômato não estavam atrás da soberana do império, oh, não, mas de uma rainha de colmeia. O que fazia mais sentido. Madame Lefoux jamais gostara de vampiros, ainda mais

depois que corromperam Angelique (embora sempre tivesse recebido com satisfação o dinheiro deles). Considerando a história turbulenta que tivera com os sobrenaturais, devido à problemática criada francesa de olhos cor de violeta, a preternatural podia apostar um bom dinheiro que Madame Lefoux estava indo atrás da Condessa Nadasdy. Algo perfeitamente plausível, já que ela tentaculava rumo a Mayfair. De alguma forma, deduzira onde ficava a Colmeia de Westminster.

Outro mistério. A localização dessa colmeia era um segredo bem guardado. Lady Maccon sabia qual era, claro, mas só porque...

— Ah, Alexia, sua tola! — *O roubo no Castelo de Woolsey!* Madame Lefoux devia ter sido a ladra que roubara aquelas antigas missivas, porque entre elas estava o convite original da Condessa Nadasdy para que visitasse a colmeia. Este lhe fora entregue por Mabel Dair no Hyde Park, na tarde em que Lady Maccon matara o seu primeiro vampiro. Continha o endereço da residência da colmeia e, tolamente, a preternatural jamais pensara em destruí-la. *Quando foi que eu contei essa história para Genevieve?*

Lady Maccon pôs-se a refletir desesperadamente na rua deserta. Tinha que chegar à Colmeia de Westminster, e rápido. Nunca se ressentira tanto do bebê-inconveniente como naquele momento, sem falar na dependência de veículos de tração equina. Tinha até um convite que permitiria sua entrada na colmeia, mas jamais chegaria a tempo de avisá-los da destruição tentaculada iminente. Estava encalhada nos confins da Belgrávia!

Ela caminhou com mais rapidez.

O fogo se alastrava e crepitava às suas costas. A ruela outrora obscura estava iluminada, com um brilho bruxuleante de tons amarelados e alaranjados. Ao barulho de construções que desmoronavam e das chamas estrondosas somou-se o toque do sino de uma carruagem de bombeiros que se aproxima. Um dos dirigíveis devia ter visto o incêndio e lançado uma mensagem do alto para as autoridades competentes. O que levou a preternatural a se mover mais depressa. A última coisa de que precisava era ser detida e ter que explicar sua presença no Pantechnicon. O que também fez com que se lembrasse de erguer os olhos para ver se avistava um dirigível.

Como era de esperar, havia diversos rumando tranquilamente na sua direção, por terem localizado o incêndio e redirecionado sua rota circular

e indolente para a intrigante nova atração. Estavam em segurança acima da conflagração, não ainda no éter, porém alto o bastante para evitar qualquer risco associado até mesmo aos incêndios terrestres mais avassaladores.

Lady Maccon agitou a sombrinha com imponência, mas não passava de um pontículo em terra, a menos que alguém tivesse os binóculos de longa distância mais recentes da *Shersky & Droop*. Desde que se casara, ela passara a usar uma paleta de cores mais sombria e respeitável que a da jovem descomprometida, adepta dos tons pastéis. O que a tornava menos visível ainda em meio às sombras tremeluzentes da rua Motcomb.

Foi então que a preternatural notou que o símbolo da Giffard (o logotipo do nome, que transformava o G em um enorme balão vermelho e preto), em um depósito ali perto, fora modificado, com o acréscimo de uma espécie de estrela resplandecente no final e, logo abaixo, os dizeres DIVISÃO PIROTÉCNICA LTDA. Ela parou, deu a volta e rumou até um poste de iluminação. Praticamente sem parar para pensar no que fazia, afastou-se, mirou e jogou a sombrinha com força na parte do archote. A sombrinha, que atuou como uma lança, atingiu a lâmpada e lançou-a no chão, junto com o carvão em brasa da parte interna, provocando um estalido.

Lady Maccon foi ofegante até os carvões, pegou a ponta do acessório, que estava meio chamuscado e coberto de fuligem e, segurando-o como um taco, usou o cabo grosso para lançar um carvão de aspecto especialmente interessante ao longo da rua, na direção do depósito pirotécnico da Giffard. Que bom, pensou ela, que era ótima no croqué. De uma distância razoável, mirou cuidadosamente e, com uma espécie de tacada, atingiu o pedaço de carvão com força. Ele traçou um arco extraordinário no alto, quebrando de modo altamente satisfatório a janela do depósito.

Então, a preternatural aguardou, fazendo uma contagem longa e lenta, esperando que o carvão houvesse atingido algo explosivo.

E fora exatamente o que acontecera. Primeiro ressoaram estalidos e pequenos estouros, em seguida, zunidos e sibilos e, por fim, uma série de disparos altos. As portas e janelas do armazém explodiram para fora, empurrando Lady Maccon para trás. Instintivamente, ela abriu a sombrinha para se proteger, conforme o mundo ao seu redor se transformava em uma

cornucópia de fumaça com luzes coloridas piscando e estrondos. Todo o estoque do que ela supunha ser uma coleção bastante cara de fogos de artifício explodiu, reluzindo e cintilando em uma série cada vez maior de clarões.

Ela se encolheu de medo na rua — não havia outra forma de descrevê-lo —, atrás da sombrinha, rezando para que a solidez do dispositivo projetado por Madame Lefoux conseguisse protegê-la do pior.

Por fim, as detonações foram diminuindo, e ela começou a sentir o calor do verdadeiro incêndio, que avançava aos poucos pela rua Motcomb em sua direção. Lady Maccon tossiu e agitou a sombrinha. A luz da lua deu à fumaça residual um toque branco-acinzentado, como se houvesse mil fantasmas ao redor da preternatural.

Com os olhos lacrimejando, ela pestanejou e tentou respirar pausada e superficialmente. Então, pela fumaça que se dispersava, surgiu um enorme chapéu ao estilo pastora, de cabeça para baixo, adejando a dois andares do chão e rumando até Lady Maccon. Quando o vapor se esvaiu, a pesada estrutura de um dirigível particular apareceu repentinamente sobre o chapéu, demonstrando que se tratava, na verdade, da gôndola do aeróstato. O piloto, um verdadeiro taumaturgo, foi conduzindo a pequena embarcação em direção a ela, baixando-a com cuidado entre as fileiras de construções, ao mesmo tempo que lutava para mantê-la longe das chamas do incêndio no Pantechnicon.

Capítulo 13

O Polvo Assola a Cidade ao Luar

Era uma das embarcações menores da Giffard, de curto alcance, geralmente contratada somente para operações secretas de reconhecimento e passeios particulares. Na parte da gôndola, que, de perto, se parecia ainda mais com o chapéu de uma pastora, só cabiam cinco pessoas. O modelo se baseava no balão original de Blanchard. Tinha quatro lemes alados, semelhantes às asas de uma libélula, despontando abaixo do setor dos passageiros. Havia um pequeno motor a vapor e uma hélice na parte de trás, mas o capitão tinha que conduzir o dirigível usando inúmeras alavancas e timões, o que o fazia executar uma dança frenética. O benefício desses pequenos aeróstatos podia ser comparado ao das diminutas chatas que atravessavam o Tâmisa, tão usadas por malfeitores. A Giffard havia lançado uma frota inteira recentemente, a preços altos, para que os abastados pudessem investir em seu meio de transporte particular. Lady Maccon os considerava indignos, sobretudo por não terem porta. Era preciso trepar na lateral da gôndola para entrar. Imagine só, adultos terem que subir desse jeito! Mas, quando se estava presa em uma ruela com um Pantechnicon em chamas e um octômato fora de controle, não se podia ser exigente.

Dois indivíduos dentro do chapéu se inclinaram à beirada e apontaram para ela.

— U-huu! — cantarolou jovialmente um deles, em estilo tirolês.

— Aqui! Rápido, senhores, por favor, aqui! — bradou ela, agitando freneticamente a sombrinha.

Um dos cavalheiros tocou na aba da cartola para saudá-la (não havia como incliná-la, já que o chapéu fora amarrado para a viagem de aeróstato).

— Lady Maccon.

— Francamente, Boots! Como diabos pode saber que aquela lá é ela? — perguntou o outro senhor de cartola.

— E quem mais haveria de estar no meio da rua, na noite de lua cheia, com um incêndio descontrolado atrás de si, agitando uma sombrinha?

— Tem razão, tem razão.

— Lady Maccon — gritou o outro. — Quer uma carona?

— Sr. Bootbottle-Fipps — respondeu ela, exasperada —, que pergunta mais tola…

A gôndola do dirigível aterrissou com suavidade, e a preternatural andou cambaleante até ela.

Boots e o segundo jovem dândi, o visconde Trizdale, saltaram com agilidade e foram ajudá-la. Tizzy era um rapaz louro delgado e afeminado, de nariz aristocrático e uma predileção por amarelo. Boots era um pouco mais substancial no físico e no gosto, mas não muito.

O olhar de Lady Maccon foi de um cavalheiro para o outro e, em seguida, para a lateral da gôndola que ela teria de escalar. Com muita relutância, ciente de que não lhe restava escolha, ela se colocou nas mãos bem cuidadas deles.

Ninguém viria a mencionar, nem horas depois, nem jamais enquanto vivessem, o que precisara ser feito para que a preternatural barriguda conseguisse entrar na cápsula de passageiros. Houve algumas içadas e muitos gritinhos (tanto de parte de Lady Maccon quanto de Tizzy), e mãos provavelmente tocando em partes da anatomia desagradáveis tanto para a preternatural quanto para os socorristas. Basta dizer que ela ficou grata por Lorde Akeldama sempre fazer questão de que seus zangões praticassem alguma atividade esportiva, apesar de sua inclinação para a elegância.

Lady Maccon acabou aterrissando nas anquinhas, de pernas ligeiramente para o ar. Como a gravidade era ainda mais dominadora que a preternatural, esta se debateu por um tempo antes de conseguir rolar para o lado e ficar de pé com dificuldade. Afora as pontadas que sentia na lateral do corpo, os hematomas nas partes baixas e a vermelhidão provocada pelo calor e pelo esforço, tudo o mais, inclusive o bebê, parecia estar em ordem. Os dois jovens saltaram no interior da cápsula, depois dela.

— O que é que estão fazendo aqui? — quis saber a preternatural, ainda impressionada com o sucesso de seu plano de mandar sinais para receber ajuda. — Meu marido mandou que me vigiassem? Por que os lobisomens estão sempre de olho nos outros?

Tizzy e Boots se entreolharam.

Por fim, Bootbottle-Fipps disse:

— Não foi apenas o conde, Lady Maccon. Milorde também pediu que ficássemos de olho na senhora esta noite. Disse que na lua cheia poderiam ocorrer algumas coisas que exigiriam mais vigilância nesta parte de Londres, se entende o que quero dizer.

— E como diabos ele sabia disso? Ah, esqueçam que eu perguntei. Como é que Lorde Akeldama sabe de tudo? — A lógica voltara junto com a dignidade, e ela avaliou sua nova situação.

Boots deu de ombros.

— Na lua cheia *sempre* acontecem algumas coisas.

Sem nem mesmo receber ordens, o piloto já fazia o pequeno dirigível subir, afastando-o da fumaça e do incêndio. Era um sujeito pequenino, de barba feita, nariz arrebitado e semblante instável. O nó de seu plastrom fora muito bem dado e combinava perfeitamente com o colete.

— Não me contem. — A preternatural olhou-o de alto a baixo. — Por acaso este dirigível pertence a Lorde Akeldama?

— Se é o que deseja, milady, não vamos lhe contar. — A expressão de Boots era de culpa, como se, de algum modo, estivesse deixando de atender ao seu pedido.

Lady Maccon torceu os lábios, pensativa. O bebê-inconveniente estava chutando bastante, e ela automaticamente apertou a barriga.

— Eu detesto lhes dar este trabalho, cavalheiros, mas tenho que ir até a Colmeia de Westminster o mais rápido possível. Qual é a velocidade máxima deste dispositivo?

O piloto abriu um largo sorriso.

— Ah, a senhora ficaria surpresa, milady. Muito surpresa. Lorde Akeldama mandou Madame Lefoux readaptar esta belezura. E foi o que ela fez.

— Não sabia que eles faziam negócios um com o outro. — Lady Maccon arqueou a sobrancelha.

— Pelo que sei, este foi o primeiro. O primeiríssimo. Lorde Akeldama ficou muito satisfeito com o trabalho dela. Bastante mesmo. Assim como eu. Ele mesmo não consegue viajar de dirigível, o coitado. — O piloto deu a impressão de realmente lamentar essa incapacidade do vampiro. — Mas ele já testou esta belezura em torno do parque, e posso lhe garantir que a francesa é milagrosa. Verdadeiramente milagrosa! O que consegue fazer em termos de aeronáutica…

— Ela comentou uma vez que foi nisso que se especializou na universidade. E, claro, há sempre o Monsieur Trouvé e o ornitóptero.

O piloto ergueu os olhos de suas atividades, com um brilho de interesse.

— Disse *ornitóptero*? Eu tinha ouvido falar que os franceses estavam diversificando. Minha nossa, que espetáculo deve ser.

— E é mesmo — murmurou Lady Maccon. — Mas, a meu ver, melhor vê-lo em ação que usá-lo. — Ela falou mais alto. — Este dirigível pode ir mais rápido, então? É importantíssimo que eu chegue lá nos próximos minutos. Por que não me mostra que velocidade esta adorável embarcação pode atingir?

Outro largo sorriso ante o pedido.

— Basta me indicar a direção correta, milady!

E a preternatural o fez, apontando para o norte. Eles sobrevoaram pelos telhados, deixando o incêndio bem longe. A preternatural foi cambaleando até a beirada da gôndola e olhou para baixo: o Hyde Park estava à esquerda e à frente; o Green Park e o jardim do Palácio, espalhados atrás e à direita deles. Mesmo lá de cima, dava para ouvir os uivos da guarda pessoal de lobisomens da Rainha Vitória, os Rosnadores, presos em uma ala especial do Buckingham.

Lady Maccon mostrou um ponto adiante, ligeiramente à direita, entre os dois parques — a parte central de Mayfair. O piloto abaixou com força a alavanca em forma de maçaneta, e o dirigível arremeteu naquela direção, mais rápido do que ela imaginava que pudesse ir. O toque de Madame Lefoux, sem dúvida.

— Esta embarcação tem um nome, comandante? — gritou ela, em meio ao vento. Tanto o interesse quanto a denominação conquistaram bastante a lealdade do jovem piloto.

— Claro que sim, milady. Lorde Akeldama a chama de *Sacolejo*, acho que por causa da turbulência, mas está registrada como *Paina de Dente-de-Leão numa Colher*. Eu não sei se posso dar a devida explicação para este.

Tizzy soltou uma risadinha marota. A preternatural e o piloto olharam para ele, mas o fidalgote não pareceu disposto a entrar em detalhes.

Lady Maccon deu de ombros.

— Eu suponho que os critérios onomásticos de Lorde Akeldama sejam insondáveis.

Boots, observando a mão dela, que continuava envolvendo de forma protetora a barriga volumosa, quis saber, solícito:

— É o bebê, Lady Maccon?

— A razão da pressa? Não, não. Recebi um convite para participar da festa de lua cheia da Condessa Nadasdy e estou atrasada.

Ele e Tizzy anuíram, demonstrando sua plena compreensão daquele importante compromisso social. Sem dúvida, era preciso ir a toda velocidade.

— Nós vamos nos apressar, então, milady. Não queremos que chegue depois da hora apropriada.

— Obrigada pela compreensão, sr. Bootbottle-Fipps.

— E o incêndio, milady? — As costeletas de Boots esvoaçavam em meio à brisa.

A preternatural pestanejou.

— Incêndio? Que incêndio?

— Ah, é assim?

Lady Maccon se virou para olhar por sobre a gôndola. Conseguiu distinguir os contornos gigantescos do octômato, que adernou ao contornar a esquina de Hyde Park, atrás da Apsley House, bem abaixo deles. Mas,

com outra puxada naquela alavanca, *Paina de Dente-de-Leão numa Colher* deu uma arrancada rumo a Mayfair, deixando para trás o polvo enlouquecido. Depois de notarem o enorme monstro destruidor, os zangões deixaram escapar gorjeios de aflição, antes de insistirem que ela lhes contasse *tudo sobre a fera*.

A residência da Colmeia de Westminster ficava perto de várias casas igualmente luxuosas. Situava-se no final do quarteirão, um pouco afastada das demais, e não exibia nada que a destacasse ou indicasse que pertencia ao círculo sobrenatural.

A perfeição do jardim e da frontaria recém-pintada podia ser excessiva, porém estava de acordo com os padrões dos mais abastados. Era um bom endereço, sem ser magnífico, com um espaço amplo o bastante para acomodar a condessa, os integrantes principais de sua colmeia e seus zangões.

Naquela lua cheia específica, encontrava-se mais agitado que o normal, com uma série de carruagens parando na frente para desembarcar alguns dos políticos, aristocratas e artistas mais progressistas e importantes. Lady Maccon, como muhjah, sabia (embora alguns não soubessem) que todos os que ali se reuniam faziam parte do reduto dos vampiros, ou eram seus empregados, ou lhes prestavam serviços, ou as três opções. Os convidados usavam seus melhores trajes, colarinho alto engomado, vestidos de cintura baixa, calções justos e anquinhas bem-feitas. Tratava-se de um desfile de indivíduos influentes — a Condessa Nadasdy não aceitaria nada menos do que isso.

O dirigível era, sem dúvida alguma, uma forma chique de chegar a uma festa, a mais nova e impressionante, diriam alguns. Mas não era nem um pouco conveniente para uma rua já repleta de carruagens particulares e cabriolés de aluguel. Conforme o aeróstato foi se aproximando, alguns cavalos se assustaram, empinando e relinchando. Alguns veículos terrestres bateram uns nos outros, na tentativa de abrir espaço, o que provocou muita gritaria.

— Quem é que eles pensam que são, chegando desse jeito? — perguntou um cavalheiro idoso.

Os vampiros gostavam de investir nas invenções mais modernas e de participar de transações comerciais, mais notadamente com a Companhia das Índias Orientais; contudo, no fundo, eram tradicionalistas. E seus convidados também. Pois, por mais chique que fosse o dirigível particular de lazer, ninguém queria que sua própria chegada pomposa fosse eclipsada pelo exibicionismo de um veículo inovador. Pompas à parte, o aeróstato pousaria quer quisessem quer não e, por isso, um espaço acabou sendo disponibilizado. A gôndola aterrissou aos solavancos na frente do portão de ferro forjado.

Lady Maccon se viu em um dilema. Precisaria sair pela lateral da cesta de passageiros. Não conseguia nem imaginar uma forma de sair menos humilhante que sua entrada. Não queria passar pelo mesmo processo de novo, ainda mais na frente daquelas figuras ilustres, que a fuzilavam com os olhos. Mas podia jurar ter ouvido o som de algo sendo destruído pelo octômato, e não tinha tempo a perder por causa do decoro de ninguém, muito menos do dela.

— Sr. Bootbottle-Fipps, visconde, poderiam me ajudar, por gentileza? — Ela soltou um suspiro e se preparou para passar vergonha.

— Pois não, milady. — Sempre solícito, Boots aproximou-se para auxiliá-la. Tizzy, era preciso reconhecer, movia-se com menos entusiasmo. Quando se preparavam para arremessá-la (não havia, na verdade, outra forma de dizê-lo) pela beirada da gôndola (e nesse momento ela previu que aterrissaria nas já maltratadas anquinhas), uma salvadora apareceu.

Sem sombra de dúvida alertada pelos gritos de desaprovação e pela piora do trânsito na rua, a srta. Mabel Dair saiu da colmeia, o corpo delineado de forma dramática diante do interior bem-iluminado e cheio da residência. Ela fez uma pausa, o centro das atenções, na escada frontal da casa. Trajava um vestido de gala, em tom de ouro velho, com um profundo decote quadrado, exibindo atavios de renda preta em arco e rosas de seda cor-de-rosa. Rosas frescas enfeitavam os seus cabelos, e as anquinhas eram volumosas — a moda mais ousada de Paris, com anquinhas menores e corpete mais colado no corpo, não fazia seu gênero. Não, ali, sob o olhar protetor da ama, até mesmo uma atriz como a srta. Dair se vestia com discrição.

Lady Maccon, dentro de uma gôndola de passageiros de dirigível, dava a impressão de estar em perigo iminente de não obedecer às regras do jogo.

A srta. Dair gritou da escada, usando sua imponente voz de palco para se sobressair em meio ao burburinho da rua movimentada:

— Ora, Lady Maccon, que surpresa encantadora! Não a esperávamos. Sobretudo em um meio de transporte tão extravagante.

— Boa noite, srta. Dair. É deveras engenhoso, não é mesmo? Infelizmente, eu estou com certa dificuldade de sair.

A atriz mordeu o lábio inferior, ocultando um sorriso.

— Eu vou buscar ajuda.

— Ah, sim, muito obrigada, mas estou com um *pouquinho* de pressa.

— Claro que sim, Lady Maccon. — A srta. Dair se virou para a casa e fez um gesto firme com a mão envolta por uma luva de cetim. Instantes depois, deu a volta e desceu a escada, seguida por uma verdadeira horda de criados com expressão solene, e todos se dedicaram à suspensão e ao transporte da preternatural como se estivessem cumprindo uma tarefa doméstica qualquer, os rostos totalmente sérios, sem nenhum sinal de divertimento.

Quando a preternatural obteve a liberdade, Boots tocou a aba da cartola com a mão que uma luva cinza recobria.

— Tenha uma ótima noite, Lady Maccon.

— Não vem também?

Ele lançou um olhar significativo para a srta. Dair.

— Não a esta festa, milady. A situação poderia se tornar — o rapaz fez uma pausa delicada — espinhosa.

Lady Maccon assentiu, indicando sua compreensão, e não pensou mais no assunto. Havia lugares que nem os zangões de Lorde Akeldama podiam frequentar, apesar de seu dom universal da onipresença.

A srta. Dair ofereceu o braço à preternatural, que o aceitou, agradecida, embora tivesse apertado mais a sombrinha com a mão livre. Afinal de contas, Lady Maccon estava entrando em uma colmeia e, apesar do que rezavam as boas maneiras, os vampiros nunca a haviam aceitado, muito menos sua preternaturalidade. Todas as vezes que fora ali antes, com exceção de uma, ela estivera com o marido. Naquela noite, ia sozinha. A srta. Dair podia estar de braços dados com ela, mas a preternatural sabia muito bem que isso *não* a protegia dos inimigos que se aproximassem por trás.

As duas mulheres entraram juntas na festa.

A casa em si não mudara desde a última vez em que Lady Maccon estivera ali. Dentro, era muito mais luxuosa do que a fachada sugeria, embora todas as demonstrações de riqueza fossem de bom gosto, sem sinal de vulgaridade. Os tapetes persas continuavam felpudos e macios, em matizes harmônicos de vermelho e padrões refinados, porém mal podiam ser vistos, com tantos sapatos sociais e botas sociais caminhando sobre eles. Quadros notáveis continuavam enfeitando as paredes, obras-primas que iam de telas abstratas contemporâneas a uma dama em posição relaxada, com tez de porcelana, que só podia ser de Ticiano. Porém, Lady Maccon só sabia que estavam ali por tê-los visto antes; daquela vez, conforme ia abrindo caminho pela multidão, os penteados elegantes e toucados floridos lhe ocultavam a visão. Os móveis requintados de mogno passaram a ser usados como bancos, e as inúmeras estátuas de senadores romanos e deuses egípcios se tornaram nada mais que integrantes pétreos do grupo de convidados.

— Minha nossa — gritou Lady Maccon para a acompanhante, mais alto que o burburinho. — Como está cheia!

A atriz anuiu com veemência.

— A condessa deve fazer um anúncio importante esta noite. Todo mundo, *sem exceção*, aceitou seu convite.

— Anúncio? Que tipo de...?

Mas a srta. Dair voltou a se concentrar em conduzi-la pela multidão.

Algumas pessoas reconheceram Lady Maccon — cabeças se viraram em sua direção, as expressões perplexas.

— Lady Maccon? — Era o reconhecimento pasmo de sua presença, acompanhado de pequenas reverências.

Ela até podia ouvir a mente dos fofoqueiros girando como máquinas a vapor prestes a explodir. *O que a esposa de um lobisomem Alfa está fazendo aqui? E com a gravidez tão avançada. Sozinha! Na lua cheia!*

Conforme elas avançavam, Lady Maccon foi percebendo que alguém as seguia em meio aos convidados. Assim que um homem alto e magro se postou à frente da srta. Dair, alguém atrás de ambas pigarreou.

A preternatural se virou e ficou frente a frente com um cavalheiro comum, de aspecto tão banal, que era difícil de descrever. Seus cabelos

eram quase castanhos, os olhos quase azuis, complementados por traços que não eram nem belos nem interessantes. Usava roupas elegantes, porém medíocres, todo o conjunto sugerindo um nível de insignificância premeditada que a levou a se lembrar do professor Lyall.

— Vossa Graça — disse ela, saudando-o com cautela.

O Duque de Hematol não sorriu, mas podia ter sido apenas por não querer, naquele momento, mostrar-lhe as presas.

— Lady Maccon, que prazer inesperado.

A preternatural olhou de soslaio para a srta. Dair, que entabulara uma conversa à meia-voz com o dr. Caedes, outro integrante do círculo íntimo da Condessa Nadasdy. Era um vampiro alto e magro, que Lady Maccon sempre achara parecido com uma sombrinha, sendo que sem a cobertura de tecido, com seu corpo ossudo e anguloso. Ele se *desdobrava*, em vez de caminhar. Não parecia nada satisfeito.

O duque fora mais sutil, tendo conseguido esconder melhor seus sentimentos a respeito da presença inesperada da preternatural. Lady Maccon se perguntou onde teria se metido Lorde Ambrose, o último integrante daquele grupinho. Na certa devia estar perto da condessa, pois agia como seu pretoriano. Em uma festa tão cheia como aquela, a rainha gostaria de manter seu guarda-costas o mais perto possível.

— Nós não a esperávamos nesta noite específica, Lady Maccon. Nós pensávamos que estaria ajudando seu marido em sua — uma pausa deliberada — deficiência.

Ela estreitou os olhos, remexeu na bolsinha reticulada e pegou o cartão necessário.

— Tenho *um convite*.

— Claro que tem.

— É imprescindível que eu fale com a sua soberana agora mesmo. Eu tenho uma informação de suma importância para lhe dar.

— Pode me dizer.

Ela usou sua expressão lady macconiana mais imponente e o olhou de alto a baixo.

— *Não* creio.

O vampiro não cedeu.

Não era um sujeito grande. Ela supôs que, na pior das hipóteses, poderia enfrentá-lo, mesmo naquele estado. Ser preternatural tinha lá suas utilidades. Tirou as luvas.

Ele observou o movimento com interesse e preocupação.

— Isso não será necessário, Lady Maccon. — Se o duque fosse tão parecido com o professor Lyall quanto ela imaginava, o combate físico não seria sua solução preferida nos confrontos. Ele olhou para o doutor, que parecia uma cegonha, e fez um sinal brusco com o queixo. O outro vampiro reagiu com rapidez sobrenatural, pegou o braço da srta. Dair e desapareceu em meio aos convidados, deixando a preternatural com um novo acompanhante, bem menos atraente.

— É realmente importantíssimo que eu a veja o quanto antes. Ela pode estar correndo sério perigo. — Lady Maccon não recolocou as luvas e tentou transmitir a urgência de seu pedido ao duque, sem se mostrar ameaçadora demais.

Ele sorriu. Suas presas eram pequeninas e afiadas, quase ausentes, tão indistintas quanto o restante de sua imagem projetada.

— Vocês, mortais, são sempre apressados.

Lady Maccon contraiu o maxilar.

— Desta vez é do *seu* interesse, pode ter certeza.

O duque a observou atentamente.

— Está bem, venha comigo.

Ele a conduziu pela multidão, que foi diminuindo à medida que eles saíam do corredor principal de acesso às salas de estar, de visitas e de recepção. Eles contornaram um canto rumo a uma parte da casa que a preternatural adorava, o museu de maquinarias, em que a história das inovações da humanidade estava exibida com tanto esmero quanto as estátuas de mármore e pinturas a óleo das áreas públicas. O duque caminhava lentamente, devagar demais para Lady Maccon, que, mesmo grávida e ciente de que ultrapassava os limites da boa educação, ia mais rápido que ele. Passou depressa pela primeira máquina a vapor a ser construída e, em seguida, pela maquete da máquina analítica de Babbage, sem sequer relancear nenhum dos dois prodígios da criatividade humana.

O vampiro apertou o passo para alcançá-la, passou por ela quando chegaram à escada e conduziu-a para cima, e não, como ocorrera nas ocasiões anteriores, para a sala de visitas dos fundos, o refúgio preferido da condessa. Aquela era uma noite especial, sem dúvida. Estavam levando Lady Maccon ao alto santuário da colmeia. Nunca antes haviam permitido que ela fosse ao *andar de cima*.

Havia zangões estrategicamente posicionados na escada, todos atraentes e bem-vestidos, parecendo convidados da festa, mas ela sabia, pela forma como a observavam, que faziam parte da casa tanto quanto os tapetes persas. Com a diferença de que eram letais. Não fizeram nada, porém, já que a preternatural estava acompanhada do duque. Mas a vigiaram com atenção.

Lady Maccon e o vampiro chegaram a uma porta fechada. O Duque de Hematol bateu, usando um padrão específico. A porta se abriu e revelou Lorde Ambrose, tão alto, moreno e bem-apessoado quanto qualquer dama romântica desejaria que seu vampiro pessoal fosse.

— Lady Maccon! Não a esperava!

— É o que todos vêm dizendo. — Ela tentou passar por ele.

— A senhora não pode entrar aqui.

— Ah, pela madrugada, eu não quero fazer mal a ela. Na verdade, vim ajudá-la.

Lorde Ambrose e o duque se entreolharam.

— Ela faz parte da nova ordem. Eu acho que devemos acreditar nela.

— Você também achava que Walsingham tinha razão! — Lorde Ambrose acusou o compatriota.

— E continuo achando. Mas, em termos de personalidade, ela não é mais parecida com o pai do que Lorde Maccon é sucessor de Lorde Woolsey ou Lorde Akeldama de Walsingham.

A preternatural fuzilou-os com os olhos.

— Se quer dizer que eu penso por mim mesma e tomo as minhas próprias decisões, então acertou em cheio. Agora, preciso ver a condessa imediatamente. Eu tenho...

Lorde Ambrose não cedeu.

— Vou ter que confiscar a sua sombrinha.

— De jeito nenhum. É possível que precisemos dela em breve, ainda mais se não me deixar entrar. Saiba que tenho...

— Eu insisto.

— Pode deixá-la entrar, Ambrose, querido. — A voz da Condessa Nadasdy era tão cálida como manteiga e igualmente sebosa. Podia fritar as pessoas com aquela voz, se quisesse.

No mesmo instante, Lorde Ambrose saiu da frente de Lady Maccon, revelando o interior do ambiente. Era um aposento muito bem decorado, exibindo não apenas uma ampla cama com dossel, como também uma sala de estar completa e outros objetos altamente desejáveis. Ali haviam colocado os mais modernos e sofisticados aquecedores para exsanguinação, um bule de chá extragrande para o armazenamento de sangue, com vários canos e tubos conectados. Tanto o bule quanto os tubos estavam cobertos por abafadores de tricô, e sob eles havia um braseiro, para manter a circulação do fluido vital.

A condessa estava, de fato, tomando *seu chá*. Sua versão do ritual era extremamente luxuosa, com direito a um carrinho coberto por toalha de renda e louça de porcelana com bordas de prata e estampa de rosas. Havia docinhos nos tons branco e rosa, que ninguém comia, e xícaras de chá que ninguém tomava. Uma bandeja de prata de três níveis exibia tentadores sanduichinhos e pétalas de rosa açucaradas, e uma travessa continha até... seria possível? *Torta de melado!*

Lady Maccon adorava torta de melado.

Todos os zangões e convidados reunidos trajavam roupas em tons de branco, verde-água e rosa, para realçar a decoração. Nas elegantes urnas gregas havia enormes arranjos de flores — rosas em tom creme com contornos rosados e folhas de samambaias. Tudo perfeitamente harmonioso, talvez até demais, como uma gravura científica de um animal em comparação com a criatura real.

Havia também um segundo carrinho de chá em posição de destaque, igualmente adornado com uma delicada toalha de renda. Seu estilo era mais simples, como os que se usam nas salas da frente, nos horários das visitas vespertinas. Sobre ele se deitara uma jovem, cujo vestido de noite, branco adamascado com rosas, combinava com a louça de porcelana. Seu

pescoço estava exposto, e seus delicados cabelos louros haviam sido presos em um coque, longe da nuca.

Pelo visto, a condessa tinha uma visão muito peculiar do ritual do chá.

— Oh, puxa. Detesto interrompê-la no meio do chá — disse Lady Maccon, sem se desculpar. — Mas eu tenho uma informação importantíssima a lhe dar.

Ela avançou, caminhando em seus passos pesados, e teve a passagem novamente bloqueada por Lorde Ambrose.

— Minha Rainha, eu protesto, uma preternatural em seu santuário íntimo. Enquanto está à mesa!

A Condessa Nadasdy desviou o olhar do pescoço branco e delicado da moça.

— Ambrose. Nós já conversamos sobre isso antes.

Lady Maccon nunca achara que a Rainha de Westminster se adequava bem ao papel de vampira. Não que sua opinião fizesse muita diferença. A julgar pelos boatos, a Condessa Nadasdy vinha exercendo esse papel havia mais de um milênio, talvez dois. Mas, ao contrário de Lorde Ambrose, simplesmente não se encaixava bem na função. Era uma mulher pequenina e acolhedora — baixinha e rechonchuda. Tinha maçãs do rosto redondas e rosadas, e seus olhos grandes brilhavam. De fato, o tom rubro era mercúrico, e o olhar reluzia por efeito da beladona e do calculismo, não do bom humor, mas era difícil que alguém se sentisse ameaçado por uma mulher que mais parecia a encarnação de uma das camponesas seduzidas nos quadros de Lorde Akeldama.

— Ela é caçadora — objetou Lorde Ambrose.

— É uma *dama*. Não é, Lady Maccon?

A preternatural olhou para a barriga acentuada.

— É o que sugere a prova. — O bebê-inconveniente se moveu dentro dela, como se para ressaltar o que dissera. *Eu sei*, respondeu-lhe ela mentalmente. *Também não gosto do Lorde Ambrose, mas não é hora de fazer cenas.*

— Ah, sim, felicidades pelo evento iminente.

— Esperemos que não seja *tão* iminente *assim*. A propósito, minhas sinceras desculpas, veneráveis senhores. Até recentemente, parecem ter achado a chegada do meu bebê perturbadora.

— Exato, Minha Rainha, nós não podemos ter esta...

Lady Maccon interrompeu Lorde Ambrose recorrendo ao simples artifício de cutucar suas costelas com a sombrinha. Ela alvejou a parte da caixa torácica mais sensível para os que sentem cócegas. Não que os vampiros as sentissem, até onde a preternatural sabia, mas era o princípio da coisa.

— Sim, sim, eu sei que ainda preferiria me ver morta, Lorde Ambrose, mas não vamos nos preocupar com isso agora. Condessa, escute-me. Precisa ir embora.

Lorde Ambrose saiu da frente, e ela caminhou na direção da rainha da colmeia.

A condessa enxugou um filete de sangue do canto da boca com um lenço de linho branco. Lady Maccon mal vislumbrou as presas antes de elas se recolherem para trás dos lábios, com seu perfeito arco de cupido. A rainha nunca mostrava as presas, a menos que as fosse usar.

— Minha cara Lady Maccon, que traje é *este*? Um vestido de *visita*?

— Hein? Ah, sim, sinto muito. Eu não tinha planejado comparecer à sua adorável festa, ou teria colocado algo mais apropriado. Por favor, escute-me, tem que ir embora agora!

— Sair deste aposento? Por quê? É um dos meus favoritos.

— Não, não, sair desta casa.

— Abandonar a minha colmeia? Jamais! Não seja tola, criança.

— Mas, condessa, há um octômato vindo nesta direção. Quer matá-la e sabe onde encontrá-la.

— Tolice. Faz muito tempo que não há um octômato. E como ele poderia saber onde estou?

— Ah, sim, bom, ééé... Quanto a isso... Houve um arrombamento, entende...

Lorde Ambrose se irritou.

— Sugadora de almas! O que foi que fez?

— Por que eu haveria de me lembrar de um convitezinho antigo?

A condessa ficou imóvel por um tempo, como uma vespa em cima de uma fatia de melão.

— Quem quer me matar?

— Ah, são tantos que nem dá para saber quem é? Eu também tenho essa sorte.

— *Lady Maccon!*

A preternatural esperara não ter de revelar a identidade da culpada. Uma coisa era avisar a colmeia do ataque iminente, outra, expor Madame Lefoux sem entender, primeiro, seus motivos. Bom, *talvez, se a minha amiga tivesse me exposto suas razões, eu não houvesse me metido nesta situação. Mas, afinal de contas, sou muhjah, e preciso me lembrar de que tenho a obrigação de manter a harmonia e a paz entre os seres humanos e as criaturas sobrenaturais. Seja qual for a motivação de Madame Lefoux, nós não podemos permitir que uma colmeia seja atacada arbitrariamente por uma inventora. Não só é insensato, como também indelicado.*

Então, Lady Maccon respirou fundo e contou a verdade:

— Madame Lefoux construiu o octômato. Quer matá-la com ele.

Ela estreitou os grandes olhos azuis, da cor da centáurea.

— Hein! — exclamou Lorde Ambrose.

O Duque de Hematol foi até a rainha.

— Eu a avisei de que não seria bom contratar aquela criada francesa.

A condessa ergueu a mão.

— Ela está atrás do garoto.

— Óbvio que está atrás dele! — O duque falava em tom ríspido, irritado. — É nisso que dá se meter nos assuntos de mulheres mortais. Um octômato à soleira da porta. Eu a avisei.

— Sua reclamação foi registrada pelo Guardião do Estatuto, na época.

A preternatural pestanejou.

— Quesnel? O que ele tem a ver com tudo isso? Esperem. — Ela inclinou a cabeça e olhou para a condessa. — A senhora raptou o filho de Madame Lefoux?

Lady Maccon sempre achara que seria impossível para um vampiro ter uma expressão culpada. Mas a condessa reproduziu esse semblante à perfeição.

— Por quê? Melhor dizendo, com os diabos! — A preternatural agitou o indicador para a rainha da colmeia como se a vampira ancestral fosse uma criança traquinas pega com a mão no pote de geleia. — Que vergonha! Vampira má!

A condessa soltou um muxoxo de desdém.

— Ah, francamente. Não há motivo para essa repreensão, sugadora de almas. O garoto nos tinha sido prometido. Em seu testamento, Angelique nomeou a colmeia como tutora de seu filho. Nós nem sabíamos da existência dele, até aquele momento. Madame Lefoux não aceitou, claro. Mas ele é *nosso*. E nunca desistimos do que é legitimamente nosso. Nós o *recuperamos*.

Lady Maccon pensou no próprio bebê, agora prometido a Lorde Akeldama, para que tanto ele como a mãe ficassem a salvo da interferência dos vampiros e das tentativas de assassinato.

— Ah, francamente, Condessa Nadasdy. *Vou lhe contar!* O que há com vocês, vampiros? Não deixam de tramar por um segundo sequer? Não é à toa que Genevieve queira matar a senhora. Rapto. Que atitude vil. Muito vil, mesmo. Seja como for, o que pode querer com o garoto? Ele é um menino muito travesso.

A face redonda e agradável da condessa endureceu.

— Nós o queremos porque ele é *nosso*! De que outro motivo precisaríamos? A lei está do nosso lado, neste caso. Temos cópias do testamento.

A preternatural exigiu detalhes.

— E ele nomeia a colmeia ou a senhora, especificamente?

— Creio que me nomeia.

Lady Maccon ergueu as mãos na direção do céu, embora não houvesse ninguém lá em cima que pudesse ajudá-la. Era um fato incontestado que os preternaturais não costumavam recorrer à esfera espiritual, somente ao próprio pragmatismo. Ela não se importava, pois este já a livrara de situações complicadas, ao passo que aquela parecia ser pouco confiável quando se estava em apuros.

— Bom, eis a questão. Sem recursos legais, Genevieve só precisa matá-la para recuperar o garoto. Além disso, terá o prazer adicional de assassinar a mulher que corrompeu a sua amante.

A condessa deu a impressão de não ter considerado a questão por aquele prisma.

— Não pode estar falando sério.

A preternatural deu de ombros.

— Pense do ponto de vista dela.

A condessa se levantou.

— Tem razão. E ela é francesa. Eles são muito emotivos, não é? Ambrose, reforce as defesas. Hematol, mande os mensageiros. Se for mesmo um octômato, nós vamos precisar de apoio militar adicional. Convoque o meu médico pessoal. Ah, e traga a Gatling etereotrônica de fogo contínuo.

Lady Maccon não pôde deixar de admirar seu controle da situação. Ela mesma era às vezes chamada de *general* pelos integrantes da alcateia. Claro que os cavalheiros em questão pensavam que ela não sabia desse apelido. Lady Maccon preferia que fosse assim e, muitas vezes, tinha acessos de exigências despóticas só para ver se eles se queixariam disso quando achassem que ela não podia ouvir. Os lobisomens costumavam pensar que os mortais eram meio surdos.

Enquanto a condessa comandava os súditos, sua refeição, que ficara deitada na bandeja de chá em estado lânguido e sonolento, remexeu-se. A jovem loura apoiou-se nos cotovelos e olhou ao redor, atordoada.

— Felicity!

— Oh, minha nossa, Alexia! Que diabos *você* está fazendo aqui?

— Eu! Eu? — Lady Maccon gaguejou nervosamente. — E você? Para o seu governo, irmã, vim aqui porque recebi um convite para a festa!

Felicity enxugou com delicadeza a lateral do pescoço, usando uma toalhinha de mesa.

— Eu não sabia que você frequentava o círculo da condessa.

— Quer dizer, o círculo sobrenatural? O meu marido é um lobisomem, ora essa! Você vai continuar a se esquecer desse pequeno detalhe?

— Sim, mas na noite de lua cheia, não deveria estar com ele? E sua gravidez já não está avançada demais para que continue a sair em público?

A preternatural quase rosnou.

— Felicity. A minha presença aqui não é preocupante. Mas a sua, com certeza, é! Que diabos está fazendo, permitindo que uma vampira, e veja que não se trata de uma vampira qualquer, mas a bendita Rainha de Westminster em pessoa, se alimente de você? E não está... não está... nem mesmo acompanhada! — exclamou ela, indignada.

A expressão da irmã se tornou dura e calculista. Lady Maccon já vira aquele olhar antes, mas nunca lhe dera muito crédito, atribuindo-o a uma

mente bitolada. Não obstante, daquela vez se deu conta, aborrecida, de que talvez a houvesse subestimado.

— Felicity, *o que foi que você fez?*

A irmã deu um sorriso frio.

— Há quanto tempo vem ocorrendo esta relação? — Lady Maccon tentou lembrar. Quando fora que Felicity começara a usar vestidos de gola alta e colarinhos rendados?

— Ah, Alexia, você às vezes é tão tola. Desde que eu conheci Lorde Ambrose no seu casamento, claro. Ele me disse, muito amavelmente, que eu parecia ser o tipo de jovem criativa e ambiciosa que tem alma em excesso. Perguntou se eu gostaria de viver para sempre. Pensei com meus botões, bom, *claro* que eu tenho alma em excesso. A mamãe sempre diz que eu poderia ser uma boa artista, se tentasse, e uma boa musicista, se eu aprendesse a tocar. E, sem sombra de dúvida, eu adoraria viver para sempre! Sem falar em ser cortejada por Lorde Ambrose! Então, o que as outras damas teriam a dizer?

A preternatural rangeu os dentes.

— Felicity! O que foi que fez? Ah, minha nossa, foi você que roubou o meu diário no dirigível, a caminho da Escócia, não foi?

Ela olhou para o teto, com ar malicioso.

— Divulgou de propósito a minha gravidez para a imprensa, não foi?

A irmã deu de ombros, com ar mimoso.

Lady Maccon estava furiosa com ela. Ser tola era uma coisa, mas ser tola e diabólica trazia consequências desastrosas.

— Ora, sua traidorazinha maquiavélica! Como pôde? Com a sua própria família! — Ela também estava escandalizada. — Cubra-se com o vestido. E que decote! — A preternatural estava, de fato, tão fora de si, que quase se esquecera de que todos corriam perigo, por causa de um polvo mecânico enfurecido de dois andares. — E então?

Felicity fez beicinho e revirou os olhos.

— Responda!

— Ah, francamente, irmã, você não precisa falar nesse tom comigo. Lorde Ambrose só queria alguns relatórios sobre as suas atividades e a sua saúde, de vez em quando. Bom, e o diário. Até esta recente mudança de endereço, aí achamos que, se eu morasse com você, hum, sabe... E eu só

tenho vindo visitar a condessa de vez em quando, deixo que ela dê umas mordidinhas, transmito algumas informações. Nada de mais. Ela é um amor, não é? Bem do tipo maternal.

— Afora as mordidas no pescoço? — O sarcasmo era a forma mais baixa de diálogo, mas, às vezes, Lady Maccon não resistia à tentação oferecida pela irmã. E era assim que, na certa, a Condessa Nadasdy se sentia. *O que explica os xales horrorosos que Felicity anda usando. Vem escondendo o pescoço.*

As duas se viraram para observar a condessa, que trocava ideias com dois de seus zangões. Ela passava rápida como um raio de uma tarefa a outra, preparando-se para defender o território com dinamismo, astúcia e, se a preternatural podia acreditar no que via, uma lata de arenque em conserva. A rainha vampiro tinha a atitude e o aspecto de um passarinho ágil, de arbusto — um chapim, talvez. Se esta ave pudesse matar a pessoa com um simples meneio da cabecinha emplumada.

— Felicity. O que contou a ela a meu respeito?

— Bom, tudo o que me veio à mente, claro. Mas, francamente, Alexia, as suas atividades são para lá de entediantes. Eu não consigo entender por que alguém se interessaria por você e por esse seu bebê.

— Você se interessaria.

Com a colmeia ocupada em reunir as tropas, a condessa retornou em passos despreocupados e sentou-se, dando a impressão de querer voltar ao chá.

Lady Maccon semicerrou os olhos, caminhou os últimos metros que a separavam do belo canapé de brocado creme e pousou a mão sem luva com firmeza no antebraço da rainha vampiro. Ela era bem mais forte do que uma dama inglesa deveria ser, e a condessa, de súbito, não teve condições de se livrar de tal aperto.

— Já chega de chá. — A preternatural não tinha dúvidas a esse respeito.

O olhar da condessa passou dela para a irmã.

— Incrível, não é mesmo? Eu me refiro ao parentesco. Não se adivinharia, olhando para a senhora.

Lady Maccon revirou os olhos, soltou o braço da condessa e lhe lançou um olhar levemente reprovador. A Condessa Nadasdy tomou um gole da xícara de porcelana com delicadeza, sem sentir prazer nem receber nutrientes da bebida.

Que desperdício de bom chá, pensou a preternatural. Olhou para a irmã. Mas, da mesma forma, a condessa devia achar que Felicity era um desperdício de bom sangue.

A irmã de Lady Maccon assumiu uma posição teatralmente lânguida em cima da bandeja de chá, a expressão petulante.

A preternatural pegou uma tortinha de melado e comeu-a.

— Vem conduzindo umas investigações interessantes nos últimos tempos, Lady Maccon — disse a rainha, sagazmente. — Algo relacionado ao passado do seu pai, se o que sua irmã me informou é verdade. E um fantasma. Eu sei que não gosta de meus conselhos, mas, pode acreditar em mim, seria melhor não sondar a fundo os registros de Alessandro Tarabotti.

Lady Maccon pensou em Floote, que sempre parecia saber mais a respeito de seu pai do que desejava lhe contar. Ou recebia permissão de lhe contar.

— Por acaso vocês, vampiros, conferiram um caráter confidencial às informações sobre meu pai? Proibiram o meu mordomo de divulgá-las? E, agora, estão corrompendo a minha irmã. Francamente, Condessa Nadasdy, para que me dou ao trabalho? — Ela tornou a pôr a mão no braço da vampira, tornando-a mortal de novo.

A condessa se sobressaltou, mas não puxou o braço.

— Ora, Lady Maccon, precisa mesmo fazer isso? Provoca uma sensação bastante incômoda.

Naquele momento, Lorde Ambrose se virou e viu o que ocorria no canapé.

— Solte-a, sua cadela sugadora de almas! — Ele atravessou o aposento, ameaçador.

A preternatural soltou a vampira e ergueu a sombrinha.

— Calma, Ambrose, ela não me machucou. — O tom de voz da condessa era tranquilo, mas as presas estavam ligeiramente à mostra.

Felicity olhava de um indivíduo para outro ao seu redor, com uma expressão cada vez mais confusa no rostinho bonito. Como seu semblante sempre ficava assim quando ela tentava entender uma conversa que não se relacionava a ela, Lady Maccon não viu motivos para lhe dar explicações. A última coisa de que aquela traidorazinha precisava era saber que a irmã

era mais que um incômodo. *Isso, supondo que ainda não saiba que eu sou preternatural. Agora vai ficar difícil não achar que ela é capaz de tudo.*

Lorde Ambrose parecia estar louco para atacar Lady Maccon.

Ainda segurando a sombrinha na defensiva, a preternatural meteu a mão na bolsinha reticulada e pegou Ethel. Em seguida, baixou o guarda-chuva para mostrar a arma, àquela altura apontada para o vampiro.

— Recue um pouco, por favor, Lorde Ambrose. Não está me fazendo sentir nem um pouco bem-vinda.

O vampiro obedeceu ao comando, mas resmungou:

— E *não é mesmo* bem-vinda.

— Será que eu preciso ficar lembrando a vocês o tempo todo que recebi um convite?

— Alexia, você tem uma arma! — exclamou Felicity, horrorizada.

— Tenho. — Lady Maccon relaxou, voltou ao canapé e deixou que a arma oscilasse ligeiramente em direção à condessa. — Devo avisá-lo, Lorde Ambrose, de que não tenho boa pontaria.

— E essa arma está carregada com…? — Ele nem terminou a frase. Não foi necessário.

— Eu nunca afirmaria, claro, que a minha Ethel está equipada com balas antinotívagos. Mas algumas podem ter se extraviado *acidentalmente* do estoque do meu marido e ido parar nela. Nem posso imaginar como.

Lorde Ambrose se afastou mais ainda.

A preternatural lançou um olhar aborrecido para a irmã.

— Desça já do carrinho, Felicity. Que local para uma jovem dama ficar. Faz ideia da confusão em que se meteu?

Ela torceu o nariz.

— Você está falando como a mamãe.

— Estou, e você está começando a *agir* como a mamãe!

Felicity soltou uma exclamação chocada.

Lorde Ambrose avançou, achando que Lady Maccon estava distraída.

A arma foi apontada outra vez, com firmeza, para a condessa.

— Ah, ah, ah.

O vampiro recuou de novo.

— Bom, detesto ter que impor este transtorno a vocês, mas, francamente, a nossa melhor opção é sair daqui. E rápido — sugeriu ela.

A condessa balançou a cabeça.

— Pode se retirar, claro, Lady Maccon, mas...

— Não, não, nós duas, eu insisto.

— Criança tola — disse o Duque de Hematol, voltando ao aposento. — Como alguém pode conhecer tão pouco os Estatutos dos Vampiros e fazer parte do Conselho Paralelo? A nossa rainha não pode sair desta casa. Não é questão de escolha, mas de fisiologia.

— Ela poderia enxamear. — Lady Maccon apontou Ethel de novo para a rainha vampiro.

Lorde Ambrose deixou escapar um sibilo.

A preternatural incentivou:

— Isso, condessa, enxameie. Seja uma boa rainha.

O duque soltou um suspiro exasperado.

— Poupe-nos do pragmatismo dos sugadores de alma. Ela não pode enxamear ao receber uma ordem, mulher. As rainhas simplesmente não se levantam e enxameiam quando alguém ordena que o façam. O enxameamento é um imperativo biológico. Seria o mesmo que dizer a alguém que entre em combustão espontânea.

Lady Maccon olhou para Lorde Ambrose.

— É mesmo? Isso funcionaria com ele?

Momento em que o estrondo de algo sendo destruído reverberou pela casa, e os convidados da festa começaram a gritar no andar de baixo.

O octômato tinha chegado.

A preternatural fez um gesto com a arma, de forma arbitrária.

— *Agora* vai enxamear?

Capítulo 14

Em que Lady Maccon Perde a Sombrinha

A condessa se levantou de súbito. E Felicity também. Lorde Ambrose concluiu que Lady Maccon já não era a maior ameaça em seu mundo e se virou em direção ao estrépito.

— Agora seria um ótimo momento — insistiu a preternatural.

A condessa meneou a cabeça, exasperada.

— Enxamear não é uma questão de escolha. Sei que é difícil de entender, sugadora de almas, mas nem tudo resulta da razão. O enxameamento é um instinto. Eu tenho que sentir, no fundo da minha alma, em âmbito sobrenatural, que a minha colmeia já não está mais em segurança. Então, teria que localizar uma nova e nunca mais voltar para esta. E agora não é o momento.

A casa tremeu nas bases quando outro estrondo ecoou.

— Tem certeza disso? — indagou Lady Maccon.

Algo literalmente abria caminho estraçalhando a casa, como uma criança arrancando pedaços de celofane para pegar uma bala. *Uma deliciosa bala de vampiro. Hum.*

Felicity começou a gritar.

— Onde escondeu Quesnel, Condessa Nadasdy? — A preternatural falou mais alto, em meio ao escarcéu.

A condessa estava distraída pela comoção.

— Hein?

— Eu estava simplesmente sugerindo que é melhor buscar o garoto. Que o mantenha com a senhora, e logo.

— Ah, sim, ótimo plano. Hematol, pode ir buscar o menino?

— Sim, Minha Rainha. — O duque, que acabara de reaparecer, deu a impressão de relutar em obedecer ao comando; nenhum vampiro gostava de se afastar da rainha quando ela estava em perigo. Mas, como uma ordem direta era uma ordem direta, ele fez uma reverência sumária e saiu correndo.

Outro baque ressoou. A porta se abriu de supetão. O dr. Caedes, vários criados zangões e inúmeros vampiros da colmeia entraram no aposento. A srta. Dair, a última a fazê-lo, fechou a porta depois de passar. Seu lindo vestido estava rasgado, e o penteado se soltara, deixando seus cabelos no rosto. Dava a impressão de estar prestes a desempenhar a cena da morte de Ofélia para um teatro lotado.

— Minha Rainha, não vai acreditar no monstro que está lá embaixo! É horrível! Destroçou a parede do Ticiano. E quebrou o busto de Deméter.

A condessa mostrou-se amável e compassiva em relação ao evento traumático.

— Venha cá, minha querida.

A srta. Dair correu até a ama, ajoelhou-se aos seus pés e enterrou o rosto nas saias amplas da vampira. As mãos tremiam ao agarrar o delicado tafetá.

Lady Maccon sentiu vontade de bater palmas. *Atuação espetacular!*

A rainha pôs a mão branca e perfeita sobre a cascata de mechas louras e olhou para os súditos.

— Dr. Caedes, relatório! Qual é o equipamento bélico do octômato? É o mesmo do modelo anterior?

— Não, Minha Rainha, parece ter sido modificado.

— Lança fogo?

— Sim, mas apenas de um tentáculo. E as usuais lâminas de madeira. Mas o terceiro tentáculo atira estacas. E o quarto lança projéteis.

— Continue. Referiu-se a apenas quatro.

— A criatura ainda não usou os outros.

— Se estamos mesmo lidando com Madame Lefoux, ela carregou todos eles com algo letal. É assim que age.

Lady Maccon não pôde deixar de concordar. Esse era mesmo o estilo dos dispositivos de Genevieve — quanto mais utilidades, melhor.

A parede do outro lado do quarto começou a tremer. Eles escutaram um ruído aterrador de algo sendo destruído, estraçalhado e derrubado. O som de metal, madeira e tijolos colidindo. A parede inteira, na frente deles, foi demolida. Assim que a poeira assentou, a cabeça abobadada do octômato se tornou visível, equilibrada em cima dos diversos tentáculos. A criatura subia pelos destroços, tentando se equilibrar em meio aos escombros daquela que fora outrora uma das casas mais elegantes de Londres. O luar argentado e o brilho do gás dos postes iluminaram a reluzente estrutura metálica do octômato. A preternatural entreviu os vultos dos convidados da festa da condessa que fugiam pela rua.

Lady Maccon ergueu a sombrinha e se levantou. Apontou acusadoramente o acessório ornado com babados para a criatura.

— Genevieve, eu espero que não tenha matado ninguém.

Mas, se Madame Lefoux estava lá dentro, guiando o octômato, ignorou-a. Tinha um único e exclusivo alvo: a Condessa Nadasdy.

Um tentáculo enorme rastejou até o quarto e arremeteu contra a rainha, tentando esmagá-la. Lady Maccon preferiria liderar um ataque aéreo, mas a francesa escolhera um combate corpo a corpo — ou seria um corpo a tentáculo? Na certa para proteger o maior número possível de inocentes.

A rainha, dona de perspicácia e velocidade sobrenaturais, simplesmente se esquivou da enorme criatura metálica. Porém, estava totalmente encurralada, pois não havia outras portas para escapar daquele quarto, e metade de sua casa fora destruída.

Felicity soltou outro berro e, em seguida, teve a atitude mais sensata que poderia ter tido naquelas circunstâncias — desmaiou. E, então, todos também tiveram a sensatez de ignorá-la.

Lorde Ambrose atacou a criatura. Lady Maccon não imaginava o que ele pretendia fazer nem de que forma, mas parecia determinado. O vampiro deu um salto, incrivelmente rápido e alto, e foi parar bem em cima da cabeça do monstro, onde começou a procurar um jeito de entrar. *Ah, está indo atrás do cérebro da operação.*

A preternatural se deu conta de que era um plano bastante inteligente, mas Lorde Ambrose não conseguiu abrir a escotilha da cúpula. Então, tentou socar a cobertura semelhante a um capacete, porém Madame Lefoux fora magistral naquele quesito. Construíra uma cabeça praticamente inteiriça, que não oferecia a menor possibilidade de entrada, nem mesmo para um vampiro. Ela deixara algumas fendas para poder ver, mas somente o bastante para dar uma olhada, pois as fizera suficientemente estreitas para que os vampiros não pudessem meter os dedos e arrebentar a carapaça.

Um tentáculo se estendeu e, com um gesto casual, varreu Lorde Ambrose dali como se fosse uma migalha. O vampiro foi atirado para longe e caiu além do piso, onde antes havia uma parede; no caminho, tentou agarrar algo desesperadamente, mas não conseguiu e sumiu de vista. Reapareceu instantes depois, após haver simplesmente saltado de um andar para outro até voltar a entrar no quarto.

Daquela vez Lorde Ambrose arremeteu contra a base de um dos tentáculos, tentando arrancá-lo do corpo. Recorrendo a toda a sua força, procurou tirar os rolamentos e as polias que direcionavam os movimentos do octômato. Nada. Madame Lefoux sempre pensava em termos de força sobrenatural e projetava os seus dispositivos à altura.

Enquanto o vampiro se concentrava no ataque direto, vários dos zangões mais corajosos também avançaram contra a criatura, mas foram afastados bruscamente por um reles movimento superficial de um dos tentáculos. Outros zangões foram até a rainha, agrupando-se protetoramente ao seu redor, interpondo-se entre ela e o monstro mecânico. Um dos vampiros colocou os arenques em conserva, que pareciam ser, na verdade, algum tipo de munição, em uma Gatling etereotrônica de fogo contínuo. Ele acionou a manivela para ativar o carregador e abastecer o pente, e a máquina lançou os peixes lustrosos no octômato em um *ratatatá* de disparos ininterruptos. Eles saíram com um zunido, grudaram-se nos pontos em que foram parar e começaram a corroer o metal ferozmente, abrindo buracos no revestimento protetor da criatura.

Outro tentáculo foi penetrando furtivamente no quarto, que, àquela altura, dava a impressão de estar repleto de tentáculos serpenteantes de polvo. Esse foi se erguendo devagar, como uma cobra. Então, sua ponta se abriu com um estalido, e ele lançou fogo no grupo ao redor da Condessa Nadasdy.

Os zangões gritaram, e a condessa, ágil e veloz, saltou para o lado, levando dois consigo. Ela tentaria salvar todos que pudesse das chamas, tal como Lorde Maccon faria com os zeladores em circunstâncias semelhantes.

Ciente de que Ethel seria provavelmente inútil, Lady Maccon guardou-a na bolsa reticulada e ativou o emissor de interferência magnética da sombrinha, apontando-o para o polvo. Tal como antes, não houve reação alguma à onda invisível, embora a Gatling tenha deixado de funcionar. O tentáculo foi se movendo, lançando chamas no quarto. O tecido da bela cama com dossel pegou fogo, e as labaredas atingiram o teto. A preternatural abriu a sombrinha e a ergueu à sua frente como um escudo, protegendo-se delas.

Quando abaixou a sombrinha, viu a situação caótica, com poeira levantada, cheiro de queimado e gritos ao seu redor. Outro tentáculo se insinuou para dentro do aposento. Lady Maccon teve a sinistra impressão de que aquele seria uma verdadeira ameaça. A inventora parara de brincar. A preternatural sabia muito bem do que sua sombrinha era capaz, no que dizia respeito aos vampiros, e da ponta daquele tentáculo específico gotejava um líquido pernicioso — que chiou ao atingir o tapete, abrindo um buraco ali.

Lapis solaris, a menos que Lady Maccon estivesse equivocada. Tratava-se de uma das armas mais letais de sua sombrinha, e a favorita entre os que lutavam com vampiros. O perigo era que precisava ser dissolvido em ácido sulfúrico, o que podia matar quase todos os demais, além de causar danos em vampiros.

— Genevieve, não! Pode ferir inocentes! — A preternatural sentiu medo, não só por causa da colmeia como também pelos zangões e sua irmã, que pareciam estar na mira do esguicho. — Condessa, por favor, precisa tirar Madame Lefoux daqui. Pessoas vão morrer. — Lady Maccon resolveu apelar para a rainha em perigo.

Mas a Condessa Nadasdy já não raciocinava mais. Todos os seus esforços se concentravam em evitar o seu extermínio, bem como o de seus súditos.

O Duque de Hematol reapareceu, carregando nos braços de força descomunal um garoto pequenino e sujo. Se é que era possível, moveu-se ainda mais rápido que a rainha, parou na frente dela e passou o esperneante Quesnel para seu colo. Tudo ficou quieto.

Quesnel vinha gritando e se debatendo, mas, ao ver o octômato, teve mais medo dele que dos vampiros. Ele deu um berro e cingiu por puro reflexo o pescoço da Condessa Nadasdy, com o bracinho magrelo e imundo.

A criatura não podia mais lançar fogo sem se arriscar a atingir o menino. Nenhuma ciência moderna conseguira inventar uma arma que pudesse, como os raios do sol, afetar um vampiro sem afetar também um ser humano. Um dos tentáculos, que já rumava com força letal em direção à rainha, desviou no último instante, atingindo ruidosamente o carrinho de chá repleto, que ficara intacto até aquele momento. O objeto foi destruído após o golpe, espalhando louça de porcelana, torta de melado e sanduichinhos por todos os lados.

Para Lady Maccon, aquela fora a *gota d'água*. O bebê-inconveniente dentro de si deu um chute de encorajamento quando ela avançou e golpeou com toda a força o tentáculo de metal com a sombrinha.

— Genevieve! As tortinhas de melado não!

Vap, vap, vap. Tong!

Foi, claro, um esforço inútil. Mas a preternatural se sentiu melhor.

A ponta do tentáculo se abriu e dela foi saindo um tubo, que se expandiu e virou um megafone, como os usados pelos mestres de cerimônias em circos. O octômato elevou-o até uma das fendas em seu olho. E Madame Lefoux falou.

Ou, ao menos, parecia ser ela. Foi estranho escutar sua voz feminina suave, refinada e com leve sotaque sair de uma criatura tão gigantesca e bulbosa.

— Devolva o meu filho e a deixarei em paz, condessa.

— Maman! — gritou Quesnel para o octômato. Percebendo que se tratava de sua mãe e não de um monstro aterrorizante, ele começou a

se debater nos braços da rainha, o que foi em vão, já que ela era muito mais forte do que ele. A condessa simplesmente segurou-o com mais força.

Quesnel começou a vociferar em francês:

— Pare, maman. Eles não me machucaram não. Eu estou bem. E eles têm sido muito bonzinhos. Até me dão balas! — Seu queixo pontudo se mostrava resoluto, e a voz, altiva.

Madame Lefoux não disse mais nada. Era óbvio que haviam chegado a um impasse. A condessa não soltaria o garoto, e a francesa não os deixaria ir a lugar algum.

Lady Maccon foi se aproximando aos poucos da irmã, intuindo que em breve a rainha não teria escolha, senão fugir. Deixar Felicity para trás, na casa, infelizmente não era possível, por mais agradável que fosse a ideia.

Os alicerces da construção oscilaram. Metade dela já fora destruída, restando apenas a parte dos fundos, que não era suficiente para mantê-la no lugar. As vigas e os suportes estavam prestes a ruir. A preternatural sempre achara que as casas londrinas eram construídas com muito menos integridade estrutural que as suas anquinhas mais baratas.

Ela se aproximou, cambaleante, da rainha, tomando o cuidado de não a tocar.

— Condessa, eu sei que disse que a questão do pragmatismo não podia ser levada em consideração, mas este seria um ótimo momento para a senhora enxamear, se pudesse tentar.

A rainha a observou com as pupilas dilatadas de pavor. Arreganhou os lábios para dar um grito de raiva, expondo todas as quatro presas: as Alimentadoras e as Criadoras, sendo estas possuídas somente pelas rainhas. Não restara quase nenhuma sensatez no semblante da Condessa Nadasdy. Naquele quesito, era evidente que os vampiros podiam agir como os lobisomens, criaturas emotivas, dependentes apenas do pouco que lhes restava de alma para se salvarem.

Lady Maccon não costumava ser uma mulher indecisa, mas, naquele instante, ela se perguntou se escolhera o lado errado da pequena batalha. Embora Madame Lefoux estivesse provocando estragos em Londres de uma forma altamente destrutiva e ilegal, a condessa vinha atuando como raptora de uma criança. A preternatural sabia que poderia dar um basta naquela situação.

Bastaria estender a mão e tocar na Condessa Nadasdy, torná-la humana, totalmente vulnerável e incapaz de segurar o garoto, que resistia, debatendo-se.

Ela hesitou, pois não podia deixar de ser racional, mesmo em uma crise. O único desastre diplomático pior que a morte de uma rainha de colmeia nas mãos de um cientista seria sua morte nas mãos de Lady Maccon, preternatural, muhjah e amante de lobisomem.

Como se para encerrar o assunto, um tentáculo arremeteu com estrépito contra elas, e lançou Lady Maccon para trás. Ela tropeçou e pisou em falso com o tornozelo enfraquecido e, pelo que pareceu ser a milionésima vez naquela noite, caiu em cima das anquinhas.

Como tombou perto de Felicity, foi rastejando até ela e lhe deu uns tapas na cara. Por fim, a irmã pestanejou e abriu os olhos azuis.

— Alexia?

O bebê-inconveniente não aguentou mais aquele tipo de tratamento hiperativo, para não dizer violento, da parte de sua mãe. Agitou-se em protesto, e Lady Maccon se recostou de súbito, com um *ufa* de esgotamento.

— Alexia! — Felicity podia realmente ter ficado um pouquinho preocupada. Nunca vira a irmã mais velha mostrar qualquer sinal de fraqueza. Jamais.

A preternatural se esforçou para se sentar de novo.

— Felicity, nós precisamos sair daqui.

A irmã ajudou-a a se levantar, a tempo de verem Lorde Ambrose e dois outros vampiros saltarem em cima do octômato, em um ataque muito bem coordenado. Eles cobriram e amarraram um pano, que parecia uma toalha bem longa, em cima da cabeça do monstro. Manobra inteligente, pois cegou momentaneamente Madame Lefoux, lá dentro. Ela não podia nem guiar nem atacar. Os tentáculos se debateram em vão.

Com a criatura temporariamente inutilizada, a condessa entrou em ação, tal como os zangões. Todos correram até o lado aberto do quarto, a rainha movendo-se com rapidez, mantendo Quesnel preso ao peito. Sem hesitar, ela pulou da beirada rumo aos escombros. O garoto soltou um grito de medo durante o salto, seguido pelo que só podia ser um grito de euforia.

Lady Maccon e Felicity também se aproximaram da beirada, atrás deles, e olharam para baixo. Três andares. Não havia a menor possibilidade de *saltarem e sobreviverem,* e parecia não haver outra forma de descer.

Em todo caso, dali contavam com uma excelente visão do massacre, e viram a condessa e os vampiros correrem por entre os tentáculos do octômato e arremeterem rumo à cidade iluminada pela lua, enxameando, por fim. Os zangões os seguiram com mais prudência, escalando aos poucos o que restava da casa e indo depressa atrás deles, sem conseguir acompanhar a velocidade sobrenatural da rainha.

O octômato gritou, ou Madame Lefoux o fez, e ativou o tentáculo lançador de chamas, que passou a queimar a toalha de mesa que lhe ocultava a visão. Assim que isso ocorreu, bastaram alguns instantes para a inventora se dar conta de que sua presa tinha escapado. Somente Lady Maccon e Felicity continuavam na construção oscilante, cuja estrutura mostrava-se prestes a desabar.

O monstro se virou para rastrear os vampiros em fuga. Então, foi abrindo caminho pelas ruas, causando estragos, sem se importar com quem ou o que estraçalhasse. Ou a francesa não percebera que a amiga estava em apuros, ou não se dera ao trabalho de ajudá-la. Lady Maccon esperava que ela, de fato, não tivesse se dado conta do que lhe ocorria, ou então era bem mais cruel do que imaginava.

— Merda! — disse a preternatural, sucintamente.

Felicity ficou pasma ante aquele palavrão, mesmo em circunstâncias tão delicadas.

Lady Maccon olhou para a irmã e comentou, ciente de que ela não entenderia do que falava:

— Eu vou ter que prendê-la, quando tudo isso terminar.

A casa da colmeia começou a ceder à gravidade e se inclinou para frente, com um rangido lento e relutante.

Os corpos das duas foram arrastados rumo à beirada. Felicity gritou, e a irmã, como era de esperar, considerando a tendência daquela noite, caiu para frente, também cedendo à gravidade. Começou a despencar, arranhando e tateando às cegas o assoalho fragmentado.

Mas conseguiu se segurar. A sombrinha caiu e foi parar entre os escombros das paredes, fragmentos de objetos de arte e tapetes rasgados lá embaixo. Lady Maccon ficou pendurada, segurando desesperadamente a lateral de uma viga de madeira, que sobressaíra um pouco sobre o abismo.

Felicity ficou histérica.

A preternatural, grata por ter tirado as luvas, perguntou-se por quanto tempo mais conseguiria se segurar. Era muito forte, mas tivera uma semana exaustiva e estava aquém dos padrões pré-gravidez. Além disso, carregava uma quantidade considerável de peso adicional.

Bom, pensou ela filosoficamente, *eis aí uma forma bastante romântica de morrer. Madame Lefoux com certeza ficará arrasada. Então, já será alguma coisa. O sentimento de culpa pode ser muito útil.*

Porém, quando achou que estava tudo perdido, sentiu um calafrio na nuca, acompanhado pelo zunido do éter em movimento.

— Olá! — disse Boots. — Eu posso ajudar em algo, Lady Maccon?

A gôndola em forma de cesta do dirigível particular de Lorde Akeldama baixou do céu como uma espécie de salvador gordo e benevolente.

A preternatural olhou por sobre o ombro para ele, do ponto em que estava pendurada.

— Não exatamente. Pensei em ficar aqui pendurada por mais um tempo, para ver o que acontece.

— Ah, não se preocupe com ela — vociferou Felicity. — Venha me ajudar! Eu sou bem mais importante.

Boots ignorou a srta. Loontwill e foi orientando o piloto até a cesta da gôndola do dirigível ficar abaixo de Lady Maccon.

A construção balançou naquele exato momento, e a preternatural gritou ao perder contato com a viga.

Ela aterrissou com um baque na gôndola. Não conseguiu se apoiar nos pés e, mais uma vez, caiu em cima das anquinhas, que haviam perdido boa parte da firmeza, depois dos diversos abusos daquela noite. Após pensar por alguns instantes, Lady Maccon simplesmente se deitou de costas. Já bastava.

— Agora eu, agora eeeeeu! — berrou Felicity, que, pelo visto, tinha um bom motivo, já que a estrutura começava a ruir.

Boots olhou para a jovem de alto a baixo, sem sombra de dúvida observando as marcas de mordidas no pescoço branco. Embora o que restasse da casa estivesse desmoronando naquele exato momento, ele hesitou.

— Lady Maccon? — Boots era um zangão muito bem treinado.

A preternatural deu um muxoxo e olhou para a irmã.

— Se não resta outra saída.

O piloto fez com que o dirigível subisse. Tizzy estendeu os braços educadamente para fora da cesta, como se fosse acompanhar a srta. Loontwill até um jantar, e Felicity escalou a borda e entrou no aeróstato com toda a dignidade de uma gatinha apavorada.

A casa ruiu sob ela. O piloto puxou com força uma das alavancas da hélice, o dirigível soltou um grande jato de fumaça e arrancou adiante, bem a tempo de escapar de um enorme pedaço de telhado, quando os últimos restos da colmeia despencaram.

— Aonde vamos, Lady Maccon?

A preternatural olhou para Boots, que se agachara ao seu lado, parecendo extremamente preocupado. O bebê continuava a expressar seu descontentamento diante dos incidentes daquela noite. Ela só conseguiu pensar em um lugar ao qual se dirigir, com o marido inativo e a lua ainda brilhante e alta no céu. Todos os esconderijos habituais estavam inacessíveis: a câmara de invenções, fora de questão, e o casal Tunstell continuava na Escócia.

Lady Maccon tinha certeza de que o DAS já estava investigando o cenário de destruição abaixo ou perseguindo o octômato, à medida que ele percorria a cidade. O departamento contava com um arsenal de armas — suas próprias Gatlings etereotrônicas de fogo contínuo, um minicanhão magnetrônico e sonda de pudim a la Mandalson. Que *seus agentes* tentassem conter Madame Lefoux por um tempo. Na certa, não teriam mais sucesso que ela, considerando a capacidade intelectual e a habilidade mecânica da inventora, mas seguramente poderiam conter seu avanço. Lady Maccon, no fim das contas, só contava com a sombrinha. Então, ela praguejou, dando-se conta de que não a tinha mais. Estava lá embaixo, com certeza enterrada sob os escombros de uma construção desmoronada. Ethel continuava na bolsa reticulada presa em sua cintura; mas a sua preciosa sombrinha já era.

— Eu sei que os senhores concordarão comigo. É em momentos como estes que uma dama precisa, mais do que nunca, de um conselho em relação à sua vestimenta.

Boots e Tizzy olharam com profunda preocupação para o estado deplorável do vestido da preternatural, as anquinhas achatadas, a bainha imunda, os babados de renda cheios de fuligem e chamuscados.

— Bond Street? — sugeriu Tizzy, sério.

Lady Maccon arqueou a sobrancelha.

— Não, não, esta é uma emergência indumentária extrema. Levem-me, por favor, até a casa de Lorde Akeldama.

— É para já, Lady Maccon, é para já. — O semblante de Boots se mostrava apropriadamente grave por trás das costeletas. O dirigível subiu um pouco mais e, com outro jato de vapor, rumou depressa ao norte, em direção à residência urbana de Lorde Akeldama.

Capítulo 15

Onde até Dirigíveis Receiam se Aventurar

Lorde Akeldama providenciara a construção de um campo de aterrissagem para dirigíveis no teto de sua casa urbana. Fora feito na parte lateral, deixando espaço para o receptor do etereógrafo, um aparato semelhante a uma escarradeira. Lady Maccon percebeu que não notara isso antes, mas, também, examinar telhados não fazia parte de sua rotina diária.

O aeróstato pousou com a leveza de um merengue. Considerando que o deslocamento bípede não a vinha ajudando muito naquela noite, a preternatural se levantou com relutância. Para sua satisfação, Lorde Akeldama providenciara uma saída digna do veículo em sua base domiciliar. Um zangão surgiu rápido com uma escadinha de encaixe que, colocada sobre a lateral da gôndola, ia se desenrolando até chegar à altura adequada, em ambos os lados. Isso permitia que os passageiros subissem por uma das laterais e descessem pela outra com toda compostura e dignidade.

— Por que não levam essa escadinha quando viajam? — quis saber Lady Maccon.

— Não pensamos que alguém desembarcaria antes de voltarmos para a casa.

Felicity desceu após a irmã e ficou parada ao lado, com um ar altivo de desaprovação.

— Que forma de viajar! É uma vergonha que as viagens de dirigível tenham se tornado tão populares. Uma altura absurda. E pousar num teto! Ora, Alexia, dá até para ver os topos das construções. E eles não recebem nenhum toque paisagístico! — Enquanto reclamava, ela passava a mão nos cabelos, para se certificar de que não ficara assanhado depois da viagem no éter ou de ter quase morrido.

— Ah, Felicity, cale a boca. Eu já ouvi o bastante de sua tagarelice por uma noite.

Invocado por aquele instinto secreto que só os melhores criados possuem, pois sempre sentem quando a ama está em casa, Floote apareceu ao lado de Lady Maccon.

— Floote!

— Madame.

— Como sabia que eu estava aqui?

Ele arqueou a sobrancelha, como quem pergunta: *Onde mais a senhora haveria de estar em uma noite de lua cheia senão no teto da casa de Lorde Akeldama?*

— Ah, sim, claro. Poderia, por favor, levar Felicity até a nossa casa e trancá-la em algum aposento? Na sala dos fundos. Ou na adega recém-reformada.

A irmã protestou:

— Hein?

Floote olhou para Felicity com a expressão mais próxima de um sorriso que a preternatural já vira em seu rosto — uma ruguinha no canto da boca.

— Considere-o feito, madame.

— Obrigada, Floote.

O mordomo segurou com firmeza o braço da jovem e começou a conduzi-la.

— Ah, e Floote, mande alguém examinar de imediato os escombros da Colmeia de Westminster, antes que os abutres cheguem lá. Eu acho que deixei cair a minha sombrinha, sem querer. E deve haver também belas obras de arte.

Ele nem pestanejou ao ficar sabendo que uma das mais respeitadas residências de Londres desmoronara.

— Claro. Suponho que agora se possa divulgar o endereço?

Lady Maccon o deu a ele.

Floote se retirou tranquilamente, arrastando Felicity, que protestava.

— Irmã, francamente, isto é desnecessário. São as marcas de mordidas? É por causa delas que você está aborrecida? Eu só tenho algumas.

— Srta. Felicity — a preternatural escutou Floote dizer —, tente se comportar.

Boots, que acabara de ancorar o dirigível, aproximou-se da preternatural e lhe ofereceu o braço.

— Lady Maccon?

Ela o aceitou, agradecida. O bebê-inconveniente estava realmente sendo importuno naquele momento. A preternatural teve a sensação de ter engolido um furão lutador.

— Talvez possa me levar até o, hã, closet, sr. Bootbottle-Fipps? Eu acho que preciso me deitar. Só um bocadinho, entende? Ainda tenho que lidar com uma colmeia sem rumo. Eu vou ter que dar um jeito de descobrir aonde a Condessa Nadasdy foi. E Madame Lefoux, claro. Nós não podemos permitir que ela continue fora de controle.

— Claro que não, milady — concordou o jovem. Que, evidentemente, achava, tal como a preternatural, que perder o controle era desnecessário, fosse qual fosse a situação.

Eles mal tinham saído do telhado e chegado à escada que levava ao segundo melhor closet de Lorde Akeldama, quando um zangão ofegante apareceu à sua frente. Era um sujeito alto e bem-apessoado, de rosto agradável, cabelos cacheados e volumosos, e um jeito de caminhar desengonçado e desleixado. O nó de seu plastrom era o mais malfeito que Lady Maccon já vira tão perto de Lorde Akeldama. Ela lançou um olhar chocado para Boots.

— Zangão novo — explicou-lhe ele, antes de se virar para fitar simpaticamente o jovem.

— Olá, Boots!

— Oi, Shabumpkin. Estava me procurando?

— A-hã.

— Ah! Vai ter que me dar um minutinho, para eu acomodar sua senhoria primeiro.

— Oh, não, não só você, meu caro. Procurava Lady Maccon também. Podem vir, por favor?

A preternatural olhou para o rapaz como se ele tivesse rastejado até ali de algum lugar fedorento.

— Preciso?

— Receio que sim. Lorde Akeldama convocou uma reunião de emergência do Conselho Paralelo — explicou o zangão.

— Mas é lua cheia, o primeiro-ministro regional não pode ir.

— Muitos de nós ressaltamos esse fato, mas ele disse que era um detalhe insignificante.

— Ó céus. Não é no Palácio de Buckingham, espero? — Ela apertou a barriga, horrorizada com a ideia de ter que percorrer longas distâncias de novo.

O dândi deu um largo sorriso.

— Na sala de visitas dele, madame. Onde mais?

— Ah, ainda bem. Pode dizer para Floote ir até lá, por favor? Assim que ele concluir a atual tarefa.

— Pois não. Com prazer.

— Obrigada, senhor, hã, Shabumpkin.

Momento em que Boots se empertigou, agarrou com mais firmeza o braço de Lady Maccon e conduziu-a com cuidado pela escada até a notória sala de visitas de Lorde Akeldama. Quando chegaram, Shabumpkin fez uma amável reverência com a cabeça para eles e se retirou, desengonçado.

O vampiro a aguardava. A preternatural não ficou surpresa ao constatar que, enquanto ela correra por Londres atrás de um octômato, ele se dedicara a nada mais estressante que trocar de roupa. Usava o fraque e o calção mais impressionantes que ela já vira, de cetim listrado, nos tons de vinho e creme. Para complementar, vestira um colete de chamalote cor-de-rosa, além de meia-calça e cartola do mesmo tom. No plastrom, uma cascata de cetim vinho, havia um alfinete de ouro e rubi, e essa pedra também enfeitava seus anéis, o monóculo e a flor da lapela.

— Eu posso lhe trazer algo, Lady Maccon? — ofereceu Boots, depois de vê-la instalada em uma poltrona, consternado com seu evidente desconforto físico.

— Chá? — Ela citou a única panaceia universal que conhecia.

— Claro. — Ele sumiu de vista após trocar olhares com Lorde Akeldama.

Não obstante, quando o chá chegou cinco minutos depois, foi Floote que o levou, não Boots. O mordomo se retirou depressa, mas a preternatural não tinha a menor dúvida de que permanecia bem próximo à porta, do outro lado.

Lorde Akeldama, um tanto desgostoso, não pegou seu interruptor de ressonância auditiva harmônica, e Lady Maccon tampouco o relembrou de fazê-lo. Ela supôs que precisaria do conselho de Floote em relação ao que quer que ocorresse a seguir.

— E então, milorde? — perguntou ao vampiro, nem um pouco disposta a perder tempo.

Ele foi direto ao assunto. Que, em si, era a fonte de sua angústia.

— Minha *cara flor de ameixa*, por acaso faz a *mínima* ideia de quem está na ruela dos fundos, atrás da cozinha, *neste exato momento*?

Como Lady Maccon tinha certeza absoluta de que teria visto o octômato do telhado, pensou em sua segunda melhor opção.

— A Condessa Nadasdy?

— Nos fundos, atrás da cozinha! Juro pela minha maior presa! Eu... — Ele se interrompeu. — Minha nossa, *ranúnculo, como* sabia?

Apesar de estar tendo que suportar as contorções e os pontapés violentos na barriga, ela não conseguiu evitar o sorriso.

— Agora sabe como eu sempre me sinto.

— Ela enxameou.

— Sim, *finalmente*. Você não imagina a dificuldade que foi convencê-la a sair daquela casa. Mais parecia um fantasma acorrentado, que nunca pode sair de um ponto fixo.

Lorde Akeldama se sentou, respirou fundo e se recompôs.

— Querida *calêndula*, por favor, não me diga que foi a responsável por... você sabe. — Ele agitou uma das mãos branquíssimas no ar, como um lenço agonizante.

— Oh, não, seu bobo. Eu, não. Madame Lefoux.

— Ah, claro. Madame Lefoux. — Seu semblante ficou imóvel, inexpressivo diante daquela última informação.

A preternatural poderia jurar ser capaz de ver as engrenagens do grandioso intelecto trabalhando por trás daquele rosto maquiado de um jeito tão feminino.

— Por causa da criadinha francesa? — Ele, por fim, arriscou um palpite.

Lady Maccon estava adorando saber de coisas que ele não sabia, pela primeira vez na vida. Nunca imaginara que algum dia teria mais informações durante uma crise do que Lorde Akeldama.

— Não, não... De Quesnel.

— O filho dela?

— Não exatamente dela.

Ele se levantou, deixando de lado a costumeira postura relaxada e casual.

— O garotinho louro que está com a condessa? O que rasgou a minha sobrecasaca?

— Típico de Quesnel.

— O que a rainha de uma colmeia está fazendo com o filho de uma inventora francesa?

— Ah, parece que Angelique deixou um testamento.

O vampiro deu umas batidinhas em uma das presas com a armação do monóculo de ouro e rubi, encaixando as peças do quebra-cabeça diante dos olhos da preternatural.

— Angelique é a mãe biológica do menino, e ela o deixou aos cuidados da *colmeia*? Jovem tola.

— E a condessa o tomou de Genevieve. Então, ela construiu um octômato e destruiu a casa da colmeia, tentando resgatá-lo.

— Ó céus, acabou agravando ainda mais a situação.

— Suponho que sim.

Lorde Akeldama parou de dar as batidinhas e começou a balançar o monóculo de um lado para outro, enquanto andava em passos lentos pela sala. Seu cenho branco estava franzido, formando uma ruga perfeita entre as sobrancelhas.

Lady Maccon afagou a barriga e o bebê queixoso com uma das mãos e sorveu chá com a outra. Pela primeira vez, a bebida mágica não exerceu seus efeitos benéficos. O bebê não estava satisfeito, e chá não iria aplacar a fera.

O monóculo ficou imóvel.

A preternatural se endireitou na poltrona, em expectativa.

— Resta saber o que deve ser feito com a colmeia inteira escondida na ruela dos fundos.

— Convidá-los para tomar chá? — sugeriu ela.

— Não, não, impossível, meu *bolinho de creme*. Eles não podem entrar aqui.

Os vampiros eram muito exigentes em relação à etiqueta.

— Mandá-los para o Palácio de Buckingham? Isso seria relativamente seguro.

— Não, não. Um pesadelo político. A rainha vampiro no palácio? Pode ter certeza, *queridinha*, nunca é uma boa ideia ter muitas rainhas em um lugar só, ainda mais em um palácio.

— Para não corrermos riscos e ganharmos mais tempo, deveríamos tirá-la de Londres.

— Ela não vai gostar nada disso, mas a sugestão faz *sentido*, *campânula*.

— Quanto tempo temos? Ou seja, quanto tempo um enxameamento costuma durar?

Lorde Akeldama franziu o cenho. Preocupado com a possibilidade de lhe dar a informação, suspeitou ela, e não com a possibilidade de não a ter.

— Uma rainha recém-criada tem meses para se acomodar, mas uma antiga só dispõe de algumas horas.

A preternatural deu de ombros. Só havia uma solução imediata. Era o lugar mais seguro que ela conhecia — seguro e defensável.

— Eu vou ter que levá-la para o Woolsey.

O vampiro se sentou.

— Se assim diz, Lady Alfa.

Algo no tom de voz dele fez com que ela hesitasse. Lorde Akeldama sempre falava daquele jeito quando acabava de comprar uma sobrecasaca especialmente bonita. Ela não entendia como ele podia estar tão satisfeito com aquela situação desagradável. Como diria o seu rudimentar marido: *Vampiros!*

Alguém precisava fazer alguma coisa. Eles não podiam deixar a rainha de Westminster parada, esperando em uma ruela atrás das casas de Lorde Akeldama e Lorde Maccon. Que escândalo seria se os jornais descobrissem *isso*! Lady Maccon esperava que Felicity estivesse trancada.

— Só até decidirmos o que se pode fazer com ela. E como resolver a situação com Quesnel. De preferência sem destruir quaisquer outras construções totalmente inofensivas. — A preternatural inclinou a cabeça para trás e gritou: — Floote!

A rapidez do surgimento dele sugeria que estivera, com efeito, esperando bem atrás da porta.

— Floote, quantas carruagens temos aqui na cidade?

— Somente uma, madame. Que acabou de chegar.

— Bom, ela vai ter que servir. Ponha os arreios nos cavalos e leve a carruagem até os fundos, por favor. Eu me encontro com você lá.

— Uma viagem? Mas a senhora está indisposta.

— Não há como evitar, Floote. Eu não posso mandar uma colmeia de vampiros sozinha para um covil de lobisomens, e sem ajuda diplomática. Os zeladores jamais permitiriam. Não, alguém tem que ir com eles, e esse alguém tem que ser eu. Os criados do castelo não darão atenção a ninguém mais, não na lua cheia.

O mordomo sumiu de vista, e ela se levantou e saiu da sala em passos desajeitados, caminhando pela casa de Lorde Akeldama. O vampiro a seguiu. Na metade do caminho, porém, ela ergueu o dedo para o anfitrião.

O bebê se movera na barriga. Parecia mais leve, de algum modo. Bom, por que ela haveria de questionar um ajuste tão providencial? Ela deu uns tapinhas na barriga, em sinal de aprovação. Mas, então, começou a se balançar, apoiando-se ora em um pé, ora no outro. O bebê-inconveniente se acomodara em certa parte de sua anatomia.

— Hum, minha nossa. Que constrangedor. Eu realmente preciso ir até seu… hã… ou seja… hum.

Se o vampiro pudesse enrubescer, era o que teria feito. Em vez disso, pegou um leque de renda vermelha no bolso interno da sobrecasaca e se abanou vigorosamente, enquanto a preternatural ia, cambaleante, cuidar de suas necessidades. Ela voltou após vários e longos momentos, sentindo-se melhor em relação a todos os aspectos da vida.

Em seguida, avançou pela casa, passando por trás da grandiosa escadaria e da escada dos criados, pela cozinha e finalmente pela porta dos fundos. O vampiro a seguiu em passos miúdos, solícito.

Nos fundos da casa, por trás de objetos chocantemente vulgares, como latas de lixo e varais, a colmeia aguardava. A preternatural ficou escandalizada ao constatar a presença de roupas de baixo masculinas penduradas na corda! Fechou os olhos e respirou fundo para reunir forças. Quando voltou a abri-los, olhou além dos artigos essenciais para a ruela de entregas, onde um coágulo de vampiros caminhava de um lado para outro, nervosamente.

A Condessa Nadasdy estava lá, junto com o dr. Caedes, Lorde Ambrose, o Duque de Hematol e dois outros vampiros cujos nomes Lady Maccon não conhecia. Não se encontrava em condições de conversar sobre qualquer assunto, fosse ele mundano ou não. Seu esgotamento mental era evidente; ela se movia freneticamente, os nervos à flor da pele. Andava de um lado para outro, falando por entre os dentes e se sobressaltando com qualquer barulho. Um vampiro assustado pode atingir alturas incríveis e se mover em velocidade impressionante, uma habilidade que deixava a corpulenta e acolhedora rainha parecida com um gafanhoto. Em algumas ocasiões, ela brigava com um dos súditos vampiros, como se tentasse escapar do vago círculo que haviam formado ao seu redor. Em outras, chegava a arremeter contra um deles, arranhando-lhe o rosto ou mordendo com força alguma parte exposta de seu corpo. O vampiro em questão se limitava a recolocá-la com delicadeza no meio do grupo, as feridas já cicatrizadas assim que ela voltava a se mover.

Lady Maccon viu, aliviada, que Quesnel estava sob os cuidados do dr. Caedes. Ficara bastante claro que não era seguro para um mortal ficar perto da rainha. A preternatural observou os olhos violáceos do traquinas sob os cabelos louros cheios e desgrenhados. Ele parecia apavorado. Ela piscou para o menino, que se animou quase de imediato. Os dois não se conheciam havia muito tempo, porém, uma vez, ela o apoiara após certa explosão de caldeira, e desde então o garoto passara a confiar cegamente nela.

A preternatural avançou, apenas para estacar ao se ver sozinha, com Lorde Akeldama parado em uma posição dramática, um degrau atrás. Francamente, ela ficara surpresa por ele ter sequer considerado andar pela cozinha. Era bem provável que nunca tivesse visto aquela parte da casa antes.

Ela se virou.

— Você não vai participar da conversa? — Pelo que conhecia de Lorde Akeldama, ele não costumava sair de cena quando havia algo importante em curso.

O vampiro errante deu uma risadinha.

— Meu querido *bolinho*, a condessa não vai tolerar a minha presença, em seu atual estado. E eu não suportaria ter que lidar com um daqueles coletes que o dr. Caedes anda usando ultimamente. Sem falar na ausência generalizada de cartolas.

A preternatural olhou para os vampiros com novos olhos. Era verdade; pelo visto, os cavalheiros haviam perdido as cartolas durante o caos.

— Não, não meu *bolinho de creme*, agora é a sua vez de agir. — Ele evitou lhe lançar um olhar preocupado. Ela não parara de apertar a barriga volumosa desde que reaparecera em sua sala de visitas. — Se acha que pode fazer isso com suficiente habilidade.

Lady Maccon respirou fundo, juntando forças, e quase perdeu o equilíbrio. Responsabilidade era responsabilidade, e nenhum bebê a impediria de contornar a situação. Seu mundo, naquele momento, estava caótico. Ela podia não se sair bem em certos aspectos, mas era ótima na solução de problemas e na imposição de ordem ao universo. Naquele momento, a Colmeia de Westminster precisava de seus talentos gerenciais. Não podia se esquivar de suas obrigações por causa de um mero detalhe como a gravidez.

Sem nem olhar para Lorde Akeldama às suas costas, ela avançou a passos largos, penetrando na colmeia alvoroçada. Ou, ao menos, ela gostaria de dizer que avançou a passos largos, embora tivesse mais propriamente arrastado os pés, cambaleando.

— Espere, Alexia! Onde está a sua sombrinha? — O vampiro pareceu mais preocupado do que ela já vira, falando sem itálicos nem apelidos.

Lady Maccon gesticulou de forma expressiva e respondeu-lhe bem alto:

— Debaixo do que restou da casa da colmeia, acho. — Em seguida, encarou suas obrigações de muhjah. — Muito bem, pessoal. Já chega dessa balbúrdia!

A Condessa Nadasdy se virou para ela e sibilou. Realmente sibilou.

— Ah, é? — A preternatural ficou indignada. Olhou para o Duque de Hematol. — Quer que eu a faça ficar sóbria? — Ela agitou os dedos sem luva para ele.

Lorde Ambrose rosnou e deu um salto, em uma daquelas fantásticas proezas sobrenaturais de cunho atlético, para se colocar entre Lady Maccon e a rainha.

— Pelo visto, não. Tem uma solução melhor?

O duque respondeu:

— Nós não podemos torná-la mortal e vulnerável, no estado desprotegido em que se encontra.

Atrás deles, depois de estrepitar pela ruela nos fundos da fileira de casas urbanas, a carruagem de Woolsey parou, os arreios em corcéis de viagem, em vez dos baios de desfile. A condessa fez menção de saltar em cima dela como se se tratasse de um inimigo assustador. Lorde Ambrose a conteve, cingindo-a com ambos os braços por trás, em um gesto constrangedoramente íntimo. Era apenas uma carruagem ostentosa e tradicional, com um brasão enorme na lateral e aquele tipo de extravagância supérflua que Lorde Akeldama adoraria, mas que Lady Maccon sempre achara um tanto constrangedora para Woolsey. Fora feita para impressionar, não para ter velocidade ou agilidade. Mas, para a preternatural, nem mesmo aquela feiura pomposa justificava um ataque de vampiros.

— Bom, então, como Lorde Akeldama não vai convidá-los para tomar chá nem para uma visita, eu pensei em sugerir que fôssemos ao Castelo de Woolsey, por enquanto. Para que se refugiem lá.

Todos os vampiros ali reunidos, até mesmo a condessa, cuja capacidade de acompanhar o que acontecia ao seu redor parecia estar bastante limitada, pararam para fitar Lady Maccon, como se ela tivesse acabado de pôr um manto grego e começado a bombardeá-los com uvas descascadas.

— Tem certeza, Lady Maccon? — perguntou um deles, em um tom quase tímido para um vampiro.

O dr. Caedes deu um passo adiante, com seu aspecto delgado e frágil, embora carregasse Quesnel, que se debatia, como se o garoto não pesasse mais do que um dos espanadores automáticos de Madame Lefoux.

— Está nos convidando para ficar lá, Lady Maccon? No Castelo de Woolsey?

A preternatural não entendeu o motivo de tamanha perplexidade.

— Bom, sim. Mas como só tenho uma carruagem, é melhor o senhor, o menino e a condessa virem comigo. Os outros podem ir correndo atrás. Tentem acompanhar o ritmo.

Lorde Ambrose olhou para o dr. Caedes.

— Não há precedentes para isso.

O dr. Caedes olhou para o Duque de Hematol.

— Não existe registro de tal ocorrência no estatuto.

O duque olhou para Lady Maccon, fazendo que não com a cabeça.

— O casamento não teve precedentes, e tampouco o bebê vindouro. Ela só está dando continuidade à própria tradição. — Ele caminhou em direção à rainha. Com cautela, tomando cuidado para não fazer movimentos bruscos. — Minha Rainha, temos uma opção. — O vampiro pronunciou as palavras com precisão, procurando destacar cada uma.

A Condessa Nadasdy estremeceu.

— Temos? — Sua voz parecia vaga e distante, como se ecoasse do fundo de uma mina. Levou Lady Maccon a se lembrar de algo, mas, com o bebê se mexendo muito em sua barriga e a perspectiva de uma longa viagem pela frente, não se recordou exatamente do quê.

A condessa olhou para Lorde Ambrose.

— Quem vamos precisar matar?

— É uma oferta feita de livre e espontânea vontade. Um *convite*.

Por um instante, a rainha deu a impressão de ter voltado a si, concentrando-se por completo nos rostos dos três integrantes mais estimados da colmeia. Seus apoios. Seus tentáculos.

— Bom, vamos aceitar, então. Não temos tempo a perder. — A Condessa Nadasdy fitou ao redor, os olhos azuis, da cor da centáurea, subitamente atentos. — Nós estamos diante de varais com *roupas lavadas*? Para *onde* é que me trouxeram?

Com um aceno de cabeça para a preternatural, Lorde Ambrose levou apressadamente a rainha até a carruagem de Woolsey. Mais rápido do que qualquer olho mortal pudesse acompanhar, ele se abaixou para sair de novo, os movimentos mais ágeis por não ter de lidar com a cartola. Em seguida, deu um salto até a boleia, dispensando sem cerimônias o cocheiro perfeitamente respeitável que ali estava e tomando as rédeas. Lady Maccon arqueou a sobrancelha para ele.

— Perdão?

— Houve uma época em que participei de corridas de carruagens — explicou o vampiro, dando um largo sorriso que expôs plenamente as presas.

— Eu não acho que seja a mesma coisa, Lorde Ambrose — protestou ela.

O dr. Caedes e Quesnel subiram a seguir. E, então, com relutância, a preternatural. Ela teve um pouco de dificuldade na escada, e nenhum vampiro se dispôs a lhe oferecer ajuda: nada de toques, nem mesmo em nome da cortesia. Quando entrou, não se surpreendeu ao constatar que todos haviam se sentado juntos em um dos bancos, para que ela ficasse sozinha no outro.

Lorde Ambrose deu uma chicotada nos cavalos, que avançaram a meio-galope, rápido demais para as ruas apinhadas de Londres. O estrépito sobre as pedras do calçamento era excessivamente alto, e a carruagem parecia se inclinar nas curvas muito mais do que Lady Maccon notara antes. Sua barriga protestou contra o sacolejo.

A viagem do centro londrino até o Castelo de Woolsey levava, em geral, duas horas, menos para os viajantes na forma de lobo, claro. O Conde de Trizdale certa vez alegara ter feito o percurso em sua carruagem conduzida por puros-sangues em apenas uma hora e quinze minutos. Lorde Ambrose, pelo visto, tentava bater aquele recorde.

Em Londres, as ruas estavam gastas o bastante para terem formado sulcos que suavizavam a viagem — um caminho conhecido pelo vampiro-condutor, embora ele tivesse ficado acorrentado a Mayfair durante centenas de anos. Tivera tempo de sobra para estudar mapas, supôs a preternatural. Eles pegaram a estrada menos usada rumo a West Ham. Porém, assim que saíram da cidade, tudo começou a dar errado.

Não que os eventos noturnos prévios tivessem sido um mar de rosas cristalizadas. Ainda assim...

Primeiro, e pior, pelo que Lady Maccon pôde constatar, tinham chegado à estrada de terra da zona rural. Esse trajeto nunca a incomodara muito, pois a carruagem contava com um bom sistema amortecedor e era acolchoada internamente. Mas a alta velocidade e o sacolejo fora do normal não agradaram ao bebê-inconveniente. Depois de quinze minutos ali, a preternatural sentiu uma nova sensação no corpo — uma dor prolongada e indistinta na região lombar. Ela ficou imaginando se tinha se machucado ao longo das diversas quedas com esmagamento de anquinhas.

Em seguida, escutaram Lorde Ambrose gritar e sentiram um forte cheiro de fumaça. Ali, longe das sombras avultantes das construções da cidade e sob a luz da lua cheia, era bem mais fácil ver tudo. Lady Maccon observou, pela janela, um dos vampiros acompanhantes acelerar a velocidade, correr ao lado da carruagem e saltar nela. O veículo cambaleou, mas não desacelerou; não obstante, golpes violentos ressoaram no teto.

— A carruagem pegou fogo? — A preternatural se posicionou melhor, abaixou a janela de caixilho e meteu a cabeça para fora, ao vento, tentando olhar para trás.

Poderia ter sido difícil para ela discernir o inimigo, caso ele estivesse a cavalo ou em outra carruagem a persegui-los, mas o objeto que se movia em alta velocidade atrás deles, pelos campos e entre as sebes, vinha fazendo-o com oito enormes tentáculos. Bom, na verdade, sete — o oitavo estava na frente, lançando chamas na carruagem. O monstro também tinha uma altura equivalente a vários andares.

Lady Maccon meteu a cabeça para dentro.

— Dr. Caedes, eu sugiro que mostre o seu prisioneiro. Pode evitar que Genevieve nos mate.

A carruagem arremeteu de novo e ganhou velocidade. O vampiro que subira no teto saltou, depois de ter conseguido apagar o fogo. Mas eles não estavam indo tão rápido quanto antes — os cavalos começavam a se cansar ou a perder o fôlego, sobrecarregados pela velocidade implacável.

O octômato já os alcançava, e o Castelo de Woolsey continuava distante.

O dr. Caedes mudou a forma de segurar o garoto, tentando obrigá-lo a meter a cabeça para fora da janela da carruagem. Quesnel não estava nem um pouco disposto a fazer o que os vampiros queriam. A preternatural

acenou com a cabeça de forma quase imperceptível para o menino, que, então, obedeceu ao captor. Meteu não só a cabeça como também um bracinho magro, acenando freneticamente para a criatura atrás deles.

A dor na lombar de Lady Maccon aumentou, e ela sentiu a barriga oscilar, como uma onda. Nunca sentira algo parecido antes. Gritou de susto e se recostou na parede acolchoada da carruagem. Então, a sensação passou.

A preternatural cutucou a barriga com o dedo.

— Não ouse! Este é o momento mais inoportuno! Além do mais, chegar cedo a uma festa é indelicado.

O octômato recuou o bastante para permitir que a carruagem desacelerasse, mas, se Lady Maccon conhecia bem Madame Lefoux, ela só o fizera para ganhar um pouco de tempo e conceber outro plano de ataque. A inventora devia saber que a preternatural estava na carruagem e que rumavam para o Castelo de Woolsey. Não havia motivo para estar na estrada àquela hora, pois, antes de mais nada, ninguém ia até Barking à noite e *muito menos em alta velocidade*.

— Ah, minha nossa. — Lady Maccon teve a mais incômoda sensação de que perdera parte de seu lendário controle sobre o corpo, se não sobre a mente. A umidade nas suas partes baixas indicava que as anquinhas e, na certa, o restante do vestido, não sobreviveriam àquela noite. Então, a sensação que lhe percorria o corpo como uma onda voltou, indo da parte de cima da barriga até embaixo.

Apesar de não ser médico, o dr. Caedes era observador o bastante para perceber a mudança na causa do sofrimento da preternatural.

— Lady Maccon, o seu trabalho de parto começou? Seria um momento deveras inconveniente.

Ela franziu o cenho.

— Não, eu proíbo totalmente. Não vou… Oooh. — A preternatural concluiu a frase com um gemido.

— Acho que começou.

Quesnel se entusiasmou.

— Beleza! Eu nunca vi um parto antes. — Ele dirigiu os enormes olhos cor de alfazema para Lady Maccon, que, àquela altura, suava.

— E tampouco vai fazer isso hoje, meu jovem — repreendeu-o ela, em meio à respiração entrecortada.

A condessa, que continuava nervosíssima, prestando a mínima atenção possível às conversas, lançou um olhar desconfiado e intenso para Lady Maccon.

— Não pode fazer isso. Não enquanto eu estiver aqui. E se *ele* nascer e tivermos que tocá-lo? Dr. Caedes, jogue-a para fora da carruagem agora mesmo.

Apesar da estranha sensação que lhe percorria o corpo em ondas e a dor cada vez maior, Lady Maccon foi rápida o bastante para meter a mão na bolsa reticulada e tirar Ethel antes que o vampiro a impedisse.

Não que ele tivesse tentado. Em vez disso, procurou dissuadir a soberana de fazê-lo.

— Nós não podemos fazer isso, Minha Rainha. Precisamos que ela nos leve para dentro do castelo. Afinal, Lady Maccon é nosso convite.

E a preternatural se sentiu obrigada a acrescentar:

— E esta é *minha* carruagem! Se alguém tiver que sair, vão ser vocês! — Lady Maccon sentiu outra pressão do bebê em seu ventre. — Não, não *você*! — Em seguida, ela olhou freneticamente ao redor. — Isto está proibido — salientou, dirigindo-se a todos, incluindo o bebê iminente, os vampiros, Quesnel e o octômato. E olhou para a barriga. — Eu não vou permitir que a nossa relação se inicie com um ato de desobediência. Seu pai já faz *isso* o bastante.

A condessa fez uma expressão de quem comeu algo estragado, como um pedaço de fruta fresca.

— Eu não posso ficar perto de uma abominação! Por acaso sabe o que pode acontecer?

Bom, aquele tipo de pânico poderia ser útil.

— Não, por que não me esclarece?

Tarde demais. Um ruído de algo sendo derrubado e cortado ressoou atrás deles. Lady Maccon não fazia ideia do que o octômato estava aprontando, mas, quando meteu a cabeça para fora da janela, viu que ele já não os seguia. A carruagem saíra da estrada principal e entrara no caminho longo e sinuoso que conduzia às terras do Castelo de Woolsey.

Eles estavam quase lá.

Instantes depois, um tremendo baque ecoou na frente deles, a carruagem fez uma curva para o lado e parou, sacolejando. Da janela, a preternatural já podia ver o castelo adiante, sobre a colina, com um tom argentado por causa do luar, parecendo ter seus próprios tentáculos de pedra, representados pelos diversos arcobotantes.

Não faria diferença se estivesse a mil léguas de distância, pois o octômato derrubara uma árvore na estrada, na frente deles. Lorde Ambrose não poderia dar a volta com a carruagem, mesmo se as sebes altas o permitissem, pois atrás deles uma enorme criatura metálica bloqueava a passagem. Os vampiros acompanhantes, ofegantes por causa da longa corrida, formaram uma barreira na frente da carruagem, como se pudessem impedir qualquer ataque ao se interporem entre o octômato e a rainha.

Lady Maccon olhou ao redor, desesperada. Estava entre inimigos, exausta e prestes a dar à luz. Começava a ficar sem opções e teria que confiar em um dos vampiros. Abriu a porta da carruagem e gritou para a vanguarda:

— Vossa Graça, eu tenho uma proposta.

O Duque de Hematol se virou para fitá-la.

— Precisamos de ajuda e de uma distração para podermos chegar ao nosso destino.

— O que sugere, Lady Maccon?

— Que convoquemos a matilha.

— E como nós podemos fazer isso? A senhora com certeza não pode correr daqui até o castelo, nenhum de nós pode carregá-la até o Woolsey e nenhum zelador acreditará na palavra de um mensageiro vampiro.

— Escute. Fale para eles que Lady Maccon disse que é um *assunto urgente*. A fêmea Alfa requer que a alcateia vá ajudá-la, independentemente do que estiverem fazendo. — *Agora eu vou ter que mudar a frase secreta.*

— Mas...

— Vai dar certo. Pode confiar em mim. — Ela não tinha certeza, claro. *Assunto urgente* era o código secreto da alcateia para a sua atuação como muhjah. Raríssimas vezes tivera que usar a convocação e, mesmo assim, somente com o Beta e o marido na forma humana, e nunca apenas com os zeladores. Será que eles captariam a mensagem?

O duque cravou nela um olhar longo e duro. Em seguida, deu meia-volta e saiu correndo, saltando pela árvore caída com quase a mesma facilidade de um lobisomem, rumando direto para o castelo, usando a capacidade máxima da velocidade sobrenatural.

Com a partida de um de seus integrantes mais velhos e sábios e o gigantesco polvo de metal ameaçando a rainha desprotegida, os vampiros em torno de Lady Maccon começaram a perder as estribeiras. Não tanto quanto a Condessa Nadasdy, mas, sem dúvida alguma, tornando-se selvagens. Um deles atacou o octômato, só para ser afastado com facilidade.

A criatura metálica ergueu um tentáculo até a fenda dos olhos, mais uma vez abrindo a ponta e estendendo o megafone que permitia que Madame Lefoux falasse.

— Entreguem Quesnel para mim. Vocês não têm escolha. — Uma pequena pausa. — Mal posso acreditar que logo você, Alexia, esteja ajudando os vampiros. Eles tentaram matá-la!

Lady Maccon meteu a cabeça para fora da janela da porta e bradou:

— E daí? Recentemente, você também tentou me matar. No meu caso, o assassinato pode ser quase uma expressão de afeto. — Ela teve que fazer um enorme esforço para gritar, e voltou a se recostar na carruagem, gemendo e apertando a barriga. Detestava ter que admiti-lo, mesmo para si, mas estava com medo.

Então veio o barulho, a bênção sombria de um som que a preternatural aprendera a amar cada vez mais, havia mais ou menos um ano.

Lobos. Uivando.

Capítulo 16

Um Coágulo de Vampiros

A Alcateia de Woolsey era formada por um bando grande, com doze integrantes. E uma dúzia de lobisomens equivalia a duas dúzias de lobos comuns, só em termos de tamanho. Quando outras alcateias queriam ser sarcásticas, chamavam a de Woolsey de *domesticada*. Mas nenhum lobisomem se comportava na lua cheia.

Lady Maccon sabia muito bem que estava se arriscando demais. E também tinha consciência de que seu cheiro atrairia o marido. Mesmo em plena lua cheia, ele iria correndo até ela. Talvez até tentasse matá-la, pois seria guiado pelo seu cheiro. Era o Alfa de Woolsey por um motivo, e tinha suficiente carisma para manter a alcateia unida e ao seu lado, por mais forte que fosse a necessidade dos lobisomens de fugir e seguir os rastros de sangue e carne crua no campo. Todos o seguiriam, o que significava que levaria todos até ela.

E assim foi.

Eles começaram a sair das portas e janelas mais baixas do castelo, uivando para o alto. Fluíram como uma espécie de líquido grosso sendo derramado, descendo pela colina como uma gota prateada, como mercúrio na palma da mão de um cientista. Os uivos foram ficando ensurdecedores à medida que eles se aproximavam, e os lobisomens foram mais rápidos do que Lady Maccon se lembrava, dominados pela fúria eterna contra um mundo que lhes impunha tamanho custo para a imortalidade.

Qualquer ser humano teria saído correndo dali e, com efeito, a preternatural notou que até mesmo os vampiros ficaram tentados a fugir da imponente força sobrenatural que arremetia contra eles.

Na frente corria o maior do grupo, um lobisomem tigrado, de olhos amarelos, concentrados em um objetivo — um cheiro na brisa noturna. Era o de uma parceira, de uma amante, de uma companheira, de medo e de algo novo chegando. Misturado com esses havia o de uma criança, carne fresca a ser consumida. E, subjacente a eles, o fedor de carne putrefata e linhagem antiga — outros predadores invadindo seu território. O odor mais pungente era o de manufatura, uma máquina enorme, outro inimigo.

Lady Maccon saiu da carruagem e bateu a porta com força depois de passar, colocando-se na frente do menino e da rainha, ciente de que ela seria a última defesa possível e que, ao menos, contava com as mãos expostas.

As pernas, porém, recusavam-se a lhe obedecer. Quando deu por si, estava apoiada à porta, desejando ainda dispor da sombrinha, que lhe serviria de apoio.

A alcateia chegara. O caos de pelos, dentes e rabos se transformou em lobisomens individuais. Lorde Maccon correu até a esposa e parou diante dela.

A preternatural nunca sabia como lidar com o marido quando ele ficava naquele estado. Não restava nada do homem que ela amava naqueles olhos amarelos, não durante a lua cheia. Sua única esperança era que ele considerasse o octômato uma ameaça maior que os vampiros. Que seu maior instinto fosse defender o território primeiro e comer depois, ignorando-a juntamente com Quesnel, representantes de carne fresca.

Sua esperança acabou se concretizando, pois os olhos amarelos do conde brilharam uma vez, quase humanos, e ele pôs a língua para fora ao vê-la. Em seguida, a alcateia formou uma unidade e atacou o octômato. Um lobisomem por tentáculo, os outros quatro no pescoço. Os dentes sobrenaturais eram guiados, por instinto, para as articulações e as artérias, mesmo se estas fossem feitas de cabos hidráulicos movidos a vapor e, aquelas, de rolamentos e roldanas.

Lady Maccon limitou-se a observar, admirando a graça de seus saltos incrivelmente altos. Continuou a segurar Ethel, mas a arma pendia inutilmente da mão abaixada. Não estava perto o bastante para atingir nem mesmo algo do tamanho do octômato sem correr o risco de acertar um lobisomem. Os vampiros nem se moveram para ajudar. Talvez por temerem que um dos lobos não gostasse da ideia, ou de vampiros, e começasse a atacá-los.

A preternatural conseguiu distinguir alguns dos integrantes da alcateia por suas características. Lá estava o major Channing, o mais fácil de reconhecer, por causa do pelo branco imaculado; o professor Lyall, menor que os outros e mais ágil, quase tanto quanto um vampiro em termos de velocidade e destreza; e Biffy, o mais escuro de todos, com a pelagem acaju na barriga e movimentos selvagens, totalmente brutais. Porém, os olhos de Lady Maccon se dirigiam, repetidas vezes, para a pelagem tigrada do maior lobisomem, conforme ele saltava e golpeava uma parte da criatura, para então pousar e, em seguida, saltar de novo.

Para que o ataque surtisse mesmo efeito, os lobisomens deveriam ter se concentrado em apenas um tentáculo, ou partido para o pescoço, mas eles estavam meio lunáticos. Mesmo nas melhores circunstâncias, somente alguns mantinham a total capacidade de raciocínio quando estavam na forma de lobo. A lua cheia não era uma delas.

O octômato fora construído para resistir a muitas coisas, porém não ao ataque de uma alcateia. É verdade que contava com boa blindagem e estrutura metálica, mas, como Madame Lefoux não usara prata, a criatura ficava vulnerável, sobretudo com aquela quantidade de lobisomens. A inventora, porém, não ficou parada — longe disso. Comandava os tentáculos perigosos, lançando chamas e estacas de madeira. Lady Maccon sabia que era só uma questão de tempo até a francesa se desesperar o bastante para usar o tentáculo que borrifava lapis solaris.

Então, a preternatural viu uma mancha esbranquiçada flutuando sobre o octômato, navegando pelas brisas do éter rapidamente, na direção dela — um pequeno dirigível particular.

Lady Maccon sentiu outra forte contração. Ela se curvou e foi deslizando pela lateral da carruagem, sentando-se pesadamente no chão e deixando a porta vulnerável a ataques. Fora a primeira vez que a sensação ondulante realmente doera. Depois de ter se curvado por causa dos movimentos involuntários de seu próprio corpo, ergueu os olhos para o leste.

Não pôde evitar o grito — não por causa da dor, mas do que vira. Havia uma nítida névoa rósea em meio ao azul frio e argentado do céu noturno.

Ela precisava levar todos à segurança do castelo.

Olhou para Lorde Ambrose, naquele momento inclinado sobre ela, barrando a porta, defendendo a rainha.

— Nós precisamos dar um jeito de destruir a criatura; ganhe tempo para que possamos chegar ao Castelo de Woolsey. *O sol está nascendo.*

Os olhos do vampiro escureceram de pavor. O sol interromperia bruscamente os lobisomens, levando-os a se transmutarem à forma humana. Tornaria alguns dos integrantes mais jovens lentos e vulneráveis, e provocaria danos permanentes em Biffy, que ainda não tinha o controle necessário. Mas o sol mataria os vampiros, todos eles, até a rainha.

Lady Maccon pensou em algo.

— Encontre uma maca para mim, milorde.

— Hein?

— Rasgue o teto da carruagem ou arranque um pedaço da boleia. Com um vampiro em cada lado, poderiam usar a maca para me carregar até o Castelo de Woolsey. Ninguém precisaria tocar em mim e não haveria perda de força. Poderíamos fugir rapidamente.

— Retirada estratégica. Ótima ideia. — Ele deu um salto até a boleia.

A preternatural escutou o barulho típico de algo sendo rasgado.

No alto, ela viu o brilho forte de uma luz alaranjada emanar da lateral do dirigível e ouviu um estrondo, quando um enorme projétil atingiu o octômato e penetrou em sua estrutura. A criatura cambaleou por causa do impacto, mas não caiu.

Lorde Akeldama mandara reforços aéreos. Lady Maccon não sabia que armas os zangões estavam usando, possivelmente um diminuto canhão, uma espingarda de alto calibre ou um bacamarte modificado para o éter; fosse como fosse, ela não se importava. A arma disparou de novo.

Quando o segundo projétil atingiu o alvo, Lorde Ambrose já havia voltado, junto com o duque. Eles colocaram uma tábua ampla no chão, ao lado de Lady Maccon, que conseguiu deslizar e ir se contorcendo até ela.

Os dois a ergueram. A rainha e o dr. Caedes, que carregava Quesnel, irromperam do teto rasgado e queimado da carruagem como um brinquedo

saltando de uma caixa e se dirigiram ao castelo, pulando a árvore derrubada. A condessa pareceu especialmente estranha naquela manobra, com sua figura atarracada e o vestido florido de recepção. Os vampiros que carregavam a maca da preternatural foram atrás. Lady Maccon não pôde fazer mais nada além de agarrar as laterais da tábua, desesperada para não cair. O salto sobre a árvore derrubada foi pura tortura, e ela teve a certeza de que despencaria quando chegassem ao chão, mas conseguiu se segurar.

Os lobisomens distraíram Madame Lefoux o suficiente para que ela não notasse, a princípio, que os vampiros e Lady Maccon estavam correndo rumo ao castelo. Quando ela percebeu, lançou chamas, mas todos já estavam fora de alcance.

Não foi necessário bater na porta principal do Woolsey, que estava escancarada, com vários zeladores e criados reunidos na escada, boquiabertos. Pressionavam binóculos ou lunóticos aos olhos, fascinados com a luta abaixo. Ante o aceno autoritário de Lady Maccon, eles abriram caminho para que os vampiros passassem até a entrada, momento em que todos pararam bruscamente. E aguardaram, cumprindo uma solenidade ritual totalmente inoportuna naquelas circunstâncias terríveis.

— Qual foi o problema, agora? — A preternatural ficou irritadíssima. Eles a carregaram até a porta, como um porco decorado em uma bandeja. *A qualquer momento*, pensou ela, dando asas à imaginação, *o cozinheiro vai aparecer com uma maçã e metê-la na minha boca.*

Lorde Ambrose encostou a tábua no chão e o duque a inclinou, para que Lady Maccon só tivesse que deslizar até apoiar os pés e se levantar.

Um gesto rápido levou-a a contar com o apoio, em ambos os lados, dos zeladores mais fortes do Castelo de Woolsey. Dessa forma, ela conseguiu passar, mancando, pela entrada de casa.

Mas os vampiros continuavam aguardando na escadaria frontal, como uma paródia bizarra de filhotes órfãos — pateticamente desarrumados, olhar triste, presas letais: filhotes órfãos imortais.

A preternatural se virou com dificuldade.

— E então?

— Convide-nos a ficar, Alexia Maccon, Lady de Woolsey, dona deste lar. — As palavras da condessa ressoaram num tom musical e recitativo.

Ela deu um abraço apertado em Quesnel, que chorava, de olhos arregalados, sem nenhum resquício do traquinas, apenas um menino apavorado.

— Ah, pela madrugada, entrem, entrem. — A preternatural franziu o cenho, tentando pensar. Eles tinham uma quantidade considerável de aposentos, mas onde seria melhor acomodar a colmeia inteira de vampiros? Ela franziu os lábios. — Melhor que fiquem no calabouço. É o único lugar no qual posso garantir que não há janelas, e o sol já *está* nascendo.

Rumpet aproximou-se.

— Lady Maccon, o que foi que a senhora fez?

Os vampiros entraram solenemente na casa. A preternatural apontou para a escada apropriada e eles desceram em fila, calados.

— A senhora convidou uma rainha? — O mordomo, normalmente corado, estava pálido.

— Convidei.

O Duque de Hematol lhe deu um sorriso cansado quando passou, mostrando as presas, reconhecendo o direito do mordomo de estar temeroso.

— Nós nunca mais vamos poder voltar atrás agora, sabe disso, não, Lady Maccon? Quando uma rainha enxameia e se reacomoda, é para sempre.

A preternatural finalmente entendeu o sorriso de Lorde Akeldama e por que ele se recusara a convidar a colmeia para tomar chá. Ela conseguira tirar a principal rival dele de Londres, para sempre. Agora ele não apenas seria o potentado, a cargo de seu próprio grupo de jovens especialmente treinados, como também o único a ditar a moda na região central de Londres.

E a Lady Maccon caberia o fardo de ficar com vampiros no sótão.

— Maldição, ele conseguiu me manipular direitinho.

Ela sentiu outra contração e parou de pensar naquela situação doméstica desagradável. Suspeitava que a dor fosse semelhante à que o marido sentia ao se transformar.

Rumpet estendeu a mão para estabilizá-la.

— Milady?

— Há um octômato à entrada.

— Eu notei. E metade do DAS já chegou, também.

Lady Maccon olhou. Era verdade. Diversos integrantes humanos do DAS, que vinham seguindo os rastros da criatura desde Londres, haviam finalmente chegado. Ela julgou ter visto a figura alta e forte de Haverbink.

— Ah, minha nossa. A alcateia vai atacá-los, considerando-os alimento. — Dito e feito: enquanto ela assistia à cena, um dos lobisomens parou de lutar com o octômato e arremeteu contra um dos agentes do DAS. — Nós temos que protegê-los. Traga os integrantes da alcateia para dentro do castelo!

— Certo, milady.

— Chame os zeladores. Mande-os trazer o equipamento necessário e abra o armário da prataria.

— Agora mesmo. — O mordomo rumou até um vão triangular, formado pela escada. Próximo a um enorme cincerro, que ele tocava no horário das refeições, havia uma corrente prateada, de onde pendia uma chave de prata. Perto dela, havia uma caixa de vidro especial contendo um berrante. Rumpet quebrou o vidro com um soco rápido da mão enluvada, levou-o aos lábios e soprou.

Não foi o mais digno dos sons que emitiu, e sim uma espécie de peido. Porém ele reverberou no castelo de um jeito que sugeria que a emissão sonora fora criada especificamente para atravessar pedras. Os zeladores se reuniram de imediato em torno de Rumpet no corredor. As regras da alcateia rezavam que cada lobo deveria ter ao menos dois zeladores. Lorde Maccon contava com seis ultimamente, e havia alguns extras perambulando também.

Rumpet usou a chave para abrir o armário da prataria, uma antiga monstruosidade de mogno que não dava pistas a respeito de seu conteúdo. Dentro, em vez dos artigos valiosos de praxe — castiçais, colherinhas de bebês e similares — havia o kit dos zeladores. Exibidos em fileiras organizadas e em ganchos especiais estavam algemas de prata, em quantidade suficiente para todos os integrantes; facas desse mesmo material; alguns frascos preciosos de lapis lunearis e, mais importante, redes de pesca. Estas eram feitas de fios de prata, com lastros nas pontas, e usadas para a captura e a contenção, sem danos, de um lobo. Nas portas do armário havia cinquenta correntes de prata maciça com cinquenta bons apitos, também do mesmo material, pendurados em ganchinhos.

Os zeladores, com expressões graves, foram se armando e pegando as redes. Todos penduraram no pescoço as correntes com apitos. Estes eram tão agudos, que o ouvido humano não os detectava, mas lobisomens e cachorros eram violentamente afetados por eles.

Algo ocorreu a Lady Maccon.

— Tentem trazer Biffy primeiro. Lembrem-se de que ele ainda é suscetível às lesões causadas pela radiação solar no estágio de filhote. Tomem cuidado, ele será o mais violento. Puxa vida, o que é que eu vou dizer se ele devorar alguém sem querer?

Seis dos melhores e maiores zeladores correram até os estábulos, e a preternatural escutou o ronco dos biciclos atrelados a carretas, movidos a vapor, sendo ligados. Foram dois em cada carreta — um para conduzir e o outro para lançar a rede —, e seus motores roncaram ao sair e descer a colina, o vapor formando uma nuvem branca atrás deles. Os demais zeladores correram ao encalço dos rapazes.

Lady Maccon mal acompanhou o combate que se seguiu. Apoiou-se em Rumpet e tentou ver, mas as contrações continuavam a distraí-la, e a luta lá embaixo virou, para sua mente embotada, uma mancha de zeladores, lobisomens, fumaça de biciclos e um octômato. De vez em quando, via-se um jato de fogo no ar ou uma rede de prata, que lembrava uma cascata reluzente, lançada para o alto.

Por fim, a preternatural desistiu.

— Rumpet, ajude-me a ir até a escada. — O mordomo o fez, e a preternatural se sentou, agradecida, em um degrau imponente. — Agora, faça o favor de descer e assegurar que os vampiros estejam trancafiados. A última coisa de que precisamos é que fiquem soltos.

— Agora mesmo, milady.

Ele sumiu de vista e voltou dali a pouco, com o semblante sombrio.

— Foi tão ruim assim?

— Eles estão reclamando das acomodações e exigindo travesseiros de plumas, milady.

— Claro que estão. — A preternatural se inclinou, por causa da dor, quando sentiu outra contração. Ao longe, viu o dirigível de Lorde Akeldama flutuar e aterrissar graciosamente no gramado do Castelo de Woolsey.

Boots e os passageiros do aeróstato saltaram com agilidade da gôndola e ancoraram a embarcação em um pau de arrasto.

Os primeiros zeladores voltaram naquele momento, arrastando um lobisomem capturado em rede com a ajuda do bicíclo atrelado a uma carreta. Foram necessários quatro deles para carregá-lo pela escada até o castelo, apesar de a rede de prata queimá-lo, para mantê-lo submisso. Não era Biffy, mas parecia ser um dos outros jovens, Rafe.

Lady Maccon voltou a atenção aos próprios gemidos, já que as dores tinham voltado, ainda piores, se é que era possível. Olhou para Rumpet, mas ele estava ocupado, acompanhando o transporte do lobisomem capturado na rede e se certificando de que fosse arrastado até o calabouço e trancafiado. A preternatural parou um instante para pensar que seria bom se todos os vampiros tivessem ido para a mesma cela, ou a situação estaria prestes a se complicar muito.

— Conall! — gritou a preternatural em meio à dor, mesmo sabendo que ele se encontrava na forma de lobo e seria o mais difícil de ser pego e o último a voltar para casa. — Onde é que ele está? — indagou, na irracional convicção de que o marido deveria ficar com ela naquele momento.

Àquela altura, uma longa compressa gelada foi posta em sua testa, e uma voz suave e digna de confiança disse exatamente o que deveria:

— Aqui está, madame, tome isto.

A pessoa levou uma xícara aos seus lábios, e ela sorveu. Um líquido forte, leitoso e revigorante, exatamente do jeito que ela gostava. Chá.

Lady Maccon abriu os olhos, outrora fechados com força por causa da dor, e viu a face enrugada de um cavalheiro mais velho, de aparência comum e familiar.

— Floote.

— Boa noite, madame.

— De onde você veio?

Ele fez um gesto apontando para trás, em direção ao ponto em que o dirigível ainda podia ser visto, pela porta da frente aberta. Tizzy e Boots andavam de um lado para outro à entrada, olhando horrorizados para Lady Maccon, com um semblante que sugeria que prefeririam estar em qualquer outro lugar.

— Eu peguei uma carona.

— Ei! — protestou Tizzy ao ser empurrado para o lado por um grupo de zeladores arrastando outro lobo capturado na rede. *Hemming*, pensou a preternatural. *Tinha que ser*. Só ele se queixava daquele jeito. Eles o arrastaram com força pelo corredor rumo ao calabouço, sem a necessidade de receber ordens de parte de Lady Maccon, que ofegava e se contorcia.

O grupo anterior subiu e passou por eles na escada.

— Saiam de novo — ordenou a fêmea Alfa — e se concentrem em encontrar Biffy. Os outros vão conseguir suportar o sol.

— Eu pensava que os lobisomens pudessem suportar os raios solares — comentou Boots.

A preternatural soltou um gemido longo e baixo antes de observar:

— E podem. Mas não quando ainda estão aprendendo a se controlar.

— O que vai acontecer com ele se não entrar a tempo?

Rumpet reapareceu naquele momento.

— Ah, sr. Floote — saudou ele o colega mordomo, com uma leve reverência.

— Sr. Rumpet — disse o outro. Em seguida, dirigiu a atenção para Lady Maccon. — Madame, agora se concentre e tente inalar profundamente. Respire durante a dor.

A preternatural fuzilou-o com os olhos.

— Falar é fácil. Já fez isso, por acaso?

— Claro que não.

— Rumpet, todos os vampiros foram acomodados?

— A maioria, milady.

— Como assim, a maioria?

A conversa foi interrompida, enquanto todos esperavam educadamente que Lady Maccon soltasse outra mistura de grito com uivo furioso, conforme a dor percorria seu corpo. Todos fingiram não notar sua violenta contorção. Muito gentil da parte deles.

— Bom, alguns dos vampiros se espalharam. Então, vamos ter que acomodar alguns de nós junto com eles.

— A que ponto chegamos neste mundo? Vampiros e lobisomens dormindo juntos — comentou Lady Maccon, com sarcasmo.

Um dos zeladores, um sujeito alegre e sardento que apresentara baladas escocesas para a rainha em pessoa em mais de uma ocasião, disse:

— É encantador, mesmo. Eles até se aconchegaram.

— Aconchegaram-se? Os lobisomens deveriam estar estraçalhando os vampiros.

— Não mais, milady. Veja.

E ela olhou. O sol ia nascendo, seus primeiros raios já despontando ao horizonte. Seria um dia de verão claro e reluzente. Era demais, até mesmo para a preternatural mais sensata. Ela entrou em pânico.

— O Biffy! O Biffy ainda não está aqui dentro! Rápido! — Lady Maccon fez um gesto para os zeladores. — Levantem-me. Preciso que me tirem daqui e me levem até o rapaz! Ele pode morrer! — Ela começava a chorar, tanto por causa da dor quanto da ideia de o pobre Biffy estar lá fora, sendo queimado vivo.

— Mas, milady, está prestes a, hum, dar à luz! — protestou Rumpet.

— Ah, isso não é importante. Pode esperar. — A preternatural se virou. — Floote! Faça alguma coisa.

O mordomo anuiu. Apontou para um dos zeladores.

— Você, faça o que ela mandou. Boots, ajude do outro lado. — Ele olhou para a preternatural. Claro que a filha de Alessandro Tarabotti seria difícil. — Madame, faça qualquer outra coisa, menos empurrar!

— Tragam cobertores — gritou Lady Maccon para os zeladores restantes e Rumpet. — Rasguem as cortinas, se necessário. A maioria da alcateia está lá fora, nua! Oh, isso é tão constrangedor.

Boots e o zelador sardento formaram uma espécie de maca entrelaçando os braços e levantaram a preternatural. Ela cingiu ambos, os dois saíram correndo atabalhoadamente do castelo e desceram a interminável colina rumo à carnificina lá embaixo.

O octômato já não se movia, porque vários de seus tentáculos haviam sido arrancados durante a luta. À medida que foi se aproximando, Lady Maccon viu os corpos, àquela altura nus, dos integrantes da alcateia — sangrentos, feridos e queimados. Espalhados entre eles estavam os tentáculos arrancados da criatura e partes de suas entranhas: parafusos, roldanas e peças do motor. Em vários lugares, um zelador ou um agente do DAS, que

não se movera rápido o bastante, mancava ou agarrava uma parte ensanguentada do corpo, mas, felizmente, nenhum deles aparentava ter se ferido gravemente. Os lobisomens, por outro lado, estavam deitados, inertes e inconscientes, parecendo peixes fritos. A maioria dava a impressão de estar apenas dormindo profundamente, a reação típica dos que enfrentavam o quebra-ossos na lua cheia. Porém, suas lesões não estavam cicatrizando sob os raios diretos do sol. Até mesmo a imortalidade tinha seus limites.

Os zeladores corriam de um lado para outro, cobrindo todos os que podiam com cobertores e carregando outros até o castelo.

— Cadê o Biffy? — A preternatural já não podia mais vê-lo.

Então, ela se deu conta de que havia alguém mais que não podia ver, o que a levou a perguntar alto, atemorizada, quase gritando:

— Cadê o Conall? Oh, não, oh, não, oh, não. — Seu tom normalmente imponente se transformou em um cântico de puro desespero, só diminuído pela necessidade de dar um berro, quando sentiu outra contração. Embora adorasse Biffy, sua preocupação se transferira para um amor ainda mais importante: seu marido. *Será que estava ferido? Morto?*

Os dois jovens a carregaram, aos tropeções, em meio aos destroços e em torno deles, até depararem, perto do gigantesco chapéu metálico que era a cabeça caída do octômato, com um oásis de tranquilidade.

O professor Lyall, que envolvera o corpo com uma cortina de veludo laranja, como uma toga, e ainda assim parecia notavelmente distinto, organizava as tropas e dava ordens.

Ao ver a impressionante cena de sua fêmea Alfa sendo carregada por dois jovens, em evidente desespero — tanto ela quanto os rapazes — e avançando desajeitadamente em sua direção, ele disse:

— Lady Maccon?

— Professor. Onde está o meu marido? E o Biffy?

— Ah, sim, claro, o toque preternatural. Ótima ideia.

— Professor!

— A senhora está bem? — O Beta se aproximou e a examinou atentamente. — *Começou* o trabalho de parto? — Em seguida, olhou para Boots, que ergueu ambas as sobrancelhas de forma expressiva.

— Cadê o Conall? — Ela quase gritou.

— Ele está bem, milady. Muito bem. Levou Biffy para dentro, longe do sol.

— Para dentro?

— Para dentro do octômato. Com Madame Lefoux. Quando ela percebeu o que ocorria, abriu a escotilha para que entrassem.

Lady Maccon engoliu em seco, quase morta de alívio.

— Mostre para mim.

O professor Lyall os conduziu até a cabeça da criatura, contornou-a e, em seguida, deu umas batidinhas tímidas na entrada. Uma porta, outrora invisível de tão perfeitamente integrada à estrutura metálica, abriu-se, e Madame Lefoux olhou para fora.

A preternatural desejou intensamente ter a sombrinha consigo. Teria saudado a francesa com uma boa pancada na cabeça, amiga ou não, por tê-los metido em tamanho apuro. Apesar de ter uma justificativa, a inventora provocara um pandemônio desnecessário, que envolvera todos.

— Professor Lyall. Sim?

— Lady Maccon quer ver o marido. — O Beta deu um passo para o lado, a fim de permitir que a francesa visse a preternatural, que transpirava, sofrendo muito, em seu meio de transporte improvisado.

— Alexia? Não está bem?

Lady Maccon chegara, sem sombra de dúvida, *ao seu limite*.

— Não estou *não*. Eu venho percorrendo Londres inteira, perseguindo você e sendo perseguida por você. Vi a cidade em chamas, assisti ao desmoronamento da casa da colmeia e caí de um dirigível *duas vezes*! E corro o risco de dar à luz a qualquer momento. Para completar, eu *perdi a minha sombrinha!* — A última frase foi dita em um tom de lamúria bastante infantil.

Uma voz diferente surgiu de dentro do octômato — grave, autoritária e com um toque de sotaque escocês.

— É a minha esposa? Ótimo. É justamente dela que precisamos para que o filhote volte a andar.

A cabeça da francesa desapareceu com um "ai", como se ela tivesse sido arrastada à força para dentro e, então, surgiu a de Lorde Maccon.

O conde estava com uma aparência ótima, embora meio sonolenta. Os lobisomens costumavam dormir o dia inteiro, depois de uma lua cheia. Era prova da força tanto do Alfa quanto do Beta o fato de ainda estarem indo de um lado para outro, apesar de um tanto desajeitados. Lorde Maccon costumava comparar a vigília do dia seguinte a jogar botão, bêbado, com um pinguim — confuso e um pouco irreal. Seus cabelos estavam desgrenhados, os olhos castanho-amarelados, suaves e brandos, apaziguados pelo combate e pela vitória.

Ele viu a esposa.

— Ah, meu amor, quer entrar, por favor? Nós não vamos conseguir levar Biffy ao castelo sem o seu toque. Que bom que você veio. Interessante essa sua escolha de transporte.

Naquele exato momento, a esposa jogou a cabeça para trás e gritou.

A expressão do Alfa mudou de imediato para uma de absoluto pânico e total ferocidade. Ele saiu depressa do octômato e saltou até a esposa. Tirou o coitado do Boots do caminho com um pequeno movimento do pulso e tomou Lady Maccon nos braços.

— Qual é o problema? Você está... Não pode! Agora não é um bom momento!

— É mesmo? — rebateu ela, ofegante. — Bom, diga isso para o bebê. É tudo por culpa *sua*, e você sabe muito bem disso, não sabe?

— Culpa minha, como poderia...?

Ele parou de falar quando um uivo diferente de agonia ressoou de dentro da cabeça do octômato, e Madame Lefoux olhou para eles.

— O jovem Biffy requer sua presença, milorde.

O conde deu um rosnado, aborrecido, e foi até a porta. Meteu a esposa dentro primeiro, para depois entrar.

Era um ambiente bastante apertado. A inventora projetara a cabine de comando para apenas dois ocupantes, ela e Quesnel. Lorde Maccon, sozinho, já valia pelos dois, e ainda havia a grávida Lady Maccon e Biffy, esparramado no chão.

Os olhos da preternatural precisaram de alguns momentos para se acostumar com a penumbra interna, porém ela viu logo que uma das pernas de Biffy estava gravemente queimada. Boa parte da pele já não se encontrava ali — deixando a carne cheia de bolhas e terrivelmente escurecida.

— Devo tocar nele? Talvez nunca cicatrize.

Lorde Maccon bateu a porta para evitar os raios nocivos do sol.

— Maldição, mulher, por que diabos veio até aqui nesse estado?

— Como está Quesnel? — quis saber Madame Lefoux. — Continua ileso?

— Está em segurança. — Lady Maccon não chegou a mencionar que o garoto fora colocado no calabouço com uma rainha vampiro.

— Alexia — a francesa entrelaçou os dedos, arregalou os olhos verdes e lançou-lhe um olhar suplicante —, entende que não tive outra escolha? Sabe que eu tinha que recuperá-lo. Ele é tudo que tenho. Ela o roubou de mim.

— E por que não falou comigo e pediu minha ajuda? Francamente, Genevieve, que tipo de amiga frágil você acha que eu sou?

— A lei estava ao lado da rainha.

A preternatural segurou a barriga e gemeu. Uma sensação imperiosa se espalhava por seu corpo — a necessidade de empurrar para baixo.

— E daí?

— Você é a muhjah.

— Talvez eu tivesse encontrado uma solução.

— Eu odeio aquela mulher mais do que tudo no mundo. Primeiro roubou Angelique, depois Quesnel! Que direito ela tem de…

— E a sua solução foi construir um maldito polvo gigante? Ora, Genevieve, não acha que foi longe demais?

— A OPC está do meu lado.

— Ah, está mesmo? Bom, isso sim *é* interessante. Isso e a aceitação de ex-integrantes do Hypocras? — Lady Maccon se distraiu brevemente com a necessidade de dar à luz. — Ah, sim, marido, eu queria mesmo lhe contar. Parece que a OPC está desenvolvendo um plano contra sobrenaturais. Talvez seja melhor você dar uma invest… — Ela parou de falar para dar outro grito. — Minha nossa, dar à luz *é* excepcionalmente doloroso.

O Alfa dirigiu o olhar amarelado e feroz para a inventora.

— Já chega. Ela tem que lidar com outras coisas.

Madame Lefoux examinou a preternatural atentamente.

— É verdade, parece ser esse o caso. Milorde, já ajudou a dar à luz antes?

O conde ficou tão pálido quanto possível, o que já foi bem mais do que o normal, considerando que segurava a mão da esposa.

— Eu ajudei uma gatinha a dar cria uma vez.

A francesa anuiu.

— Não é exatamente a mesma coisa. E o professor Lyall?

Lorde Maccon arregalou os olhos.

— Ajudou sobretudo ovelhas, acho.

Lady Maccon ergueu os olhos entre as contrações.

— Você estava presente quando Quesnel nasceu?

Madame Lefoux assentiu.

— Estava, mas a parteira também. Eu acho que me lembro dos princípios e, claro, já li muito a respeito do assunto.

A preternatural relaxou um pouco. Os livros sempre faziam com que se sentisse melhor. Sentiu uma nova onda de dor percorrer a barriga e gritou.

O Alfa lançou um olhar grave para Madame Lefoux.

— Faça com que pare!

Ambas as mulheres o ignoraram.

Alguém deu uma batidinha educada na porta. A inventora a abriu.

Floote estava parado ali, aprumado, a expressão de estudada indiferença.

— Panos limpos, ataduras, água quente e chá, madame. — Ele passou os artigos.

— Ah, obrigada. — Madame Lefoux pegou-os, agradecida. Depois de pensar por alguns instantes, colocou-os em cima do apático Biffy, já que era a única superfície livre. — Algum conselho, Floote?

— Às vezes até eu fico sem opção.

— Está bem. Continue a mandar chá.

— Pois não, madame.

Motivo pelo qual, seis horas depois, a filha de Lady Maccon nasceu, dentro da cabeça de um octômato, na presença do marido, de um lobisomem dândi e inconsciente e de uma inventora francesa.

Capítulo 17

Em que Ficamos Sabendo um Pouquinho mais sobre Prudence

Mais tarde, Lady Maccon descreveria aquele dia específico como o pior de sua vida. Não contava nem com alma nem com romantismo para considerar o parto algo mágico ou emocionante. Pelo que vira, envolvera sobretudo dor, indignidade e caos. Nada observara de cativante nem de fascinante no processo. E, como informara ao marido categoricamente, jamais pretendia passar pela experiência de novo.

Madame Lefoux exerceu o papel de parteira. Com seu talento científico, mostrou-se inesperadamente apta ao trabalho. Quando a neném por fim nasceu, a francesa segurou-a para que a mãe a visse, com muito orgulho, como se ela mesma tivesse labutado.

— Nossa — disse uma exausta Lady Maccon —, os bebês costumam ter essa aparência tão repulsiva?

A inventora fez um beicinho e virou a menina para si, como se não a houvesse observado de perto.

— Eu posso lhe garantir que melhora com o tempo.

A preternatural estendeu os braços — o vestido já estava arruinado, de qualquer forma —, e cingiu a coisinha rosada, que se remexia. Ela sorriu para o marido.

— Eu disse para você que seria uma menina.

— Por que ela não está chorando? — reclamou Lorde Maccon. — Não deveria estar fazendo isso? Todos os pimpolhos não choram?

— Talvez ela seja muda — sugeriu a esposa. — O que seria sensato, com pais como nós.

A expressão do Alfa demonstrou o quanto se horrorizara com a ideia.

O sorriso de Lady Maccon ficou ainda mais largo quando ela se deu conta de um detalhe maravilhoso.

— Vejam! Ela não está me repelindo. Nem eu estou sentindo repulsa. Deve ser humana e não preternatural. Que maravilha!

Uma batidinha ressoou à porta.

— Sim? — cantarolou Lorde Maccon. Ele resolvera parar de se preocupar com a filha e estava inclinado na frente dela, balbuciando e fazendo caretinhas.

O professor Lyall olhou para dentro. Pelo visto encontrara tempo para tirar a toga improvisada e vestir algo mais respeitável. Viu o Alfa, que ergueu os olhos e deu um sorriso radiante e orgulhoso.

— Randolph, tenho uma filha!

— Parabéns, milorde, milady.

Lady Maccon acenou com a cabeça, educadamente, de sua cama improvisada no canto do octômato, somente então se dando conta de que se apoiava em uma pilha de fios e molas e que algum tipo de válvula lhe espetava a reentrância das costas.

— Obrigada, professor Lyall. E parece que ela não é uma quebradora de maldições.

O Beta olhou para o bebê com um lampejo de interesse acadêmico, porém sem se surpreender.

— Não é? Eu pensei que os preternaturais sempre produzissem crias com as mesmas características.

— Pelo visto, não.

— Bom, é uma ótima notícia. Porém, por mais que deteste ter de interromper este evento especial, milorde, estamos enfrentando diversas dificuldades no momento, que requerem sua atenção. Acha que podemos nos dirigir a um local mais discreto?

Lorde Maccon se inclinou sobre a esposa e esfregou o nariz em seu pescoço.

— Minha querida?

Ela acariciou o cabelo do marido, com a mão livre.

— Vamos tentar. Adoraria ficar na minha própria cama.

Lady Maccon precisou segurar tanto a neném quanto Biffy, enquanto Lorde Maccon a carregava e o professor Lyall levava o filhote de volta para o castelo. Quando chegaram lá, o Alfa comentou que o castelo estava com *cheiro de estragado*.

O Beta abriu a boca para explicar, mas captou o olhar penetrante da preternatural. Então, não o fez.

Prevendo que Lorde Maccon descobriria em breve por conta própria, o professor Lyall carregou Biffy até uma cela, tratou das queimaduras ainda inchadas com um pedaço de manteiga e acabou colocando o filhote junto do Duque de Hematol, a melhor entre as péssimas opções.

No andar de cima, decidiu-se que Madame Lefoux também deveria ser encarcerada.

— Coloque-a numa cela ao lado da condessa e de Quesnel — sugeriu maliciosamente Lady Maccon ao marido confuso. — Vão travar uma conversa interessante quando anoitecer.

— Da condessa? Que condessa?

A preternatural cogitou de soltar o garoto — afinal de contas, ele não tinha feito nada de errado —, porém, dadas as experiências anteriores, achou que sua soltura não melhoraria a situação. Quesnel aprontava demais, mesmo nas melhores ocasiões, e suas vidas já estavam por demais tumultuadas sem a *ajuda* dele. Além disso, desconfiava que a melhor coisa para o menino, naquele momento, era passar algum tempo com a mãe.

— Mas eu acabei de ajudá-la a dar à luz! — protestou a francesa.

— E eu sou muito grata a você por isso, Genevieve. — Lady Maccon sempre dava crédito a quem o merecia. — Mas você causou destruição em Londres, no seu polvo gigante, e vai ter que pagar pelos seus crimes...

— Preternaturais! — exclamou Madame Lefoux, ultrajada.

— Pelo menos assim você vai ficar perto de Quesnel. Ele está muito abalado com o ataque — disse ela, enquanto o marido puxava a inventora, que se debatia, até o calabouço.

E foi naquele momento que Lorde Maccon descobriu o motivo do cheiro esquisito. Havia uma colmeia de vampiros vivendo no seu castelo.

Ele voltou a subir, furioso.

— Esposa!

A preternatural tinha sumido de vista.

— Floote!

— Ela subiu, senhor. Para os seus aposentos.

— Claro que sim.

O Alfa foi atrás dela, aborrecido, e encontrou-a deitada e a filha dormindo, apoiada em um dos braços da mãe. A pequena já demonstrara ser perfeitamente capaz de dormir sem se importar com as altercações dos pais. *Um ótimo dom para a sua sobrevivência*, pensou Lady Maccon, fazendo uma careta quando Lorde Maccon entrou a passos pesados no quarto.

— Tem *vampiros* no meu calabouço!

— Sim, e onde mais eu poderia tê-los metido?

— A condessa enxameou? — O conde tirou a única conclusão precipitada possível. — E você os convidou para virem? *Aqui?*

Ela assentiu.

— Ah. Que maravilha! Estupendo.

A preternatural soltou um suspiro, um som triste e baixo que acalmou Lorde Maccon, pois, se ela tivesse gritado, teria piorado a situação.

— Eu posso explicar.

O conde foi se ajoelhar ao lado da cama, a raiva se dissipando por causa da docilidade atípica da esposa. Ela devia estar mesmo muito cansada.

— Muito bem, explique-se.

Lady Maccon relatou os acontecimentos da noite e, quando foi chegando ao final, o combate entre o octômato e a alcateia, já estava bocejando muito.

— O que é que nós vamos fazer agora? — quis saber o Alfa. A esposa percebeu, por sua expressão derrotada, que, mesmo ao fazer a pergunta, ele já encarava a realidade: por bem ou por mal, o Castelo de Woolsey agora pertencia à Colmeia de Westminster. Ou melhor, à Colmeia de Woolsey.

A preternatural o viu conter as lágrimas e sentiu um aperto no coração. Não fora sua intenção cometer tamanho equívoco, mas o convite já fora feito. Seus próprios olhos se marejaram de compaixão.

Lorde Maccon balançou a cabeça.

— Eu adorava esta velha construção, com arcobotantes e tudo o mais. Mas não tem sido o meu lar há tanto tempo assim. Vou conseguir me desligar dele. Já no caso do restante dos lobisomens, vai ser mais difícil. Ah, a minha pobre alcateia. Não tenho sido um bom Alfa para eles nesses últimos meses.

— Ah, Conall, não é culpa sua! Por favor, não se preocupe. Eu vou pensar em algo, é o que sempre faço. — Ela desejou encontrar uma solução naquele exato momento e apagar a expressão horrível de decepção do rosto adorável do marido, mas mal conseguia manter os olhos abertos.

O conde se inclinou, deu um beijo em seus lábios e outro na testa da filha. A preternatural suspeitou que ele planejava descer para consultar o professor Lyall, pois ainda havia muito a ser feito naquela tarde.

— Venha se deitar — pediu ela.

— Vocês duas parecem mesmo muito tranquilas. Quem sabe uma soneguinha.

— Floote e Rumpet estão ajudando o professor Lyall. Esses três poderiam governar o Império, se quisessem.

Lorde Maccon deu uma risadinha, foi até o outro lado de Lady Maccon e acomodou o corpanzil no colchão de plumas.

A esposa deixou escapar um suspiro de satisfação e se aninhou contra ele, curvando o corpo em torno da filha.

O marido fungou na sua nuca.

— Nós precisamos dar um nome à nossa pequerrucha.

— Hum? — Foi a única resposta da preternatural.

— Não sei se este seria um bom nome.

— Hum.

— Sinto muito por incomodá-lo, milorde, mas os vampiros estão solicitando a sua presença — disse o professor Lyall em voz baixa.

Lady Maccon acordou de supetão, ao sentir o marido se mexer ao seu lado. Era evidente que ele tentava sair da cama sem despertá-la. Coitado, os movimentos furtivos não eram o seu forte. Não na forma humana, pelo menos.

— Que horas são, Randolph?

— O sol acabou de se pôr, milorde. Eu achei melhor deixá-lo dormir o restante do dia.

— Ah, sim? E continuou acordado esse tempo todo?

Silêncio da parte do Beta.

— Está bem. Conte para mim qual é o estado da pelagem e depois vá descansar.

Lady Maccon escutou um uivo longínquo. Os lobisomens mais jovens, incapazes de controlar a transmutação tão perto da lua cheia, já haviam se metamorfoseado e continuariam encarcerados por mais uma noite. Trancafiados junto com os vampiros.

— Quem está atendendo a eles? — perguntou o conde ao notar o uivo.

— O major Channing, milorde.

— Ah, maldição. — Toda tentativa de movimentação sutil foi abandonada, e Lorde Maccon pulou da cama.

O que fez com que a neném balançasse. Um gemido baixo e queixoso ressoou logo abaixo do queixo de Lady Maccon. Ela se sobressaltou violentamente, pois, até aquele momento, tinha se esquecido da filha. Sua filha.

A preternatural abriu os olhos e olhou para baixo. Metade de um dia de descanso intermitente não melhorara a aparência da menina. Estava vermelha e enrugada, e o rosto se contraía todo quando chorava.

O conde, que obviamente achara que Lady Maccon continuara dormindo, contornou a cama depressa para pegar a diminuta criatura. A lamúria virou um uivinho fanhoso e ali, nos braços dele, em vez de um bebê, estava um filhotinho de lobo recém-nascido.

Lorde Maccon quase deixou a filha cair no chão.

— Pelas barbas do profeta!

A preternatural se sentou, sem compreender direito o que acabara de ver.

— Conall, cadê ela?

O marido, mudo de choque, ofereceu o filhotinho à esposa.

— O que foi que você fez com ela?

— Eu? Nada. Simplesmente a peguei. Estava perfeitamente normal, e aí *puf*.

— Bom, não resta a menor dúvida de que fica bem mais fofinha desse jeito. — Lady Maccon era prosaica.

— Tome, pegue-a. — Ele pôs a cria peluda e chorosa de volta nos braços da mãe.

Momento em que a recém-nascida voltou a se transformar em bebê. A mãe sentiu os ossos e carnes se deslocarem sob os cueiros. O processo parecia ser relativamente indolor, já que seus gritinhos não tinham a entonação do verdadeiro tormento.

— Nossa. — Lady Maccon achou que ela parecia bastante tranquila, naquelas circunstâncias. — Onde é que *fomos* nos meter?

O professor Lyall comentou, em tom maravilhado:

— Eu nunca pensei que veria uma verdadeira caçadora de peles recém-nascida. Incrível.

— É o que isso significa? — A preternatural olhou para a filha. — Que sensacional.

O Beta sorriu.

— Acho que sim. E então, qual é o nome dela, milady?

Lady Maccon franziu o cenho.

— Ah, sim, *isso*.

Lorde Maccon deu um largo sorriso e fitou a esposa.

— Conosco como pais, devemos chamá-la de Prudence.

A preternatural não pareceu compartilhar da brincadeira.

— Na verdade, eu gosto da ideia. Que tal Prudence Alessandra, em homenagem ao meu pai? E também Maccon, porque, quando Lorde Akeldama a adotar, ela se tornará Akeldama.

O Alfa olhou para a filha.

— Coitadinha. Vai ter que lidar com muitos nomes e sobrenomes.

— Milorde — interpôs o Beta —, não que eu não entenda a importância desse assunto específico, mas será que ele não pode esperar? Biffy necessita da sua proximidade. E os vampiros estão protestando com veemência. Nós não temos justificativa para mantê-los presos no calabouço. O que é que vamos fazer com eles?

Lorde Maccon deixou escapar um suspiro.

— Infelizmente, não temos que pensar no que fazer com eles, e sim conosco. Não podemos continuar morando aqui, não com uma colmeia junto, e ela não pode sair. Não agora. Quando convidou a condessa para vir, Alexia, deu a ela e à colmeia o Castelo de Woolsey.

— Oh, não, claro que não.

O professor Lyall se sentou em uma cadeira. Lady Maccon nunca o vira com uma expressão derrotada antes, mas, naquele momento, ele parecia quase tão arrasado quanto qualquer homem que ela já vira.

A expressão do conde era sombria.

— Não resta mais nada a fazer. Nós vamos ter que transferir a alcateia em caráter permanente para Londres. Precisaremos comprar uma segunda casa urbana para acomodar todos e construir calabouços.

O Beta protestou contra a decisão:

— E onde vamos correr? Como vamos caçar? Milorde, não existe nada que se assemelhe a uma alcateia urbana!

— Nós estamos na era da indústria, da invenção e do comportamento refinado. Eu suponho que a Alcateia de Woolsey terá que aprender a se modernizar e a se tornar mais civilizada. — Ele estava decidido.

A preternatural olhou para a filha.

— Seria só por uns dezesseis anos. Até Prudence crescer. Então, poderíamos procurar um novo território. Dezesseis anos não é tanto tempo assim, para um lobisomem.

O professor Lyall, pelo visto, não se mostrou animado com aquela redução de sua sentença urbana.

— A alcateia não vai gostar nada disso.

— Eu já tomei a decisão — salientou o Alfa.

— A rainha não vai gostar nada disso.

— Nós vamos ter que convencê-la de que é do interesse da Coroa.

— Acho que é uma ótima ideia — disse a Condessa Nadasdy, entrando no quarto, seguida de Quesnel e Madame Lefoux.

Bem, supôs Lady Maccon, *agora são os aposentos dela.*

— Como vocês três conseguiram sair? — perguntou em tom queixoso o Beta.

A Condessa Nadasdy o fulminou com os olhos.

— Acha que sou a rainha dos vampiros a troco de nada? Fomos nós que inventamos a ideia de uma soberana do reino. E este, agora, pertence a mim. Nenhuma cela em todo o castelo me conterá por muito tempo.

— Perda de tempo. Ela sabe arrombar cadeados. — Madame Lefoux cruzou os braços e fitou com raiva a rainha.

— Foi impressionante — acrescentou Quesnel, que parecia encarar a Condessa Nadasdy com verdadeira admiração, pela primeira vez.

A rainha ignorou a inventora e o menino, e olhou desconfiada para Prudence.

— Mas mantenham esta *criatura* longe de mim.

Lady Maccon balançou a recém-nascida na direção da rainha, ameaçadora.

— Quer dizer, esta perigosa devoradora de vampiros?

A condessa sibilou e se afastou, como se a preternatural estivesse prestes a atirar a filha em cima dela.

Madame Lefoux foi até a lateral da cama de Lady Maccon, para brincar com o bebê.

A rainha disse:

— Agora, o Castelo de Woolsey é nosso, infelizmente. É quase intolerável. Eu, morando perto de *Barking*, na *zona rural*. Ora, fica a léguas de qualquer lugar.

Lorde Maccon não a contradisse.

— Vamos precisar de alguns dias para sair. Os filhotes da alcateia só podem se mudar quando a lua minguar.

— Não precisam ter pressa — tornou a rainha, magnânima. — Mas a sugadora de almas e sua filha abominável vão ter que partir esta noite. — Ela deu meia-volta e se dirigiu à porta de um jeito dramático e, em seguida, parou à soleira. — E o menino é meu.

Com isso, saiu com ar majestoso, ao que tudo indicava para soltar o restante de sua colmeia.

— Oh — Lady Maccon ouviu-a exclamar a ninguém em especial, ao descer a escada —, *tudo* precisa ser redecorado! E esses arcobotantes!

Madame Lefoux ficou no quarto. Ela se mostrava abatida e exausta por causa dos eventos da noite anterior, sem falar nas suas próprias provações. Quesnel não desgrudava do seu lado, a mãozinha suja entrelaçada com a dela. A francesa tinha manchas de graxa nas pontas dos dedos e no queixo.

— Não podem permitir que ela o tire de mim — apelou ela aos dignitários reunidos, os olhos verdes angustiados. — Por favor.

Bom, pelo visto, o subconsciente da preternatural ponderara a respeito daquele dilema enquanto ela dormira, pois uma solução surgiu de imediato:

— Falando como muhjah, não há nada que possamos fazer legalmente para tirá-lo da colmeia. Se o testamento de Angelique contém o que eles afirmam, e você nunca o adotou formalmente, de acordo com as leis britânicas, então a reivindicação dela é legal e válida, neste país.

A francesa anuiu, abatida.

Lady Maccon fez um beicinho.

— Você sabe como são os vampiros e os advogados: praticamente indistinguíveis. Sinto muito, Genevieve, mas agora Quesnel pertence à Condessa Nadasdy.

O garoto soltou um gemido ao ouvir aquilo. Madame Lefoux abraçou-o e arregalou os olhos para Lorde Maccon. Como se, de algum modo, ele pudesse salvá-la.

A preternatural prosseguiu.

— Mas, antes que saia e construa uma lula gigante, devo lhe informar que também pretendo dar *você* de presente à Condessa Nadasdy, Genevieve.

— O quê!?

— É a única solução viável. — Lady Maccon desejou ter uma peruca e um martelo de juíza, pois achou ter se saído muito bem com aquele veredicto. — Quesnel tem o quê, dez anos? Vai atingir a maioridade aos dezesseis. Então, com a permissão da Condessa Nadasdy, e eu não creio que ela vá objetar, você atuará como zangão da Colmeia de Westminster durante os próximos seis anos. Ou, melhor dizendo, a *Colmeia de Woolsey*. Eu posso defendê-la perante a rainha e a condessa, e pedir que não a indiciem, se for possível fazer tal acordo. Como você não gosta da colmeia, será um castigo pertinente. E vai poder ficar junto de Quesnel.

— Ah — disse o marido, com orgulho —, ótimo plano. Se Quesnel não vai até Madame Lefoux, Madame Lefoux vai até Quesnel.

— Obrigada, querido.

— É uma *péssima* ideia! — reclamou a francesa.

A preternatural ignorou-a.

— Eu sugiro que transforme o laboratório de reprodução de ovelhas do professor Lyall na sua câmara de invenções. Já está muito bem equipado e pode ser facilmente ampliado.

— Mas... — protestou Madame Lefoux.
— Consegue pensar em uma solução melhor?
— Mas eu *odeio* a Condessa Nadasdy.
— Acho que tem isso em comum com a maioria dos seus zangões e alguns dos vampiros. Eu vou pedir que Floote providencie a documentação necessária e se encarregue dos preparativos legais. Pense no lado positivo, Genevieve. Ao menos vai poder diminuir a influência da colmeia sobre Quesnel. Ele poderá contar, por um lado, com a mãe para ensiná-lo a explodir coisas e, por outro, com a sabedoria dos vampiros, facilmente acessível.

Quesnel fitou a mãe, os olhos cor de violeta suplicantes.
— Por favor, maman. Eu gosto de explodir troços!

Madame Lefoux suspirou.
— Eu consegui me meter muito bem em uma fria, não é mesmo?
— Conseguiu, sim.
— Você acha que a condessa vai aprovar esse acordo?
— E por que não haveria de fazê-lo? Vai poder patrocinar, patentear e controlar as suas invenções nos próximos seis anos. Quesnel ficará junto de ambas. E, além disso, pense nos estragos que ele pode causar, morando em uma casa de colmeia! Vai manter todos em estado de alerta e fora do cenário político londrino por um tempo.

A francesa se animou um pouco ante a sugestão.

Quesnel se alegrou.
— Nada de internato?

O professor Lyall franziu o cenho.
— Isso vai alterar de forma significativa as estruturas do poder vampiresco da Inglaterra.

Lady Maccon deu um largo sorriso.
— Lorde Akeldama achou que ficaria com Londres só para ele. Eu só estou equilibrando a situação. Agora a minha alcateia morará no território dele o tempo todo, e a Condessa Nadasdy terá Madame Lefoux trabalhando para ela.

O Beta se levantou, ainda com uma expressão entristecida.
— É uma ótima muhjah, não é mesmo, Lady Maccon?

— Eu gosto de ser meticulosa. E, por falar nisso, Madame Lefoux, quando acabar de esvaziar a sua câmara de invenções, pensei que seria um ótimo espaço para construirmos um calabouço em Londres.

Lorde Maccon arreganhou os dentes.

— É grande o bastante, fica no subsolo e é fácil de proteger. Uma excelente ideia, meu amor.

A francesa pareceu se resignar.

— E a chapelaria?

Embora a loja fosse uma fachada para ocultar suas atividades mais sinistras, a francesa sempre gostara do estabelecimento.

A preternatural inclinou a cabeça.

— Pensei que Biffy poderia se encarregar dela. Lembre-se, esposo, de que chegamos a comentar que ele precisava ter uma ocupação útil, e essa será mais adequada para ele do que um trabalho no DAS.

Dessa vez foi o professor Lyall que sorriu, em sinal de aprovação.

— Bem pensado, Lady Maccon.

— Minha querida esposa, você pensa em tudo.

Ela enrubesceu ante o elogio.

— Eu tento.

E foi assim que a alcateia de lobisomens, outrora do Castelo de Woolsey, tornou-se a primeira a reivindicar uma região urbana de caça. No final do verão de 1874, eles mudaram o nome, oficialmente, para Alcateia de Londres, e foram morar na residência ao lado da moradia do vampiro errante e potentado Lorde Akeldama. Onde ficava seu calabouço para a lua cheia, ninguém sabia, mas fora observado, com interesse, que a nova alcateia desenvolvera um acentuado interesse por chapéus e acessórios de cabeça femininos.

Foi um verão memorável para os mexeriqueiros. Até mesmo os mortais mais conservadores começaram a se interessar pelas atividades do círculo sobrenatural, pois a mudança dos lobisomens foi só parte do que ocorreu. A Colmeia de Westminster, que enxameara pela primeira vez na história documentada, fora parar na zona rural e mudara o nome para Woolsey. Ninguém ousara comentar a escolha *démodée*. Sugeriu-se de imediato que o

governo construísse uma ferrovia entre a nova moradia da colmeia e Londres. Mesmo que a Condessa Nadasdy não pudesse mais morar no coração da moda, ao menos a moda poderia ir até ela. Medidas de proteção foram tomadas, e os vampiros pareceram supor que o isolamento compensava a localização conhecida.

Os fofoqueiros se esbaldaram com toda a confusão, inclusive com a destruição provocada na cidade, naquela noite de lua cheia, por um suposto polvo mecânico gigante. A casa da colmeia destroçada! O Pantechnicon incendiado e transformado em cinzas! Com efeito, havia tanto a relatar, que alguns detalhes fundamentais passaram despercebidos pela imprensa. O fato de a Chapeau de Poupée ter mudado de dono não foi notado, exceto pelas verdadeiras fãs de chapéus, como a sra. Ivy Tunstell. O fato de a Colmeia de Woolsey ter obtido um zangão muito prestigioso e altamente valioso tampouco foi percebido.

— Excelente jogada, meu *bolinho de ameixa* — foi o comentário de Lorde Akeldama para Lady Maccon algumas noites depois. Ele segurava um papel em uma das mãos e o monóculo na outra.

Deitada na cama, a preternatural ergueu os olhos.

— Não achou que eu deixaria que tudo ficasse do seu jeito, achou?

Ele a visitava em seu terceiro melhor closet. Lady Maccon preferiu continuar deitada, por enquanto. Embora se sentisse bem mais descansada da recente provação, achava que tinha que fazer repouso por algum tempo. Se descobrissem que ela estava restabelecida, talvez fosse obrigada a ir a uma reunião do Conselho Paralelo, e ao que tudo indicava a rainha *não gostara nem um pouco* de toda aquela confusão.

— E onde está o *meu* adorável Biffy? — quis saber o vampiro.

Lady Maccon deu um muxoxo para Prudence e embalou-a de leve. O bebê gorgolejou docilmente e, em seguida, golfou.

— Ah, ele assumiu o controle da chapelaria de Madame Lefoux. Sempre teve muito bom gosto.

Lorde Akeldama pareceu tristonho.

— Trabalhando no comércio? Sério?

— Sim, o que o está ajudando a amadurecer. Além de ser uma ótima distração. — Quando a preternatural acabou de enxugar o queixo da filha com um lenço, ela já dormia.

— Ah. — O monóculo girou, envolvendo o dedo do vampiro até a corrente encurtar, momento em que começou a rodar para o outro lado.

— Não queria que ele morresse de desgosto, queria?

— Bom...

— Oh, você é *impossível*. Venha cá pegar a sua filha adotiva.

O vampiro deu um largo sorriso e caminhou a passos miúdos até a lateral da cama para carregar Prudence, que dormia. Até aquele momento, a filha do casal Maccon vinha demonstrando ser inesperadamente tranquila.

Lorde Akeldama ficou falando carinhosamente com a menina, de um jeito bastante exagerado, salientando como era linda e como se divertiriam ao ir fazer compras juntos, até uma descoberta interromper sua litania de elogios grifados.

— Veja só *isso*!

— O quê? O que foi agora? — A preternatural se apoiou no cotovelo.

O vampiro inclinou a filha na sua direção. Prudence Alessandra Maccon Akeldama adquirira uma pele cor de porcelana e um par perfeito de presinhas.

Papel: Pólen soft 70g
Tipo: Bembo
www.editoravalentina.com.br